Elias Haller
Der Luzifer-Killer

Das Buch

Als ein Junge in einen zugefrorenen Teich einbricht, entdecken die Rettungskräfte unter der Eisschicht einen Kindersarg. Allerdings befindet sich darin keine Leiche, sondern eine Chiffre und ein vergilbtes Zeitungsfoto, auf dem Kriminalhauptkommissarin Klara Frost mit ihrem ehemaligen Studienkollegen Erik Donner zu sehen ist.

Während die Kripo über den Sarginhalt rätselt, taucht im Internet ein schreckliches Video auf, das ein altes Verbrechen zeigt. Die Veröffentlichung der Aufnahmen markiert den Anfang einer beispiellosen Mordserie. Um den Killer aufzuhalten, benötigt Frost dringend die Unterstützung von Kriminalhauptkommissar Donner. Jedoch scheitert jeglicher Kontaktversuch, denn Donner sitzt inzwischen in der Psychiatrie ...

Der Autor

Elias Haller, Jahrgang 1977, lebt in einer sächsischen Großstadt. Den Zündstoff für seine packenden Thriller bezieht er aus seiner beruflichen Erfahrung mit Rechtsbrechern und deren Opfern. Seine Leidenschaft fürs Schreiben ermöglicht es ihm, kaltblütige Mörder und tragische Helden aufeinander loszulassen, ohne dabei ein schlechtes Gewissen zu haben.

ELIAS HALLER

DER LUZIFER KILLER

Thriller

Deutsche Erstveröffentlichung bei
Edition M, Amazon Media EU S.à r.l.
38, avenue John F. Kennedy, L-1855 Luxembourg
März 2020
Copyright © der deutschsprachigen Ausgabe 2020
By Elias Haller
All rights reserved.

Umschlaggestaltung: zero-media.net, München
Umschlagmotiv: © Paul Starosta / Getty; © Husjak / Shutterstock
Lektorat und Korrektorat: VLG Verlag & Agentur, Haar bei München,
www.vlg.de
Gedruckt durch:
Amazon Distribution GmbH, Amazonstraße 1, 04347 Leipzig /
Canon Deutschland Business Services GmbH, Ferdinand-Jühlke-Straße 7,
99095 Erfurt /
CPI books GmbH, Birkstraße 10, 25917 Leck

ISBN 978-2-49670-255-2

www.edition-m-verlag.de

Für meine Söhne.

PROLOG

»Das Ding gehört einfach nicht hierher«, sagte der Außendienstleiter der Polizeidirektion Leipzig und schüttelte ununterbrochen den Kopf.

Neben ihm zündete sich Kriminalhauptkommissarin Klara Frost eine Zigarette an. Gedankenversunken stocherte sie mit dem Schuhabsatz im knüppelharten Erdboden herum und blickte auf den gefrorenen Teich.

Das Ding.

Als hätte die Feuerwehr mitten im Dezember ein Alienraumschiff aus dem Teich im nördlichen Rosental geborgen.

»Wie geht es dem Jungen?«, erkundigte sie sich.

»Er wird gerade in Decken gewickelt und mit heißem Tee versorgt.« Der Kollege deutete hinter sich zum Rettungswagen. »Anschließend kommt er mit Verdacht auf Unterkühlung ins Krankenhaus. Ich vermute mal, er war mehr schockiert darüber, dass seine Kumpels einfach abgehauen sind, als von dem eisigen Wasser.«

Deshalb habe ich keine Freunde. Mich kann niemand im Stich lassen.

Frost schaute nach links und rechts, konnte in Ufernähe jedoch nirgendwo Warnschilder entdecken. Anscheinend verließ sich das Ordnungsamt auf die Bekanntmachungen in

7

Zeitungen und Radionachrichten, in denen man auf die Gefahr brüchiger Eisdecken hinwies.

»Was wissen wir von dem Jungen?«

»Er heißt Claudio und ist zwölf Jahre alt«, las der Außendienstleiter von seinem Notizblock ab. »Angeblich hat er sich als Einziger aus seiner Gruppe auf den zugefrorenen Teich getraut. Knapp fünfzehn Meter ist er gekommen, dann hat das Eis nachgegeben. Dabei wiegt das Kind kaum mehr als eine Fliege. Zum Glück hat eine Joggerin alles beobachtet und ist zu Hilfe geeilt.«

»Und die hat das *Ding* entdeckt?«

»Nein, bei unserem Eintreffen hat der Junge was von einer Schatztruhe unter der Eisoberfläche gefaselt. Daraufhin haben die Feuerwehrleute im Wasser nachgeschaut und tatsächlich etwas zwischen den Eisschollen gefunden. Zuerst haben sie es für ein schwimmendes Holzbrett, danach für eine illegal entsorgte Kiste gehalten.«

Nachdenklich stieß Frost den Qualm aus und zupfte sich am Hals den Schal zurecht. »Am Telefon klang es nicht bloß nach einer Kiste.«

»Richtig, sonst hätten wir nicht nach dir verlangt. Schon gar nicht an einem Sonntagmorgen, wo auch Millionäre gern mal ausschlafen.«

Es sollte wohl ein Seitenhieb auf ihr prall gefülltes Bankkonto sein. Trotz der finanziellen Absicherung arbeitete Frost voller Hingabe seit zehn Jahren im K11, dem Kommissariat für Leben und Gesundheit. Auch wenn sie Anrufe von Kollegen im Rahmen ihrer Rufbereitschaft grundsätzlich ernst nahm, wegen einer simplen Kiste wäre sie tatsächlich niemals hergekommen. Sie stand nur deshalb hier, weil der Sachverhalt am Telefon einfach zu absurd geklungen hatte.

»Dann wollen wir mal.«

Damit ging sie zu der versammelten Mannschaft aus Streifenbeamten, Feuerwehrleuten und Sanitätern. Weit hinten konnte sie den Scherbelberg mit dem darauf befindlichen Aussichtsturm sehen. Doch nach Sightseeing stand Frost nicht der Sinn, auch wenn das parkähnliche Naherholungsgebiet Rosental sogar an diesem kalten Wintertag zum Verweilen und Spazierengehen einlud.

»Wir konnten uns den Fund einfach nicht erklären«, sagte der Außendienstleiter, der ihr folgte.

Wahrscheinlich kann das niemand. Auch ich muss erst begreifen, mit was wir es hier zu tun haben.

Als sie sich näherte, trat die Gruppe beiseite und musterte die Frau mit den wasserstoffblonden Haaren, den eisblauen Augen und der schwarzen Kleidung teils fasziniert, teils besorgt. So ähnlich erlebte sie es immer, wenn sie irgendwo auftauchte. Frost war von allen Anwesenden die kleinste und schillerndste Person. Und ab sofort war sie diejenige, die die Entscheidungen vor Ort traf.

Doch angesichts des Objekts, das die Feuerwehr aus dem Wasser geholt hatte und das nun wie ein unheimliches Relikt vor ihr auf der Wiese stand, musste sie selbst einen Moment innehalten.

Es ist tatsächlich ein Sarg. Und er ist nicht versehentlich in den Froschteich gelangt.

Ihr Blick ging zum Teich, dann zurück zum Sarg. Er bestand aus dunklem, robustem Holz, das man zum Schutz vor dem Wasser mit einer Art Wachs überzogen hatte. Das Alter des Materials ließ sich schwerlich abschätzen, aber vermutlich war es schon ein paar Jahre alt. Aufgrund der Nässe wirkte es einerseits besonders finster, andererseits irgendwie frisch. Durch die kalte Außentemperatur bildete sich bereits eine zarte Eisschicht auf der Holzoberfläche.

Sie legte den Kopf schief und betrachtete den einzelnen Buchstaben, der demonstrativ auf dem Deckel eingeprägt war.

Ein L.

»Weiß jemand, was der Buchstabe bedeutet?«, fragte sie in die Runde.

Einträchtiges Kopfschütteln.

Dachte ich mir.

Sie hatte ebenfalls keine Ahnung. Aber ihr Instinkt stieß ununterbrochen Warnsignale aus. Dieser Fund bedeutete unter Umständen jede Menge Arbeit, zweifellos aber nichts Gutes. Denn der Sarg war gerade von der Größe, dass ein Kind von höchstens zehn bis dreizehn Jahren hineinpasste.

»Wer hat das Vorhängeschloss durchgeschnitten?«, wollte sie wissen, denn das verrostete Ding lag mit durchgetrenntem Eisenbügel auf dem Deckel.

Ein Feuerwehrmann hob zögerlich die Hand.

»Wir wollten natürlich wissen, was drin ist«, rechtfertigte sich der Außendienstleiter stellvertretend. »Und um ehrlich zu sein, ist der Inhalt der eigentliche Grund, weshalb du hier bist.«

Frost stierte auf ihre Zigarette, an der sie seit einer Weile nicht mehr gezogen hatte und die deshalb ausgegangen war. »Was ist mit dem Inhalt?«

»Nun ja ...« Offenbar wusste er nicht, wie er es ausdrücken sollte. Schließlich deutete sein ausgestreckter Finger auf Frost. »Du selbst bist da drin.«

Frost legte den Kopf schräg bei der Überlegung, ob er sie verschaukelte. Sein Gesichtsausdruck blieb völlig ausdruckslos.

Er meint es absolut ernst.

Entschlossen nickte sie und schaute in die Runde. »Möchte ihn jemand für mich öffnen?«

Niemand meldete sich.

Auch das dachte ich mir.

Also kniete sie sich hin und hob den Sargdeckel an. Sofort fiel ihr Blick auf das darin befindliche einlaminierte Foto. Allerdings war nicht das Bild das Erschreckende, sondern etwas, das innen im Holz deutlich erkennbar war: Kratzspuren von Fingernägeln.

KAPITEL 1

Drei Monate später

Klara Frost trat aus der Dusche ihrer Hotelsuite, trocknete sich ab und betrachtete im Badspiegel die Tattoos, die den Großteil ihrer Haut bedeckten. Inzwischen waren es so viele Motive, dass selbst der Tätowierer ihres Vertrauens sich beim letzten Mal besorgt erkundigt hatte, ob sie sich wirklich ein weiteres auf eine der wenigen freien Stellen auf ihren Bauch stechen lassen wollte. Sie hatte bejaht und das Studio nach drei Stunden Nadelschmerz mit einem Dornenkreuz über einer Narbe verlassen, die von dem Messerstich eines mörderischen Fanatikers stammte, der sie beinahe das Leben gekostet hatte.

Durch magische Tinte versteckt die Exorzistin ihre Wunden.

Exorzistin. So nannte man Frost innerhalb der Polizeidirektion Leipzig. Über die Bezeichnung regte sie sich schon lange nicht mehr auf. Dafür war ihre Zeit zu kostbar.

Nachdem sie eine Weile in den Spiegel geschaut hatte, wechselte sie das Zimmer und entnahm aus ihrem Kleiderschrank einen Slip, einen BH, eine enge schwarze Jeans und einen teuren schwarzen Strickpullover. Als sie die Sachen anzog, war es bereits nach acht Uhr. Weder hatte sie es eilig zum Frühstück im

11

Hotelrestaurant noch, danach ins Büro zu kommen. Die letzten Wochen im Kommissariat waren überaus ruhig verlaufen.

Für mein Empfinden schon ein bisschen zu ruhig.

Gewöhnlich spielte aus den Musikboxen in ihrer Luxussuite hektische Elektromusik. House, Trance, Techno. Heute brauchte sie die klassischen Stücke aus Carl Orffs *Carmina Burana*.

O Fortuna.

Während die Pauken erklangen und der Chor sang, musste Frost an den Kindersarg denken, den Feuerwehrleute aus dem Rosentalteich gezogen hatten und der mittlerweile im Archiv der Kriminalpolizei vor sich hin staubte. Unter unzähligen lateinischen Vokabeln und Sätzen stand das Wort »Fortuna« auf der Innenseite des Sargs. Jeder Buchstabe war mit Tinte im Holz verewigt worden.

Keine magische Tinte, sondern eine diabolische.

Drei Monate waren vergangen, seit der Junge durch die Eisfläche gebrochen war. Drei Monate, in denen die Leipziger Polizei weder wusste, was der Sarg im Rosentalteich zu bedeuten, noch, wer ihn kurz vor dem Dauerfrost ins Wasser gelassen hatte. Inzwischen ebbte im Kommissariat das Interesse für den Fall ab. Selbst der Presse war der mysteriöse Fund keine Schlagzeile mehr wert. Nur Frost dachte jeden Tag darüber nach.

Auch jetzt durchschritt sie in Gedanken versunken die Suite und blieb vor der Vitrine stehen, in der sich hinter Glas die goldene Violine ihres Vaters befand.

O Fortuna.

Über die Stereoanlage ballerten die Posaunen ihr opulentes Feuerwerk ab. Der mächtige Chor rief seine Göttin an. Musik wie eine Schlacht.

Nachdem die Ermittlungen ins Stocken geraten waren, hatte Frost sich von der Akte eine Kopie gemacht und mit ins *Halo* genommen. Hier im Hotel lag diese Zweitakte in einer

Schublade unter der Vitrine. Jetzt in diesem Augenblick schien eine einzelne kindliche Stimme Frosts Namen zu rufen.

Klara, vergiss mich nicht! Denn es ist noch nicht vorbei!

Fremde Stimmen waren für die Exorzistin kein Problem, verbunden mit Ahnungslosigkeit dagegen schon. Seit drei Monaten wartete sie auf eine Eingebung oder einen Hinweis von außen. Ein Sarg, in dem ein Kind Platz hatte und dessen Deckel und Wände im Inneren von Fingernägeln zerkratzt waren, konnte nur ein böses Omen sein.

O Fortuna.

Von Glück konnte weiß Gott nicht die Rede sein, auch wenn sich in dem Sarg keine Leiche befunden hatte. Bis auf das Foto war er vollkommen leer gewesen. Noch immer ängstigte sie das Bild, denn der Außendienstleiter hatte nicht gelogen: Es zeigte tatsächlich Frost.

Zögerlich öffnete sie die Schublade. Darin lag die Akte aufgeschlagen, obenauf eine Kopie des Fotos. Eigentlich war es kein richtiges Foto. Das Bild stammte aus der Studentenzeitung der Fachhochschule der sächsischen Polizei. Der dazugehörige Artikel musste fast neunzehn Jahre alt sein. Bis der Sarg aufgetaucht war, hatte sie den Textinhalt aus ihrem Gedächtnis verbannt gehabt. Es handelte sich um einen Bericht über ein Studentenpraktikum bei der polnischen Polizei, zu dem Frost sich hatte überreden lassen und das sie mit einem ehemaligen Studienkollegen angetreten hatte.

Nicht irgendein Student.

Sein Name war Erik. Erik Donner. Inzwischen längst Kommissar, allerdings in einer anderen Polizeidirektion als ihrer.

Von dem Bild lächelte ihr Erik entgegen. Als es aufgenommen wurde, war er Anfang zwanzig gewesen. Nach dem Studium hatten sich ihre Wege getrennt. In der Vergangenheit hatte sie nur gelegentlich an die Zeit mit ihm gedacht. Doch seit dem Sargfund war er in ihrem Kopf so präsent wie damals.

Aber du redest ja nicht mehr mit mir.

Das hatte Erik ihr in seiner letzten Handynachricht unmissverständlich mitgeteilt.

Ruf mich nicht an, besuch mich nicht, frag nicht nach mir.

Dabei hatte sie mit ihm überhaupt nicht über die alten Zeiten reden wollen, sondern lediglich über den Sarg mit dem L und das Foto, das Erik und Frost zeigte – und über die rätselhafte Chiffre auf dem Sargboden.

MA1127920SF819Z

Garantiert handelte es sich um einen Code. Doch bevor sie sich abermals damit beschäftigen konnte, über die Chiffre und alles andere nachzudenken, klingelte der Zimmerapparat. Es war der Hotelmanager persönlich.

»Sagen Sie bloß, Sie spielen heute den Weckdienst, Herr Belger«, begrüßte sie ihn.

»Guten Morgen, Frau Frost, ich rufe ungern um diese Uhrzeit an, aber hier ist eine Frau im Foyer erschienen, die ausdrücklich nach Ihnen verlangt.«

»Ich erwarte keinen Besuch. Schicken Sie sie weg.«

»Das haben wir versucht, zumal die Frau eine brennende Kerze mit ihren Händen umklammert.«

»Eine Kerze?«, wiederholte Frost nachdenklich.

»Außerdem hat sie verlangt, dass wir Ihnen etwas mitteilen.«

»Was sollen Sie mir denn mitteilen?«

»Sie sagt, sie kenne das Geheimnis des Sargs.«

KAPITEL 2

Als sich die Fahrstuhltüren öffneten, erspähte Frost sofort die brennende Kerze in der hintersten Ecke des Foyers. Ein unauffälliges Kopfnicken von Hotelmanager Belger aus dem Rezeptionsbereich genügte, um ihn wortlos zu verstehen. Sie sollte sich umgehend um den sonderbaren Gast kümmern – und um das Sicherheitsrisiko, das vor der Unbekannten auf dem Tisch stand.

Ich werde keinesfalls den Feuerlöscher spielen. Andernfalls sollte ich den Beruf wechseln.

Schnurstracks ging Frost auf die Sitzgruppe zu. Die Frau hob den Kopf, strich sich ihr pechschwarzes Haar hinter ein Ohr und lächelte. Es war ein zittriges Lächeln, wie von einer Sterbenskranken, die sich jedoch für ihre verbleibende Lebenszeit Mut zuredete. Als ungesund empfand Frost auch die Hauttönung der Unbekannten. Ein graugelber Teint.

Trotz ihres regelrecht ausgemergelten Körperbaus wollte sie kraftvoll aufstehen. Doch der streng blickende Typ vom Sicherheitspersonal, der neben ihrem Sessel stand, senkte seine Pranke auf ihre schmächtige Schulter und drückte sie zurück ins Polster.

»Gibt es ein Problem?«, fragte Frost den Hotelangestellten, der erst seit einer Woche im *Halo* arbeitete und dessen Namen sie nicht kannte.

»Ich passe bloß auf sie auf«, erwiderte der Angesprochene kompromisslos.

»Dann übernehme ich besser.«

Statt zur Seite zu treten, nahm der Sicherheitsmann Blickkontakt mit dem Manager auf. Als Belger nickte, nahm der Angestellte die Hände von der Frau. »Wie Sie meinen.«

»Und lassen Sie uns zwei Tassen Kaffee bringen!«, rief Frost ihm hinterher, als er sich entfernte. »Schwarz.«

Sie nahm gegenüber der Unbekannten Platz und musterte sie eine Weile. Auch wenn die Frau mit den zotteligen Haarsträhnen, den kaputten Zähnen und den tief hängenden Augenlidern ganz und gar ungepflegt aussah, ließ Frost sich vom äußerlichen Erscheinungsbild nicht täuschen. Die Frau, von geschätzt fünfzig Jahren, war definitiv keine dahergelaufene Pennerin. Darauf ließen der fehlende Alkoholgeruch, der entschlossene Blick und das wunderschöne lange Kleid mit den angesteckten bläulich schimmernden Flügeln über der linken Brust schließen. Beim Stoff tippte Frost auf reine Seide. Wenn sie jemals ein weißes Kleid anziehen müsste, ihre Wahl würde zweifellos auf dieses fallen.

»Ich heiße Larissa Rieß«, sagte die Frau. Obwohl sie einen Handschlag zur Begrüßung unterließ, wirkte sie freundlich. Zudem redete sie sehr deutlich und langsam. »Ich melde mich wegen des Sargs. Es gab doch einen Zeugenaufruf, nicht wahr?«

Es klang ein wenig monoton, als hätte sie jeden Satz auswendig gelernt.

»Den gab es«, antwortete Frost. »Aber das ist drei Monate her.«

»Es tut mir leid, ich war verhindert.«

»Waren Sie verreist?«

16

Sie schüttelte den Kopf und kicherte. »Nein, man hat mich auf Station 9 untergebracht.«

Frost überlegte. Von einer Station 9 hatte sie noch nie etwas gehört. »Klingt nach einer psychiatrischen Anstalt.«

»Sie haben recht, Frau Frost, es ist eine Psychiatrie.«

Noch immer stellte sich bei Frost keine Erkenntnis ein. Soweit sie wusste, gab es in den beiden psychiatrischen Kliniken in Leipzig nur drei beziehungsweise fünf Stationen. »Woher kommen Sie?«, fragte sie deshalb.

»Das ist schwierig zu beantworten.« Rieß' Gesichtsausdruck wurde fest und ein wenig traurig. Dann deutete sie mit dem Zeigefinger zur Foyerdecke. »Ich bin ein Engel.«

Auch wenn diese Aussage Frost überraschte und aberwitzig klang, blieb sie gelassen sitzen. »Und dort oben gibt es eine Station 9?«

Rieß nickte wie geistesabwesend. »Zuletzt bin ich dort Ihrem Kollegen begegnet.«

Diesmal rückte Frost in ihrem Sessel unruhig umher und stierte in die tanzende Flamme der Kerze. Es handelte sich um ein Grablicht, das man vor dem Totensonntag oder vor Allerseelen fast in jedem Supermarkt bekam. Eine Weile wog sie ab, ob sie die bizarre Unterhaltung auf der Stelle unterbrechen oder tatsächlich weiterführen sollte. »Von welchem Kollegen reden Sie?«

»Von Kriminalhauptkommissar Erik Donner natürlich.«

Als sie den Namen hörte, wollte Frost am liebsten auflachen. Doch dafür war sie seit jeher zu humorlos. Nach einem tiefen Luftholen stemmte sie die Arme in die Sessellehnen und erhob sich. »Nehmen Sie es mir nicht übel, aber ich glaube Ihnen nicht.«

»Bitte«, flehte die Frau. »Bitte, bleiben Sie bei mir!«

Irgendetwas in ihrer Stimme hielt Frost zurück. »Wozu?«

»Haben Sie ihn denn nicht auf das gemeinsame Foto von Ihnen beiden angesprochen?«

Das Foto. Sie weiß von dem Foto. Davon stand nichts in dem Zeugenaufruf.

Frost erwiderte nichts, sondern wartete ab, was Rieß weiter vorbrachte.

»Sie haben also nicht mit Herrn Donner geredet«, mutmaßte diese dann auch. »Das ist wirklich bedauerlich.«

»Tja, eigentlich ist es so, dass er nicht mehr mit mir redet. Seit dem Studium kein einziges Wort.«

»Oh, das ist wirklich sehr, sehr schade.«

»Ich glaube, ich habe ihm damals das Herz gebrochen.« Frost zuckte die Schultern. »Aber was erzähle ich Ihnen das eigentlich?«

»Haben Sie wenigstens das Rätsel gelöst?«

Auch wenn Frost eine Ahnung hatte, dass Rieß auf die Symboliken im Sarg anspielte, stellte sie sich unwissend. »Welches Rätsel?«

»Das Luzifer-Rätsel natürlich.«

KAPITEL 3

Das Luzifer-Rätsel.

Diesen Begriff hatte Frost nie zuvor gehört. Dabei kannte sie sich mit allerlei Legenden, Märchen und mystischen Erzählungen aus.

»Hören Sie, Frau Rieß«, sagte Frost gelangweilt. »Ich habe keine Ahnung, warum Sie hier sind und warum Sie mir all das erzählen. Ich weiß aber ganz genau, dass ich für ein solch frühmorgendliches Gespräch zu wenige Zigaretten geraucht habe. Also entweder machen Sie eine sachdienliche Aussage zum Sarg oder Sie verabschieden sich. Momentan strapazieren Sie lediglich meine Geduld und die der Hotelleitung.«

»Es geht doch um das Rätsel im Sarg«, schoss es aus Larissa Rieß heraus und sie rückte vor bis zur Kante ihrer Sitzfläche. Einen Zentimeter weiter und als Nächstes würde sie Frost anspringen. »Sie haben doch das Foto von Ihnen und Herrn Donner gesehen. Haben Sie den Code gelöst?«

MA1127920SF819Z: Diese Kombination aus Buchstaben und Zahlen hatte innen auf dem Sargboden gestanden. Jemand hatte sie mit einem spitzen Gegenstand in das Holz geritzt. Sie befand sich direkt unter dem Foto, inmitten lateinischer Begriffe, wodurch man die Chiffre nicht gleich entdeckt hatte.

Später hatte sich jeder bei der Mordkommission den Kopf über die Bedeutung zerbrochen. Sogar namhafte Kryptologen hatte man zurate gezogen. Bisher hatte niemand die Chiffre entschlüsseln können.

Spontan wollte Frost es vor der Unbekannten zugeben, dann fiel ihr etwas Besseres ein. »Und Sie kennen die Lösung?«

Rieß rutschte im Sessel zurück. »Hier geht es nicht um mich, das sollte Ihnen als Polizeibeamtin längst klar sein. Demzufolge müssen Sie selbst hinter das Geheimnis kommen, denn es ist Ihr Gesicht, das sich in dem Sarg befand.«

Und das Gesicht von Erik ...

Frost seufzte und fingerte in ihrer Hosentasche nach der Zigarettenschachtel. »So kommen wir nicht weiter, zumal Sie in Eile sind.«

»Wie bitte?«

»Sie schauen dauernd nach der Uhr hinter mir an der Wand.«

»Entschuldigen Sie, ich bin aufgeregt. Ich darf meine Bahn nicht verpassen.«

Frost schaute über ihre Schulter zum Hoteleingang. Das *Halo* lag direkt am Tröndlinring, von dem auch verschiedene Straßenbahnen abfuhren. »Wann geht Ihre Bahn?«

»8.15 Uhr.«

Ich mag Leute, die eine konkrete Uhrzeit vor Augen haben. Solche Leute wissen die Zeit zu schätzen. Nur darum geht es im Leben: Keine Sekunde verlieren.

Allerdings widerstrebte es Frost, wenn vermeintliche Zeugen sie in ihrem Hotel aufsuchten. Doch in diesem Fall hatte die Besucherin ihr Interesse geweckt.

In aller Ruhe schob Frost sich eine Zigarette zwischen die Lippen, griff nach der Grabkerze und führte die Flamme zum Mund. Beim Abstellen der Kerze in der Tischmitte schaute sie flüchtig auf die Zeiger ihrer Armbanduhr. »Dann müssen Sie sich wirklich beeilen. Ihnen bleiben weniger als sechs Minuten bis zur Abfahrt.«

»Kennen Sie die Geschichte von den Engeln und den Elstern?«

»Ich bin mir nicht sicher, also erzählen Sie ruhig.«

Rieß' Augen begannen zu glänzen, als hätte sie nur auf diese Aufforderung gewartet. »Um die allerersten Menschen nicht zu erschrecken, flogen die Engel manchmal im Gewand von Elstern zu den Menschen. Und weil es Engel waren, sahen die Federn der Elstern schneeweiß aus.«

»Weiße Elstern«, unterbrach Frost. »Das ist paradox, gefällt mir aber irgendwie.«

»Nach dem Sündenfall wollte der Teufel einen der Engel fangen«, redete Rieß weiter, »aber in Gestalt einer Elster entkam ihm dieser im letzten Moment. Doch an der Stelle, an der der Teufel das Gefieder berührt hatte, färbte es sich pechschwarz. Seitdem ist das Wesen der Elstern verändert. Sie sind diebisch geworden, tragen alles Glitzernde davon, und sie symbolisieren den Tod. Auch ihr kreischendes Geschrei ähnelt dem Lachen des Teufels.«

Als sie geendet hatte, dachte Frost drei lange Zigarettenzüge über das Gehörte nach. »Die Version, die ich kenne, heißt *Die Elster und der Teufel*. Darin kommen keine Engel vor.«

»Dann ist Ihre falsch, denn wenn es einen Teufel gibt, muss es schließlich auch Engel geben, oder nicht?«

Dieser Ansicht lag eine gewisse Logik zugrunde, aber sie wollte es dabei bewenden lassen. Mittlerweile blieben der Frau nur noch vier Minuten, bis ihre Straßenbahn an der Haltestelle ankommen würde, und angesichts des zermürbenden Gesprächs brauchte Frost dringend eine Portion Koffein. Ihre Bestellung hatte der Sicherheitsmann offenbar überhört. Aus dem Restaurant wehte unterdessen der Geruch von frisch gerösteten Kaffeebohnen und knusprigem Baguette durch die Vorhalle.

»Ich verstehe«, sagte Frost und deutete auf den Flügelanstecker über Rieß' Brust. »Engel passen natürlich besser in Ihre Geschichte.« Sie stand auf und nickte auffordernd zum Tisch. »Vergessen Sie Ihre Kerze nicht.«

»Warten Sie!« Diesmal sprang Rieß tatsächlich auf und packte Frost am Handgelenk. Der Griff war nicht sehr grob, aber doch fester, als es der ausgemergelte Körper der Frau vermuten ließ.

»Es wäre besser, wenn Sie mich loslassen«, mahnte Frost.

»Sie haben nichts verstanden«, erwiderte Rieß mit ruhiger, fast schon emotionsloser Stimme. »Luzifer ist zurückgekehrt, aber diesmal will er nicht mich, sondern Sie.«

Luzifer. Ich denke, als Exorzistin wird man auch mit dem fertig.

Frost spähte an ihr vorbei. Sowohl der Sicherheitsmann als auch Hotelmanager Belger näherten sich der Frau von hinten, weil sie wohl eine handfeste Auseinandersetzung befürchteten. Mit einem Kopfschütteln gab Frost ihnen zu verstehen, dass sie nicht eingreifen mussten.

»Loslassen.«

Rieß gehorchte augenblicklich und trat sogar einen Schritt zurück. »Ich kenne den Sarg, den Ihre Leute im Eis gefunden haben und der das Zeichen Luzifers trägt. Ich kenne ihn, spüre ihn noch immer, kann das Holz riechen und die Dunkelheit sehen.«

Frost kniff die Augen leicht zusammen, unterbrach sie jedoch nicht.

»O ja, ich kenne ihn«, sagte Rieß. »Denn ich habe als Dreizehnjährige darin gelegen.«

Im Stillen rechnete Frost, vor wie vielen Jahren dies gewesen sein sollte, falls es stimmte. »Und Sie erwarten ernsthaft, dass ich Ihnen das glaube?«

»Ich erwarte nichts«, erwiderte Rieß mit einem gewissen Stolz. »Ich kann nur für Sie beten, dass Sie hinter das Geheimnis des Codes kommen und Ihren Kollegen retten können.«

Sie redet schon wieder von Erik.

»Sonst passiert was?«

Rieß kam nicht mehr dazu zu antworten, denn der Hotelmanager trat zu ihnen.

»Ist alles in Ordnung?«

»Sonst hätte ich Sie längst gerufen«, antwortete Frost.

Rieß nickte. »Mir bleibt sowieso keine Zeit mehr.«

Bevor jemand etwas sagen konnte, eilte sie davon. Sie lief durch den Ausgang und vergaß sogar ihre Kerze.

»Sie haben wirklich sonderbare Freunde, wenn ich das anmerken darf«, sagte der Hotelmanager, der kopfschüttelnd der Unbekannten nachschaute.

»Ich habe nur die Zeit zur Freundin. Das müssten Sie doch längst mitbekommen haben, Herr Belger.«

Als sie sich Rieß' letzten Satz in Erinnerung rief und auf die fast vollständig abgebrannte Kerze blickte, kam ihr schlagartig ein schlimmer Verdacht. Danach dauerte es noch genau drei Sekunden, ehe sie Gewissheit fand.

Mir bleibt sowieso keine Zeit mehr.

»Verdammt!«, schrie sie Belger an und rannte der Frau hinterher. »Rufen Sie einen Notarzt!«

Kaum dass Frost den Vorplatz des Hotels erreichte, musste sie mit ansehen, wie Larissa Rieß die Schienen betrat. Die Frontpartie der Straßenbahn erfasste den schmächtigen Körper noch in voller Fahrt.

KAPITEL 4

Langsam kehrte auf dem Tröndlinring der Alltag zurück. Die Straßenbahnenlinien fuhren wieder nach Plan. Eine Reinigungsmaschine der Stadtwerke hatte Schienen und Asphalt vom Blut gesäubert, ein Journalist der *Leipziger Volkszeitung* packte gerade seine Kamera ein, eine Gruppe Jugendlicher machte daneben Selfies mit ihren Smartphones. Einige von ihnen schüttelten verständnislos den Kopf, die anderen lachten, als wäre Larissa Rieß' Suizidversuch nur ein gefaktes Schauspiel, um Likes bei Instagram zu erhaschen.

Bis zuletzt hatte Frost in der Kälte gestanden, hatte die Arbeit des Verkehrsunfalldienstes der Direktion unterstützt. Wahrscheinlich wäre sie dabei erfroren, wenn Belger ihr nicht einen Anorak hätte bringen lassen. Nach der Aufregung wärmte sie sich im Foyer des *Halo* an einer Zigarette auf und schaute gedankenverloren durch die Glasfront zum Ereignisort.

Sie wollte mit mir sprechen, bevor sie ihrem Leben ein Ende setzte.

»Und nun liegst du auf der Intensivstation, und die Ärzte versuchen, dein selbst gewähltes Ende zu verhindern«, redete sie vor sich hin.

Aus der Sitzecke hinter ihr hatte man inzwischen die Kerze der Frau weggeräumt. Frost verstand nun, dass Larissa

Rieß Angst gehabt hatte. Große Angst. Angst vor dem L – vor Luzifer. Sie hatte versucht, ihr Empfinden hinter sorgfältig ausgewählten Sätzen und einem Lächeln zu verbergen. Es war ihr gelungen. Über ihre Unfähigkeit, Rieß rechtzeitig zu durchschauen, ärgerte Frost sich unendlich.

»Scheiße«, stieß sie zusammen mit dem Qualm ihrer Zigarette aus.

Wenn sie Glück hatte, gelang es den Ärzten, die Frau zu retten. Vielleicht bekam Frost später die Chance, sie erneut zu befragen. Vorher musste sie unbedingt etwas in Erfahrung bringen.

Sie trat vor die Tür, drückte ihren Zigarettenstummel in einen Aschebehälter und nahm ihr Smartphone zur Hand. Dann wählte sie die Nummer der Vermittlung von der Polizeidirektion Chemnitz, in der Erik arbeitete. Als am anderen Ende abgehoben wurde, ließ sie sich mit dem Leiter der dortigen Mordkommission verbinden.

»Kriminalhauptkommissar Henry Stark, guten Tag«, meldete sich der Beamte förmlicher als nötig.

»Hier ist Frost vom Leipziger K11. Ich rufe wegen Erik Donner an.«

Auf der anderen Seite folgte ein Seufzen. »Es hätte mich gewundert, wenn es mal nicht um ihn geht. Was hat er denn diesmal angestellt?«

Dein Ruf scheint in den letzten Jahren gelitten zu haben, Erik. Dabei warst du früher immer so ... beliebt.

»Nichts hat er angestellt, das ist das Problem. Ich versuche ihn seit drei Monaten zu erreichen. Er ignoriert mich.«

»Ja, das kann er gut.«

»Ist er im Dienst?«

»Nein, Erik ist zurzeit krankgeschrieben.«

»Wissen Sie etwas über einen Krankenhausaufenthalt?«

»Wie meinen Sie das?«

»Ich rede von einer psychiatrischen Klinik, in der er möglicherweise untergebracht ist. Gibt es in eurem Zuständigkeitsbereich eine Station 9?«

Schweigen im Handy, bis Stark sich räusperte. »Hören Sie, Erik hat in den letzten Monaten echt Schlimmes durchgemacht und war mehrfach krankgeschrieben. Damit habe ich Ihnen jetzt schon mehr erzählt, als ich eigentlich darf. Selbst wenn wir uns besser kennen würden, kann ich Ihnen keine Auskunft über seine Befindlichkeit geben. Ich hoffe, das verstehen Sie.«

»Nein, das verstehe ich nicht. Wir hier in Leipzig haben nämlich ein ernstes Problem. Es geht um den Sargfund im Rosentalteich letzten Dezember. Meines Wissens gab es sogar eine Erkenntnisanfrage an Ihr Kommissariat.«

»Ach, jetzt macht es klick! Sie sind diese Kriminalhauptkommissarin Klara Frost.«

Anscheinend eilt auch mir mein Ruf voraus.

»Sie haben also das alte Studienfoto gesehen … Ja, die Frau neben Erik bin ich. Nun haben Sie ein Bild von mir vor Augen.«

»Trotzdem muss ich mich an die Vorschriften halten. Ich kann Ihnen nur so viel sagen, dass seit drei Tagen eine neue Arbeitsunfähigkeitsbescheinigung vorliegt.«

»Welcher Arzt hat sie ausgefüllt?«

»Darauf habe ich nicht geachtet. Inzwischen befindet sich die Krankmeldung in der Personalabteilung. Vielleicht können die Ihnen weiterhelfen.«

Sowohl Frost als auch Stark wussten, dass es die Personaler peinlich genau mit dem Datenschutz nahmen, sobald Leute von außerhalb des Referats anriefen. Dennoch ließ sie sich davon nicht abschrecken. »Dann geben Sie mir die Durchwahl und ich kümmere mich selbst darum.«

Nach einer kurzen Pause diktierte Stark ihr die Nummer. »Ich habe viel über Sie in der Polizeizeitung und im Intranet gelesen. Sie sind wirklich eine imposante Persönlichkeit.«

Auch wenn er es nicht sehen konnte, zuckte Frost die Achseln. »Glauben Sie nicht alles, was Sie über mich lesen.«

»Falls Sie mal vorhaben, die Direktion zu wechseln, wir könnten Sie hier trotzdem sehr gut gebrauchen.«

»Nehmen Sie es mir nicht übel, aber mich möchten Sie nicht in Ihrer Abteilung. Ich bin echt schwierig.«

»Oh, mit schwierigen Fällen kennen wir uns aus.« Er lachte dumpf und schmatzte, als hätte er soeben von einem Schnitzel abgebissen. »Schließlich arbeitet Erik bei uns.«

Unweigerlich kehrten die Erinnerungen an die gemeinsame Studienzeit und damit an die verbrachten Stunden mit Erik zurück. »Ich habe ihn als höflichen und zielstrebigen Menschen kennengelernt.«

»Streichen Sie das höflich.«

Langsam fror Frost an den Füßen, und wie es schien, würde sie aus dem Kollegen ohnehin nichts Wesentliches herausbekommen. Stark mochte ein umgänglicher Mensch sein, der es leider ein bisschen zu ernst mit den Dienstvorschriften nahm. Als Vorgesetzter musste er vermutlich so reagieren. Frosts eigene Leiterin vertrat dahin gehend eine ähnliche Auffassung.

Kurz bevor sie das Telefonat beenden wollte, hakte Stark noch einmal ein. »Muss ich mir Sorgen um Erik machen?«

Darüber dachte sie kurz nach. »Ich denke, ja.«

»Dann kümmere ich mich besser persönlich um die Bescheinigung und rufe Sie zurück.«

KAPITEL 5

Für Professor Heino Lenk hatte sich der Abend völlig anders entwickelt, als er ihn sich vorgestellt hatte. In seiner kleinen, aber nobel eingerichteten Eigentumswohnung in der Dresdner Innenstadt mit Blick auf die Elbe hatte er eine Studentin der Polizeifachhochschule erwartet. Am Vormittag hatte ihm die Kommissaranwärterin geschrieben, dass sie in seinem Lehrfach Kriminalistik noch ein wenig Nachhilfe benötigte, woraufhin er zugesagt und den Champagner kalt gestellt hatte.

Echte Skrupel, weil er blutjunge Studentinnen zu sich nach Hause einlud, kannte er bisher nicht. In den ersten Jahren an der Fachhochschule hatte er sich gegen die Avancen der Damen noch gewehrt, irgendwann war er eingeknickt. Zeitlebens war er ein einsamer Mann gewesen, dem die Lehrtätigkeit innerhalb der sächsischen Polizei und seine akademischen Forschungsarbeiten alles bedeuteten. Auf dem Gebiet der Predictive Policing – der vorausschauenden Verbrechensbekämpfung – hatte er es über die Landesgrenzen Sachsens hinaus zu Redebeiträgen vor großem Publikum und seitenlangen Artikeln in Fachzeitschriften geschafft. Er war eben mit Leib und Seele Dozent und Kriminalwissenschaftler. Dafür hatte er auf Ehe und Familie verzichtet und sein Exil in Rothenburg an der polnischen Grenze gewählt. Besonders die

Nächte in seinem Einzelzimmer an der Fachhochschule stellten sich dort oft als trostlos heraus. Da empfand er es nur als gerecht, wenn er sich die verbleibenden drei Jahre bis zur Pensionierung mit der gelegentlichen Anwesenheit attraktiver Studentinnen vertrieb. Natürlich erwarteten die Damen im Gegenzug jedwede Unterstützung, um anstehende Klausuren oder bestenfalls sogar die Prüfungen zu bestehen. Ein solches Arrangement war selbstverständlich hochgradig unzulässig, das wusste Lenk nur zu gut, aber je älter er wurde, umso weniger kümmerte ihn die Gefahr eines Disziplinarverfahrens. Zusätzlich beruhigte er sein Gewissen damit, dass der Weltfrieden nicht davon abhing, ob er der einen oder anderen Kommissaranwärterin Hilfestellung in den Fächern Kriminalistik und Kriminologie gab.

Grau ist alle Theorie, hatte schon Goethe gewusst. Erst in der Praxis zeigte sich, wer das Zeug zu einem aufrechten Polizeibeamten hatte. Lenk selbst musste nicht bedingungslos aufrichtig sein, denn er war nur ein Verwaltungsbeamter in einer sehr hohen Gehaltsstufe.

Um seine Affären geheim zu halten, nahm er unter der Woche die Strecke nach Dresden auf sich. Deshalb war er auch heute in seiner Wohnung. Statt jedoch in den Armen einer Fünfundzwanzigjährigen zu liegen, fand er sich gefesselt auf seinem eigenen Bürostuhl in der Gewalt einer fremden Person.

»Was machen Sie da mit der Kamera?«, fragte er.

»Nick-nack, paddywack ...«, sagte der Eindringling bloß und richtete in aller Ruhe das Stativ und den darauf befindlichen Digitalcamcorder aus. Die Gerätschaft stand etwas schräg zu Lenk, dafür war das Objektiv direkt auf sein Gesicht gerichtet. »Ich möchte Sie interviewen, Herr Professor.«

»Wozu sollte das gut sein?« Lenk verstand nicht, denn er hatte keinen blassen Schimmer, weshalb ausgerechnet er Opfer einer Freiheitsberaubung war.

29

»Schön der Reihe nach«, kam es als Antwort. »Das hier dient einzig und allein der Wahrheitsfindung.«

»Wahrheitsfindung?«, wiederholte Lenk halb benommen vor Erschrockenheit und weil ihm die Kabelbinder das Blut in den Hand- und Fußgelenken abschnitten.

Inzwischen ahnte er, dass die E-Mail der Studentin und die damit verbundene Verabredung vorgetäuscht waren. Verdammt, war er leichtsinnig gewesen. Er hätte sich vergewissern müssen, ob die E-Mail-Adresse auch wirklich der Studentin gehörte. Aber das Mädchen hatte ihm im Unterricht mehrfach aufreizend zugezwinkert. Oder hatte er sich das nur eingebildet? Er wurde doch nicht etwa senil? Nein, ausgeschlossen. Viel eher vermutete er, dass sie in der Sache mit drinsteckte. Bestimmt wollte sie zusammen mit einigen anderen Studenten ihm eine Lehre erteilen.

»Sind Sie hier wegen meiner gelegentlichen Abenteuer?«, ging er in die Offensive.

»Nicht doch, lieber Professor, ich bin gekommen, weil ich Sie bewundere.«

»Wir kennen uns doch gar nicht.«

»Trotzdem bewundere ich Sie.« Die Person lief erst scheinbar unkoordiniert im Arbeitszimmer umher, steuerte dann zielstrebig auf eine Vitrine zu und öffnete die Fächer.

»Was … was suchen Sie da?«

»Nick-nack … Das hier.«

Sofort erkannte Lenk das einzige von ihm verfasste Buch, das vor etlichen Jahren in einem kleinen Dresdner Verlag erschienen war. Es handelte sich um die Biografie eines Hochstaplers und Sektenführers.

»Sie sind also nicht nur kriminell, sondern auch noch fanatisch!«

»Ach, bitte. Ich bin nicht mehr oder weniger fanatisch als Sie.« Mit dem Buch und zusätzlich einem Stapel Dossiers aus der Vitrine kam der Eindringling auf ihn zu und krachte den ganzen Stapel so laut vor Lenks Füße, dass er zusammenzuckte. »Sie sollten mir dankbar sein, denn Ihre Mission hat heute ein Ende.«

»Wovon reden Sie?«, stotterte Lenk, weil das fremde Gesicht inzwischen so nah an seinem war, dass er sich vor dem Wahnsinn, der in den Augen loderte, unendlich fürchtete.

Der Besucher hielt ihm einen USB-Stick vor. »Ich rede vom Luzifer-Video.«

Wäre die Situation nicht so gefährlich gewesen, hätte Lenk aufgelacht. In dem Buch, das er geschrieben hatte und das nun vor ihm lag, beschäftigte er sich in zwei Kapiteln mit dem sogenannten Luzifer-Video. Eine Thematik, der er sich seit Mitte der Neunzigerjahre widmete. »Das Luzifer-Video ist ein Mythos. Bei YouTube gibt es unzählige falsche Versionen. Denken Sie, die hätte ich mir nicht alle angeschaut und analysiert? Bis heute hat niemand das Original veröffentlicht. Und jetzt dringen Sie in meine Wohnung ein, um mir einen weiteren Fake anzubieten?«

»Ich werde Ihnen das echte Video zeigen und Sie werden mir im Gegenzug die Authentizität bestätigen. Klingt das nach einem fairen Deal?«

»Ich werde gar nichts.«

Sein Gegenüber kicherte und trat zurück. »Sie haben mehr als zwanzig Jahre vergeblich nach dem Originalvideo gesucht, ich habe es in weniger als der Hälfte der Zeit gefunden. Ich denke, ein bisschen Respekt wäre das Mindeste, was Sie mir entgegenbringen können.«

»Respekt für was? Erst fesseln Sie mich und dann erpressen Sie ein falsches Geständnis. Darauf läuft es doch hinaus.«

»Sie irren sich, Herr Professor. Sie irren sich gewaltig. Ich werde Ihnen jetzt das Video zeigen und Sie werden sich die vollen drei Minuten siebenundfünfzig ansehen.«

Lenk horchte auf. Bisher gab es keinen Beleg für die Länge des Luzifer-Videos. Zwar vertrat er auf die Sekunde exakt dieselbe Zeitangabe, aber diese beruhte streng genommen auf Gerüchten. »Ah, ich verstehe, Sie haben meine Veröffentlichungen zu dem Thema gelesen und sich da was zurechtgesponnen.«

»Ich habe in der Tat jeden einzelnen Ihrer Artikel gelesen und sämtliche Zeilen aufmerksam studiert. Wie gesagt, ich bewundere Sie. Und heute lege ich Ihnen den Beweis vor. Den Beweis, dass Sie recht hatten. Sie hatten mit allem recht.«

Lenk schaute zur Fernsehwand in seinem Wohnzimmer, und von dort ging sein Blick hinab zum Blu-Ray-Player, an dem es einen Steckplatz für einen USB-Stick gab. »Sie meinen das ernst, oder?«

»Ich meine es todernst. Nick-nack …«

KAPITEL 6

Kurz vor Mitternacht stierte Frost auf die brennende Zigarette zwischen ihren Fingern. Sie saß im Sessel ihres Hotelzimmers und sah zu, wie die Glut pulsierte. Heute hatte sie weitaus mehr als sonst geraucht. Fast eine ganze Schachtel war draufgegangen.

Kein gutes Zeichen, Klara. Kein gutes Zeichen, wenn ein Engel vor lauter Angst nur noch einen Ausweg sieht.

Vor ihrem geistigen Auge flimmerte der Moment, als Larissa Rieß auf die Schienen getreten und von der Straßenbahn erfasst worden war. Stundenlang hatten die Ärzte im Universitätsklinikum Leipzig operiert. Weitere OP-Termine würden folgen.

Frost stupste das Pendel des mechanischen Metronoms ihres Vaters an, das sie als Kind mit seinem beruhigenden Taktschlag in den Schlaf begleitet hatte.

Tick. Tack. Von der Elster und dem Teufel. Tick. Tack. Wenn es einen Teufel gibt, muss es auch Engel geben.

Das hatte Rieß behauptet. Frost würde sich gedulden müssen, bevor sie beide das Gespräch fortführen konnten. Derzeit lag Rieß im Koma, bewacht von einem Herzmonitor.

Piep. Piep. Haben Engel überhaupt Herzen?

Elstern besitzen garantiert eins. Krähen ebenfalls. Diese Rabenvögel standen Frost sogar deutlich näher. Sie trugen

33

schwarzes Gefieder und Frost kleidete sich ebenfalls ausschließlich in Schwarz.

Aber ich habe blonde Haare.

»Bestimmt bin ich als Krähe auf die Welt gekommen und mich hat irgendwann mal ein Engel berührt«, sagte sie laut ihre eigene Fabel auf.

Vielleicht war es ihre leibliche Mutter gewesen, an die sie nur noch schwache Erinnerungen hatte. Ihre Mutter war gewiss ein Engel gewesen – bis zu ihrem grausamen Tod. Da war auch der Teufel über sie gekommen.

Bevor die schweren, düsteren Gedanken an ihren Vater sie überkamen, griff sie nach der Fernbedienung für die Musikanlage und wählte die Playlist mit Technohits der Neunzigerjahre aus. Gerade als sie die Lautstärke aufdrehen wollte, klingelte ihr Handy. Sie schaute auf die Uhr. Nahestehende Bekannte würden um diese Uhrzeit niemals bei ihr anrufen. Demnach musste es der Kriminaldauerdienst sein. Frost hatte für ihr Kommissariat Rufbereitschaft. Vermutlich hatte man irgendwo in Leipzig eine Leiche gefunden, bei der sich der Arzt nicht auf einen natürlichen Tod festlegte.

Frost drückte ihre Zigarette in den Aschenbecher, nahm ihr Smartphone zur Hand und erkannte eine Festnetznummer mit Dresdner Vorwahl.

Definitiv nicht der KDD.

Als sie abhob, vernahm sie sofort die Schreie eines sehr lebendigen Mannes. Eines Mannes, der Todesqualen litt.

»Hören Sie mich?«, kämpfte Frost stimmlich gegen den Lärm von der anderen Seite an.

Vergebens. Der Mann ließ sich nicht unterbrechen, sondern jagte Schmerzenslaute durch die Leitung. Er rief um Hilfe und bettelte, man möge aufhören.

»Hier ist Klara, verstehen Sie mich?«, versuchte sie es noch einmal, doch der Unbekannte reagierte nicht auf die Ansprache.

Danach hörte sie sekundenlang einfach zu, forschte in ihrem Gehirn, ob ihr die Nummer bekannt sein müsste. Plötzlich herrschte absolute Stille im Hörer. Frost dachte schon, ihr Gegenüber hätte das Telefonat beendet, doch die Verbindung stand.

Statt der Schreie ertönte eine mechanisch verzerrte Stimme.

»Nick-nack, paddywack ... Glauben Sie, dass jeder zum Mörder werden kann?«

Zufällig kannte Frost den englischen Begriff Paddywack. So bezeichnete man bei Schafen und Rindern ein äußerst stabiles Nackenband, das man gelegentlich an Hunde verfütterte. Allerdings erschloss sich ihr nicht der Sinn dieser sonderbaren Äußerung. Vielleicht hätte sie mit einer Gegenfrage oder einer sarkastischen Bemerkung antworten sollen, aber sie fand die Gesprächseröffnung auf bizarre Weise interessant. Also spielte sie mit.

»Ja, ich glaube sehr wohl, dass jeder Mensch zum Mörder werden kann.«

»Eine sehr gute Antwort«, kam es aus dem Handy. »Ihr eigener Familienstammbaum kann die Mörder nicht leugnen, nicht wahr? Nick-nack ... Wie ist es, werden Sie oft auf Heinrich Kramer angesprochen? Ich wette, ja.«

Heinrich Kramer, der berühmte Inquisitor und Urheber des *Hexenhammers*. Angeblich war er ein entfernter Verwandter von Frost. Zumindest behauptete man das im Internet, nachdem man die Biografie ihres Vaters im Zuge seiner Verhaftung mehr oder weniger exakt aufgearbeitet hatte. Beweise für das Verwandtschaftsverhältnis zum einstigen Dominikanermönch, dem Verfasser des 1486 veröffentlichten Werks über Hexen und deren legitime Verfolgung, gab es jedoch nicht. Oder sie hatte sie bisher schlicht und einfach ignoriert.

»Sie wissen ja, wie das ist«, antwortete sie. »Die Verwandtschaft kann man sich nicht aussuchen.«

»Aber man kann sie abschaffen.«

Stille.

Frost fragte sich, wer da vorhin am Telefon geschrien hatte. Sie brauchte nicht nachzufragen. Entweder würde ihr Gesprächspartner es von allein erwähnen oder sie würde es früher oder später selbst herausfinden.

»Ich nehme an, Sie rufen nicht von Ihrem Hausapparat an«, sagte sie bloß.

»Nein, es ist der Anschluss eines guten Freundes.«

Fragt sich nur, wessen guter Freund.

»Fürchten Sie, ich könnte Sie erkennen, weil Sie sich mit einem Stimmverzerrer bei mir melden?«

»Furcht? Nick-nack … Sagen wir, ich habe großen Respekt vor Ihren Fähigkeiten.«

Es sollte wohl wie ein Kompliment klingen, aber das war es nicht. Es war vielmehr eine Herausforderung.

»Und wie geht es jetzt weiter?«, wollte sie wissen.

»Ich stelle Ihnen eine weitere Frage …«

»Nick-nack«, machte Frost den Anrufer nach, was der mit einem blechernen Kichern quittierte.

»Glauben Sie, dass Sie zur Mörderin werden können?«

Auf diese Frage hatte Frost nur gewartet. »Wenn es notwendig wird, muss ich jemanden mit meiner Dienstwaffe erschießen. Jemand, der einen anderen Menschen quält und sich bei mir mit verstellter Stimme und einem uralten Abzählreim meldet. Nick-nack.«

Wieder erschallte das blecherne Kichern.

»Danke, Frau Frost, dass Sie mich warnen. Sie werden von mir hören.«

KAPITEL 7

Nach dem Anruf des Unbekannten hatte es exakt siebzehn Minuten gedauert, in denen Frost den Kriminaldauerdienst informiert und den Inhaber des Festnetzanschlusses erfahren hatte.

Professor Heino Lenk, Frosts ehemaliger Dozent an der Polizeifachhochschule. Mit zwiespältigen Gefühlen erinnerte sie sich an die Unterrichtseinheiten bei ihm. Unwiderlegbar war er auf seinem Wissensgebiet eine Koryphäe gewesen. Leider hatte er keine andere Meinung neben seiner zugelassen – stattdessen aber leidenschaftlich gern Komplimente von hübschen Studentinnen entgegengenommen. So war es zumindest vor über zwanzig Jahren zu Beginn des Studiums gewesen. Da war Frost gerade einmal siebzehn und entsprechend die jüngste Kommissaranwärterin gewesen. Anders als so manche ihrer Studienkolleginnen hatte sie nie Schmeicheleien verteilt, im Gegenteil. Sie hatte dem Professor mehr als einmal widersprochen. Ein Umstand, der ihr den Notendurchschnitt in seinen Fächern versaut hatte.

Und jetzt hat dich jemand an deinen eigenen Bürostuhl gefesselt, dir die Kehle aufgeschnitten und dir in die Stirn einen Buchstaben geritzt.

L.

L wie Luzifer.

L wie der Buchstabe auf dem Sargdeckel.

Es war ein bedauernswerter Anblick, wie der tote Professor vor ihr saß. Sie hatte längst keinen Groll mehr auf ihren ehemaligen Dozenten. Obwohl sie seine damalige Benotung nach wie vor als unfair empfand, hatte er mehrfach betont, sie wäre eine seiner besten Studentinnen in den Fächern Kriminalistik und Kriminologie gewesen. Wohl deshalb hatte er sie damals für die Studienreise nach Polen zusammen mit Erik ausgewählt.

Aber mit dem Tod des Professors war dieses Kapitel nun endgültig Schnee von gestern. Sie stand in der Wohnung, die Lenk zwar kostspielig eingerichtet, in der er jedoch alleine gelebt hatte. Beim Betrachten der Wandgemälde und des antiken Mobiliars fragte sie sich, wie er sich das alles hatte leisten können. Selbst in seiner hohen Gehaltsstufe gab es irgendwo ein Limit. Dieses schien er ausgereizt zu haben.

»Habt ihr irgendwas am Tatort verändert?«, fragte sie die Streifenbeamten vom Revier Dresden-Mitte.

»Dazu sind wir gar nicht gekommen«, antwortete ein gestandener Polizeihauptmeister. »Der Schlüsseldienst hat erst wenige Minuten vor deinem Eintreffen die Wohnungstür geöffnet.«

Mit ihrem Mercedes AMG hatte sie die Strecke von ihrem Hotel in Leipzig bis nach Dresden in zweiundsiebzig Minuten geschafft. Frost hatte während der Fahrt mehrere Telefonate geführt und penibel auf die Zeit geachtet. Das tat sie immer. Sie wollte stets wissen, wann sie etwas tat, wie viel Zeit ihr blieb und wie sie diese einteilen konnte. Ihr Vater hatte ihr diese Angewohnheit anerzogen. Bis heute wusste sie nicht, ob sie ihm dafür dankbar sein oder ihn umso mehr hassen sollte.

»Gut«, sagte sie und trat ans Fenster des Arbeitszimmers. Von hier aus konnte man die Lichter der sächsischen Staatskanzlei und linker Hand die Albertbrücke erkennen, die die Elbe überspannte. »Dann werde ich mich jetzt in der Wohnung umsehen.«

»Ich frage mich«, begann der andere Kollege, ein junger Kommissar, »ob wir nicht lieber auf unser eigenes K11 warten sollten.«

Frost schwang herum. »Natürlich warten wir. Ich hier drin und ihr im Treppenhaus. Ist es ein Problem für euch, weil ich aus Leipzig komme?«

Ihr strenger Blick schien zu wirken. Die beiden Dresdner Polizisten schüttelten wie hypnotisiert die Köpfe.

»Ist mir schnuppe, wer von euch K-Leuten die Arbeit macht«, sagte der Hauptmeister und stieß seinen jüngeren Kollegen an. »Hauptsache, die Entscheidungsträger unserer Polizeidirektionen haben sich abgestimmt, damit es am Ende kein Kompetenzgerangel gibt.«

Auch wenn Frost sich bei ihrer Ermittlungstätigkeit oftmals über die geltenden Vorschriften hinwegsetzte, war sie nicht so töricht, ohne vorherige Absprache die Leitung eines Mordfalls in der Nachbardirektion zu übernehmen. Unterwegs hatte sie als Allererstes ihre Kommissariatsleiterin angerufen und ihr mitgeteilt, dass es vermutlich einen Mordfall gebe, der im Zusammenhang mit dem Kindersarg aus dem Rosentalteich stand. Da die Akte zum Sargfund auf Frosts Tisch lag, hatte Alexandra Lorenz ihrerseits ein paar Anrufe getätigt und schlussendlich grünes Licht gegeben. Sobald sich herausstellte, dass Professor Lenk Opfer eines Gewaltverbrechens war, sollte Frost vor Ort die Ermittlungen leiten, während die Dresdner Mordkommission Unterstützung leistete.

Bis zum Eintreffen des hiesigen K11 wollte Frost allein mit dem Toten und der Umgebung sein. So konnte sie sich ohne Ablenkung auf Details und Besonderheiten konzentrieren, begriff dadurch Zusammenhänge und entdeckte winzige Spuren, die sonst womöglich verloren gingen. Es war jedes Mal so, als würde sie vom Tatort Mikropartikel einatmen, die den direkten Weg in ihr Gehirn wählten und ihr dort das Tatgeschehen erklärten.

Nick-nack. Was ist hier geschehen? Warum warst du wichtig für das große L? Welche Verbindung gibt es zwischen dir und dem Sarg und zwischen dir und Larissa Rieß?

Fragen, die sie am besten klären konnte, wenn sie allein war.

»Was ist denn noch?«, fragte sie den Kommissar, der anders als der Polizeihauptmeister das Zimmer nicht verlassen wollte.

»Ich habe noch nie eine so übel zugerichtete Leiche gesehen«, antwortete er, und erst jetzt erkannte sie im Licht der Deckenlampe in seinem Gesicht das blanke Entsetzen. »Hast du schon eine Ahnung, warum man ihm ein L in die Haut geritzt hat?«

»Das ist das Zeichen Luzifers, mein junger Kollege.«

Nicht Frost hatte geantwortet, sondern ein in einer seltsamen dunklen Samtrobe gekleideter alter Mann, der zusammen mit einer Dame vom Flur in das Arbeitszimmer eintrat.

»Wer sind Sie denn?«, fragte der Kommissar, nachdem er sich erschrocken umgedreht hatte.

»Gestatten, Vogel!« Der Alte richtete sich seine Brille und deutete einen Diener an.

So wie ihn die unscheinbare Geste anstrengte, schien er nicht bei bester körperlicher Verfassung zu sein. Ihm gingen die Haare aus, beim Lächeln entblößte er zwei Reihen kaputter Zähne und unter den sichtbaren Hautstellen schienen die Knochen blank und schutzlos zu liegen. Auf Frost machte er den Anschein eines wandelnden Toten. Allerdings entging ihr gleichfalls nicht sein Habichtblick, mit dem er sie durch seine Brillengläser visierte, als wäre sie seine nächste Beute.

Habichte fressen Krähen und Elstern.

»Kriminalhauptkommissar Sokrates Vogel«, ergänzte er mit kratziger Stimme, aber stolz geschwellter Brust. »Lassen Sie sich bloß nicht von meinem Alter und den unansehnlichen Äußerlichkeiten täuschen. Ich bin das Genie, das es für diesen Tatort braucht.«

KAPITEL 8

»Sie sind Sokrates Vogel?«, kam es von Klara Frost, und Vogel bemerkte in ihrem Gesicht das Erstaunen.

Schade, er hatte die Hauptkommissarin mit den eisblauen Augen und den wasserstoffblonden Haaren abgeklärter erwartet. Undurchschaubar sei sie, so erzählte man sich innerhalb der sächsischen Polizei. Davon konnte er bislang kein bisschen entdecken. Stattdessen las er in ihrer Mimik wie in einem offenen Buch. Trotz seiner kranken Augen. Noch war sie erstaunt, langsam keimte Verärgerung in ihr auf und in Kürze würde sie die Konfrontation suchen. In ihrem Blick spiegelte sich jedes einzelne Empfinden wider.

Andererseits war sie damit nicht die erste Kollegin, die von seinem Charme regelrecht entwaffnet war. Bald würde sie ihm aus der Hand fressen, wie sein pummeliges Meerschweinchen auf der Dienststelle. Und wenn er ganz großes Glück hatte, würde sie ihm später mit Begeisterung sämtliche Hautstellen an ihrem Körper zeigen, damit er jede einzelne Tätowierung gewissenhaft studieren könnte.

Den frivolen Gedanken schob er schnell beiseite, denn schließlich wartete Arbeit auf ihn. Mit seinen vierundsechzig hatte er rein physisch für Damen in Frosts Alter sowieso höchstens die Attraktivität eines stinkenden, unansehnlichen Knochens. Selbst jeder Straßenköter würde einen Bogen um ihn machen, wenn er splitternackt daliegen würde. Nicht einmal er selbst würde mit sich ins Bett gehen wollen. Es war schon eine Schande, dass er die schlaffen Hautfalten um seine Hüften allabendlich im Spiegel betrachten musste. Außerdem litt er an mehr als einer Handvoll Erkrankungen – darunter Arthritis und chronische Bauchspeicheldrüsenentzündung –, von denen mindestens zwei dafür verantwortlich waren, dass seine sexuellen Aktivitäten nicht mal mehr Kreisliganiveau erreichten. Er konnte ja nicht mal mehr ohne Schmerzen küssen, denn dank Abbaus seiner Kieferknochen waren Zähne und Zahnfleisch von Parodontitis, Kieferzysten und Abszessen betroffen. Kurzum, er stand mit einem Bein bereits im Grab.

»Ah, Sie haben also von mir gehört«, frohlockte er schließlich und gab gleichzeitig dem Dresdner Kommissar mit einer garstigen, ja beinahe ketzerischen Hals-ab-Geste zu verstehen, dass er endlich verschwinden sollte.

Dem jungen Uniformträger klappte die Kinnlade runter, dann schlich er grummelnd davon.

»Ich dachte, Sie wären tot«, nahm Frost den Faden auf.

»Wie Sie sehen, meine Teuerste, bin ich eine lebende Legende.« Vogel grinste. »Mehr noch als Sie.«

»Und Ihre Kollegin ist mitgekommen, um Ihnen Glitter vor die Füße zu werfen?«

»Sie ist weniger eine Kollegin, vielmehr meine Assistentin. Für den Polizeidienst hat es leider nicht gereicht. Sie hat Rücken, verstehen Sie?« Er deutete auf Winter und krümmte den Zeigefinger, um einen deformierten Wirbelsäulenknochen darzustellen. »Deshalb hat sie sich freiwillig als meine Angestellte und im weitesten Sinne als Chronistin angeboten. Ich meine, einer muss ja meine glanzvollen Taten niederschreiben. Ich sage

Ihnen, als Schreibkraft ist sie hervorragend und dazu kennt sie sich ein bisschen mit Computern aus. Ich hasse diese Maschinen nämlich. Allein die Benutzung eines Handys überfordert mich. Ach so, ich vergaß den Namen! Darf ich vorstellen? Lia Winter.«

Seine Assistentin zog sich eine Wintermütze vom Kopf, wie man sie sonst nur im tiefsten Sibirien vorfand, und offenbarte damit eine Vollglatze. Sie lächelte freundlich, beinahe ehrfurchtsvoll, als sie Frost die Hand zur Begrüßung reichte.

»Sie können Lia zu mir sagen«, kam jedes Wort stockend.

»Keine Sorge«, erklärte Vogel ihr Stottern. »Das gibt sich mit der Zeit, sobald Sie beide sich miteinander angefreundet haben.«

Frost zögerte mit einer Antwort. Vermutlich überlegte sie, ob sie das Angebot, sich zu duzen, erwidern sollte oder doch lieber mit »Frau Frost« angesprochen werden wollte.

»Klara«, sagte sie schließlich. »Wie hält man es mit so einem laufenden Schleifstein aus?«

»Oh, er ist eigentlich ganz umgänglich«, stotterte Winter noch immer. »Wenn man ihn länger kennt.«

Das wiederum hörte Vogel ungern. Denn wenn er eins nicht sein wollte, dann beliebt. Zum Glück schien Frost seiner Mitarbeiterin das Geflunker nicht abzukaufen. Je mehr Frost ihn verachtete, umso überlegener wurde er. Menschen, die jemanden verachteten, machten vor lauter Antipathie Fehler. Fehler, die Vogel gnadenlos ausnutzte.

Er klatschte in die Hände. »Frost und Winter, ist das nicht eigenartig schön?«

Auch Frost schien die Wortverwandtschaft längst aufgefallen zu sein. Statt es zu bestätigen, stellte sie die wichtigste aller Fragen.

»Weshalb sind Sie hier?«

»Um Ihnen den Fall zu entziehen.«

»Und wie wollen Sie das anstellen?«

»Indem Sie das Kommando freiwillig abgeben und meinen Tatort verlassen.«

»Ich bewege mich hier garantiert keinen Zentimeter vom Fleck«, entgegnete Frost. »Immerhin arbeite ich schon drei Monate an dem Fall.«

Mit solchem Widerstand hatte Vogel gerechnet. Unbeeindruckt von ihrer Äußerung schlenderte er durchs Zimmer, warf einen gelangweilten Blick auf den Toten, seufzte und durchstöberte anschließend die CD-Sammlung des Professors. »Sehen Sie, ich arbeite noch deutlich länger an dem Fall.« Er schaute über seine Schulter, wie sie reagierte. Obwohl sie stocksteif dastand, wusste er, dass er sie wieder überrascht hatte. »Geben Sie es ruhig zu, Sie haben keine Ahnung, mit welchem Gegner Sie es hier zu tun haben.«

»Mag sein, aber wie es scheint, hat der Mörder mich kontaktiert und nicht Sie.«

»Ein Grund mehr, dass Sie sich raushalten sollten.« Über dem CD-Regal entdeckte er eine kleine Schildkröte aus purem Kupfer. Diese Figur gefiel ihm so sehr, dass er nach ihr griff und sie in seiner Manteltasche verschwinden ließ.

»Klauen Sie etwa?«

»Ja, das mache ich öfters.« Er zeigte mit dem Daumen auf den toten Wohnungsinhaber. »Er braucht das Ding gewiss nicht mehr und Sie sind keine Spielverderberin, die mich anschwärzen würde, nicht wahr?«

Frost sah Winter auffordernd an, aber seine Assistentin war dressiert genug, um sich nicht einzumischen.

»Wenn Sie beide nicht augenblicklich verschwinden, lernen Sie mich kennen«, sagte Frost schließlich.

Vogel schwang herum und sein ausgestreckter Zeigefinger zielte auf sie. »Nein, Sie werden mich kennenlernen. Und zwar …« Er schaute seitlich zu einer Vitrine, auf der eine Uhr stand. »In exakt elf Sekunden.«

Frost zischte. »Was passiert denn in elf Sekunden?«

»Neun, acht …«, zählte Vogel runter.

Frost spähte ihrerseits auf ihre Armbanduhr. Kurz darauf klingelte ihr Handy.

»Das wird Staatssekretär Spitzner sein«, verkündete Vogel, denn er hatte sich längst mit dem Staatsministerium bezüglich der Fallübernahme abgestimmt.

Zum dritten Mal wirkte Frost verwundert. Nach wie vor blieb sie kämpferisch. »Denken Sie, ich lasse mich von einem Anruf aus dem SMI einschüchtern?«

Vogel schnalzte mit der Zunge, klappte in aller Ruhe die Hülle eines Schlageralbums auf und schob die CD in die Anlage. »Pünktlich auf die Minute. Los, gehen Sie ran.«

Frost tat nichts dergleichen, sondern drückte den Anrufer einfach weg. »Wenn ich Sie so reden höre, könnte man meinen, dass Sie an *Cymothoa exigua* leiden.«

»Cymo…« Diesmal war Vogel erstaunt. Auch sein Hilfe suchender Blick zu Winter brachte keine Erleuchtung, denn sie schüttelte nur ihren kahlen Kopf.

»*Cymothoa exigua* ist eine parasitäre Wasserassel«, klärte Frost auf. »Sie lebt im Maul von Fischen und saugt dort so lange das Blut aus deren Zunge aus, bis diese abstirbt. Wenn die Zunge später abgestorben ist, übernimmt die Assel deren Funktion.«

»Autsch, der war gemein.«

Vogel drückte den Startknopf der Musikanlage und aus den Lautsprechern drang Cliff Richards ölige Stimme.

Das ist die Frage aller Fragen.

Ein Hit aus dem Jahr 1963, der damit schon ziemlich angestaubt war, jedoch Vogel an seine Jugendzeit erinnerte und ihn ein bisschen sentimental werden ließ.

»Wenn ich Ihnen verrate, warum Professor Heino Lenk sterben musste«, lenkte er ein, »verschwinden Sie dann?«

»Das entscheide ich, wenn mir reicht, was Sie mir erzählt haben.«

»Das deute ich als Ja.« Vogel lächelte, obwohl er schon jetzt wusste, dass Frost niemals einfach so gehen würde. »Frau Winter, zeigen Sie der Kollegin bitte das Video.«

KAPITEL 9

Schweigend beobachtete Frost, wie Winter ein Tablet auf dem Schreibtisch des Professors so platzierte, dass jeder von ihnen dreien eine gute Sicht hatte.

»Das Video ist exakt um 1.00 Uhr online gegangen«, erklärte Winter noch immer stockend. Gleichzeitig klickte sie eine Datei an, woraufhin sich ein Medienplayer öffnete. »Inzwischen ist es von den meisten Internetplattformen verschwunden, aber alle Welt diskutiert eifrig über das Gezeigte.«

Noch immer sagte Frost nichts dazu, sondern beobachtete interessiert, wie auf dem Bildschirm Professor Heino Lenk wieder zum Leben erwachte.

»*Das kann nicht sein*«, stammelte der Professor auf dem Display. »*Das ist unmöglich! Woher haben Sie das?*« Wie der Leichnam in der Mitte des Zimmers, in dem Frost aktuell stand, war Lenk in der Aufzeichnung an seinen eigenen Bürostuhl gefesselt. Die Kamera fing sein Gesicht ein. Auf seiner Haut spiegelte sich der Widerschein vom eigenen Fernseher. Zweifellos schaute er sich gerade selbst einen Film an. »*Ich habe so lange danach geforscht und nun tauchen Sie hier auf und … Verraten Sie mir doch endlich, wer Ihnen das Material gegeben hat.*«

Unverkennbar redete er mit seinem Peiniger, aber weder antwortete der Unbekannte noch trat er ins Bild. Der Kamerafokus blieb die gesamte Zeit über auf den Professor gerichtet.

»O Gott, ich hatte mit so vielem recht«, schluchzte Lenk und Frost erkannte Tränen in seinen Augen. Wenn selbst dieser alte Sturkopf beinahe weinte, dann musste er sich etwas wirklich Schlimmes ansehen. *»Sie haben das echte Luzifer-Video! Es stimmt alles, die Bildqualität, die Räumlichkeit, die Personen, Luzifers Schatten … und der Sarg! Mein Gott, es ist nicht länger Fiktion. Wissen Sie überhaupt, was das bedeutet? Sie halten Johannes Mertens grausames Vermächtnis in den Händen. Verflucht, binden Sie mich endlich los, Sie haben doch meine Aussage!«* Er rüttelte an seinen Fesseln, konnte sich aber nicht selbst befreien. *»Verdammt, das da ist hundertprozentig die Originalaufzeichnung, also was wollen Sie denn noch von mir?«*

Das Bild wackelte plötzlich, danach schrie der Professor. Es waren dieselben Schreie und Hilferufe, die Frost live am Telefon vernommen hatte. Irgendwann verstummte er für immer. Bei einer Minute und fünfzehn Sekunden war alles vorbei, der Bildschirm auf dem Tablet schwarz.

»Er hat also das Luzifer-Video gesehen«, fasste Frost Lenks letzte Worte zusammen. »Das echte Luzifer-Video.«

»So ist es«, bekundete Vogel und selbst der bis dahin so arrogante Kriminalhauptkommissar war während der Wiedergabe ganz still geworden. Seite an Seite mit der ebenfalls schweigenden Winter stand er regelrecht ehrfurchtsvoll da.

Die Situation in dem Arbeitszimmer kam Frost auf einmal überaus bizarr vor. In der Mitte hockte der Leichnam ihres ehemaligen Dozenten und von CD spielte ein weiterer Uraltschlager, diesmal von Udo Jürgens.

Warum nur, warum muss alles vergeh'n?

»Ich nehme an, Sie und Professor Lenk kannten sich gut«, mutmaßte Frost.

Vogel wackelte mit dem Kopf. »Wir standen über Jahre hinweg in engem Kontakt.«

»Und was genau zeigt das Luzifer-Video?«

»Nichts, was Sie zu interessieren hat.«

Natürlich hatte Frost in der Vergangenheit vom Luzifer-Video gehört, aber sie hatte sich nie eingehender mit der Thematik und seiner Geschichte beschäftigt, weil sie wie viele andere Menschen von einer Erdichtung ausgegangen war.

»Ich habe meinen Teil der Abmachung eingehalten«, beharrte Vogel. »Für Sie ist es nun Zeit zu gehen.«

Statt der Aufforderung zu folgen, zeigte sie zum Tablet, das Winter im selben Moment vom Tisch nahm, als befürchtete sie, Frost würde sich das Gerät schnappen. »Der Professor sprach von einem Sarg. Ich nehme an, er meinte den Sarg, den wir im Dezember aus einem Teich gefischt haben und der jetzt in der Asservatenkammer der Leipziger KPI steht. Denken Sie bloß nicht, ich würde den freiwillig herausgeben. Da der Fall in meinen Zuständigkeitsbereich fällt, kann nur ich die Freigabe erteilen.«

Sicher war Frost bei dieser Aussage nicht, denn auf ihrem stumm geschalteten Handy hatte es drei weitere Anrufversuche aus dem Staatsministerium und zuletzt einen ihrer Kommissariatsleiterin gegeben. Die Vielzahl der Anrufe deutete darauf hin, dass man sie tatsächlich zurückpfeifen wollte.

»Vergessen Sie den Sarg«, reagierte Vogel gleichgültig. »Ihrer ist sowieso eine Fälschung.«

»Woher wollen Sie das wissen? Ich habe eine Zeugin, die behauptet ...«

Vogel winkte ab und redete dazwischen. »Larissa Rieß ist eine Irre und der Sarg ein Fantasieprodukt. Er sollte nur den Eindruck von Echtheit erwecken und den Fokus der Polizei darauf lenken, dass bald etwas Furchtbares geschehen und die

Vergangenheit uns einholen würde. Verstehen Sie denn nicht? Das L ist zurückgekehrt.«

Selbst für Frost, die oftmals verschlüsselte Botschaften im Handumdrehen entzifferte, sprach der alte Kommissar in Rätseln. »Ich habe die lateinische Inschrift im Holz gesehen.«

»Dann dürfte Ihnen aufgefallen sein, dass einige Worte falsch geschrieben sind.«

»Woher wissen Sie all die Dinge?«

»Haben Sie jemals vom Kommissariat 77 gehört?«

Ich kenne unzählige Mythen.

»Ach, kommen Sie, die Bezeichnung haben Sie sich selbst ausgedacht, jeder Polizist in Sachsen weiß das. Auf dem Organigramm Ihrer PD gibt es kein K77.«

»Inoffiziell schon. Allerdings wissen nur die wenigsten Polizisten überhaupt, dass es eine Abteilung gibt, die sich mit uralten ungeklärten Verbrechen beschäftigt. In dem Fall ein Verbrechen, das siebenunddreißig Jahre zurückliegt.«

»Und was haben Sie in den ganzen Jahren gemacht?«

»Gewartet.«

»Darauf, dass Sie sterben?«

»Dass jemand das Luzifer-Video findet und es veröffentlicht.«

Frost stutzte. »Soll das heißen, Sie haben das Original selbst nie gesehen?«

»So ist es.«

»Was qualifiziert Sie dann für diesen Fall?«

»Wissensvorsprung, meine Teuerste. Wissensvorsprung. In meinem Kopf befinden sich bücherdicke Stapel an Informationen. Informationen, für die Sie Jahrzehnte bräuchten, um sie zu studieren und zu begreifen. Außer mir gibt es niemanden, der so tiefe Einblicke hat, um zu wissen, worum es hier geht und was auf dem Spiel steht. Ich bin sozusagen der Hüter sämtlicher Ermittlungen.«

Wohl eher der Hüter des L.

Bisher hatte Vogel bei Frost den Eindruck eines abgefeimten Pokerspielers hinterlassen. Demnach konnte seine Aussage genauso gut ein Bluff sein.

»Sie sollten ihm glauben«, ergriff Winter Partei für ihren Chef, weil beide wohl Frosts Zweifel bemerkten.

»Nein«, widersprach Frost. »Ich glaube Ihnen kein Wort. Ich weiß nur, dass ich zuerst an diesem Tatort war und mich um einen Mordfall kümmern muss.«

»Sie werden sich schon sehr bald mit einer ganzen Serie von Morden beschäftigen müssen, wenn Sie mir jetzt in die Quere kommen. Und für jeden weiteren Toten wird man Sie verantwortlich machen.« Vogel trat dicht an den leblosen Professor heran und zeichnete über der Stirn das blutige L nach. »Derjenige, der das hier hinterlassen hat, ist kein dahergelaufener Psychopath. Derjenige, den wir suchen, hat das hier sehr lange und bis ins kleinste Detail geplant. Ja, schauen Sie sich nur in jedem Winkel der Wohnung um, Sie werden keine einzige Spur finden. Nein, dieser Killer ist wie die Luft: überall und nirgends. Ein Beweis für seine Überlegenheit ist der Besitz des Originalvideos. Ein Video, nach dem die halbe Welt siebenunddreißig Jahre gesucht hat. Glauben Sie ernsthaft, Sie könnten jemanden aufhalten, der sich selbst für Luzifers Jünger hält?«

Der Luzifer-Killer. Ein imposanter Name für einen Scheißkerl.

Zumindest teilweise stimmte sie den Aussagen des alten Hauptkommissars zu. Ihr Gegner hielt sich vielleicht für genial und unbesiegbar, aber letztlich bestand er aus Fleisch und Blut wie jeder andere auch und demzufolge war er verletzlich. Und er hatte einen Fehler gemacht: Er hatte Frost kontaktiert und sie persönlich herausgefordert. Der Anruf war Frosts Trumpf, denn er machte sie für diese Ermittlungen unersetzlich.

»Mag sein, dass Sie recht haben«, sagte sie, »aber auch damit werde ich fertig.«

51

»Wirklich?« Hinter seinen winzigen Brillengläsern verengte Vogel zusätzlich seine Augen. Offenbar dämmerte ihm allmählich, dass er mit Frosts Hilfe bessere Chancen hatte, den Fall aufzuklären. Bestenfalls konnten sie gemeinsam weitere Verbrechen verhindern. Doch er blieb stur. »Dann helfen Sie uns doch einfach auf die Sprünge und erklären uns, wer Johannes Merten eigentlich ist.«

Johannes Merten.

Professor Lenk hatte den Namen im zuvor gesehenen Video erwähnt. Seitdem hatte Frost sich darüber Gedanken gemacht. Auch wenn sie nur wenig über das Luzifer-Video wusste, so wusste sie eines genau …

»Johannes Merten war der Gründer von L.«

Kapitel 10

Anscheinend genügte den beiden nicht, was Frost über Johannes Merten offenbarte. Sowohl Vogel also auch Winter warteten mit hochgezogenen Augenbrauen, ob da noch mehr aus ihrem Mund kam. Frost musste sich eingestehen, dass ihr Wissen damit erschöpft war. Sie konnte sich dunkel daran erinnern, dass das L so eine Art Geheimbund oder Elite in der ehemaligen DDR gewesen war. Aber sie vermied es, diesen lächerlichen Fakt zu erwähnen.

L. Ein einzelner Buchstabe auf einem Sarg. Noch deutlicher geht es nicht, Klara. Der Zusammenhang hätte dir schon viel früher auffallen müssen.

Selten zuvor hatte sie sich gefühlt wie ein dummes Schulmädchen, das die Antwort auf eine einfache Frage nicht wusste. Dabei war ihr diese Vorstellung eigentlich fremd, denn sie hatte während ihrer Schulzeit die meiste Zeit Bestnoten geschrieben und deshalb sogar die dritte Klasse übersprungen. Bei dieser Gelegenheit musste sie an eine Begebenheit denken, als sie sechs Jahre alt war und ihr Vater vergeblich versucht hatte, ihr eine simple C-Dur-Tonleiter auf seiner Violine beizubringen. Nicht einen richtigen Ton hatte sie den Saiten entlocken können. Wenn ihr ein Unterrichtsfach nicht gelegen hatte, dann war es Musik. Irgendwann hatte ihr Vater ihr das

Instrument enttäuscht weggenommen. An dem Tag war einer seiner Träume zerplatzt …

»Und weiter?«, riss Vogel sie aus ihren Gedanken.

»Nichts ›und weiter‹«, reagierte Frost gereizt. »Das hier ist doch keine blöde Quizshow, sondern ein Mordschauplatz.«

»Warum geben Sie nicht einfach zu, dass Sie keine Ahnung haben?«

»Und dann? Geben Sie mir Nachhilfeunterricht?«

»Ich wäre ein zu strenger Lehrer für Sie.« Er schnippte mit seinen knochigen Fingern. »Frau Winter, bitte einen Schnellkurs.«

Wie ein gehorsames Hündchen bellte seine Assistentin los. »Johannes Merten trat in den Siebzigerjahren in der damaligen Bundesrepublik als falscher Notar, Unternehmensberater und Glücksspieler in Erscheinung. Später gab er sich auch noch als Wahrsager aus, was ihm vollends den Ruf eines Scharlatans einbrachte.«

»So ein Zufall, ich habe soeben noch einen kennengelernt«, konnte Frost sich nicht verkneifen.

Winters Ausführung klang schon nach wenigen Sätzen derart belehrend, dass Frosts anfängliche Sympathie für sie rasant nachließ. Wäre der Fall nicht so verdammt interessant, hätte sie die Wohnung spätestens jetzt freiwillig verlassen. Geduldig hörte sie dem sprechenden Lexikon weiter zu.

»Anfangs ermittelte nur die Staatsanwaltschaft wegen Betrugs und anderer ähnlicher Delikte gegen Merten«, fuhr Winter fort. »Irgendwann kam ihm das Finanzamt wegen Steuerhinterziehung auf die Schliche. Zeitungsberichten nach ging es um einen Millionenbetrag. Merten setzte sich nach Kolumbien ab. Was er dort gemacht hat, fällt größtenteils in den Bereich der Spekulationen. Angeblich war er wirtschafts-politischer Berater. Unstrittig ist jedoch, dass er in Kolumbien mit irgendeiner religiösen Lehre in Berührung kam, die er nach seinem Gutdünken weiterentwickelte und als *Predigt vom umgekehrten Höllensturz Luzifers* oder auch als *Esoterik des L* bezeichnete. Eine Abhandlung seines Kultes hat er in einem Buch niedergeschrieben. Kein Bestseller, sondern höchstens eine Gute-Nacht-Lektüre für Fanatiker und Verschwörungstheoretiker.«

»Moment«, konnte Frost sich einen Zwischenruf nicht verkneifen und zeichnete mit dem Zeigefinger einen Kreis in der Luft. »Sind wir drei dann jetzt auch Verschwörungstheoretiker?«

»Wollen Sie das nun hören oder ist Ihnen der Stoff zu trocken?«, fragte Vogel streng.

»Schon gut, Frau Locke kann ruhig fortfahren.«

Winter strich sich über den kahlen Schädel und machte weiter, als hätte sie die Kränkung überhört. Fast wie eine Maschine – oder ein Diktiergerät, das auf Knopfdruck die Aufnahme wiedergibt.

»Nach einigen Jahren des Exils kehrte er nach Deutschland zurück, allerdings in die DDR, wo man ihm Asyl gewährte. Natürlich tat das die SED-Leitung nicht aus Nächstenliebe, sondern weil Merten etliche Geheimnisse führender Westpolitiker kannte und zudem zahlreiche einflussreiche Kontakte ins westliche Ausland hatte. Außerdem war Merten zeitlebens ein Einflüsterer gewesen, jemand, der Leute mit treffsicheren Worten dazu brachte, alles für ihn zu tun. Trotz staatlicher Beobachtung konnte er so eine Reihe Funktionäre und einflussreiche Persönlichkeiten von seiner abstrusen Religion überzeugen. Merten wurde reicher, mächtiger und damit beinahe unkontrollierbar. Nur so konnte er auf dem Staatsgebiet der DDR den ›Bund des L‹ gründen, eine Vereinigung, die streng genommen den Teufel anbetete.«

»Gott war nicht zufällig eine Nummer zu groß für ihn«, sagte Frost.

»Das hatte wohl eher pragmatische Gründe«, erklärte Vogel. »Während Gott alle Menschen gleich macht, fördert der

Teufel das Leistungsprinzip. Warum also sollten die Reichen und Mächtigen an Gott glauben?«

Anerkennend nickte Frost. »Das war Ihr erster wirklich kluger Beitrag.«

»Seine Anhänger sind ihm bis zu einem gewissen Punkt blind gefolgt«, durchkreuzte Winter das Geplänkel. »Am Ende forderten sie von ihm jedoch ein sichtbares Zeichen Luzifers als Beweis für die Echtheit seiner Religion.«

Frost zählte eins und eins zusammen. »Und ein solches Zeichen ist auf dem Video zu sehen?«

Diesmal antwortete Winter nicht, sondern sah Vogel an, der für sie übernahm.

»Möglicherweise.«

Schon klar, du hast es ja selbst noch nicht gesehen.

»Was ist aus Johannes Merten geworden?«

»Angeblich ist er mit der Grenzöffnung erneut untergetaucht«, antwortete Winter. »Das würde zumindest zu seinem Charakter passen.«

»Zuvor hat er das gemacht, was ich auch getan hätte«, sagte Vogel. »Er hat seine Gegner vergiftet. Natürlich hat er es wie Selbstmord aussehen lassen. Aber man vermutet, er hat Batrachotoxin benutzt.«

»Das Gift des Pfeilgiftfrosches«, sagte Frost. »Damals noch weitestgehend unerforscht.«

»Vermutlich stammte es aus Kolumbien. Aber das alles ist reine Hypothese. Die Wahrheit ist, niemand weiß, was mit Merten während der Wendezeit passiert ist. Seitdem fehlt jede Spur von ihm. Und damit endet auch die Geschichtsstunde, meine Liebe.«

»Den Rest werde ich mir wohl über Google zusammensuchen müssen.«

»Geben Sie sich keine Mühe, Sie sind zu spät dran.«

»Für was?«

»Wissen Sie, was heute für ein Tag ist?«

Sicherheitshalber schaute Frost noch einmal auf ihre Uhr. Es war bereits nach Mitternacht. »Jedenfalls nicht mein Glückstag …«

»Heute vor siebenunddreißig Jahren wurde das Video aufgenommen.«

Frost schaute dem toten Professor in das blutleere Gesicht. Sie betrachtete das Zeichen auf seiner Stirn und den Kehlenschnitt.

Das ist dann wohl erst der Anfang.

Auch wenn es ihr widerstrebte, das Feld dem unausstehlichen Alten und seinem dressierten Äffchen zu überlassen, machte sie sich bereit zu gehen. Eine Sache interessierte sie noch, bevor sie verschwand.

»Soweit ich weiß, arbeiten Sie in derselben Direktion wie Erik Donner.«

»Ja, bedauerlicherweise.«

»Sind Sie ihm in den letzten Tagen zufällig begegnet?«

»Nein, glücklicherweise nicht.« Er grinste. »Aber so wie ich Herrn Donner kenne, wirft er sich in einer dunklen Höhle bunte Pillen ein und feiert mit irgendwelchen düsteren Geistern aus seiner Vergangenheit eine Party.«

KAPITEL 11

Kriminalhauptkommissar Erik Donner erwachte zum dritten oder vierten Mal in demselben stinkenden Loch. Über seinem Kopf eine surrende, fleckige Glühbirne, rechts von ihm ein Fahrstuhlschacht mit verschlossenen Holztüren, links eine salpeterverseuchte Wand, auf der eine »9« verblasste. Irgendwo mussten Kameras und Lautsprecher versteckt sein. Zumindest vermutete er das. Eine Ärztin hatte mit ihm gesprochen. Sie hatte ihm gesagt, er sei zur Therapie hier. Natürlich in seinem eigenen Interesse, damit er Polizist bleiben könne, hatte sie behauptet.

Bin ich denn überhaupt noch ein Kriminalbeamter oder bin ich das Arschloch, für das mich meine Kollegen halten?

Dem Geruch nach zu urteilen, tippte er auf die zweite Alternative.

Heftig schüttelte er den Kopf. Durch diese Bewegung versuchte er, den Nebel aus seinem Gehirn zu vertreiben. Zusätzlich kniff er die Augen zusammen, damit seine Sicht aufklarte und der Dämmerzustand endlich aufhörte.

Für einen Kriminalhauptkommissar befand er sich in einer ziemlich entwürdigenden Sitzposition. Mit Lederriemen an einem quietschenden Rollstuhl festgegurtet! Und dazu dieses beschissene Nachthemd, mit dem er aussah wie einer von diesen Psychopathen aus einem billigen Hollywoodstreifen.

Was ist denn das? Habe ich mich etwa …?

Schlagartig wusste er, woher der üble Geruch kam. Er hatte sich eingenässt.

Gott, die haben mich echt fertiggemacht.

Zu allem Übel konnte er sich nicht einmal aus seiner erniedrigenden Pfütze befreien. Er war an den Rollstuhl und damit an das feuchte Lederpolster gefesselt.

»Machen Sie sich nichts draus, das kommt von den Medikamenten, mit denen man Sie vollgepumpt hat«, hörte er jemanden sagen.

Donner zwang sich aufzuschauen. Aus seinem Mundwinkel lief ein Speichelfaden. Kurz bevor er tropfte, schlürfte er ihn auf, um ein Minimum an Haltung zu wahren.

»Wer sind Sie?«, fragte er den Mann, der ihm gegenübersaß und durch den er Sekunden zuvor hindurchgesehen hatte.

»Das macht sie wieder sauber.«

»Wer zum Teufel sind Sie?« Sein Sichtfeld klarte sich allmählich auf, wodurch auch die Konturen seines Gegenübers schärfer wurden. Bald blickte er in das drahtige Gesicht eines älteren Herrn, der mit seiner ruhigen und souveränen Ausstrahlung und seinen wachen, gutherzigen Augen Donner jederzeit einen Pinguin hätte verkaufen können.

»Mein Name ist Viktor Burda, wenn Ihnen das hilft.«

»Scheiße, hoffentlich wollen Sie mir keinen verdammten Pinguin aufschwatzen.«

»Wie bitte?«

»Schon gut …« Donner rollte mit den Augen, weil sich seine Zunge bleischwer anfühlte und ihm somit das Sprechen erhebliche Mühe bereitete. Zudem kamen langsam die Schmerzen in den Schultern, im Hals und im Nacken. Dafür spürte er vom Bauchnabel abwärts fast nichts mehr. Vermutlich war die Taubheit in Teilen seiner Gliedmaßen eine Folge seiner Sitzhaltung. »Wie lange sitze ich schon hier?«

»Ich weiß es nicht, wir sind uns vor zwei Tagen das erste Mal begegnet.«

»Vor zwei Tagen?« Erst jetzt bemerkte er, dass der andere ebenfalls in einem Rollstuhl saß und wuchtige Stahlschnallen ihn dort hielten. Das stachelte seinen Fluchtinstinkt richtig an, und obwohl er seine Hüfte kaum noch spürte, stemmte er sich mit aller Macht gegen das Metallgestell und brachte es zum Wackeln.

»Hören Sie auf, sonst fallen Sie wieder um.« Burda nickte Donner zu. »Ihre Platzwunde am Kopf musste gestern genäht werden.«

Donner konnte sich an keinen Sturz erinnern. Nur an seine Stürze aus der Vergangenheit. Immer dann, wenn das Leben mal wieder meinte, es müsste ihn mit voller Wucht zu Boden schmettern.

Wenn ich falle, dann höchstens aus allen Wolken. Und dann stehe ich immer wieder auf. Wie so ein Pinguin.

Komischerweise spürte er am Kopf keinen Schmerz. Vermutlich war er direkt auf die Stelle mit der Metallplatte in seinem Schädel aufgeschlagen. Zu gern hätte er jetzt einen Spiegel gehabt. Auf eine Narbe mehr oder weniger in seinem Gesicht kam es wahrlich nicht an, aber der Blick ins eigene Antlitz wäre aktuell ein echt schöner Glücksmoment gewesen.

»Wo bin ich hier?«

»Sie nennt es Station 9.«

»Wer ist *sie*?«

»Die Ärztin. Entschuldigung, ich dachte, das wüssten Sie.«

Natürlich sprach Burda von der Ärztin. Donner glaubte jedoch nicht, dass sie wirklich Medizinerin war. Aber die meisten Leute bezweifelten ja auch, dass er Polizist war.

Stattdessen halten sie mich für ein Monster. Deshalb hat man mich gefesselt und weggesperrt. An einem geheimen Ort hat man mich versteckt.

»Gab es für diese Horrorshow eine Eintrittskarte?«, fragte er überdreht, denn nach der völligen Benebelung fühlte es sich plötzlich so an, als hätte ihm jemand ein Aufputschmittel injiziert. Gleichzeitig hörte er auf, sich gegen den Stuhl zu wehren, und schaute sich stattdessen um. Wenn er in das Gebäude hineingekommen war, musste es auch irgendwie wieder hinausgehen.

»Schätze, man hat Ihnen Halluzinogene und andere Psychostimulanzien verabreicht«, sagte Burda.

»Sie meinen wohl eher Neuroleptika und Tranquilizer«, kam es aus dem Hintergrund, dann tauchte eine Frau im Arztkittel auf. Eine Frau, die kaum älter als Donner war und die für eine vielbeschäftigte Ärztin viel zu viel Schminke trug. »Wir sind schließlich eine Fachklinik, die sich auf die depressiven und selbstzerstörerischen Zustände ihrer Patienten spezialisiert hat. Nicht wahr, Herr Burda?«

Keine Antwort von ihm, dafür lallte Donner los. »Wenn das hier eine Klinik ist, bin ich echt krank.«

»Aber, aber, Herr Donner, wir beide wissen doch nur zu gut, dass Sie der kaputteste Polizist sind, den diese Stadt kennt.«

»Binden Sie mich los und wir werden sehen, wie kaputt ich bin.«

»Nick-nack, paddywack, Knochen für den Hund ...« Sie lächelte und hielt eine Spritze ins Licht. »Sie beide haben sich erneut kennengelernt?«

»Was heißt erneut kennengelernt?«, stammelte Donner und auf einmal bekam er Angst. »Was wollen Sie mit dem Ding?«

»Vergessen Sie es nicht gleich wieder«, sagte sie und rammte die Nadelspitze Burda in den Hals.

Ohne einen Laut ließ er die Spritze über sich ergehen. Er versuchte nicht einmal, auf irgendeine Weise Widerstand zu leisten. Stattdessen zwinkerte er Donner aufmunternd zu. Kurze Zeit später sackte Burdas Kinn auf seinen Brustkorb.

»Keine Sorge«, sagte sie und löste an Burdas Rollstuhl die Feststellbremsen. »Sie bekommen Ihre Medizin auch bald.«

»Scheiße, stechen Sie sich das Zeug in Ihre Augen, Sie Hexe!«, zürnte Donner und zerrte erneut an den Lederriemen. »Warum bin ich hier?«

»Haben Sie denn alles vergessen, Herr Donner? Sie sind mit einem offiziellen Dokument Ihrer Polizeiärztin zu uns gekommen. Sie haben sich freiwillig einliefern lassen.«

Dunkel erinnerte Donner sich an ein Schreiben der Polizeidirektion in seinem Briefkasten. Ein Schreiben, das er flüchtig gelesen, zusammengeknittert und im Mülleimer entsorgt hatte. Er hatte es weggeschmissen, weil er zwar ein paar Probleme mit seiner Trauerbewältigung hatte, aber deshalb war er noch lange nicht bekloppt.

»Gut, wenn ich freiwillig hier bin, dann entlasse ich mich jetzt selbst.«

»Aber Herr Donner, Sie können ja kaum sprechen, geschweige denn klar denken. Nein, Sie bleiben hier. Und zwar noch für eine sehr lange Zeit.«

KAPITEL 12

Den Rest der Nacht hatte Frost sich mit Telefonaten und etlichen Zigaretten um die Ohren geschlagen. Sowohl ihre Kommissariatsleiterin, die vorübergehend auch als Dezernatsleiterin fungierte, sowie der KPI-Leiter hatten sie eindringlich ermahnt, keine eigenmächtigen Untersuchungen zum Tod von Professor Heino Lenk anzustellen. Offiziell war nun Kriminalhauptkommissar Sokrates Vogel aus der Polizeidirektion Chemnitz für die Ermittlungen verantwortlich. Diese Entscheidung war per Blitzfernschreiben noch in der Nacht an alle Dienststellen in Sachsen verteilt worden. Frost konnte sich nicht erinnern, wann sich ein Landespolizeipräsident persönlich in solche Zuständigkeiten eingemischt hatte. In diesem Fall kam die Anweisung direkt von ihm. Anscheinend war der Mord an ihrem ehemaligen Hochschuldozenten äußerst prekär für das Staatsministerium. So prekär, dass man ihr gleich noch den Sargfall entzogen hatte.

Genau das hatte Frost zu Dienstbeginn nämlich festgestellt, nachdem sie sich eine Tasse Kaffee geholt, mit einer brennenden Zigarette vor ihren Rechner gesetzt und den Vorgang auf ihrem Server gesucht hatte. Statt die Diskussion mit ihrer Chefin Alexandra Lorenz zu suchen, hatte sie die Kriminalpolizeiinspektion enttäuscht verlassen, sich in ihren

Mercedes AMG gesetzt und war zur Universitätsklinik Leipzig gefahren.

Dort erlebte sie die nächste Überraschung.

»Wir führen aktuell keine Larissa Rieß«, versicherte ihr die Oberschwester der Intensivstation, nachdem Frost den Namen wiederholt hatte.

»Larissa Rieß ist gestern früh gegen acht Uhr mit schwersten Verletzungen eingeliefert worden. Ich selbst habe dem Notarzt und den Rettungssanitätern bei den lebensrettenden Erstmaßnahmen assistiert.«

»Sprechen Sie etwa von der Frau, die den Zusammenstoß mit der Straßenbahn hatte?«

»Genau die.«

Wieder schüttelte die Schwester den Kopf. »Tut mir leid, da gibt es offensichtlich ein Missverständnis, die Frau heißt Sandra Müller.«

»Sandra Müller«, murmelte Frost ungläubig. »Sind Sie sich sicher?«

»Ganz sicher, ihre Dokumente liegen uns vor.«

Der Engel hat mich also belogen. Oder heißt sie doch Larissa Rieß?

Um sich Klarheit zu holen, pochte Frost auf ihr Anliegen. »Kann ich dann endlich die Patientin sehen?«

»Vorher möchte ich zu bedenken geben, dass ihr Zustand nach wie vor kritisch ist und das Koma anhält«, warnte die Schwester. Seltsamerweise verzichtete sie auf eine Rücksprache mit einem Stationsarzt, um sich das Okay zu holen. »Ich kann Sie bis in den Vorraum mitnehmen, aber bitte verhalten Sie sich trotzdem ruhig. Das habe ich Ihrem Kollegen ebenfalls mitgeteilt.«

Auch darüber war Frost erstaunt. Eine Nachfrage erübrigte sich, denn sie konnte sich denken, auf wen sie gleich treffen würde.

»Kollege Vogel«, begrüßte sie nur eine Minute später den in eine Art mittelalterliche Kutte gekleideten und selbst bei Tageslicht kränklich anmutenden Kriminalhauptkommissar.

»Ah, Frau Frost, ich dachte mir schon, dass ich Sie hier treffen würde.«

»Jetzt verstehe ich auch, warum man mich ohne Widerstände durch die Intensivstation geführt hat.«

»Ich dachte, es könnte nicht schaden, wenn Sie die Frau, die sich nach dem Gespräch mit Ihnen vor die Straßenbahn geworfen hat, in ihrem ganzen Elend sehen. Dann hören Sie vielleicht endlich auf, sich weiter für diesen Fall zu interessieren.«

Vielleicht unterhalten wir uns mal ernsthaft. Und danach wirfst du dich auf die Gleise.

»Von wem reden Sie? Von Sandra Müller oder von Larissa Rieß?«

Gemeinsam blickten sie eine Weile stumm durch die Glasscheibe in den Raum, in dem die Frau in einem Krankenbett und an Schläuchen und allerlei technischen Geräten zur Überwachung ihrer Vitalfunktionen hing. Es war wirklich ein erbärmlicher Anblick. Obwohl Frost wusste, dass sie für das Unglück keine Schuld trug, machte sie sich Vorwürfe.

Ich hätte ihre bösen Gedanken eher erkennen müssen. Sie hatte mir eine Kerze als Warnung mitgebracht, aber ich habe nur das Licht gesehen.

»Ob Larissa oder Sandra«, hob Vogel die Stimme, »der Name spielt keine große Rolle. Ich würde nur allzu gern mit ihr sprechen.«

»Haben Sie letzte Nacht nicht behauptet, Larissa Rieß wäre eine Irre?«

»Die Kunst liegt darin, zu erkennen, wann ein Irrer einen Lichtblick hat.«

»Und hatten Sie heute schon einen Lichtblick?«, nahm Frost diese Steilvorlage auf.

Statt verärgert zu reagieren, kicherte Vogel wie ein bösartiges kleines Rumpelstilzchen. »Bedauerlicherweise nicht.«

Frost wandte den Blick von der Patientin ab und sah sich um. »Wo ist eigentlich Ihre Assistentin geblieben? Beim Friseur, oder durchstöbert sie heimlich die Krankenhausakten, während Sie hier Schmiere stehen?«

»Frau Winter habe ich bis Ende des Jahres mit Arbeit eingedeckt in der Hoffnung, sie bewältigt sie innerhalb der nächsten vierundzwanzig Stunden. Andernfalls werde ich mich wohl nach einer zuverlässigeren Hilfskraft umsehen. Wie sieht es denn mit Ihnen aus?« Er schnalzte mit der Zunge und grinste. »Wollen Sie nicht in meine Dienste treten?«

»Sie sprachen doch eben von zuverlässig. Allein dass ich hier neben Ihnen stehe, zeigt, wie unzuverlässig ich bin.«

»Ach, Wortklauberei.«

»So wie Thaimassage?«

»Wie bitte?«

»Die Thaimassage stammt ursprünglich nicht aus Thailand, sondern aus Indien.«

Vogel schnippte mit den Fingern. »Sie haben vollkommen recht, Frau Winter ist aktuell die beste Angestellte, die ich mir vorstellen kann. Sie ist absolut verschwiegen und beherrscht einen Computer wie keine Zweite. Ich bin sicher, sie findet vor Ihnen etwas über Larissa Rieß' Vergangenheit heraus.« Er wedelte mit einem Personalausweis, auf dem Frost deutlich ein Passbild mit dem Gesicht der Frau im Nebenraum erkannte. »Außerdem haart sie nicht, im Gegensatz zu Ihnen.«

Und sie widerspricht Ihnen niemals.

»Sie sollten trotzdem ihr Selbstvertrauen stärken.«

»Wozu?«

»Vielleicht aus Dankbarkeit.«

»Damit sie irgendwann gegen mich rebelliert? Nein, meine Liebe, Frau Winter ist für mich nur so lange nützlich, wie sie macht, was ich von ihr verlange. Momentan kümmert sie sich um die Auswertung von Datenbanken. Eine Sache, für die ich nicht geschaffen bin. Ich bin mehr so das Mastermind, das das große Ganze im Blick behält.«

»Ihre Sozialkompetenz ist ja noch erbärmlicher als meine. Spüren Sie überhaupt was Zwischenmenschliches?«

»Ja, meistens Abneigung oder wahlweise den Drang nach Ausbeutung. Tut mir leid, wenn ich Ihnen nicht beipflichten kann. Schon für meine Mutter war ich in Bezug auf Geselligkeit eine Enttäuschung auf ganzer Linie. Ich hatte beizeiten gelernt, dass ich mich mit niemandem gut stellen muss, um mit mir selbst leben zu können.«

In gewisser Weise kann ich das gut nachvollziehen, aber das gibt dir noch lange nicht das Recht, deine Mitmenschen wie Sklaven zu behandeln.

»Ich weiß, weshalb Sie hier sind«, sagte Frost.

»Ach, und weswegen, wenn ich fragen darf?«

MA1127920SF819Z

»Auch wenn Sie so tun, als würden Sie sich nicht im Geringsten dafür interessieren, geht es Ihnen einzig und allein um den Geheimcode im Sargboden. Liege ich richtig? Sie sind hier, weil Sie sich eine Aussage oder wenigstens den kleinsten Fingerzeig von der Frau da drin erhofft haben. Sie stecken fest und haben Angst, Ihnen könnte die Zeit weglaufen. Genau das ist der Unterschied zwischen uns beiden: Sie sind alt und ich bin jung. Ich habe jede Menge Zeit.«

Vogel wackelte mit seinem ergrauten Kopf. »Niemand hat behauptet, ich wäre perfekt. Aber Sie müssen zugeben, ich bin sehr nah dran.«

»Offensichtlich hat Frau Winter zwar Ihren Einstellungstest bestanden, aber bisher den Code nicht knacken können. Mal sehen, vielleicht bin ich ja in dem Punkt schneller …«

KAPITEL 13

»Hilfe!«, kreischte Donner wie ein Kleinkind. »Hilfe!«

Seine Schreie wurden von den Betonwänden wie höhnische Echos zurückgeworfen. Starr richtete er seinen Blick auf die verschlossenen Fahrstuhltüren. Er fragte sich, in welcher Etage er sich wohl befand und ob der Aufzug überhaupt noch funktionierte. Sosehr er sich in den Pausen, in denen er schwieg und nicht am Rollstuhl rüttelte, auf die Umgebungsgeräusche konzentrierte, er konnte weder Verkehrslärm noch die Stimmen anderer Menschen hören. Irgendwo brummte leise ein Aggregat. Vermutlich arbeitete es nur, um das trübe Licht der Glühbirne an der Decke am Leben zu erhalten. Ansonsten herrschte Totenstille. Die einzigen Personen, die sich mit ihm im Gebäude befanden, schienen ein Mann namens Viktor Burda und eine sadistische Ärztin zu sein.

»Kann mich jemand hören?«, versuchte Donner es erneut. Wieder zerrte er an seinen Fesseln. Vergeblich. Aber er wollte sich mit seiner Situation nicht abfinden.

»Ich bewundere Ihren Kampfgeist«, vernahm er plötzlich die Stimme der Frau, die Minuten zuvor den anderen Gefangenen weggeschoben hatte. »Es war absolut richtig, Sie hier aufzunehmen.«

Donner fand es beinahe beruhigend, als sie ins Licht und damit in sein Sichtfeld trat. Es war gespenstisch, wenn er hilflos im Rollstuhl saß und sie ihn aus der Dunkelheit ansprach. Im schwachen Schein der Glühlampe wirkte ihre Haut alt und verbraucht. Trotzdem schätzte er sie auf Mitte dreißig. Ihre Gesichtszüge waren hart und ihr schwarzes Haar zu einem strengen Zopf gebunden. Insgesamt machte sie eher einen maskulinen Eindruck. Zudem musste man die Brüste unter dem eng anliegenden Arztkittel mit der Lupe suchen. Bei einem flüchtigen Blick hätte man tatsächlich meinen können, sie wäre ein Mann.

»Warum bin ich wirklich hier?«, fragte Donner.

»Weil ich mit Ihnen über Verlust reden möchte.«

Sofort ahnte Donner, worauf das Gespräch hinauslaufen würde. Lauter finstere Gedanken durchströmten ihn und erzeugten Brechreiz und ein Schwindelgefühl. Hinzu kamen unerträgliche Bauchschmerzen, und wenn er seine Arme betrachtete, stellte er eine sonderbare Hautfärbung fest. Der graublaue Teint konnte allerdings auch vom schummrigen Licht kommen.

»Geht es Ihnen nicht gut?«, fragte die Frau.

»Wie sollte es, wenn man mich gegen meinen Willen festhält?«

»Bald geht es Ihnen besser, sobald die Medikamente richtig eingestellt sind.«

»Ich brauche Ihr Gift nicht.«

»Oh, doch, andernfalls würde das hier gar keinen Sinn haben. Nick-nack, paddywack …«

Donner kämpfte gegen die unbequeme Haltung und das Taubheitsgefühl an. »Warum sagen Sie das immerzu?«

»Alter Mann, er spielt eins, spielt das Nick-Nack-Einmaleins … Kennen Sie diesen Abzählreim nicht? Nicknack, paddywack, Knochen für den Hund, Opas Bauch ist kugelrund …«

Donner kramte in seinem Gehirn und verneinte schließlich. »Ich habe schon im Kindergarten solche Wortspielchen gehasst, lieber habe ich Räuber und Gendarm gespielt.«

»Verstehe, deshalb halten Ihre Kollegen Sie für wortkarg.«

»Wer behauptet so was?«

»Alter Mann, er spielt zwei, spielt das Nick-Nack mit 'nem Ei«, überging sie seine Frage wieder mit ihrem sonderbaren Reim. »Sie waren im Kindergarten bestimmt immer der Gute.«

»Nee, damals war ich noch in der Findungsphase und die Bösen hatten schließlich immer die cooleren Waffen und die fieseren Tricks auf Lager.«

»Umso erstaunlicher, dass Sie ein aufrechter Polizist geworden sind.«

»Und wer behauptet das nun wieder?«

Sie trat nah an ihn heran. So nah, dass er ihren Zigarettenatem riechen konnte. »Ich weiß alles über Sie, Herr Donner. Ich weiß von Ihren Ängsten, von Ihrer Einsamkeit, vom Verlust Ihrer Tochter und von den beiden toten Frauen in Ihrem Leben – und von einer dritten Frau, die Sie einmal sehr geliebt haben müssen …«

Unvermittelt hielt sie ihm ein Foto hin, auf dem zwei Menschen zu sehen waren. Eigentlich handelte es sich um kein richtiges Foto, sondern nur um ein ausgeschnittenes Bild aus einer alten Studentenzeitung. Er hatte es vor gut drei Monaten schon einmal gesehen, als der K11-Leiter Henry Stark ihn dazu befragt hatte. Das Bild zeigte ihn und Klara Frost. Angeblich hatte man es in einem Sarg in einem zugefrorenen Teich gefunden.

Weil er schwieg, redete die Ärztin. »Weckt das Erinnerungen in Ihnen?«

Höchstens schmerzliche Erinnerung. Aber eigentlich kannst du Hexe mich niemals damit verletzen, weil mein Herz an eine andere Frau vergeben war und sie es mit in ihr Grab genommen hat.

Damals an der Fachhochschule der Polizei war er ein Kindskopf von Anfang zwanzig gewesen, der sich da in irgendwas verrannt hatte. Er hatte sich in Klara Frost verrannt.

Aber so einfach, wie er es sich einredete, war es letztlich nicht. Damals hatte er tiefe Gefühle für Klara gehegt, denn sie war immer besonders gewesen.

»Haben Sie auch was Positives für mich?«, sagte er schließlich. »Ich meine, das hier soll doch eine Therapie werden. Da müssten Sie doch meine kaputte Psyche mit positiven Signalen aufbauen.«

»Sie wollen etwas Positives hören? Fein. Alter Mann, er spielt drei, spielt das Nick-Nack auch im Mai ...« Sie lächelte und hielt drei Finger hoch. »Sie sind vertrauenswürdig, konsequent und gerecht. Eigentlich müssten Sie ein Engel sein, aber stattdessen sind Sie eine Elster.«

»Eine Elster?«

»Ja, eine Elster. Kleine, miese Biester. Das sind Sie doch, oder? Warum sonst nennt man Sie Monster?«

Monster. Ja, so nennt man mich in der Tat. Weil mir das Leben und die Meinungen meiner Mitmenschen am Arsch vorbeigehen, weil ich durch Narben entstellt bin und zu guter Letzt in meinem eigenen Urin sitze.

»Warum bin ich hier?«, wollte er endlich wissen.

Daraufhin beugte sie sich dicht an sein linkes Ohr und stupste es mit ihrer Zungenspitze an. »Um herauszufinden, ob die Elster dem Teufel entkommen kann.«

»Was ... Was bedeutet das?«

Unvermittelt richtete sie sich auf und trat neben ihn. »Tut mir leid, ich muss jetzt gehen, meine Schicht beginnt gleich.«

»Ihre Schicht?«

Statt einer Erklärung zog sie aus der Tasche ihres Kittels eine neue Spritze.

KAPITEL 14

Obwohl Kriminalhauptkommissar Vogel sie wiederholt ermahnt hatte, sich nicht in seine Angelegenheiten einzumischen, konnte Frost es nicht lassen, das Internet zu durchsuchen. Falls es tatsächlich ein solches Luzifer-Video gab, musste es definitiv Anfang der Achtzigerjahre entstanden sein. Darauf deuteten etliche Quellen hin. Einige Artikel verwiesen auf die Aussage von Professor Lenk, der in seiner fragmentarischen Biografie von Johannes Merten den 13. März 1983 als Entstehungsdatum des Videos benannte.

Um den Inhalt rankten sich diverse Spekulationen. Sie reichten von ausschweifenden Feiern von DDR-Bonzen über dunkle Messen von Satanisten bis hin zu einem Mord. Lenk selbst vermutete ebenfalls ein Verbrechen, ohne es konkret benennen zu können. Laut seinem Buch diente das Video einzig und allein dem Zweck, Johannes Mertens kriminelle Machenschaften zu entlarven. Nach eigenen Quellenangaben berief Lenk sich auf Aussagen von Zeitzeugen. Im Laufe von mehr als zwanzig Jahren hatte er umfangreiches Material zusammengetragen. Einen Beweis für seine Annahme war er bis zuletzt schuldig geblieben.

Warum konntest du dich nicht auf den 14. März festlegen?

Unruhig betrachtete sie ihre handschriftlichen Notizen, auf denen ganz oben der 13. März stand.

Dreizehn. Eine verdammt ungünstige Zahl, wenn man an Triskaidekaphobie leidet.

Triskaidekaphobie: Angst vor der Zahl dreizehn.

Frosts Mutter war an einem 13. gestorben. Auch wenn sie deshalb nicht gleich von einer Phobie sprechen wollte, so vermied sie die Zahl, wann immer es ging. Aber der heutige Tag fiel nun mal auf einen 13. Heute vor siebenunddreißig Jahren hatte angeblich ein Journalist namens Werner Sollstein eine von Johannes Mertens Versammlungen mit einer versteckten Acht-Millimeter-Filmkamera gefilmt. So stand es im Buch des Professors und so stand es auf ihrem Notizzettel.

Zwei Tage nach der Aufnahme hatte man Sollstein tot in einer Lagerhalle aufgefunden. Verstorben unter mysteriösen Umständen. Gerüchten zufolge war er vergiftet worden – genau wie später sieben weitere Mitglieder aus Mertens engstem Kreis. Vermutlich handelte es sich bei diesen Leuten um diejenigen, die nicht mehr bedingungslos an die Sache ihres Sektenführers geglaubt oder ihm sogar nach dem Leben getrachtet hatten. Theorien besagten, der Auftrag von Mertens Sturz sei direkt von der Partei gekommen, weil Merten sich nicht an Absprachen und schon gar nicht an die Regeln des Sozialismus gehalten hatte.

Frost fingerte nach ihrer Zigarettenschachtel und grübelte, ob die Wahrheit, was damals geschehen war, jemals ans Tageslicht kommen würde.

Und wozu eigentlich? Wem wäre damit geholfen?

Tief in ihrem Innersten wusste sie, dass einem Unbekannten sehr wohl daran gelegen war, dass die Öffentlichkeit die Wahrheit erfuhr. Und die Öffentlichkeit war im Gegenzug ein dankbares Publikum, wenn es um Stimmungsmache ging. Allein die Flut an Amateurvideos mit dem Titel *Real Lucifer-Video* bei YouTube war erschreckend. Dabei zählten die Filme, in denen maskierte Teufel Kinder und alte Leute erschreckten, noch zum harmloseren Material. In einem Video, das ein User mit dem Namen Lichtbringer45 vor knapp acht Jahren hochgeladen hatte und in dem die Darsteller mit osteuropäischem Akzent sprachen, wurde in einem Waldstück eine Frau auf einem Schrein mit Tierblut übergossen, und ihr wurden lauter heidnische Symbole auf die Haut gezeichnet. Ein weiteres Video mit dem klangvollen Titel *The dark rising of Lucifer – Original Lucifer Video* zeigte sogar in psychedelischen Schwarz-Weiß-Bildern die Vergewaltigung einer Frau. Frost fragte sich, warum die Plattform solche Filme überhaupt zuließ.

Weil die Szene angeblich nur gestellt ist und jeder Schocker Klicks bringt.

Beim entsprechenden Video immerhin schon 97 401 Likes. Demgegenüber hatten lediglich 33 188 Nutzer einen gesenkten Daumen daruntergesetzt.

In seinem Buch hatte Professor Lenk ein mögliches Teufelszeichen erwähnt. Er beschrieb es als einen undeutlichen Schatten. Im Internet waren daraufhin mehrere Fotos des angeblichen Schattens aufgetaucht. In einem Interview hatte Lenk seine eigene Theorie relativiert und klargestellt, dass die Bilder im Internet alles Fälschungen seien. Die meisten Fotos zeigten entweder einen Pferdefuß oder eine gehörnte Figur. Trotzdem hatte jede falsche Veröffentlichung zum Mythos des Luzifer-Videos beigetragen. Besonders dann, wenn eine berühmte Boulevardzeitung das Thema aufgegriffen hatte, meistens in Zeiten, wenn Politik und Wirtschaft keine Skandale lieferten. Vor ein paar Jahren hatte die Tageszeitung sogar ein Preisgeld für denjenigen ausgelobt, der das echte Video lieferte. Niemand hatte die Summe abgestaubt. Doch jedes neue Gerücht führte unweigerlich dazu, dass ganz Deutschland weiterrätselte, ob es diesen Film gab.

Frost rauchte ihre Zigarette auf, nahm Lenks Buch zur Hand und blätterte unentschlossen darin. Sie hatte die knapp zweihundert Seiten starke Lektüre größtenteils überflogen. Im Internet hatte sie sich zusätzlich einige der wenigen und zumeist negativen Rezensionen durchgelesen. Inzwischen verstand Frost, warum es das Buch nicht zum Bestsellerstatus geschafft hatte. Beim Inhalt hatte Lenk sich größtenteils auf Spekulationen und seine eigene Meinung konzentriert, was den Lebenslauf von Johannes Merten anging. Allerdings staunte sie, wie technisch detailliert ihr ehemaliger Dozent das Video darin beschrieb, obwohl er es nie zuvor gesehen hatte. Ein tonloser Streifen auf Acht-Millimeter-Film und sechzehn Bildern pro Sekunde. Angeblich hatte der Journalist Sollstein eine Filmkamera vom Typ Bolsey 8 im Futter seines Jacketts eingenäht.

»O Gott, ich hatte mit so vielem recht«, wiederholte sie Lenks Worte aus dem Video, das Lia Winter auf einem Tablet abgespielt hatte.

Sogar bei der Länge des Luzifer-Videos hatte er sich festgelegt: 3 Minuten 57 Sekunden.

Ihr Handy klingelte. Eine unbekannte Mobilfunknummer. Neugierig nahm sie an.

»Ich möchte, dass Sie eine Internetadresse in Ihren Browser eingeben«, kam sofort die bekannte mechanische Stimme, als Frost abhob.

»Irgendeine? Mal sehen … Wie wäre es mit Das-Ende-des-Internets?«

»Weshalb behandeln Sie mich so respektlos, Frau Frost?«

Weil du ein Arschloch bist.

»Wie sollte ich denn Ihrer Meinung nach einen Mörder behandeln?«

Während Frosts Gesprächspartner schwieg, dachte sie über die angezeigte Handynummer nach. Hoffentlich führte die Rufnummernfeststellung nicht zu einer weiteren Leiche.

»Tippen Sie folgende Adresse ein ...«, bestimmte der Unbekannte, ohne sich zu vergewissern, dass Frost vor einem Rechner saß. »33M...«

Es folgte eine Web-Adresse aus einer wirren Zahlen- und Buchstabenkombination.

»Ist das wieder ein Rätsel?«, fragte Frost, während sie die Adresse geräuschlos eintippte.

»Kein Rätsel. Es ist das, wonach es aussieht.«

Es erschien ein Videoscreen, der darauf wartete, dass Frost ihn per Mausklick startete.

»Wonach sieht es denn aus?«, stellte sie sich unwissend.

»Sie sollten keine Spielchen mit mir treiben, sondern mich ernst nehmen.«

Frosts rechte Hand schwebte über der Computermaus. »Vielleicht nehme ich Sie ernst, wenn Sie mir etwas über Larissa Rieß erzählen.«

»Larissa Rieß.« Trotz der verzerrten Stimme klang es, als würde er den Namen kennen. »Vielleicht sind Sie schlauer, wenn Sie das Video starten. Es geht 3 Minuten 57 Sekunden und das hier sind nur die ersten fünfzig Sekunden ...«

Kapitel 15

Begleitet von entsetzlichen Kopfschmerzen, tauchte Sokrates Vogel in das Kellergewölbe ein, in dem sich seine Abteilung befand. Seit Tagen litt er unter sämtlichen Gebrechen, konnte nur mit einer hohen Dosis Morphin aufrecht gehen. Hinzu kam die Insomnie. Sein Arzt behauptete, es würde am Morbus Basedow liegen – seinem ständigen Begleiter. Weniger klangvoll nannte sich die Krankheit Schilddrüsenüberfunktion. Aber von der kam Vogels Schlaflosigkeit nicht, sondern von den Ereignissen, deren Schatten großes Unheil ankündigten und für die ihm das Staatsministerium völlig freie Hand gegeben hatte. Mittlerweile konnte er kaum noch im Geheimen agieren. Dafür hatte die Leiche des Professors für zu viel Aufsehen gesorgt. Längst hatten die Jagdhunde von der Presse die Witterung aufgenommen. Hinter dem Mord musste etwas Großes stecken, so vermuteten sie. Es war nur eine Frage von wenigen Tagen oder sogar Stunden, bis der erste Journalist einen Zusammenhang zwischen dem toten Heino Lenk und dem Sarg herstellen würde. Spätestens dann würde jede Zeitung vom Luzifer-Killer sprechen. Von einem Unbekannten, der seinen Opfern sein Zeichen mit scharfer Klinge in die Stirn schneidet.

Nachdenklich schlurfte Vogel durch den Gang. Bei jedem Schritt knackten seine Kniegelenke und obendrein kündigte er sich mit einem Magenknurren an.

Im Büro, das kaum größer war als eine Miettoilette und in dem stets ein dezenter Duft nach Fäkalien schwebte, wartete bereits sein stummer Assistent Albrecht Semmler auf ihn. Beim Eintreten überreichte Semmler ihm nach einem Wink die neu eingetroffene Dienstpost und wechselte den Radiosender auf Vogels bevorzugten Schlagerkanal.

Wir sind alle über vierzig, plärrte irgendeine Bardengruppe, deren Name Vogel momentan entfallen war.

»Ist Frau Winter schon zurückgekehrt?«, fragte Vogel.

Wie es sich für einen anständigen Stummen gehörte, schwieg der Angesprochene und schüttelte nur den Kopf.

»Nicht mal eine Nachricht von ihr?«, vergewisserte Vogel sich, denn er brauchte dringend ihre Zuarbeit. Heute war der 13. März, und er wurde das Gefühl nicht los, dass in Kürze weitere schlechte Nachrichten eintreffen würden.

Abermals verneinte Semmler und fuhr damit fort, einen Berg unbeschriebener Notizzettel nach Farben zu ordnen. Unterdessen warf Vogel einen flüchtigen Blick über die Post. Polizeipräsident Magerhans erwartete also seinen Rückruf. Bestimmt sollte Vogel ihm einen mündlichen Bericht geben. Aber das schob Vogel auf. Magerhans konnte sich wie alle anderen hübsch in die Reihe der Wartenden einordnen. Eines konnte man Vogel nämlich nicht vorwerfen: dass er Leute mit Rang und Namen bevorzugte.

Mit geradezu diebischem Genuss behandelte er jeden Menschen gleich schlecht. Dafür kümmerte er sich rührend um sein Meerschweinchen, das sich die wenigen Quadratmeter Büro mit den beiden alten Männern teilen musste.

»Wobei du mit deinen fast sechs Jahren im Prinzip auch schon zu den Alten zählst«, redete Vogel mit dem Tier und warf ihm Futter durch die Käfigstäbe. »Gerechnet in Meerschweinchenjahren, nicht wahr, mein lieber Diktator?«

Ähnlich wie Semmler, der an den Notizzetteln zu knabbern hatte, konzentrierte sich Diktator stumm auf die Aufnahme von Körnern.

»Verstehe, ich bin ein unangenehmer Gesprächspartner«, murrte Vogel. Manchmal wünschte er sich etwas mehr Unterhaltung in seinem selbst gewählten Exil in den Katakomben der Polizeidirektion. Gerade jetzt, wo die Situation für seine Abteilung so prekär war, konnte er ein bisschen Aufmunterung gebrauchen.

Elf Jahre lang hatte Vogel in mühseliger Kleinarbeit die Akte Merten aufgearbeitet und sie wie seinen Augapfel gehütet. In seinem Archiv hielt er sie versteckt. Elf verdammte Jahre hatte er alle Zeit der Welt gehabt, eine Handvoll Krimineller eines Verbrechens zu überführen. Nun schien ein anderer gekommen, der seinen Job mit extremer Härte übernahm. So sehr, dass er sogar über Leichen ging.

Professor Lenk war garantiert kein Straftäter gewesen, höchstens ein Geizhals, der ein paar Wertanlagengeschäfte am Finanzamt vorbeigetätigt hatte. Anders hätte er auch gar nicht die Eigentumswohnung am Elbufer bezahlen können. Dieses *Steuersparmodell* hatte ihn zwar für Vogel erpressbar, aber ganz sicher nicht zur Zielscheibe eines Psychopathen gemacht. Nein, dem Täter ging es bei diesem Mord lediglich darum, ein erstes Ausrufezeichen zu setzen.

»Muss ich mich sonst noch um irgendwas kümmern?«, fragte er seinen Mitarbeiter.

Wieder erhielt er keine Antwort. Dafür wurde es draußen im Gang laut. Der Fahrstuhl rumpelte, die Türen quietschten und Sekunden später stürmte Lia Winter ins Büro.

»Rennen verboten!«, schimpfte Vogel. »Steht groß neben dem Fahrstuhl.«

»Es geht los«, sagte sie hörbar außer Puste. »Es ist online.«

»Wenn Sie beim Stottern auch noch japsen, kann ich kein Wort verstehen.«

»Das Luzifer-Video! Das echte, meine ich.« Sie hielt ihr Tablet hoch. »Jemand hat es im Internet veröffentlicht.«

»Verflucht, worauf warten Sie dann noch?«

»Auf Strom«, antwortete Winter und drängte sich an Semmler vorbei an ein Ladekabel, um ihr Tablet an eine Steckdose anzuschließen. »Die Außentemperaturen tun dem Akku nicht gut.«

»Herrje«, murrte Vogel. »Sie sind die am schlechtesten vorbereitete Assistentin, die ich kenne.«

»Wenn es in dieser Abteilung einen funktionierenden Dienstrechner geben würde, wäre alles einfacher für mich.«

»Was habe ich Ihnen an Ihrem ersten Tag in meiner Abteilung über Ausreden gesagt? Also sparen Sie sich Ihre Ausflüchte und lassen Sie sehen.«

Kaum dass ihr Gerät neue Energie getankt hatte, startete sie das Betriebssystem und rief im Internetbrowser eine seltsame Adresse auf.

KAPITEL 16

Vogel hatte im Laufe seiner Karriere zerfetzte Babyleichen gesehen, mehr als einmal in den Lauf einer geladenen Waffe geschaut, Vorgesetzte angespuckt, einem korrupten Staatsanwalt den Lack am Sportwagen zerkratzt, bei einer Geiselbefreiung drei Zehen verloren und einem schwer verletzten Känguru auf offener Straße den Gnadenschuss gegeben. So gesehen konnte ihn nichts mehr schockieren. Dennoch sah er jetzt mit einer gewissen Anspannung zu, wie Lia Winter das Luzifer-Video startete. Selbst Albrecht Semmler hatte aufgehört, Zettel zu sortieren, und lugte ihr mit besorgter Miene über die Schulter. Gleich würde sich zeigen, was Vogels bisherige Ermittlungen wert waren.

»Es ist nur fünfzig Sekunden lang«, sagte sie.

Vogel verstand sofort. Ihr Gegner wollte den Film häppchenweise veröffentlichen, um maximale Aufmerksamkeit sicherzustellen und gleichzeitig die Polizei zum Narren zu halten. Als das Video startete, hörte Vogel auf zu atmen.

Wie erwartet, handelte es sich um einen schwarz-weißen Stummfilm und für heutige Standards von katastrophaler Aufnahmequalität. Neben den üblichen Laufstreifen, Kratzern und Flecken auf alten analogen Filmen war der schräge Blickwinkel auffällig. Jedoch erhärtete sich dadurch bei Vogel der Verdacht, dass Werner Sollstein die Kamera einst tatsächlich in seinem Jackett eingenäht hatte.

»Mir ist nicht ganz klar, wo die Kamera steht«, sagte Winter.

»Sie steht nicht«, antwortete Vogel und tippte auf das Display. »Sie hängt über einer Lehne. Sehen Sie die Stühle um den Tisch? Der Urheber musste seinen Stuhl mehrfach bewegen, um den Raum zu filmen.«

Tatsächlich zeigte das Video einen langen Tisch, um den mehr als zehn Stühle standen. Beinahe wie an einer ritterlichen Tafel. Feudal mittelalterlich wirkte die gesamte Umgebung. Ein großes Gewölbe mit Mauern aus Feldsteinen. Bei dem Raum, in dem die Handlung stattfand, handelte es sich um ein deutlich schickeres Gewölbe als der Betonbunker, in dem man ihn samt seinem Meerschweinchen eingemauert hatte.

»Haben Sie eine Ahnung, wo das ist?«, wollte Winter wissen und flüsterte dabei, als könnte sie die Männerrunde im Video durch ihre Stimme stören.

Aber die Personen, die in den Anfangssekunden zusammenstanden und sich dann hinter die einzelnen Stühle verteilten, konnten Winter nicht mehr hören, denn inzwischen waren die meisten von ihnen Geister.

»Ja, ich kenne den Ort«, sagte Vogel, obwohl das nur teilweise stimmte.

Statt nachzuhaken, warf Winter ihm nur einen misstrauischen Blick zu. Später, wenn er die Örtlichkeit eine halbe Autostunde von Leipzig entfernt überprüft hatte und sich vollkommen sicher war, würde er ihr vielleicht von dem ehemaligen Gutshaus in Trebsen an der Mulde erzählen. In einem vertraulichen Gespräch hatte Professor Lenk Vogel gegenüber das Anwesen als möglichen Entstehungsort des Luzifer-Videos erwähnt. Das Gut lag am Fuße des dortigen Wasserschlosses, wo es seit der Wende vor sich hin gammelte. Der einstige Besitzer, ein hochdekorierter NVA-Offizier, hatte sich noch in der Nacht der Grenzöffnung mit seiner Armeepistole erschossen. Fotos des leer stehenden Gebäudes befanden sich zur Genüge in Vogels geheimer Akte. Auf den Bildern gab es einen alten Weinkeller, der dem Raum im Video frappierend ähnelte.

»Sie scherzen«, beschrieb Winter das, was sie anhand der Lippenbewegung der Männer ablesen konnte.

Tatsächlich wirkten alle unbekümmert. Offenbar war keinem von ihnen bewusst, dass die Anwesenheit in dem Gewölbe vom Fehlen jeglichen Gewissens zeugte. Es waren Kriminelle, die nach außen hin eine weiße Weste trugen.

Nacheinander fing die Kamera die Gesichter ein. Es schien ein geselliger Abend zu sein. Auf dem Tisch brannten Kerzen in opulenten Kerzenständern und daneben standen Weingläser – insgesamt dreizehn an der Zahl.

In Vogels Gedächtnis schwirrten deutlich mehr als dreizehn Namen herum, was ihn ein bisschen aufatmen ließ. Es verdeutlichte ihm jedoch gleichfalls, dass seine Bemühungen nicht ausgereicht hatten, die Zahl der damaligen Teilnehmer auch nur annähernd zu bestimmen. Richtig interessant wurde es, als ein einzelner Name plötzlich in blutroten Buchstaben am unteren Bildschirmrand auftauchte.

Jakob Schmelzer.

Dahinter lächelte kurz ein junger Mann mit streng zum Scheitel gekämmten Haaren. Dann trat ein anderer Mann ins Bild. Er war klein und untersetzt und löste seinen Schlipsknoten am Hals. Ein neuer Name erschien.

Klaus Stichler.

Danach zeigte die Kamera einen dritten Mann mit Vollbart, der dem zweiten Mann freundschaftlich auf die Schulter klopfte. Der nächste Name.

Martin Teubner.

Es war unverkennbar, dass die Schrift nachträglich in das Video eingefügt worden war und die Namen exakt den

Männern zugeordnet waren, die das Kameraobjekt zeitlich versetzt eingefangen hatte.

Das Video sprang von Sekunde neunundvierzig auf fünfzig. Unmittelbar darauf wurde der Bildschirm schwarz. Ein bisschen enttäuscht war Vogel vom bisher Gesehenen. Und schon jetzt wusste er, dass die Internetcommunity noch weitaus frustrierter reagieren würde. Bestenfalls ging sie von einem weiteren Fake aus.

»Wie lange ist das Video schon online?«, wollte er wissen.

»Seit ungefähr einer Stunde«, gab Winter Auskunft.

»Und da informieren Sie mich erst jetzt?«

»Beschweren Sie sich nicht bei mir, sondern bei den Webcrawlern, die es nicht eher gefunden und Alarm geschlagen haben.«

»Webcrawler«, wiederholte Vogel und musste an winzige Kriechtiere denken. Er schüttelte sich, als würden bereits die Grabwürmer über seinen kranken, absterbenden Körper krabbeln. »Haben Sie die Liste mit den Namen abgearbeitet?«

»Nicht komplett.«

Es waren über vierzig Männer, die Winter für ihn überprüfen sollte. Es hätte ihn erstaunt, wenn sie es in der kurzen Zeit geschafft hätte.

»Worauf warten Sie? Geben Sie mir, was Sie bisher geschafft haben.«

Sie griff in ihren Rucksack und holte eine Dokumentenmappe mit lauter losen Blättern hervor. »Wo nötig, habe ich Familienstand, Anschriften und Sterbedatum handschriftlich ergänzt. Falls Kinder, Enkel oder Angeheiratete hinzugekommen sind, habe ich auch diese aufgeführt.«

Vogel nahm es mit einem halben Ohr zur Kenntnis. Unter den aufgeführten Namen befand sich nur ein Bruchteil, die ihn wirklich interessierten. Der Rest war Ablenkung. So arbeitete Vogel stets: mit der Taktik der Verschleierung.

»Möchten Sie mir die Akte endlich zeigen?«, unterbrach Winter ihn.

Vogel wusste sofort, von welcher Akte sie sprach. Er tat nichts dergleichen, sondern tippte sich gegen die Stirn. »Die Akte existiert nur da drin. Und um da hineinblicken zu können, müssten Sie mir schon den Schädel aufschneiden.«

»Ich verstehe nicht, Sie sprachen immer von der Luzifer-Akte.«

»Langsam müssten Sie wissen, dass ich nicht immer das meine, was ich sage. Und falls nicht, fragen Sie Albrecht. Der wird es Ihnen bestätigen.« Aus dem Augenwinkel bemerkte er, wie Semmler nickte.

»Gut, was fangen wir mit dem Video jetzt an?«, stellte Winter eine berechtigte Frage.

Doch Vogel gab keine Antwort, sondern konzentrierte sich auf die Liste. Nacheinander fand er die drei Namen aus dem Video: Jakob Schmelzer, Klaus Stichler und Martin Teubner.

Laut Winters Recherchen waren zwei von ihnen bereits unter der Erde, nur der inzwischen einundachtzigjährige Stichler lebte noch.

»Sind wir die Ersten, die das Video entdeckt haben?«, vergewisserte er sich.

»Ich befürchte, nein«, antwortete Winter.

»Dann hoffe ich für Sie, dass wir in Leipzig sind, bevor jemand anderes Klaus Stichlers Wohnung betritt.«

KAPITEL 17

Nahezu gleichzeitig mit den zuständigen Revierkollegen traf Frost im ehemaligen Neubaugebiet Delitzsch-Nord ein. Im Erdgeschoss einer zurückgebauten Platte wohnte Klaus Stichler, dessen jüngeres Ich Frost vor zweieinhalb Stunden in einem Video gesehen hatte.

»Was sollen wir jetzt machen?«, fragte einer der Uniformierten, nachdem er vergeblich an der Wohnungstür geklingelt hatte. »Vielleicht ist er bloß verreist.«

Daran wollte Frost nicht glauben. Sie hatte ein Gespür für schlimme Ereignisse.

»Klaus Stichler kann sich vor Leibesfülle und Altersschwäche kaum auf seinen Krücken halten«, gab sie den Wortlaut wieder, den eine Nachbarin gewählt hatte. »Außerdem war heute früh ein Angestellter vom Pflegedienst mit frischen Einkäufen bei ihm.«

»Bleibt trotzdem die Frage, wie es jetzt weitergeht.«

Kurz dachte Frost über einen Schlüsseldienst nach, aber dann entschied sie sich anders.

»Tretet ihr die Tür ein oder überlasst ihr das lieber einer Frau?«

»Nicht dein Ernst«, sagte der Streifenkollege. »Bisher wissen wir doch noch gar nicht, ob was passiert ist.«

86

Das ist es längst. Die Frage ist, wo.

Nach dem Fünfzig-Sekunden-Film hatte sich Frost in aller Eile die wichtigsten Informationen über die drei erwähnten Namen besorgt. Zwei Männer waren bereits verstorben, blieb also nur noch Klaus Stichler. Die Wahrscheinlichkeit, dass es Professor Lenks Mörder auch auf den pflegebedürftigen Einundachtzigjährigen abgesehen hatte, stand bei nahezu hundert Prozent.

»Ich übernehme die Verantwortung«, sagte sie deshalb, doch auch das konnte den Kollegen nicht umstimmen.

Erst als Frost sich Platz verschaffte und die Sohle ihrer Boots gegen das Türblatt rammen wollte, reagierte sein Partner.

»Mensch, mach schon, wenn dir die Exorzistin einen Befehl gibt.« Als er seinen Fauxpas bemerkte, presste er sofort die Lippen aufeinander. »Oh, Entschuldigung! Das ist mir rausgerutscht …«

Wie nett. Selbst hier in der Provinz kennt man mich.

»Exorzistin ist schon okay.«

Sekunden später stemmten sich die beiden Delitzscher Kollegen gemeinsam gegen die Tür, woraufhin sie auf Höhe des Schließriegels splitterte. Es war nicht abgeschlossen. In der Wohnung herrschte absolute Stille. Es roch nach schlecht gelüfteten Räumen, Staub und kalter Zigarettenasche. Bei dem Geruch verging sogar Frost die Lust auf einen Glimmstängel.

»Dort hinten brennt Licht«, stellte einer der Kollegen fest und deutete auf das entsprechende Zimmer.

Seite an Seite wollte er mit seinem Streifenpartner losstürmen, aber Frost hielt sie zurück, um nicht unnötigerweise Spuren zu vernichten.

»Ab hier übernehme ich.«

Sie ging die wenigen Meter durch den Gang und schob die Badezimmertür vollständig auf. In dem winzigen Raum brannte eine Halogenlampe am Spiegelschrank. Im Waschbecken lagen ein Rasierhobel und ein Pinsel mit Schaumresten. Im selben Moment, als sie die Utensilien erblickte, stieg ihr ein starker eisenhaltiger Duft in die Nase. Blut. Jede Menge Blut.

Hallo, Klaus Stichler.

Sie blieb im Türrahmen stehen, bewertete die Situation still für sich und machte Fotos mit ihrem Smartphone.

»Sollen wir einen Notarzt rufen?«, fragten beide Kollegen, die anhand von Frosts Reaktion lediglich vermuten konnten, was mit dem Wohnungsinhaber geschehen war.

Stumm schüttelte sie den Kopf.

Hier ist kein Notarzt mehr notwendig.

Der sichtlich fettleibige Stichler lag reglos auf dem Fliesenboden. Eine Blutlache hatte sich um Kopf und Schulterbereich gebildet. Das Blut stammte von einem Kehlenschnitt, den Frost trotz der dicken Falten des voluminösen Halses deutlich sah. Außerdem hatte sie sofort das L auf der Stirn des Toten entdeckt.

Wie schon beim Professor hatte der Luzifer-Killer sein Zeichen mit einer scharfen Klinge hinterlassen.

Er stellt kein Video ins Internet, sondern eine visuelle Todesliste.

Im Video hatte sie dreizehn Weingläser und vierzehn Stühle gezählt. Sie fragte sich, wie viele Leute von der Liste noch lebten und damit als potenzielle Opfer des Irren infrage kamen.

Du warst also in diesen Räumen, bist durch diese Tür getreten, hast Klaus Stichler überrascht, als er sich im Spiegel betrachtet hat. Und als er später auf dem Rücken lag und röchelnd versucht hat, sich die Wunde am Hals zuzuhalten, hast du dich mit einem Messer über ihn gebeugt. So war es doch gewesen, oder? Wie also bist du in die Wohnung eingedrungen? Hattest du einen Schlüssel wie der Pfleger am Vormittag? Was hat Klaus Stichler Böses getan? Was werde ich noch zu sehen bekommen?

Vor ihrem geistigen Auge flimmerte der Schwarz-Weiß-Film. Jede Sekunde glich einem Ticken.

Tick. Tack. Nick-nack. Was hat Klaus Stichler mit einem Sarg zu tun? Was mit dem Code MA1127920SF819Z? Was mit Engeln und Elstern?

»Kollegin Frost«, riss einer der Uniformierten sie aus ihren Überlegungen. »Ist er tot?«

Sie nickte ihm zu, verließ dann das Bad. »Ich will, dass ihr jeden Hausbewohner befragt, was er am heutigen Tag mitbekommen hat. Jede Kleinigkeit ist wichtig.«

»Geht klar.«

»Und ich will wissen, von welchem Pflegedienst Stichler betreut wurde, wie der Mann heißt, der ihn heute gepflegt hat, und wer ihn sonst noch besucht. Außerdem …«

Sie kam nicht dazu weiterzusprechen, denn plötzlich quetschte sich zwischen den beiden robusten Streifenbeamten ein klappriger Totengräber hindurch.

»Warum verwundert es mich nicht, dass ich Sie hier antreffe?«, begrüßte Vogel sie mit einer rhetorischen Frage.

Tatsächlich sah der Kriminalhauptkommissar im Gesicht noch deutlich schlechter aus als am Morgen im Krankenhaus.

»Und wenn ich Sie mir so anschaue, frage ich mich ernsthaft, für wen ich den Bestatter zuerst rufen sollte: für den Wohnungsinhaber oder doch lieber für Sie …?«, gab Frost zurück.

»Woher wussten Sie es?«

»Was? Dass Stichler vermutlich längst tot ist?« Sie zuckte mit den Schultern. »Sind wir denn schon so weit, dass wir unsere Informationen miteinander teilen?«

Er winkte ab. »Ach, bestimmt haben Sie wieder einen Anruf vom Telefon des Opfers erhalten.«

»Aber Sie wissen nicht, was der Mörder diesmal gesagt hat.«

Sichtlich verärgert kniff er die Augen leicht zusammen, lenkte jedoch mit einem gequälten Lächeln ein. »Na los, worauf wartet ihr denn noch? Sie hat euch eine Aufgabe gegeben. Wir brauchen Zeugenaussagen. Je mehr, umso besser.«

Die beiden Streifenbeamten verstanden, vergewisserten sich jedoch bei Frost durch ihre Blicke, ob sie das ebenso sah. Sie nickte und wartete, bis sich die beiden eifrigen Kollegen entfernt hatten.

»Also«, sagte sie schließlich und schaute Vogel und Winter an. »Warum sind wir in der Wohnung eines toten, alten, übergewichtigen Mannes?«

»Weil Klaus Stichler ein Krimineller war und jemand Rache an ihm genommen hat.«

KAPITEL 18

Dass es sich beim damaligen L nicht um die Initiale einer Wohltätigkeitsvereinigung gehandelt hatte, wusste Frost bereits. Darüber konnte man in Lenks Buch und im Internet lesen. Der überschaubare Eintrag bei Wikipedia wies Johannes Merten als einen notorischen Betrüger aus, der zuerst das Vertrauen anderer Menschen gewonnen und sie anschließend für seine Zwecke ausgenutzt hatte. Ihr stellte sich nur noch die Frage, für welche konkreten Verbrechen der Sektenführer und seine Anhänger infrage kamen.

»Ein Krimineller also«, wiederholte sie Vogels Aussage. »Worüber reden wir hier genau?«

Statt zu antworten, gab der Kriminalhauptkommissar Winter einen Wink, damit sie die Wohnungstür schloss. Anschließend durchschritt er den Flur und warf wie zuvor Frost einen leidenschaftslosen Blick in das Badezimmer. Erst danach lösten sich seine Lippen.

»Stichler ist in der ehemaligen DDR ein berühmter Pferdewirt gewesen. In seiner Gaststätte *Zum Schwanenhof* hat er wöchentlich die Bonzen mit exquisitem Fleisch aus Rumänien und Bulgarien verköstigt. Je edler das Pferd, umso höher das Trinkgeld.«

»Pferde«, stieß Frost voller Ekelgefühl aus.

»Warum stört Sie das?«, reagierte Vogel weniger angewidert.
»Tier ist Tier. In Peru schiebt man genussvoll mit Kräutern gefüllte Meerschweinchen in den Backofen.«

»Helfen Sie mir auf die Sprünge … An welcher Stelle der globalen Wirtschaftsmächte rangiert Peru doch gleich noch mal?«

»Außerdem sind Meerschweinchen häufig Überträger von Beulen- und Lungenpest«, ergänzte Winter.

Dieser Einwurf brachte ihr sofort einen Sympathiepunkt bei Frost ein. »Sehen Sie, Kollege Vogel, daran sollten Sie denken, wenn Sie in Peru mal wieder chic Essen gehen oder Ihr Haustier kraulen.«

Mit einem abfälligen Zischen beendete er das Thema und machte mit Klaus Stichler weiter. »Genau wie unser toter Freund im Badezimmer waren auch Jakob Schmelzer und Martin Teubner in bestimmten Kreisen Schwergewichte. Die Namen dürften Sie ja längst aus dem Videoausschnitt kennen. Schmelzer war ein bedeutender Sportfunktionär und Teubner ein hohes Tier in der SED.«

Tier ist Tier. Wie ich diesen Satz schon jetzt hasse.

»Sind die beiden auf natürliche Weise ums Leben gekommen?«

Vogel hob die Schultern, er schien die Antwort tatsächlich nicht zu kennen. »Das werden wir schnellstens überprüfen, aber ich gehe schon jetzt davon aus.«

»Warum gehen Sie davon aus?«

»Weil der Luzifer-Killer vermutlich erst vor wenigen Monaten oder sogar Wochen an das Video und damit an die Namen gekommen ist. Andernfalls hätte das Morden schon viel früher begonnen.«

Das klang irgendwie logisch, stellte Frost aber nicht zufrieden. »Gibt es eine Theorie, wie der Luzifer-Killer an das Video gelangt ist?«

»Der Luzifer-Killer«, wiederholte Vogel. »So, wie Sie den Namen aussprechen, macht es ihn gleich noch ein bisschen furchterregender. Und nein, ich weiß weder, woher das Video so plötzlich aufgetaucht, noch, wie der Mörder an das Original gekommen ist.«

Frost hatte mit dieser Antwort gerechnet, schenkte deshalb seiner Beteuerung keinerlei Glauben. So wie Vogel sie anblickte, schien er ihr Misstrauen zu erahnen. Keiner von beiden sprach es an.

»Wie lange ermitteln Sie doch gleich im Fall des Luzifer-Videos?«, warf sie die Frage in den Raum, ohne eine Antwort abzuwarten. »Im Gegensatz zu Ihnen hat der Killer anscheinend die richtigen Leute nach dem Video befragt.«

»Das, meine Teuerste, kann ich unschwer leugnen. Aber wie ich heute Morgen schon sagte, niemand behauptet, ich sei perfekt.«

Winter hob die Augenbrauen, verkniff sich jedoch jeglichen Einwand.

»Sie sprachen über Klaus Stichler als Kriminellen ...«, erinnerte Frost.

»Sie alle waren Kriminelle. Die Toten und die Lebenden.«

»Wie viele Mitglieder von L leben denn noch?«

Vogel griff sich an sein Kinn, schritt durch die Wohnung und betrachtete die unzähligen Schwarz-Weiß-Fotos, die Stichler zumeist mit anderen Männern zeigten. Auf einer der Aufnahmen erkannte Frost besagtes Gasthaus und auf einer weiteren posierte Stichler neben einem Rennpferd. Hinter ihm standen unverkennbar Schmelzer und Teubner als junge Männer sowie eine Handvoll unbekannte Herren. Der für damalige Verhältnisse vermutlich eleganten Kleidung nach handelte es sich um wohlhabende Persönlichkeiten.

»Das ist schwer einzuschätzen«, sagte Vogel schließlich. »Wenn meine Aufzeichnungen stimmen, leben nur noch vier Leute von damals – Klaus Stichler schon abgezogen.«

»Moment«, hakte Winter ein. »Ich dachte, es gibt keine Aufzeichnungen?«

»Keine, von denen ich Ihnen erzählt habe.«

Und von einigen anderen Dingen hat er dir vermutlich auch noch nie etwas erzählt.

Anders als die Assistentin hatte Frost beizeiten gemerkt, dass sie jedes einzelne Wort Vogels sehr wohl auf die Goldwaage legen musste. Still für sich entschied sie, sich nicht in die Diskussion zwischen den beiden einzumischen.

»Überhaupt standen auf der Liste, die ich für Sie überprüfen sollte, fast fünfzig Leute«, ließ Frost entsprechend Winter weiterberichten. »Von denen lebt fast die Hälfte. Also wieso reden wir jetzt bloß noch von fünf beziehungsweise vier Personen?«

»Weil Johannes Merten trotz seines Größenwahns penibel darauf geachtet hat, dass die Anzahl seiner echten Vertrauten nicht zu groß wird. Sechsundvierzig Leute, Frau Winter, diese Anzahl hätte Sie stutzig machen müssen! Niemals würden so viele Mitwisser Mertens düstere Geheimnisse für sich behalten können. Man hat Merten in der DDR mit offenen Armen empfangen, aber ihm gleichzeitig Grenzen gesetzt. Natürlich hatte er enorme Privilegien und bis zu einem gewissen Rahmen durfte er seine Religion predigen, so lautete seine Forderung, aber im Gegenzug stand er ständig unter Beobachtung und musste dementsprechend stets auf der Hut sein, wem er wirklich trauen konnte. Merten wusste, wie wichtig er als Informant für die Funktionäre war, aber darüber hinaus war er garantiert nicht unantastbar. Deshalb musste der Kreis des L klein bleiben.«

»Wenn ich das richtig verstehe«, mischte sich Frost wieder ein, »dann kennen Sie die Namen der Personen, die auf der Todesliste des Luzifer-Killers stehen.«

»Sagen wir, es gibt eine Auswahl an Leuten, die infrage kommen. Da ich kein Hellseher bin, könnte ich mich ebenso gut irren.«

Und in der Botanikersprache haben Rosen keine Dornen, sondern Stacheln, und Kakteen keine Stacheln, sondern Dornen.

»Geben Sie mir die Namen«, forderte sie.

»Ich denke gar nicht daran.«

Nichts anderes hatte Frost erwartet. Statt trotzig zu reagieren, machte sie mit ihrer Befragungstaktik weiter. »Wenn Stichler und alle anderen Verbrecher waren, dann sicherlich auch der Journalist, der das Video gedreht hat.«

Vogel schnippte mit den Fingern. »Werner Sollstein war sogar der Schlimmste, denn er war der Hauptspitzel der Staatsregierung.«

»Und er sollte in deren Auftrag das Video drehen?«

»Nicht ganz. Ich gehe davon aus, er wollte Johannes Merten erpressen.«

Und das hat ihn das Leben gekostet.

»Das L hat also schon damals gemordet«, fasste sie es zusammen. »Geht es in dem Video darum? Um einen Mord?«

Vogel wackelte mit dem Kopf. »Nachdem das Video aufgenommen worden war, kam es zu einer Reihe mysteriöser Todesfälle innerhalb der Gemeinschaft. Es handelte sich wohl um eine Art Säuberung innerhalb der eigenen Reihen. Allerdings gab es niemals Anklagen wegen Mordes.«

Frost erinnerte sich an die Theorie vom Pfeilgiftfroschgift, die Vogel gestern Nacht erwähnt hatte.

»Und das ist niemandem aufgefallen?«

»Sicher ist es das. Seitens der Staatsorgane gab es sogar umfangreiche Ermittlungen.« Er malte mit den Fingern Gänsefüßchen in die Luft. »Jedoch spätestens mit dem Verschwinden von Johannes Merten und der Auflösung der Sekte hatte sich das Problem ohnehin von selbst erledigt.

Sie müssen verstehen, in der DDR durfte es offiziell keine Verbrechen geben. Schlussendlich wurde die Akte in den Achtzigern geschlossen und unter Verschluss gehalten ...«

»... und tauchte nie wieder auf«, nahm sie die Pointe vorweg.

Vogel nickte zufrieden. »Genau wie von Johannes Merten kein Grab existiert, gab es auch nie eine Akte zu seinen Machenschaften.«

»Es existierte auch nie ein Luzifer-Video«, schaltete sich Winter ein. »Bis heute.«

»Deshalb können Sie sich schon mal auf jede Menge Überstunden in den nächsten Tagen und Wochen einstellen.«

»Ich könnte helfen«, nahm Frost die Steilvorlage auf. »Der Sarg, Larissa Rieß' Suizidversuch und Stichlers Tod, dies alles fällt in den Zuständigkeitsbereich der PD Leipzig.«

»Nein, Frau Frost«, widersprach Vogel. »Sie erzählen mir jetzt, was Ihnen der Luzifer-Killer am Telefon gesagt hat, und dann lassen Sie uns unsere Arbeit machen. Das ist übrigens eine dienstliche Anweisung, zu der ich als Ermittlungsführer befugt bin. Andernfalls ...«

Mache ich mich strafbar?

»Ich werde Ihnen nichts erzählen«, blieb sie standhaft.

Nur gespielt enttäuscht nickte Vogel. Vermutlich hatte er mit einer solchen Äußerung gerechnet. »Sie wollen also unbedingt dabei sein. Aber ich sage Ihnen was: Das heute waren nur fünfzig harmlose Sekunden. Machen Sie sich darauf gefasst, dass es noch schlimmer wird. Glauben Sie ernsthaft, Sie könnten das durchstehen?«

KAPITEL 19

Unter Verzicht auf einen Kompetenzstreit hatte Frost Vogel den Tatort überlassen. Sogar einen letzten Blick ins Badezimmer des toten Pferdewirts hatte sie sich erspart. Die Fotos auf ihrem Handy reichten ihr. Für Stichler konnte sie nichts mehr tun und mit dem unausstehlichen Kriminalhauptkommissar konnte sie sich beileibe keine fruchtbare Zusammenarbeit vorstellen.

Ich muss lediglich herausfinden, warum Sokrates Vogel Rückendeckung vom SMI hat – und was der Luzifer-Killer als Nächstes tun wird.

Dafür musste sie zuvor mehr über Johannes Merten erfahren. Zurück im Kommissariat, befragte sie deshalb das Internet nach dem einstigen Sektenführer. Allerdings stellten sich die dortigen Informationen größtenteils als Zeitverschwendung heraus.

Verschwende keine Sekunde deines Lebens, sie könnte dir am Ende einmal fehlen.

So hatte es ihr leiblicher Vater immer ausgedrückt. Markus Wallner war Ingenieur, Musiker und ein Pünktlichkeitsfanatiker. Von ihm hatte sie nicht nur das Interesse für Mechanik aufgeschnappt, als Kind war sie vor allem seiner Forderung nach Pünktlichkeit nachgekommen. Damals hatte er es auf spielerische Weise geschafft, sie von der Lebensnotwendigkeit der korrekten Uhrzeit zu überzeugen. Klara, wie spät ist es jetzt? Wie lange hat deine Mutter für den Kuchen gebraucht? Wann hat unser Nachbar das Haus verlassen? Wie viele Stunden verbleiben bis zu deinem Geburtstag?

Erst mit zunehmendem Schulalter hatte sie den Spott der Klassenkameraden über ihren Zeittick mehr und mehr als Belastung empfunden.

Tick. Tack. Über Momo hat niemand gelacht. Niemand lacht mehr über mich.

Niedergeschlagen schaute sie nach der Uhrzeit und klickte sich dann durch die Links mit wirren und nicht belegbaren Theorien über Johannes Merten und das L. Nirgendwo fand sie einen Hinweis auf ein früheres Strafverfahren gegen Merten oder einen seiner Anhänger. Dafür gab es etliche Spekulationen über seine Grabstätte. Sogar in der Nähe von Dresden-Hellerau wollte jemand sein namenloses Grab entdeckt haben, in dem sich die Gebeine des Betrügers befinden sollten. Im Stillen fragte Frost sich, weshalb sie sich überhaupt mit seiner Ruhestätte beschäftigte. Selbst wenn es einen Grabstein mit seinem Namen gäbe, würde kein Richter dieser Welt eine Exhumierung anordnen. Wozu auch? Vogel hatte es gesagt: Die Akte Merten war seit den Achtzigern geschlossen. Offiziell hatte es nie Anklage wegen irgendwelcher Verbrechen gegen ihn gegeben. Sympathie für den Teufel war in der DDR garantiert nicht gern gesehen, aber nichtsdestotrotz war es schon da kein strafbewehrtes Delikt gewesen.

Aber irgendetwas muss geschehen sein, denn der Bastard mordete aus einem bestimmten Grund.

Hoffentlich fand Frost die Wahrheit nicht erst am Ende des Luzifer-Videos heraus, denn das bedeutete unter Umständen den Tod weiterer Menschen. Schon jetzt fand sie es erschreckend, wie die Öffentlichkeit den ersten Videoausschnitt bewertete. Neben noch mehr wilden Spekulationen herrschte vor allem eines vor: Unzufriedenheit.

Obwohl sich das Video in den letzten Stunden wie kein zweites in den sozialen Netzwerken verbreitete, waren die Menschen enttäuscht über die ersten fünfzig Sekunden. Die harmlosesten Kommentare drückten Langeweile aus. Unter dem Hashtag *#realLV* entluden sich Wut, Hetze und neue abenteuerliche Theorien über den Inhalt des restlichen Films. Allein beim Überfliegen einiger Bemerkungen konnte sie nur den Kopf schütteln:

Da kommt noch mehr, wartets ab. Ich kenne diesen Raum, da war ich als Kind auch mal. Luzifer forever! #realLV #noFake

Den Schrott haben doch Kinder mit Muttis iPhone gedreht.

Verarsche! Aus welchem Stummfilm ist die Seq geklaut? Fuck you, Luzifer!

Wo ist denn da bitte schön Satan zu sehen?

Ich sehe nix, außer ne lahme Männerrunde. Da hatten die beim Ku-Klux-Klan aber mehr Fun. Für so nen Scheiß killt niemand nen Professor von der Bullenhochschule. Das ist doch alles Fake.

Ich dachte, da ist irgendwo Luzifers Schatten zu sehen. Das hier ist Kinderkacke. Dann lieber das Kiddy-Video, wo Luzifer den Elch fickt. Das ist cool. #realLV

Erschießen! Die Laienschauspieler und den Regisseur.

Professor Lenk war ne Pissnelke. Es gibt kein Luzifer-Video, merkt euch das endlich. Der einzige unheimliche Schatten ist in euren Köpfen. #realLV #Fake.

Überraschend zeigten sich die *BILD-Zeitung* und andere Boulevardblätter in ihren ersten Online-Artikeln zurückhaltend bezüglich der Echtheit des veröffentlichten Videos. Solange die Medien den Filmausschnitt für eine Fälschung hielten, konnte die Polizei aufatmen.

Aber der Druck wird zunehmen.

Auch wenn Frost sich nur ein paar Kommentare unter dem Video und den zahlreichen Schlagzeilen durchlas, schien bisher niemand einen Bezug zu dem aufgetauchten Sarg herzustellen. Das war ein weiterer Punkt, der ihr Sorgen bereitete. Falls die Öffentlichkeit das Interesse an dem echten Luzifer-Video verlor, konnte das den Täter erst recht herausfordern. Was das für mögliche Opfer bedeuten könnte, wollte sie sich lieber nicht vorstellen.

Sie zündete sich eine weitere Zigarette an und ertappte sich dabei, dass sie ständig zu ihrem Smartphone spähte in der Hoffnung, der Unbekannte würde erneut anrufen und ihr Antworten auf die unzähligen quälenden Fragen geben, die in ihrem Kopf herumschwirrten wie ein Stechmückenschwarm. Statt eines Klingeltons vernahm sie ein Klopfen. Sogleich betrat Kriminaloberkommissarin Sarah Stahlmann Frosts Büro und legte ihr ein paar Kopien vor.

»Dies kam vorhin per Kurier von der PD Chemnitz für dich an.«

Frost las den Absender auf dem angehefteten Umschlag: *KHK Henry Stark, Leiter K11.*

»Hat das zufällig was mit dem Luzifer-Killer zu tun?«, fragte Stahlmann.

»Falls ja«, antwortete Frost und blätterte die Dokumente durch, »wieso interessiert dich das?«

»Meinetwegen kannst du es für dich behalten, aber Alexandra hat da so eine Vermutung …« Sie tippte auf das oberste Blatt. »Immerhin geht es doch um diesen Erik Donner. Ich habe damals das Foto von dir und ihm gesehen. Das aus dem Sarg, schon vergessen?«

So etwas vergaß Frost niemals. »Sag unserer Chefin, ich will mich einfach mit Erik auf ein Bier treffen und über die alten Studienzeiten plaudern.«

Stahlmann schmunzelte. »Und dafür brauchst du seine Krankmeldung?«

»Das ist keine Krankmeldung«, entnahm Frost dem Begleitschreiben. »Zumindest keine echte.«

»So steht es im Schreiben von diesem Stark. Eine Ärztin namens Simone Scheuer gibt es nicht, jedenfalls nicht unter der aufgedruckten Adresse. Die Kollegen haben die Anschrift überprüft. Fehlanzeige, dort gibt es nicht mal eine Arztpraxis«, erklärte Stahlmann.

Alle weiteren Informationen las Frost selbst durch. Im Schreiben teilte der K11-Leiter mit, dass aktuell niemand wusste, wo sich Erik aufhielt. Vor vier Tagen wollte Erik von seinem Einkauf angeblich für eine betagte Nachbarin frische Milch und Backpulver mitbringen, hatte sich jedoch nicht mehr bei ihr gemeldet.

»Was hat das alles zu bedeuten?«, fragte Stahlmann.

Dass der Luzifer-Killer nicht gelogen hat.

»Kannst du etwas für mich tun, Sarah?«

»Gern, wenn es nicht mit dem Luzifer-Killer zu tun hat …«

Frost reichte ihr einen Zettel mit mehreren Internetadressen. »Finde schleunigst heraus, ob es irgendwo eine Station 9 gibt.«

KAPITEL 20

»So, jetzt sind Sie wieder sauber«, hörte Donner halb umnachtet die Frau im Arztkittel reden.

Einweghandschuhe und der Kopf einer roten Schlange kreuzten sein Blickfeld. Erschrocken zuckte er zurück. Die Fesseln hielten ihn jedoch an Ort und Stelle. Er fühlte die Nässe unter seinem Hintern und den Oberschenkeln mehr als zuvor. Er verdrehte die Augen und schaute dann an sich hinunter. Sie hatte seinen Schoß und die Sitzfläche des Rollstuhls mit Desinfektionsmittel eingesprüht und seinen Urin mit einem Schlauch, an dem sich eine rote Kunststoffdüse befand, grob abgespült: Danach war sie mit einem Lappen unter den Saum seines Psychopathenhemds gefahren und hatte seinen Genitalbereich gewaschen.

Wenn ich könnte, würde ich diese falsche Schlange mit einer Hand am Hals packen und kräftig zudrücken.

»Was meinen Sie mit Schlange drücken?«, fragte sie und kicherte. »Doch nicht etwa das winzige Ding? Ihr Männer seid doch alle gleich, leidet an Selbstüberschätzung, wenn es um euer bestes Stück geht. Nick-nack, paddywack …«

Donner versuchte, zur Besinnung zu kommen. Offensichtlich hatte er laut gedacht. Er wollte sprechen, musste jedoch husten und krächzen. »Nein, so einer bin ich garantiert nicht.«

»Mit Frechheiten wie diesen werde ich spielend leicht fertig«, sagte sie und zwickte ihn in seine Hoden, dass es ihm die Tränen in die Augen und den Rotz aus der Nase trieb. »Beim nächsten Mal schneide ich Ihnen die Eier ab.«

Er keuchte, unterdrückte jedoch einen Schmerzschrei. Mehr denn je zerrte er an seinen Fesseln. Wenn er nur genügend Wut und Kraft aufbrachte, könnte er selbst den massiven Stahl, aus dem der Stuhl bestand, in seine Einzelteile zerlegen.

Es ist definitiv ein Fehler, ein Monster zu reizen. Erst recht, wenn es festgebunden ist.

»Bitte«, blieb er besonnen, weil er sich trotz aller Anstrengung nicht befreien konnte. »Hier muss eine Verwechslung vorliegen.«

»Keine Sorge, das da trocknet.« Sie zeigte auf sein durchnässtes Hemd. »Sie verstehen hoffentlich, dass eine vollständige Reinigung unter diesen Umständen schwierig ist.«

»Wasser«, japste er mit staubtrockener Kehle.

»Was?«, fragte die Frau dicht an seinem Ohr.

»Geben Sie mir etwas zu trinken.«

»O ja, Sie haben bestimmt furchtbaren Durst.« Sie streichelte ihm über den Kopf. »Wenn Sie schön mitmachen, bekommen Sie zur Belohnung eine schöne eiskalte Cola.«

Sein Magen krampfte sich zusammen, als er sich das Getränk vorstellte. Er fühlte sich unendlich schwach, ausgepowert wie nach einem seiner früheren Kämpfe bei den Deutschen Meisterschaften im Boxen. Damals hatte er auch kräftig einstecken müssen und doch letztlich jeden Gegner niedergerungen.

Fast jeden. Bis auf diesen ungreifbaren Windhund von Chemie Leipzig, der mir fünf Runden lang seine Handschuhe um die Ohren gehauen hat. Wie hieß denn dieser Dschungelboxer doch gleich? Wizel, Wiesel …?

Seine Erinnerungen glichen Blubberblasen. Sie stiegen auf und zerplatzten. Das musste an den Medikamenten liegen, die sie ihm verabreichte. Die Drogen raubten ihm den Verstand. Irgendwo in einem Umzugskarton in seiner erbärmlichen Wohnung verstaubte eine Silbermedaille. Sogleich wirbelte auch in seinem Schädel lauter Staub auf. So wie die Frau drauf war, würde sie sein Gehirn komplett kaputt spritzen.

Und auf meinen Scharfsinn war ich immer so stolz. Nee, Erik, du verwechselst da gerade Scharfsinn mit Starrsinn.

Er wollte sich am liebsten die Fäuste gegen die Stirn hämmern, um dahinter die Kopfschmerzen und die wirren Gedanken mit aller Macht zu vertreiben.

Dann eben Starrsinn! Ist doch scheißegal, Hauptsache etwas, das meine Mitmenschen an mir schätzen.

»Hey, Herr Donner«, sprach sie ihn an und tätschelte ihm die Wangen, kurz bevor er wieder ins Delirium abdriftete. »Machen Sie mir nicht schlapp, jetzt wo Ihre große Stunde schlägt.«

»Was?«

»Alter Mann, er spielt vier, spielt das Nick-Nack am Klavier. Sie beherrschen doch hoffentlich noch die Klaviatur der Vernehmung. Andernfalls wäre ich sehr enttäuscht. Und wenn ich enttäuscht bin, werde ich gemein.« Damit entfernte sie sich aus seinem Sichtbereich, redete aber weiter. »Nick-nack, paddywack, Knochen für den Hund …«

Auf dem löchrigen Parkettfußboden vernahm er ihre sich entfernenden Schritte. Statt zu rufen, sie solle zurückkommen, suchte Donner seine Chance. Er blinzelte mehrfach schnell hintereinander, um endlich einen klaren Blick für seine Situation zu bekommen. Vor Minuten war er aufgewacht, so viel stand fest. Seine Lage hatte sich nicht zum Besseren verändert. Noch immer war er im Rollstuhl gefangen mit der Aussicht auf den geschlossenen Fahrstuhl. Die alten Holztüren des Aufzugs wurden garantiert schon seit Jahrzehnten nicht mehr hergestellt. Entsprechend alt musste das Gebäude sein. Das Graffito an der Wand, die windschiefe Zahl 9 in grüner Farbe, war ebenfalls noch vorhanden. Demnach hatte er sich keinen Millimeter vom Fleck bewegt. Der Rollstuhl war aus solidem Stahl gefertigt, die Lederbänder an seinen Gelenken unzerreißbar.

Er streckte seine Finger, sie glitten umher, so weit es ihm möglich war. Mit den Fingerspitzen berührte er den Gummi der Reifen. Erst links, dann rechts. Doch die Räder waren zu weit entfernt, um sie zu bewegen oder gar zum Rollen zu bringen.

Wie aus dem Nichts vernahm er ein Summen im Ohr. Zuerst glaubte er, es wäre eine weitere Nebenwirkung der Medikamente, aber plötzlich schwirrte eine Fliege um seine Nase.

Die Erste nach dem Winter! Das ist ein gutes Zeichen. Oder ein schlechtes, wenn man schon nach Verwesung stinkt.

Zu seinem Missfallen kroch sie unter seinen Hemdsaum und verweilte an einer unsittlichen Körperstelle.

»Lass das!«, redete er mit dem Insekt. »Du musst mich hier wegschieben.«

Warum verbiegst du nicht einfach das Metall, Erik? Dann kannst du dich selbst vorwärtsbewegen. Zum Fahrstuhl hin …

Blieb das Problem der Bremsen. Und die falsche Ärztin, die in diesem Moment zurückkam und die Fliege verscheuchte.

»Herrn Viktor Burda kennen Sie ja bereits«, sagte sie, während sie den anderen Patienten, den sie mitgebracht hatte, in seinem Rollstuhl vor Donner platzierte.

Burda sah schlecht aus. Wie ein Schwachsinniger verdrehte er permanent die Augen, warf den Kopf unkontrolliert hin und her.

»Inzwischen ist er fast wieder bei Bewusstsein, aber das Thiopental wirkt natürlich noch ein wenig nach.«

Thiopental. Ein starkes Betäubungsmittel, das auch den zwei-
felhaften Ruf eines Wahrheitsserums hat.

»Ich schätze, sein Zustand wird Ihnen bei Ihrer Befragung
helfen«, redete sie weiter.

»Woher haben Sie das Zeug?«

»Ich bin Ärztin, Herr Donner, schon vergessen?«

»Hören Sie auf mit der Maskerade. Das hier ist kein
Krankenhaus.«

»Warum können Sie es nicht einfach akzeptieren, nick-
nack, paddywack? Hier sind zwei Patienten und eine Ärztin.
Und wir spielen jetzt Ihr Lieblingsspiel: Räuber und Gendarm.
Sie sind der Kommissar und er hier …« Sie gab Burda von hinten einen Klaps. »Er ist der Kriminelle.«

»Weshalb soll ich ihn befragen?«

»Weil das der Sinn Ihres Aufenthalts ist.«

»Und was passiert, wenn ich mich weigere? Behalten Sie
mich dann ewig hier?«

Die Frau trat zwischen beide Rollstühle und lächelte
Donner von oben herab kalt an. »Wissen Sie, warum es in dem
Reim ›Knochen für den Hund‹ heißt?«

Augenblicklich bekam er eine Ahnung. Die Vorstellung,
wie er an irgendwelche hungrigen Köter verfüttert wurde,
schmeckte ihm ganz und gar nicht.

Und den Hunden schmecke ich garantiert auch nicht.

»Ich habe niemanden bellen gehört«, versuchte er es mit
Zweckoptimismus.

»Wuff!«, blaffte sie ihn an und verhärtete ihre Stimme.
»Weil Hunde, die bellen, niemals beißen. Los, zeigen Sie mir,
wie bissig Sie in Ihrem Job sind! Fragen Sie ihn über das L aus.«

»Das L? Was ist denn das nun schon wieder für ein
Schwachsinn?«

Aber die Frau trat beiseite und ging wortlos davon. Ihre beiden vollgedröhnten Gefangenen blieben sich selbst überlassen.

KAPITEL 21

Statt sich auf den geistesabwesenden Burda zu konzentrieren, kämpfte Donner mit lauter finsteren Gedanken. Gedanken über sein verpfuschtes Leben und über die Frauen, die er darin verloren hatte. Und je mehr ihn die Erinnerungen schmerzten, umso fester zerrte er an seinen Fesseln.

Elli! Annegret! Das habe ich alles nicht gewollt.

Donner biss sich auf die Lippe und unterdrückte eine Träne. Das Metall am Stuhl ächzte, die Deckenlampe über ihm brummte. Eine lange Weile saßen sich die beiden unfreiwilligen Patienten schweigend gegenüber, bis die Fliege wieder auftauchte und sich auf seinem rechten Handgelenk niedersetzte, wo sich blutige Striemen gebildet hatten.

Na los, du Idiot, stell ihm eine Frage! Vielleicht erfährst du dann, was hier los ist.

»Blödsinn«, knurrte Donner, um sich kurz darauf zu sammeln.

Es konnte wirklich nicht schaden, sich mit dem Mann, der sich als Viktor Burda vorgestellt hatte, zu unterhalten.

»Viktor Burda«, sprach Donner ihn mangels Alternativen an.

Zuerst gab der Angesprochene nur unverständliche Laute von sich, dann folgten Wortfetzen und schließlich sagte er: »Ich kann Sie hören.«

Auch wenn er ganz und gar den Eindruck machte, nicht mehr Herr seiner Sinne zu sein und wie automatisch zu antworten, nutzte Donner die Chance und machte mit der Fragestunde weiter.

»Wie lange sind Sie schon hier?«

»Eine Woche oder länger?«

»Wissen Sie, was diese Hexe von uns will?«

»Nick-nack, paddywack …«, fing nun auch Burda an, wobei ihm immer wieder vor Schwäche das Kinn auf die Brust sackte. »Knochen für den Hund, Opas Bauch ist kugelrund.«

»Ja, ja, das weiß ich mittlerweile auch. Die Ärztin, warum hält sie uns hier fest?«

»Sie will uns an Luzifer ausliefern.«

Na bravo, ich bin im Grand Guignol gelandet, direkt in einem Horrortheaterstück.

»Es gibt keinen Teufel, also reden Sie keinen Unsinn!«, fuhr Donner Burda an. »Erzählen Sie mir endlich, warum Sie hier sind.«

»Es geht um das Video.«

»Was für ein Video?«

»Sie wissen es nicht, oder?«

»Was sollte ich wissen?«

»Was darin gezeigt wird.«

»Was denn, verdammt!« Schon bei der Kripo waren Vernehmungen nicht gerade seine Stärke, aber unter diesen Umständen verlor er noch viel schneller die Geduld. »Reden Sie endlich!«

»Ich weiß es auch nicht …«, kam es zurück.

Auf diese Weise erhielt Donner vermutlich keine sinnvollen Informationen. Also erinnerte er sich, was die Frau kurz vorher von ihm verlangt hatte.

»Viktor, hören Sie. Was können Sie mir über das L sagen?«

»Das L«, murmelte Burda. Er ließ die Augen dabei geschlossen, wodurch er aussah, als redete er im Schlaf. »Das L ist Johannes Merten. Johannes Merten ist L.«

Obwohl Donner selbst noch unter dem berauschenden Einfluss von Medikamenten stand, funktionierte sein Gehirn zeitweilig überraschend gut. Zwar dauerte es einen Moment, aber dann konnte er mit dem Namen etwas anfangen. Auf einmal erinnerte er sich auch an das Foto, das man vor drei Monaten in einem schwimmenden Sarg gefunden und ihm vorgelegt hatte. Sein Kommissariatsleiter Henry Stark hatte ihn an einem Montagmorgen zu Hause aufgesucht und ihm eine Lichtbildmappe der Kripo Leipzig vorgelegt. Auf einer der Aufnahmen war der Sargdeckel mit einem einzelnen Buchstaben zu sehen gewesen. Einem L. Damals hatte Donner nichts mit den Bildern anfangen können. Eigentlich hatte er sie nur flüchtig angesehen und sich keine weiteren Gedanken über die Bedeutung des Funds gemacht. Selbst danach hatte er die Anrufe und Nachrichten von Klara abgeblockt. Er hatte einfach seine Ruhe haben wollen.

Kann denn das möglich sein? Hängt der Sarg mit meiner derzeitigen Lage zusammen?

»Reden Sie von *dem* Johannes Merten?«, vergewisserte er sich, ob Burda den bekannten Betrüger meinte, wartete aber keine Erwiderung ab. »Ich meine, was haben Sie denn mit dem zu tun?«

Auf einmal versteiften sich Burdas Wangenmuskeln, seine Augen schauten starr ins Leere. »Ich war einmal Johannes Mertens Anwalt.«

Über diese Information musste Donner erst einen Augenblick nachdenken. Es ging also eindeutig um Mertens einstige Sekte. Das L. Und irgendwie hing Burda da mit drin.

»Wie alt sind Sie?«, fragte Donner.

»Einundsiebzig.«

Donner staunte über das hohe Alter und rechnete die Jahre zurück. »Dann waren Sie damals – in den Achtzigern, Neunzigern – ein ziemlich junger Anwalt.«

»Jung und unerfahren. Ich hatte mich von Merten blenden lassen – wie unzählige andere Menschen auch –, bis er angefangen hatte, vom Teufel zu erzählen. Da habe ich gemerkt, wie krank und verschlagen er in Wahrheit ist. Ich wollte seine kriminellen Machenschaften nicht länger decken, also habe ich mich, wie einige andere vor mir, von ihm abgewandt.«

»Ach, kommen Sie! Für Sie ist da bestimmt hübsch was rausgesprungen, sonst wären Sie nicht hier. Also, was haben Sie angestellt?«

»Nein, Sie missverstehen.« Er schüttelte heftig den Kopf. »Wir haben versucht, ihn aufzuhalten.«

KAPITEL 22

Damals (Oktober 1989)

Die Eingangstür des *Intermezzo* ging auf, ein Gast betrat die Kneipe. Wie alle anderen vor ihm, klopfte er sich Straßenschmutz von den Schuhabsätzen. Mit ihm wehten Schneeflocken herein, schmolzen jedoch, noch ehe sie den Parkettfußboden erreichten. Das Wetter war eine seltene Laune. Keiner der Anwesenden wettete auch nur eine einzige Mark auf anhaltenden Schneefall. Nein, es war ein Herbst des Umbruchs und der Winter war noch ganz und gar fern. Lediglich der Mann mit dem Namen Frost tauchte heute auf. Edward Frost.

Er schaute sich um, sein Blick wie immer kühl. Weder mochte der ehemalige Thüringer verrauchte Gaststuben noch die Hektik der Großstadt. Besonders nicht zur Zeit der Herbstmesse, weil dann die Straßenbahnen von Reisenden überquollen. Doch es hatte ihn vor einer gefühlten Ewigkeit nach Leipzig verschlagen. Im VEB Kombinat Robotron hatte er Informatik gelernt und war bei einer Tanzveranstaltung seiner späteren Frau Dorothea begegnet. In dieser Stadt hatte er beim Studium auch den späteren Ingenieur für Maschinenbau mit dem Spitznamen Krähe kennengelernt. Krähe deshalb, weil er sich beim Studium stets wie ein Grufti gekleidet hatte und irgendwann mal einen von diesen angefahrenen Rabenvögeln gefunden und aufgepäppelt hatte. Drei Jahre lang waren die beiden *Krähen* unzertrennlich gewesen, bis der Vogel eines Tages mit zertrümmertem Schädel unter seinem Nest gelegen hatte. Vermutlich war es ein Nachbar gewesen, der für die Staatssicherheit gespitzelt hatte. So hatte Krähe es zumindest behauptet.

Der Schmerz über den verlorenen gefiederten Freund war Vergangenheit. Geblieben war die Vorliebe für schwarze Bekleidung. In einem langen, dunklen Wintermantel saß Krähe direkt unter einem der Fenster und winkte ihm zu.

Während Frost sich an den voll besetzten Tischen vorbeidrängelte, nickte er den Barfrauen zu. Sie grüßten zurück. Obwohl er sich unter lauter Fremden aufhielt, wirkte alles familiär. Sogar die alte Toilettenfrau, die alle nur Muttchen nannten, lächelte ihn an. Das Lokal war weder hübsch noch roch es gut. Das Angebot an Bier und Spirituosen begrenzt. Bockwurst mit Sauerkraut und Kartoffeln für eine Mark fünfzig. Möbel aus dem VEB Deutsche Werkstätten Hellerau. Weiße Tischdecken, wie man sie allerorts fand. Aus einer Musikbox spielten Lieder der Leipziger Band Karussell.

Café Anonym.

Anonym wollte am liebsten auch Frost bleiben, denn er sorgte sich sehr, dass man ihn beobachtete.

»Pünktlich auf die Minute, Edward«, lobte Krähe, stand auf und umarmte Frost.

»Auf die Sekunde, wolltest du wohl sagen.« Frost wusste, wie penibel sein Freund die Zeit im Blick behielt und wie sehr er Unpünktlichkeit missbilligte.

»Setz dich.« Er deutete auf den freien Stuhl.

Zwei volle Biergläser standen bereit.

»Warum ausgerechnet hier?«, wollte Frost wissen, denn schon jetzt beunruhigten ihn die kritischen Blicke von Leuten, die mit ihren Mänteln so gar nicht hierher passten.

»Weil hier das Leben pulsiert.« Krähe hob sein Glas und schaute dabei über den Rand wie ein Revoluzzer. »Sogar die Wessis lassen es sich hier gut gehen. Sie trinken unser Bier und schleppen unsere Frauen ab. Sieh dich nur um, überall hübsche Damen aus der gesamten Republik. Die dort drüben, die mit den roten Stiefeln, spricht sogar mit Rostocker Dialekt. Sie alle kommen extra wegen der Messe nach Leipzig, um sich für D-Mark zu prostituieren.«

»Ich bin nicht wegen Weibergeschichten gekommen, sondern wegen Johannes Merten. Was hast du vor?«

»Es gibt Gerüchte, dass Merten sich absetzen will. Ich werde verhindern, dass er ungestraft davonkommt.«

Krähe sagte es so profan, als wäre es das Leichteste der Welt. Dabei lachte er auf wie bei einer vergnüglichen Skatrunde, in der er das beste Blatt hielt. Er verstand es gut, verbotene Dinge unter dem Deckmantel von Heiterkeit zu tun. Schon damals beim Studium hatte er den Geselligen gemimt, um im Verborgenen republikfeindliche Propaganda zu verbreiten. Obwohl Frost ihn immer wieder gewarnt hatte, war ihm niemand auf die Schliche gekommen. Ein paarmal waren Stasimitarbeiter an der Uni aufgetaucht, hatten Studenten befragt und sich umgesehen. Aber sie waren ergebnislos davongefahren, den Kofferraum voller Flugblätter einer angeblichen Untergrundgruppe mit dem klangvollen Namen *Die vier Affen*. Bis heute wusste Frost nicht, wo Krähe die Dinger überhaupt hatte drucken lassen.

»Johannes Merten«, wiederholte Frost den Namen im Flüsterton. »Ich verstehe nicht, warum du das machen willst. Ich meine, ich mag den Typ ja auch nicht, aber der ist eine Nummer zu groß für dich. Merten ist weder Politiker, noch gehört er zur Justiz, trotzdem zählt er zur DDR-Elite. Ich sag dir, das ist ein stinkreicher Spion, der aus dem Westen übergelaufen ist. Der kann doch in unserem Staat tun und lassen, was er will. Das darf sonst keiner. Dem kannst du nicht beikommen, kapierst du das denn nicht?«

113

»Merkst du nicht, was in diesem Land los ist? Bisher konnte die Stasi seine Verbrechen decken, aber das ist bald vorbei. Merten weiß das, deshalb schmiedet er Pläne, ins Ausland zu verschwinden. Dieser Unrechtsstaat hat ausgedient. Leute wie Merten sind am Ende. Jetzt ist die Chance für uns Patrioten gekommen.«

Frost winkte ab und trank vom Bier. »Wir sind nicht mehr auf der Uni und schon gar keine Patrioten, hörst du? Wir sind dreißig. Verdammt, wir haben inzwischen Familien!«

»Du musst mir helfen.« Jetzt wurde Krähe plötzlich ernst. »Ohne dich schaffe ich es nicht. Ich kenne da einen Anwalt, der hat angeblich brandheißes Material, um Merten bis an sein Lebensende wegzusperren.«

»Was für Material soll denn das sein?«

»Eine Art Filmdokumentation über Mertens abartige Vergnügungen.«

»Etwa ein echtes Band? Wie in diesen James-Bond-Streifen? Wo sollte das denn herkommen? Sieh dich doch mal um, kein Mensch kann sich eine Filmkamera leisten. Das gibt es höchstens im Kino. Selbst die Volkspolizei benutzt noch die uralten Ihagee-Fotoapparate. Du hast ja nicht mal ein Gerät, um Filmbänder abzuspielen, oder? In meinem Betrieb gibt es gerade mal einen Abspieler. Also wie willst du das Material auf Echtheit prüfen?«

»Darum kümmere ich mich schon«, wiegelte Krähe ab, wie er es immer tat, wenn er zwar eine Idee, aber keinen wirklichen Plan zur Umsetzung hatte. Im Gegensatz zu Frost, der gern Risiken minimierte, spornten sie Krähes Ehrgeiz erst so richtig an. »Den genauen Filminhalt kenne ich noch nicht, aber da findest du alles drauf: Bestechung, Sexorgien, Einschüchterung, Gewalt. Das volle Programm! Angeblich soll Merten sogar mit dem Teufel im Bunde stehen.«

Frost stellten sich die Nackenhaare auf bei dem, was er da hörte. Am liebsten hätte er sein Bierglas in einem Zug geleert in der Hoffnung, der Alkohol würde ihn betäuben und jedes einzelne Wort vergessen machen. »Das gefällt mir nicht. Du weißt, wie die Anwälte in unserem Staat ticken. Die sind keinem so treu wie dem System.«

»Das System ist am Ende, Edward. Schau mal nach Prag oder zur ungarischen Grenze, dort brechen längst alle Dämme. Hörst du nicht, was Gorbi sagt?«

»Das ist alles nur ein Schauspiel, um die DDR-Bürger zu beruhigen. Glaubst du, die Funktionäre da oben schaffen unser System von heute auf morgen ab? Das ist doch völlig ausgeschlossen. Gorbatschow ist ein Sowjet, der steckt mit denen unter einer Decke.«

»Quatsch, ich sage dir, das ist ein Reformpolitiker. Der bringt uns nach vorn. Der krempelt schon jetzt den gesamten Ostblock um. Wirst schon sehen. Ich habe immer für Meinungsfreiheit gekämpft, und Gorbi ist auch so einer, der versteht, dass man den Menschen die Wahrheit nicht verbieten kann. Unsere Polits halten Leute wie mich für kriminell, aber die wahren Kriminellen sind Merten und seine Vertrauten, die in Saus und Braus leben.«

»Könntest du bitte leiser sprechen?« Frost schaute sich getrieben um. Das Glas in seiner Hand wackelte, weil er zitterte. »Du weißt, dass die Stasi überall ihre Ohren hat.«

Krähe winkte ab. »Ach, die da oben merken doch gar nicht, dass sich der Wind dreht. Die versuchen noch immer verzweifelt, die Montagsdemos in unserer Stadt zu verhindern. Die verstehen gar nicht, was es bedeutet, wenn Gorbatschow von Perestroika und Glasnost spricht.«

»Du redest aber hier nicht von Freiheit oder Umgestaltung, sondern von Erpressung. Du willst Merten erpressen, habe ich recht?«

Krähe schmunzelte und strich sich seine langen gelockten Haare zurück. »Du sagst es ja selbst, man kann Merten nicht beikommen. Nicht mit legalen Mitteln …«

Hastig trank Frost sein Bier aus und schüttelte den Kopf. »Ich kann dich dabei nicht unterstützen, denn ich bin nicht wie du. Ich möchte bei Robotron Karriere machen und gutes Geld verdienen, erst recht, wenn es wirtschaftlich mit diesem Land bergauf geht. Fachdirektor sollte auf jeden Fall drin sein, vielleicht schaffe ich es sogar zum Werkleiter. Kann passieren, dass ich irgendwann selbst in die Partei eintreten muss, wer weiß. Bis dahin möchte ich mich nicht wie ein dickköpfiger Rebell um Angelegenheiten kümmern, die mich eigentlich nichts angehen. Johannes Merten hat mir nichts getan. Mag sein, dass er ein Drecksack ist, aber er ist mir komplett egal. Verstehst du?«

»Ich verstehe, dass du Angst hast.«

»Ja, um dich!«

Beide schwiegen, nachdem Frost versehentlich die Faust auf den Tisch gekracht hatte, woraufhin sich mehrere Köpfe nach ihnen umdrehten.

»Ich brauche ein paar Computer als Bezahlung, Edward«, fing er wieder an, als wäre nichts gewesen. »Nur du kannst die mir von Robotron besorgen. Und zwar die neuen Dinger, die in den Westen gehen.«

»Denk an deine Frau Sabine«, beschwor Frost ihn. »Denk an deine siebenjährige Tochter Klara. Was soll aus ihnen werden, wenn etwas schiefläuft und sie dich einsperren?«

Statt einzulenken, das Bier auszutrinken und zu seiner Familie nach Hause zu gehen, lächelte Krähe die möglichen Konsequenzen einfach weg. »Du klingst schon wie mein Schwiegervater. Der will davon auch nichts wissen, obwohl er bei der Polizei ein hohes Tier ist und mir demzufolge zuhören müsste, wenn es um Ungesetzlichkeit geht. Aber du weißt ja, ich bin Krähe. Krähen sind schlauer als andere Tiere.«

»Du bist nicht Krähe! Dein Name ist Markus Wallner.«

»Wie dem auch sei, ich werde mich um Merten kümmern. Falls du nicht dabei bist, bekommst du auch nichts vom Geld ab.«

Kapitel 23

»Erik kann doch nicht spurlos verschwunden sein«, sagte Frost in den Telefonhörer, während sich im Aschenbecher auf ihrem Schreibtisch ihre Zigarette von selbst rauchte.

»Von spurlos ist auch nicht die Rede«, antwortete Kriminalhauptkommissar Stark, mit dem sie sich seit knapp drei Minuten unterhielt. »Definitiv war er vor vier Tagen, gegen siebzehn Uhr, im Supermarkt bei sich um die Ecke einkaufen. Die Angestellte vom Bäcker konnte sich sogar daran erinnern, wie er einen Witz über die zerklüfteten Pfannkuchen im Sonderangebot gemacht hat. Er meinte, die Dinger erinnern ihn an sein eigenes Gesicht.«

»Anscheinend hat er sich seinen Humor aus Studienzeiten erhalten.«

»Ich kann Ihnen versichern, Kollegin, dass Erik sonst ganz und gar nicht witzig ist – nicht mehr nach dem, was alles passiert ist.«

Inzwischen wusste Frost, dass er innerhalb weniger Jahre gleich zwei Frauen und seine Tochter an Serienmörder verloren hatte. Und sie hatte gehört, wie ihn diese Schicksalsschläge verändert hatten. Körperlich, aber vor allem seelisch. Auch wenn sie es ihm nicht selbst sagen konnte, bedauerte sie sein Schicksal unendlich. Nur entfernt konnte sie erahnen, was es für einen

Menschen bedeutet, den geliebten Partner und das eigene Kind zu verlieren.

Deshalb werde ich den Teufel tun und eine dauerhafte Beziehung eingehen.

Sie wischte den Gedanken beiseite und konzentrierte sich auf das Telefonat. »Ich verstehe das nicht. Sie wussten doch, dass wir einen Sarg mit einem alten Foto von Erik gefunden haben. Also wie konnte das passieren?«

»Den Versuch, mir ein schlechtes Gewissen einzureden, können Sie sich sparen. Diesen ominösen Sargfund gab es natürlich, und dem Ersuchen Ihrer Dienststelle sind wir damals umgehend nachgegangen, indem wir Erik dazu befragt haben. Drei Monate lang passierte darüber hinaus nichts. Keine Hinweise auf eine Straftat, keine Forderungen, keine Ereignisse, die uns in Alarmbereitschaft hätten versetzen müssen. Also was werfen Sie uns vor?«

»So war das nicht gemeint«, lenkte sie ein. »Ich versuche nur zu begreifen, wie jemand eine Arbeitsunfähigkeitsbescheinigung täuschend echt fälschen und einen gestandenen Mann entführen konnte.«

»Wir haben seine Wohnung von einem Schlüsseldienst öffnen lassen und die Räume nach Hinweisen durchsucht. Dabei haben wir in seinem Abfalleimer ein weiteres gefälschtes Dokument gefunden. Ein Schreiben vom polizeiärztlichen Dienst, in dem Erik aufgefordert wird, sich bei einer Dr. Simone Scheuer in der Bayreuther Straße vorzustellen. Wie Sie bereits wissen, gibt es an der dortigen Adresse keine Arztpraxis. Dafür ist der Briefkopf identisch mit dem des Polizeiverwaltungsamtes. Außerdem trägt das Papier einen Originalstempel. Wenn Sie mich fragen, hat sich da jemand echt Mühe gegeben.«

»Wo, sagten Sie, haben Sie den Brief gefunden?«, vergewisserte sie sich, obwohl sie es schon beim ersten Mal verstanden hatte.

»Im Abfalleimer in der Küche unter einem Wachtturm-Heft der Zeugen Jehovas.«

Wenn das Schreiben im Müll lag, konnte das nur bedeuten, dass Erik es ignoriert hatte. »Wann war der Vorstellungstermin?«

»Vor zehn Tagen.«

»Und Sie haben mir beim letzten Mal mitgeteilt, dass ihre Leute an der entsprechenden Anschrift ein Klingelschild mit dem Namen Dr. S. Scheuer vorgefunden haben.«

»So ist es. Allerdings führt die Klingel nirgendwohin. Vermutlich hat jemand dort auf ihn gewartet. Aber Erik ist schon früheren Terminen einfach ferngeblieben.«

»Ich nehme an, da hatte jemand ziemlich schlechte Laune gehabt, weil Erik nicht aufgetaucht ist.«

»Dahin gehend ist eben Verlass auf ihn: Er macht selten das, was man von ihm verlangt.«

Diese Einstellung kommt mir ziemlich bekannt vor.

»Sechs Tage später geht Erik einkaufen … Er erkundigt sich bei seiner Nachbarin, ob er ihr etwas mitbringen soll. Dann wird er beim Bäcker gesehen. Auf den knapp zweihundert Metern vom Supermarkt bis nach Hause löst er sich in Luft auf. Können Sie mir das erklären?«

»Vielleicht ja. Nachdem wir seine Wohnung geöffnet hatten, haben wir die Nachbarschaft befragt. Ein Anwohner kennt Erik vom Sehen und ist sich sicher, ihn vor vier Tagen auf dem Gehweg mit einer Einkaufstasche in der Hand vom Balkon aus beobachtet zu haben. Er ist sich ebenso sicher, dass Erik von jemandem gerufen wurde und kurz darauf hinter einen Rettungswagen getreten ist.«

»Ein Rettungswagen?«

»Angeblich hat das Fahrzeug am Fahrbahnrand mit offenen Hecktüren geparkt.«

»Und was ist dann passiert?«

»Der Zeuge gibt an, danach kurzzeitig von seinem Hund abgelenkt gewesen zu sein. Er hat noch den Rettungswagen mit Blaulicht davonfahren gesehen und sich gewundert, weil Erik verschwunden war. Letztlich war ihm die Magenverstimmung seines Vierbeiners wichtiger, also hat er sich wieder darum gekümmert.«

»Ich nehme an, der Zeuge hat sich nichts dabei gedacht und sich deshalb weder Kennzeichen noch die Rettungswagennummer gemerkt.«

»Doch, hat er … die große leuchtende 112 auf der Karosserie.«

Keiner von beiden lachte.

»Wie sieht das weitere Vorgehen Ihrer Abteilung aus?«, wollte Frost wissen.

»Tja, wir tun alles, um ihn zu finden.«

Ich fürchte, damit rechnet unser Gegner.

Kurz dachte sie darüber nach, auf der Stelle aufzubrechen und die Kollegen der Nachbardirektion bei den Suchmaßnahmen zu unterstützen. Aber erstens kannte sie sich in der fremden Stadt nicht aus und außerdem klingelte ihr Handy mit unterdrückter Nummer.

Deshalb kürzte sie das Telefonat ab. »Ich verlasse mich auf Sie.«

»Eine Sache noch«, hielt Stark sie auf.

»Ich muss auflegen.«

»Auf dem gefälschten Schreiben, das wir in Eriks Wohnung gefunden haben, ist ein Aktenzeichen angegeben, das Sie interessieren dürfte.«

KAPITEL 24

»Wie lautet das Aktenzeichen?«, fragte Frost, noch immer das klingelnde Handy im Blick.

»MA1127920SF819Z«, diktierte Stark. »Es ist …«

»Es ist exakt die gleiche Chiffre wie im Sargboden. Danke für die Info.«

»Wollen Sie mir nicht endlich sagen, was hier los ist?«

Ich habe wirklich keinen blassen Schimmer.

Das Handyklingeln erstarb. Vielleicht war es besser so. Sollte sich der Luzifer-Killer einen anderen Sparringspartner für sein abartiges Vergnügen suchen. In Frosts Lebenslauf gab es schon zu viele Psychopathen.

»Wenden Sie sich doch an Ihren Kollegen Sokrates Vogel, wenn Sie mehr wissen wollen. Ich wette, er gibt Ihnen bereitwillig Auskunft.«

»Ich habe ihn bereits angerufen.«

»Und?«

»Ich schätze, seine Reaktion können Sie sich denken.«

Offenbar traut Kriminalhauptkommissar Vogel seinen eigenen Leuten ebenso wenig über den Weg. Demnach liegt sein ablehnendes Verhalten eindeutig nicht an mir. Das finde ich irgendwie beruhigend.

»Finden Sie Erik. Versprechen Sie mir das?«

»Das kann ich nicht.«

Sie versuchte, ihre Enttäuschung zu verheimlichen, indem sie verbissen schmunzelte. »Wenigstens sind Sie ehrlich.«

Damit war das Telefonat beendet. Missgestimmt betrachtete Frost ihre abgebrannte Zigarette und dachte über den Code nach. Sie wusste, solange sie ihn nicht knackte, würde sie weiterhin auf der Stelle treten. Drei Monate hatte ihr der Luzifer-Killer Zeit gelassen. Zeit, die sie vertan hatte. Und jetzt überschlugen sich plötzlich die Ereignisse.

Erneut erwachte ihr Handy. Erneut ließ sie es klingeln, fingerte ruhig nach einer neuen Zigarette. Beim Anzünden warf sie einen Blick auf ihre Armbänder. Auf dem wichtigsten stand der lateinische Spruch: Deus ex Machina.

Der Luzifer-Killer spricht wie eine Maschine und hält sich gleichzeitig für einen Gott.

Als sie sich bereit fühlte, nahm sie das Gespräch an.

»Es ist wirklich unklug, mich warten zu lassen«, sagte die blecherne Stimme prompt.

»Ich hatte ein Gespräch auf der anderen Leitung.«

»Das war aber garantiert kein Killer. Also was habe ich Ihnen über fehlenden Respekt und falsche Prioritäten erzählt?«

»Wo ist Erik Donner?«

»Schon besser! Machen Sie sich Sorgen um ihn?«

»Muss ich mir Sorgen machen?«

Der Unbekannte ließ eine Pause, beantwortete jedoch keine ihrer Fragen. »Sind Sie bereit für einen Deal?«

»Habe ich eine Wahl?«

»Die hat man immer.«

Frost nahm einen tiefen Zug von ihrer Zigarette. Egal wie cool sie blieb, der andere hielt momentan alle Fäden in den Händen und konnte sie somit nach Belieben dirigieren. »Ich höre Ihnen zu.«

»Sehen Sie, Frau Frost, das ist ein Grund, warum ich mich an Sie wende: Sie probieren gar nicht erst, mich mit leeren Drohungen durchs Telefon einschüchtern zu wollen, sondern schätzen die Situation absolut richtig ein. Deshalb bin ich mir sicher, dass Sie mir einen unangenehmen, aber vollkommen notwendigen Gefallen tun werden.«

»Sie wollten mir einen Deal anbieten.«

»Und Sie verlieren keine Zeit – genau wie Ihr Vater.«

Als sie an ihren Vater erinnert wurde, schmeckte ihr die Zigarette auf einmal nicht mehr. Halb aufgeraucht, drückte sie den Stummel in den Aschenbecher, streckte die Finger aber sogleich nach der Schachtel aus. »Lassen Sie meinen Vater aus dem Spiel, dann werden wir uns vielleicht gut verstehen.«

»Das geht nicht.«

»Wie bitte?«

»Bei diesem Arrangement geht es nämlich um Markus Wallner.«

Obwohl es sich im Verlauf des Gesprächs angekündigt hatte, traf der Name Frost wie ein Stromschlag. So hieß ihr Vater. Er war der Mann, der im Gefängnis saß, seit sie zehn war. Seit dieser Zeit vermied sie es, über ihn zu reden.

»Egal, worum es geht, ich fürchte, Sie müssen sich doch jemand anderen suchen.«

»Nein, wenn Sie mir nicht zuhören, wird Erik Donner nie wieder das Tageslicht erblicken. Wollen Sie das?«

Exakt mit einer solchen Drohung hatte sie gerechnet. Erik war das Druckmittel. Blieb die Frage, zu welchem Zweck. Frost war sich nicht sicher, ob sie darauf eine Antwort brauchte.

»Mein Vater war Edward Frost, deshalb trage ich seinen Namen.«

»Fangen Sie nicht an, die Tatsachen zu verdrehen. Das passt nicht zu Ihnen. Er war lediglich Ihr Adoptivvater. Ihr richtiger

Vater sitzt im Knast und wartet sehnsüchtig auf den Tag, an dem Sie ihn besuchen.«

Leider stimmte das. Mehrfach hatte Markus Wallner versucht, Kontakt zu ihr aufzunehmen. Selbst über das gerichtliche Verbot hatte er sich zeitweilig hinweggesetzt.

»Ich dachte, es geht Ihnen ausschließlich darum, das Luzifer-Video der Öffentlichkeit zu präsentieren.«

»Ja, in der Tat, darauf läuft es schlussendlich hinaus. Alle Welt soll es sehen. Ich verlange nicht, dass Sie verstehen, warum ich es tue. Eventuell verstehen Sie es, wenn Sie das Ende kennen. Bis dahin habe ich einen Auftrag für Sie.«

»Und was verlangen Sie von mir?«

»Töten Sie Ihren Vater für mich.«

Unwillkürlich musste Frost auflachen. Sie wollte gar nicht wissen, warum der Unbekannte den Tod ihres Vaters forderte, denn allein das Ansinnen war fern jeglicher Realität. »Sie wissen ganz genau, dass ich das niemals tun kann.«

»So, das können Sie also nicht …« Seine Stimme wurde finsterer, obwohl dies durch die verzerrte Sprechweise kaum noch möglich war. »Was würde wohl Erik zu so viel Feigheit sagen?«

»Erik würde mir zustimmen.«

»Oh, Menschen verändern sich, wenn ihnen nur genügend Leid widerfährt.«

»Nicht Erik«, blieb sie hartnäckig, auch wenn sie in Wahrheit kaum für Erik sprechen konnte. Dafür hatten sie sich viel zu viele Jahre nicht gesehen.

Der Fremde lachte auf. »Ich hatte Sie gefragt, ob Ihrer Meinung nach jeder zum Mörder werden kann, und Sie gaben mir die richtige Antwort.«

»Dann tun Sie es doch selbst. Töten *Sie* Markus Wallner.«

»Das würde ich gern, aber wie wir wissen, sitzt er in einem bewachten Gefängnis. Sie als seine nächste Angehörige allerdings könnten direkt auf ihn zugehen und ihm den Kopf wegschießen.«

»Ich bekomme meine Dienstpistole nicht mal durch die erste Schleuse der JVA Moabit.«

»Dann müssen Sie eben kreativ sein.«

»Ich werde das nicht machen.«

Wieder entstand eine Pause. Wieder fühlte Frost sich, als würde sie an unsichtbaren Stricken hängen. Sie konnte zwar widersprechen, aber auflegen, das konnte sie nicht.

»Was wissen Sie eigentlich über den Mord an Ihrer Mutter?«

Kapitel 25

Damals (13. Juli 1992)

Von einem Schrei geweckt, fuhr die zehnjährige Klara Wallner in ihrem Bett auf. Ihr Hemdchen war vollkommen durchgeschwitzt, weil es in ihrem Kinderzimmer so verdammt heiß und stickig war. Dabei hatte sie gar nicht schlecht geträumt. Es lag einfach am Wetter. Selbst bei offenem Fenster bekam man in diesem Sommer kaum einen Luftzug ab.

Sie schaltete das Licht an, schaute zuerst auf die Uhrzeit und überlegte anschließend, was sie in ihrer Nachtruhe gestört hatte. Im Haus herrschte absolute Stille. Ihre Eltern schliefen nebenan, den nächtlichen Leipziger Verkehr nahm sie nur als entferntes Rauschen wahr.

Es hatte sich wie ein Vogelschrei angehört. Vielleicht hatte eine Gefahr die Krähen vom angrenzenden Grundstück der Simonskirche alarmiert. Ihr Vater sagte ständig beim Spazierengehen, sie sollte immer die Bewegungen und Laute der Krähen beobachten. Sie seien die klügsten Vögel von allen. Und wenn man verstünde, was ihre Gebärden bedeuteten, könnte man sogar in die Zukunft blicken. Denn Krähen wussten immer alles ein bisschen eher.

Aber so weit war Klara längst noch nicht. Sie hatte schon Mühe, permanent die Zeit im Blick zu haben, wie Vater es stets forderte.

Tick. Tack. So geht die Uhr, kleine Klara. Tick. Tack. Du hast nicht unendlich Zeit, aber wenn du dir Mühe gibst, sie im Auge zu behalten, zumindest genügend davon.

Sie schlug die Decke zurück und rutschte zur Bettkante. Auf dem Nachtschränkchen lag *Momo*, ein Lesezeichen ragte aus den Seiten heraus. Es befand sich fast am Ende des Buches. Während ihre Klassenkameradinnen derzeit voll auf niedliche Mangafiguren abfuhren, hingen an ihrer Wand Poster von *BRAVO*-Stars. Vanilla Ice, Richard Grieco und natürlich David Hasselhoff. David Hasselhoff war der Beste, denn der hatte das coolste Auto. Wenn Klara alt genug war, wollte sie auch so einen nachtschwarzen Flitzer wie in *Knight Rider* fahren.

Barfuß tippelte sie über den Teppich und schaute aus dem Fenster. Zu der Jahreszeit wurde es nachts kaum richtig dunkel. Entsprechend konnte sie die Kuppel der Simonskirche und die umstehenden Bäume und Sträucher erkennen. Da hörte sie ihn wieder, diesen Schrei. Aber diesmal war sie sich sicher, dass er nicht vom Kirchengelände kam.

Auf einmal hatte sie doch ein bisschen Angst. Das Haus war riesengroß und gehörte ihren Großeltern, die im Erdgeschoss wohnten. Trotz der zahlreichen Männer, die von den Wänden ihr Zimmer bewachten, fühlte sie sich hier plötzlich nicht mehr sicher. Sie lief zur Tür, öffnete sie fast lautlos und huschte zum Schlafzimmer der Eltern, wo sie zuerst lauschte und dann ganz vorsichtig die Türklinke betätigte.

Zu ihrem Erstaunen war das Ehebett leer. Niemand befand sich im Raum und auch im Treppenhaus gab es kein Geräusch. Keine Schritte, keine Gespräche, kein einziger Laut. Also betrat sie die Treppenstufen, die bei jeder Bewegung knarrten. Spätestens jetzt hätten die Großeltern aufwachen und nach ihr sehen müssen. Ihr Opa war ständig auf der Hut, denn er hatte bis kurz nach der Wende bei der Volkspolizei gearbeitet. Seine Uniform hatte Klara immer imponiert und sie hatte sich vorgenommen, später ebenfalls in den Polizeidienst einzutreten.

Aber auch in den Räumen ihrer sonst so wachsamen Großeltern blieb es gespenstisch still. Lediglich aus der offen stehenden Küche drang das Brummen des alten Kühlschranks.

Auf der letzten Treppenstufe blieb Klara stehen und klammerte sich an das Geländer.

»Mama?«, rief sie. »Papa?«

Keine Antwort.

Dafür schepperte draußen auf dem Hof etwas. Es klang wie ein Blecheimer, der jemand aus den Händen gerutscht und auf den Boden geschlagen war. Vielleicht war ihre gesamte Familie in der Garage. Seit man Opa bei der Polizei entlassen hatte, arbeitete er oft bis tief in die Nacht in seiner kleinen Werkstatt. Dort schraubte er meistens an seinem Golf herum. Aber ihr Vater würde ihm wohl kaum dabei helfen. Er und ihr Großvater verstanden sich nicht mehr so gut wie vor der Wende. Immer öfter gab es Streit zwischen den beiden. Meist mischte sich dann Mutter ein und vermittelte.

Ja, vielleicht zankten sie sich gerade alle vier auf dem Hof, damit Klara nichts davon mitbekam. Aber dann würde sie vermutlich Stimmen hören, denn so dicht waren die Fenster und Türen in dem alten Haus nicht.

Sie löste sich vom Treppengeländer und lief zur Eingangstür. Sie war unverschlossen. Als sie die Tür einen Spaltbreit öffnete und ins Freie blickte, bemerkte sie tatsächlich jemanden bei der Garage.

»Papa?«, versuchte sie es erneut.

Statt einer Antwort vernahm sie Lärm, als räumte jemand Möbel und Gegenstände um. Die Geräusche kamen ebenfalls aus der Garage. Eigentlich war es keine richtige Garage, sondern ein ehemaliger Traktorenschuppen.

Zu diesem zog es Klara nun. Ohne Schuhe und Strümpfe lief sie über den Hof. Winzige Steine stachen ihr in die Fußsohlen. Dann hörte sie ihren Vater fluchen und heulen. Von Mutter oder ihren Großeltern keine Spur. Als sie einen Flügel des Schuppentors öffnete, begriff sie auch sofort, warum.

Einmal hatte sie heimlich nachts einen Film für Erwachsene angeschaut, nachdem einige Schüler in ihrer Klasse von einer Mutprobe gesprochen hatten. Es war ein berühmter Horrorklassiker gewesen.

Nightmare – Mörderische Träume.

Darin hatte Klara blutige Menschen gesehen. Sie hatte so gebannt hingeschaut, dass sie gar nicht bemerkte, wie ihr der Angstschweiß ausgebrochen war. Nahezu in Schockstarre hatte sie dagesessen und sich gefürchtet. Doch das hier war noch tausend Mal schlimmer.

Sie schrie aus voller Kehle.

Ihr Vater, der einen Benzinkanister in der Hand hielt, wirbelte herum. Mit großen Schritten kam er auf sie zu und packte sie.

»Beruhige dich, Klara.« Er strich ihr mit seinen blutverschmierten Fingern durch das blonde Haar. »Du musst zurück in dein Bett gehen.«

Klara überhörte seine Worte. Erst sehr viel später konnte sie sich an jeden seiner Sätze erinnern.

»Du musst jetzt ganz stark sein«, sagte er irgendwann und führte sie zurück ins Haus. Kurz bevor hinter ihnen der Schuppen anfing zu brennen.

Du musst jetzt ganz stark sein.

Es war dieser eine abartige Satz, den man keiner Zehnjährigen sagt, wenn sie kurz davor die brutal zugerichteten Leichname ihrer Mutter und der Großeltern ansehen musste.

Später würde Klara den Satz noch oft in dem ein oder anderen Kinofilm hören und ihn dann jedes Mal verfluchen.

Kapitel 26

»Wir sind beinahe pünktlich angekommen«, sagte Vogel, als er einen Blick auf die Uhr warf, während Winter mit dem Dienstwagen in Chemnitz auf die Promenadenstraße einbog. »Setzen Sie mich dort ab.«

Trotz eines Lauts des Erstaunens ihrerseits fuhr seine Assistentin widerspruchslos an den Straßenrand und trat auf die Bremse. Gleichzeitig deutete sie zum Einfahrtstor der Polizeidirektion. »Fahren wir denn nicht direkt auf den Hof?«

»Nein, sonst würde ich wohl kaum verlangen, dass Sie hier anhalten sollen.«

»Ich verstehe nicht …«, stotterte sie, wie immer, wenn sie nervös war. »Wir kommen gerade von einem hundert Kilometer entfernten Tatort. Vorhin sagten Sie mir, dass wir deswegen heute noch jede Menge Papier bewegen müssen.«

»Erstens sagte ich, dass *Sie* noch jede Menge Papier bewegen müssen, und zweitens kann die Schreibarbeit warten. Vorher habe ich nämlich eine viel wichtigere Aufgabe für Sie.«

»Soll ich wieder irgendwelche sinnlosen Listen für Sie durchackern?«

»Sehen Sie, das ist der Unterschied zwischen Ihnen und mir: Ich halte keine meiner Anweisungen für sinnlos. Solange Sie beschäftigt sind, kommen Sie nicht auf dumme Gedanken.

Außerdem war die Liste nur der erste Teil Ihrer Aufgabe.« Er reichte ihr einen handschriftlichen Zettel mit vier Namen. »Unterrichten Sie diese Männer davon, dass in Kürze das vollständige Luzifer-Video öffentlich sein wird.«

Winter studierte den Zettel aufmerksam, dann schaute sie fragend auf. Von ihren Lippen konnte er deutlich das Wort »Warum« ablesen. Anständigerweise behielt sie es für sich, denn insgeheim hatte sie längst begriffen, warum ausgerechnet diese vier Personen.

»Es hat mit den Namen im Video zu tun, nicht wahr?«

Als hätte er die Frage überhört, zupfte er sich eine imaginäre Fussel vom Mantel und strich sich das verbliebene Kopfhaar nach hinten. »Rufen Sie sie an, besuchen Sie sie oder schicken Sie eine Brieftaube. Egal wie, ich möchte, dass Sie die vier informieren.«

»Also wirklich! Der KPI-Leiter hatte mich ja vor Ihnen gewarnt und mir gleichzeitig angeboten, mich ohne Weiteres in eine angenehmere Abteilung zu versetzen, wenn ich es bei Ihnen nicht mehr aushalte. Vielleicht nehme ich sein Angebot an. Ich meine, ich bin es ja gewohnt, dass Sie mich herumkommandieren, und ich verlange wirklich nicht viel, aber ein bisschen mehr Absprache zwischen uns würde ich mir schon wünschen.«

Natürlich hätte Vogel während der Rückfahrt von Leipzig mit ihr darüber sprechen können, aber er liebte nun mal das Überraschungsmoment. »Seien Sie nicht albern, freiwillig lassen Sie sich nicht versetzen, weil Sie es sich selbst als Fahnenflucht und damit als Schwäche auslegen würden.«

»Ich will endlich wissen, woher Sie die vier Namen kennen!«

»Ach, jetzt probieren Sie es mit einer unglaublich beeindruckenden Stimme.« Er versank theatralisch im Sitzpolster und nahm sogar die Rückenschmerzen durch die abrupte Bewegung in Kauf. »Na gut, einen kleinen Hinweis gebe ich Ihnen. Es befindet sich tatsächlich eine sehr alte Akte in meinem Besitz, in der unter anderem diese vier Namen auftauchen.«

»Was heißt unter anderem? Soll das heißen, Sie wussten längst, dass Klaus Stichler zum Ziel werden könnte? Wenn das so ist, dann hätten …«

»Was denn? Ihn unter Personenschutz stellen müssen? Ja, wollten Sie das sagen? Meine Liebe, Sie haben ja keine Ahnung, mit was für Menschen wir es hier zu tun haben. Also versuchen Sie erst gar nicht, mir ein schlechtes Gewissen einreden zu wollen. Denn dahin gehend muss ich Sie enttäuschen. Wenn mir meine Mutter eine gute Eigenschaft mitgegeben hat, dann Mitleidslosigkeit.« Mit einer lapidaren Handbewegung deutete er zum Zettel. »Und jetzt kümmern Sie sich um den Rest der alten Männer.«

»Und was sage ich denen? Ich meine, werden wir Sie in so eine Art Zeugenschutzprogramm nehmen?«

»Haben Sie den Verstand verloren? Wenn sich meine Vermutung bestätigt, haben diese Männer etwas zu verbergen. Die werden nicht mit uns zusammenarbeiten, denn Sie dürfen eines niemals vergessen, wenn Sie ihnen gegenüberstehen und die Hand reichen: Das sind alles Verbrecher.«

»Entschuldigen Sie, wir kommen gerade von einem Toten. Und Sie erzählen mir ja auch überhaupt nicht, was hier los ist.«

»Um Klaus Stichler sorgen Sie sich?« Sämtliche Krankheiten in seinem Körper regten sich, wenn er nur an den aufgedunsenen Körper des ehemaligen Pferdewirts dachte. »Wenn Sie mich fragen, hat Stichler bekommen, was er verdient hatte.«

»Wenn Sie so über diese Leute denken, warum knien Sie sich dann derart verbissen in diesen Fall?«

»Nun, Frau Winter, Sie mögen mich für herzlos halten, aber in Wahrheit geht es mir bei diesem Fall um die wirklichen Opfer.«

Verwirrt blinzelte sie. »Wie darf ich das verstehen?«

»Vorerst gar nicht. Denn mehr werden Sie nicht von mir erfahren, zu Ihrer eigenen Sicherheit, versteht sich. Sie sollen lediglich diese vier Männer verständigen.«

»Was ist mit dem hier?« Sie tippte auf den letzten der vier Namen. »Ist das der, von dem ich denke, dass er es ist?«

»Ja, er ist Politiker.«

Sie lachte auf. »Wie soll ich denn an den Herrn rankommen? Bestimmt wird jeder eingehende Anruf bei ihm vorher gefiltert und in sein Büro kann ich auch schlecht einfach so hineinmarschieren.«

»Sie haben recht, um den kümmere ich mich selbst.« Damit warf er einen letzten Blick in den Schminkspiegel in der Sonnenblende, befeuchtete seine Mundwinkel und öffnete schließlich die Beifahrertür.

»Warten Sie!«, hielt sie ihn auf, als er schon ausgestiegen war und sich den Mantelkragen schützend vor dem kalten Wind um den Hals zog. »Was machen Sie unterdessen?«

»Ich habe eine Verabredung mit einer Frau.«

»Was denn, jetzt?«

Er blickte auf seine Uhr, danach in Richtung Schlossteich, wo er bereits erwartet wurde. Weil Winter mit Kaninchenaugen auf eine Antwort wartete, beugte er sich noch einmal ins Fahrzeug. »Werden Sie mir bloß nicht eifersüchtig.«

KAPITEL 27

Die letzte Unterhaltung mit dem Luzifer-Killer hatte Frost noch deutlich nachdenklicher gemacht als die Telefonate davor. Sie konnte sich beim besten Willen nicht vorstellen, wieso ihr Gegner glaubte, sie würde nach Berlin fahren, in die JVA einmarschieren und Markus Wallner töten. Auch wenn Frost unwahrscheinlich großen Hass gegen ihren leiblichen Vater hegte, hatte sie in der Vergangenheit nicht eine Minute an Rache gedacht. Lebenslang mit anschließender Sicherheitsverwahrung war Strafe genug.

Auch wenn mir das die fehlende Mutter niemals ersetzen kann.

Dahin gehend behielt der rationale Teil ihres Gehirns stets die Oberhand. Falls sie jemals ihre Meinung änderte und ihrem Erzeuger nach dem Leben trachtete, würde sie ihren Dienstausweis umgehend abgeben. Leider änderte ihre bisherige lobenswerte Einstellung nichts an der Misere, dass sich ihr ehemaliger Studienkollege womöglich in der Gewalt eines zu allem bereiten Mörders befand, solange sie nicht tat, was man von ihr forderte.

Sie müssen natürlich für sich selbst wählen, wessen Leben Sie retten wollen: das Ihres Vaters oder das von Erik Donner.

Exakt das war der Wortlaut des Luzifer-Killers gewesen, bevor er das Telefonat beendet hatte. Allein gelassen mit der

Entscheidung und der mittlerweile fünfzehnten Zigarette hielt sie sich noch immer in ihrem Büro auf. Derzeit konnte sie nicht das Geringste für Erik tun. Sie musste warten, bis sich Kollege Henry Stark aus der Nachbarpolizeidirektion oder Sarah Stahlmann aus ihrer Abteilung mit Neuigkeiten meldete. Bis dahin konnte sie jedoch einer anderen Sache nachgehen, die möglicherweise von Bedeutung war.

Nach reiflicher Überlegung fädelte sie das unterste Schubfach ihres Schreibtischschranks aus den Schienen und zog aus dem Leerraum über dem darunter befindlichen Bodenbrett eine Akte hervor. Wie einen schmutzigen Gegenstand ließ sie die Akte auf die Tischplatte neben ihrer Tasse mit eingetrockneten Kaffeeresten fallen.

Deus ex Machina.

»Nein, du kommst garantiert aus keiner Maschine mehr«, redete sie mit der angestaubten Mappe. »Und in dir schlummert auch kein Gott, höchstens ein weiterer Teufel.«

Bis auf ein paar statistische Einträge bei PASS und INPOL war der Fall längst aus den polizeilichen Systemen verschwunden. Frost hatte sich die vollständige Aktenkopie zu Beginn ihrer Dienstlaufbahn in Leipzig besorgt. Die Akte, die sie jetzt nach etlichen Jahren wieder aufschlug und die über ihren Vater Markus Wallner berichtete.

Am Telefon hatte der Killer ihre Mutter und den damaligen Mord an ihr angesprochen. Dabei stellte sich die Frage, warum jemand nach so vielen Jahren plötzlich Interesse am Tod ihres Vaters hatte. Es schien unumgänglich, sich eingehend mit der Akte zu beschäftigen – so schmerzlich es sich für Frost auch anfühlte.

Aber wenn es um einen Mordfall geht, arbeite ich wie eine Maschine. Kühl, präzise, unaufhörlich.

Zuerst fiel ihr Blick auf die damaligen Personalien von Wallner. Neben dem Geburtsdatum stand sogar noch die

Adresse vom Haus der Großeltern, in dem sie damals als intakte Familie gewohnt hatten und mit dem sie nicht nur negative Erinnerungen verband.

Ihr Zeigefinger glitt zur nächsten Zeile, wo das alte Aktenzeichen der Staatsanwaltschaft Leipzig stand. Obwohl sie mit keiner Überraschung gerechnet hatte, stellte sie trotzdem mit Ernüchterung fest, dass es sich nicht um die Chiffre aus dem Sarg handelte.

»Das wäre wohl zu einfach gewesen.«

An das Aktenzeichen hätte sie sich unter Garantie erinnert, als sie an einem Dezembermorgen zum Rosentalteich gerufen worden war, um in einen Sarg zu schauen.

Sie blätterte weiter. Eine Akte, bei der es um Mord ging, enthielt immer eine grausame Wahrheit. Nüchtern wurden die Fakten aufgezählt. Es wurde nichts beschönigt. So auch hier. Auf insgesamt einhundertzwölf Seiten wurde geschildert, wie Markus Wallner seine Ehefrau und deren Eltern in die Garage gelockt, sie gefesselt und massakriert hatte. Danach hatte er angefangen, die Leichen zu zerteilen. Frost hatte den Anblick ihrer enthaupteten Mutter nie vergessen können.

So etwas vergisst niemand. Wenn man Glück hat, kann man es eine Zeit lang verdrängen, aber niemals vergessen.

Weil ihm das Zerteilen der Leichname zu mühsam geworden war, hatte er die Toten mit Benzin übergossen. So hatte die Staatsanwaltschaft den Tatablauf geschildert, und Wallner hatte ihn vor Gericht mit knappen Sätzen bestätigt. Zum Schluss hatte er den Schuppen in Brand gesetzt und sich zu seiner verängstigten Tochter ans Bett gesetzt.

Und obwohl es nirgendwo in der Akte stand, konnte Frost noch immer die weinerliche Stimme ihres Vaters in dieser Nacht hören.

Nein, bitte, Klara, du darfst das nicht sehen! Es ist falsch. Es ist alles eine einzige große Lüge. Ich wollte das nicht. Ich habe deine

Mutter unendlich geliebt, und dich liebe ich nicht weniger. Ich würde dir niemals Leid zufügen, das musst du mir glauben. Halt mich bitte nicht für einen schlechten Menschen.

Über seine Worte in ihrem Kinderzimmer gab es keine Aufzeichnung. Dank seiner widerstandslosen Festnahme und des Geständnisses hatte man der zehnjährigen Klara die Aussage erspart.

Es war eine Affekthandlung, hatte er vor Gericht gestanden. Angeblich hatte sein Schwiegervater seiner Tochter Sabine eindringlich geraten, sich von Markus Wallner scheiden zu lassen. Er sei ein Unruhestifter und ein Versager, der früher oder später ihr gesamtes Erspartes an der Börse verzocken würde.

Ich bin kein Idiot, ich bin ein Ingenieur mit einem Zeittick, hatte er ebenfalls an ihrem Bett behauptet und dabei ihren Wecker auf dem Nachtschränkchen zurechtgerückt. *Ich wäre gegangen, wenn deine Mama es gewünscht hätte.*

Auch das fand sich nirgendwo in der Akte niedergeschrieben. Dafür fand Frost auf den Seiten einen Namen, der mehrfach auftauchte. Der ehemalige Strafverteidiger ihres Vaters. Der Mann, der nach der Verurteilung Frosts Adoption geregelt und geholfen hatte, dass Markus Wallner sich an die Kontaktsperre zu seiner Tochter hielt.

Inzwischen musste der Anwalt längst in Rente sein.

Kurz entschlossen wählte sie die Nummer seiner Kanzlei. Eine Angestellte hob ab und meldete sich freundlich.

»Kriminalhauptkommissarin Frost, ich möchte mit Viktor Burda sprechen.«

»Sie möchten Herrn Burda sprechen«, wiederholte sie zögerlich, was Frost stutzig machte. »Er ist derzeit abwesend.«

»Stimmt etwas nicht? Es ist nämlich wirklich wichtig. Ich ermittle in einem sehr alten Fall von ihm.«

»Um genau zu sein, ist er krankgeschrieben.«

KAPITEL 28

Damals (Januar 1993)

Fünf Tage vor ihrem elften Geburtstag kam Klaras *großer Tag*. So hatte es Pfarrer Thomas Heyn ausgedrückt. Nach dem Tod ihrer Mutter und der Verhaftung ihres Vaters hatte er sich um sie gekümmert und vorübergehend im christlichen Wohnheim auf dem Gelände der Simonskirche untergebracht. Gemeinsam mit Heyn stand sie nun vor dem schmucken alten Häuschen auf der Quedlinburger Straße. Die Fassade war komplett eingerüstet, weil eine Firma den Außenputz sanierte. Die neuen Eigentümer waren selbst erst vor vier Monaten eingezogen. Teilweise fehlten noch die Gardinen in den Fenstern und auch die Eingangstür sah eher nach einem Provisorium aus.

»Wollen wir?«, fragte der Pfarrer mit einem Lächeln auf den Lippen.

»Habe ich eine Wahl?«, fragte Klara.

»Merk dir eins: Du hast im Leben immer eine Wahl. Aber in diesem Fall wäre jede andere Entscheidung die deutlich schlechtere.«

Klara war sich nicht sicher, ob sie ihn richtig verstand. Und obwohl er ihr aufmunternd zuzwinkerte, senkte sie betrübt den Kopf.

»Kennengelernt hast du sie ja schon«, sagte er und tätschelte ihren Blondschopf. »Du kommst in eine liebe Familie, die sich sehr auf dich freut. Ich weiß, wie schwer dir Veränderungen fallen, aber du wirst die Leute bestimmt schnell mögen.«

Schon in der Schule hatte Klara Probleme, sich an andere zu gewöhnen. *Erhebliche Kontaktschwierigkeiten* hatten die Lehrer immer in ihren Einserzeugnissen als Einschätzung vermerkt. Für die Anzahl ihrer Freunde unter den Schulkameraden reichten zwei Finger. Der dickste Junge der Klasse und das Mädchen mit dem Sprachfehler. Telegrammstil-Marit nannte man sie, weil sie abgehackt und verkürzt redete. Zu den beiden passte Klara mit ihren Eigenarten perfekt.

Ein Läuten riss sie aus ihren Gedanken. Kaum hatte Heyn den Finger vom Klingelknopf genommen, ging die Tür auf, als hätten Edward und Dorothea Frost bereits dahinter gewartet.

»Wie schön, Klara, dass du endlich da bist«, begrüßte der Hausherr sie und beugte sich zu ihr herunter.

Artig ergriff Klara seine Hand, danach die seiner Frau. Vor Aufregung bekam sie jedoch nicht mal ein »Guten Tag« heraus. Gedanklich zählte sie die Sekunden, in denen sie die Luft anhielt.

»Das ist nur die anfängliche Schüchternheit«, erklärte der Pfarrer und anders als Klara umarmte er die beiden herzlich.

»Aber dafür haben wir doch Verständnis«, sagte Dorothea und bat ihn und Klara ins Haus. »Wie ihr seht, stecken wir noch mitten in der Renovierung. Aber oben wartet ein wunderschönes Zimmer auf dich. Du magst hoffentlich Pferde.«

Sofort tauchten Wände voller Poster mit ganzen Herden von ihnen in Klaras Vorstellung auf. In ihrer Klasse gab es einige Tussis, die zum Reiten gingen und davon schwärmten, wie glücklich sie dabei seien. Klara dagegen interessierte sich mehr für schnittige Sportwagen.

»Pferde sind meine Lieblingstiere«, log sie, um einen guten Eindruck bei ihren neuen Eltern zu hinterlassen, doch der Pfarrer lachte darüber.

»Glaubt ihr kein Wort. Ihre Lieblingstiere sind eindeutig Krähen. Seit Klara die Vögel auf dem Kirchenhof füttert, hat sich ihre Anzahl glatt verdoppelt.«

»Das macht nichts, dann kaufen wir eben andere Bettwäsche und einen neuen Schlafanzug.«

»Dorothea, Liebes«, sagte ihr Mann. »Überfordere die Kleine nicht gleich am ersten Tag. Lass sie erst mal richtig ankommen.«

Beim Betreten des Hauses musste Klara unwillkürlich daran denken, dass sie in nächster Zeit wohl auf einer Baustelle leben musste. Im Flur war das alte Parkett halb herausgerissen worden und an den Wänden fehlte die Tapete.

»Ich weiß, es sieht noch ziemlich unordentlich aus«, sagte Dorothea, die Klaras Mimik richtig einschätzte. »Aber wir sind froh, dass wir die Mietwohnung in Plagwitz los sind. Von einem eigenen Haus habe ich immer geträumt.«

Ein eigenes Haus. Das hatten Klaras Großeltern auch gehabt. Jetzt stand es leer, und jeder in der Stadt kannte die Horrorgeschichte, die sich dort zugetragen hatte. Gegen das, was Klara durchgemacht hatte, war *Nightmare – Mörderische Träume* Babykacke.

»Das ist eine wunderschöne Uhr«, traute Klara sich zu sagen, als sie das Wohnzimmer betraten und sie sofort die antike Standuhr mit den großen goldenen Pendeln erblickte.

Statt sich über ihre Wortmeldung zu freuen, wechselten Edward und Dorothea stumme Blicke. Augenblicklich verstand Klara, dass die Äußerung bei ihnen gar nicht gut ankam, weil es die beiden an ihren Vater Markus erinnerte. Angesichts seines Pünktlichkeitszwangs hätte er wohl das Gleiche gesagt, wenn er den Raum betreten hätte.

Sichtlich bemüht lächelten sie die unangenehme Stille weg.

»Ja, bei einem so gut erhaltenen Stück geht einem das Herz auf«, rettete Pfarrer Heyn schließlich die Situation. »Ist der Anwalt noch nicht da?«

Edward schaute auf seine Armbanduhr. »Er müsste gleich ...«

Es klingelte, die Erwachsenen wurden hektisch. Kurz darauf betrat ein hochgewachsener Mann im strengen schwarzen Anzug das Wohnzimmer. Sein Gesichtsausdruck wirkte förmlich. Nicht unfreundlich, aber auch nicht liebenswert. Er wirkte wie all die Leute von den Ämtern, bei denen man Klara in den letzten Wochen vorgestellt hatte.

»Das ist Viktor Burda«, erklärte Heyn. »Ich habe dir von ihm erzählt. Er ist der Anwalt von Edward und Dorothea und hat die notwendigen Unterlagen für die Adoption vorbereitet.«

»Und es läuft bestens«, ergänzte Burda und versuchte sich an einem Lächeln, das Klara aber eher abschreckte. »Sogar die Namensänderung habe ich in die Wege geleitet.«

»Wichtig ist jedoch«, hakte Edward ein, kniete sich neben Klara und nahm ihre Hand, »dass du dich bei uns wohlfühlst.«

»Ja«, stimmte Dorothea ihm zu. »Außerdem bekommst du ein Brüderchen, ist das nicht wunderbar?«

»Brüderchen« war das völlig falsche Wort, fand Klara, denn Hendrik Frost war drei Jahre älter als sie. Und bei ihren ersten Begegnungen hatte er sie jedes Mal derart zögerlich begrüßt, als wäre sie das personifizierte Böse.

»Hendrik!«, rief Dorothea nun prompt zur Wohnzimmertür hinaus.

Wie auf Befehl erklangen Schritte vom Gang her, dann stand Hendrik auch schon kerzengerade auf der Schwelle. Wie immer mit Bügelfaltenhose und kariertem Pullunder. Im Gegensatz zu ihm trug Klara eine ausgewaschene Jeans und ein schwarzes Oberteil mit einem grellen Adidas-Logo.

»Guten Tag, Herr Burda«, grüßte er den Anwalt und reichte ihm die Hand.

»Willst du Klara nicht begrüßen?«

»Hi Klara«, rief er ihr auf die Distanz zu.

Verlegen hob sie die Hand. Sie konnte sich beim besten Willen nicht vorstellen, dass sie zukünftig mit diesem Spießer unter einem Dach leben sollte.

»Bitte, Hendrik«, sagte sein Vater. »Zeig Klara ihr Zimmer. Und danach könnt ihr ja Monopoly spielen.«

Während Klara gedanklich die Augen verdrehte, nickte Hendrik artig und winkte sie dann hinter sich her.

Allerdings folgte Klara ihm nur bis in den Korridor hinaus.

»Komm schon!«, rief er, nachdem er die ersten Treppenstufen genommen hatte. »Oder willst du dein Zimmer nicht sehen?«

»Gleich«, flüsterte sie.

»Hey, lauschst du etwa?«

Das tat Klara tatsächlich, indem sie ihr Ohr an das Türblatt presste. Bestimmt würde ihr zukünftiger Stiefbruder sie verpetzen. Das passte zu ihm. Doch überraschenderweise ging er einfach die Treppe weiter.

»Na, das fängt ja gut an«, murrte er. »Mach doch, was du willst.«

Vielleicht würden sie sich doch irgendwie gegenseitig arrangieren. Vorher interessierte Klara einzig und allein, was die Erwachsenen an Heimlichkeiten zu bereden hatten.

KAPITEL 29

So irrsinnig es Donner vorkam, gefesselt in einem Rollstuhl in einer kalten Ruine zu sitzen, er machte stur weiter mit der Befragung von Viktor Burda. Nachdem der Anwalt seine Geschichte anfangs schleppend und verwaschen vorgetragen hatte, kamen die Sätze inzwischen deutlich geordneter. Zunächst hatte Donner nur lustlos nachgehakt, aber als der Anwalt den Namen Markus Wallner erwähnte, war er hellhörig geworden und in seinem Gehirn hatten die Rädchen schneller zu drehen begonnen. Auch wenn Donner Wallner nicht persönlich kannte, wusste er, dass es sich bei ihm um Klara Frosts leiblichen Vater handelte.

»Sie haben also damals als junger Anwalt in der DDR die Geschäfte von Johannes Merten übernommen, bis Sie ein schlechtes Gewissen bekommen haben. Großartig! Mir wird echt das Herz weich, wenn ich das höre.«

»Es ging dabei hauptsächlich um Diebstahl, Betrug und Untreue gegen gesellschaftliches Eigentum, da er sich, wo immer es ging, bereichert hat. Im damaligen System hat das einen Juristen wie mich ziemlich in Schwierigkeiten gebracht, heute würden die meisten Anwälte dahin gehend keine Skrupel plagen. Teilweise kam der Verdacht politischer Straftaten gegen

Merten auf, die sich aber allesamt als Intrigen seiner Gegner herausgestellt haben.«

Schon klar, der größere Intrigant schlägt den kleineren.

»Ach, kommen Sie, der Typ hat eine satanische Sekte im tiefroten Sozialismus profilieren wollen. Wollen Sie mir erzählen, man hätte Merten nicht aus dem Verkehr ziehen können?«

»Merten war schlau genug, um die Obrigkeit nicht zu verprellen. Als er in die DDR gekommen ist, wusste er sehr wohl, was ihn erwartet, und hat sich entsprechend dem Regime angepasst. Natürlich gab es einen Deal, den gibt es bei solchen Arrangements immer. Er durfte seinen Kult um das L im Verborgenen betreiben, musste aber im Gegenzug sein Wissen über führende BRD-Politiker und wichtige Manager preisgeben. Und Merten wusste wirklich viel. Ehrlich, mir ist nie wieder ein Mensch begegnet, der so viel weltmännisches Interesse und Insiderwissen vereinte. Er war ein Dämon in Menschengestalt.«

Halleluja, der Antichrist in persona ist über diese Erde gegangen, ohne dass es jemandem aufgefallen ist.

»Außer dir vielleicht«, sprach Donner den restlichen Gedanken laut aus.

»Was?«, fragte Burda.

Donner schüttelte den Kopf. »Nicht so wichtig. Abgesehen von Ihrem Mephisto, über den man heute noch redet, werden wir vermutlich bald sterben und niemand erinnert sich mehr an uns.«

»Das meinen Sie nicht ernst, oder?«

»Doch, alles, was wir jetzt noch tun können, ist, Wetten darauf abzuschließen, wen von uns beiden die Irre als Ersten umbringt.« Natürlich redete er im Rauschzustand, zugleich hatte er aber während der gesamten Befragung probiert, sich aus seiner misslichen Lage zu befreien. Vergebens. Der Rollstuhl war aus solidem Material gefertigt und die Fesseln erst recht.

»Wie genau wollten Sie und Wallner Johannes Merten denn überhaupt belangen?«

»Durch ein Video.«

»Ein Video …«

»Nicht irgendein Video … Kennen Sie das Luzifer-Video?«

»Jeder hat davon gehört.« Donner zischte. »Kommen Sie, wollen Sie mir ernsthaft erzählen …?«

»Darin kommt dieses Mädchen vor«, flüsterte Burda plötzlich. »Ein Mädchen in einem Sarg.«

Sofort kam Donner der Sargfund in Leipzig in den Sinn. Er unterbrach den Rechtsanwalt jedoch nicht.

»Das Mädchen war Mertens eigentliches Verbrechen …«

Weil Burda danach stockte und nur stumm die Lippen bewegte, reagierte Donner. »Von welchem Mädchen reden Sie?«

»Sie war dreizehn oder vierzehn. Bis heute kenne ich ihren Namen nicht.«

»Er lügt!«

Erschrocken schaute Donner zur Seite. Halb im Schatten einer Ziersäule stand die falsche Ärztin im Raum. Sie lehnte an einer Wand, als hätte sie die ganze Zeit von dort gelauscht.

»Die gleiche Lügengeschichte wollte er mir auftischen«, redete sie weiter, und jetzt trat sie auf Burda zu, geschmeidig wie eine Gepardin vor dem Sprung.

»Nein, es ist die Wahrheit«, reagierte der Rechtsanwalt im weinerlichen Ton, weil er vielleicht befürchtete, sie würde ihn wieder mit einer Nadel ins Traumland schicken.

»Ich war noch nicht fertig mit meiner Befragung«, lenkte Donner ihre Aufmerksamkeit auf sich.

»Alter Mann, er spielt fünf, spielt das Nick-Nack ohne Strümpf«, sagte sie bloß und deutete auf seine Füße. »Schauen Sie sich doch mal an, wie armselig Sie hier hocken. Ich habe Ihnen aufmerksam zugehört. Keine einzige Ihrer Fragen konnte mich überzeugen. Langsam frage ich mich, warum Sie so besonders sein sollen. Ich sehe nur einen erbärmlich sabbernden Bullen.«

Donner bewegte seinen Kopf, um seinen schmerzenden Nacken zu lockern. Vor Wut spannte er stattdessen Arm- und Beinmuskeln an.

Wenn ich mich jetzt befreien könnte, wären wir gerettet. Ich brauche nur einen einzigen Arm, um ein Wunder tun zu können.

Etwas am Rollstuhl knackte. Augenblicklich unterbrach Donner seine Bewegung und verblieb stocksteif, weil er glaubte, sie hätte das Geräusch ebenfalls vernommen. Doch dem war nicht so. Sie war viel zu sehr auf ihre Rede konzentriert.

»Wissen Sie, ich hätte gute Lust, es hier für Sie zu beenden. Klara Frost wird Sie nicht retten.«

»Klara«, wiederholte Donner wie in Trance, weil plötzlich eine blitzende Klinge in sein Sichtfeld kam.

»Nick-nack, paddywack, Knochen für den Hund …« Sie beugte sich über ihn, wie sie es schon einmal getan hatte. Nur diesmal führte sie ein Messer bei sich. »Ich könnte damit anfangen, Ihnen ein großes L einzuritzen. Hier oben.« Kalter Stahl berührte seine Stirn.

Langsam durchstach die Spitze seine Haut. Donner biss die Zähne aufeinander. Schon floss Blut an seinem Nasenbein hinab.

»Hören Sie doch auf«, redete Burda dazwischen, was die Peinigerin kurzzeitig ablenkte.

Sie hatte nur einen kleinen Schnitt in seiner Stirn hinterlassen. Vermutlich würde nicht einmal eine Narbe zurückbleiben. Sie ließ den Arm mit dem Messer sinken und schüttelte den Kopf.

»Wenn Sie schon sterben müssen, möchte ich Ihnen ein Geheimnis verraten.«

»Ich weiß nicht, ob ich es hören will.«

»Sie haben recht, die Wahrheit tut manchmal weh, aber Ihnen wird sie nicht so weh tun wie Ihrer Freundin.«

Bevor Donner widersprechen konnte, streifte der Zopf der Frau sein Gesicht, und sie flüsterte ihm etwas ins Ohr, das er erst mit Verzögerung begriff.

Scheiße, wenn das wahr ist, dann …

Eine Weile passierte danach nichts. Die Frau verharrte mit ihrem Gesicht wenige Zentimeter vor Donners, mit beiden Armen auf seine Oberschenkel gestützt. Herausfordernd lächelnd wartete sie darauf, dass er in einen Schreikrampf oder etwas Ähnliches ausbrach. Doch statt ihr den Gefallen zu tun, nutzte Donner die Gelegenheit, um alles auf eine Karte zu setzen. Explosionsartig streckte er den Rücken durch und entlud sämtliche Energie in Arme und Beine. Am Rollstuhl brach eine Schraube, dann gab das Gelenk der Fußstütze nach. Innerhalb einer Sekunde war sein rechtes Bein befreit.

Die Frau schaute nach unten, wo es geknackt hatte, dann blickte sie ihn wieder direkt an. Ihre Verwirrung nutzte Donner, indem er ihr seine Stirn mitten ins Gesicht rammte. Wie vom Blitz getroffen sackte die Frau zusammen.

»Retten Sie sich!«, wies Burda ihn auf die Chance hin, noch bevor Donner sie selbst erkannte.

Er hatte ihre Peinigerin mit voller Wucht getroffen und bewusstlos geschlagen. Nur kurz dachte er daran, ihr den Schädel einzutreten, dann nutzte er sein freies Bein lieber, um auch noch die andere Fußstütze zu zertrümmern. Erst als sie nach mehreren Tritten abbrach, bewegte er sich vorwärts. Es gelang nur mühsam, denn die Räder rollten nicht, sondern schleiften über das zerfurchte Parkett. Vergeblich versuchte er, die Feststellbremsen mit den Fingern zu erreichen. Donner fühlte sich wie ein schwer verletzter, am Boden liegender Koloss, der sich allein durch Willenskraft aus der Gefahr schleppte.

»Holen Sie mich später hier raus!«, hörte er Burda rufen.

Und noch etwas vernahm Donner: ein Stöhnen, das darauf hindeutete, dass die Frau wieder zur Besinnung kam.

Wie lange braucht wohl der Fahrstuhl bis in diese Etage? Und wie lange braucht er bis hinab zum Ausgang?

Ohne sich umzublicken, steuerte er auf die geschlossenen Holztüren zu, visierte den Taster daneben an. Kurz bevor er ihn erreichte, überlegte er es sich anders und bog zur Treppe ab.

Scheiße, Erik, das wird echt wehtun. Aber du bist ja schon öfter und deutlich schlimmer gefallen.

»Ich schlitze dich auf, du Schwein!«, kreischte hinter ihm die verletzte Furie.

Donner bekam eine Ahnung, wie sich das Messer in seinem Rücken anfühlen würde. Mit letzter Kraft schleifte er die blockierten Räder über die oberste Stufe der steil abfallenden Treppe. Er kippte samt Gefährt. Kopfüber stürzte er die Treppe hinunter. Metall traf auf Stein. Haut platzte auf, Blut spritzte. Den Lärm um sich herum bekam er gar nicht mehr mit. Eine Stahlstrebe bohrte sich durch seinen Unterarm. Ein Lichtspalt kam kurzzeitig in sein Sichtfeld, vermutlich von einer Ausgangstür. Doch bevor er diese erreichte, schlug er auf dem Boden auf.

KAPITEL 30

Wie verabredet wartete die ehemalige Richterin auf einem Stuhl im Außenbereich des Cafés *Milchhäuschen* auf Vogel. In einiger Distanz blieb der Kriminalhauptkommissar stehen und beobachtete eine Weile, wie Regina Armando, eingepackt in einer dicken Jacke samt Schal, die Beine ausstreckte und den Kopf in den Nacken legte. Sie bemerkte ihn nicht, sondern träumte. Trotz der kühlen Temperaturen genoss sie die Wintersonne im Gesicht.

Erst als er direkt vor sie trat und einen Schatten warf, schüttelte sie ihr blondes Haar und musterte ihn über den Rand ihrer Sonnenbrille hinweg.

»Hallo, Sokrates, schön, dass wir uns mal wieder treffen.«

Regina kleidete sich immer noch so elegant wie früher, fand er. Dazu legte sie Wert auf dezentes Make-up und ihr gelocktes Haar war an Volumen kaum zu übertreffen. Wie gern hätte er daran gerochen. Bestimmt duftete es gut. Nach Honig und einem Hauch von Märchen.

Vorsichtig ergriff er ihre zarte Hand, die sie ihm zur Begrüßung hinhielt, und hauchte einen Kuss auf den Handrücken. Vogel war in Sachen Kosmetik und Körperpflege wahrlich kein Ästhet, aber bei ihr war seine Antenne für Anmut auf Empfang. Ihre Haut roch überaus betörend. In seiner Nase zerlegte er ihr Parfüm in seine Bestandteile. Es enthielt Teile von Bergamotte, Pfefferminze und Spekulatius. Das richtige Odeur für die letzten Wintertage.

»Ja, ich finde es auch schön, dich wiederzusehen«, gab er mit dünner Stimme zu. Selbst nach so vielen Jahren war er von ihrer Ausstrahlung hingerissen.

»Was macht die Liebe?«

»Wie immer. Die jungen Dinger stehen Schlange, aber letztlich liebe ich nur mich selbst.«

Sie lachte und klatschte in ihre behandschuhten Hände. »Jede Frau, die dich nicht geheiratet hat, kann man nur beglückwünschen.«

»Danke, das Kompliment gebe ich für die Männerwelt gern zurück.«

So ausgelassen hatten sie sich nicht immer unterhalten können. Früher hatte er es jedes Mal gehasst, wenn er in seiner Funktion als Polizist vor Gericht aussagen musste und sie den Vorsitz hatte. Bei einem ihrer ersten Aufeinandertreffen hatte er ihr im voll besetzten Gerichtssaal auf den Kopf zugesagt, er würde beim nächsten Mal einen Papagei mitbringen, weil sie sich mit dem vermutlich besser unterhalten könne. Später hatte er diese Aussage mit reiner Notwehr gegen ihre Willkür gerechtfertigt, denn Regina hatte ihn behandelt, als wäre er ein dummer Schuljunge. Natürlich hatte sie ihm wegen Missachtung des Gerichts ein saftiges Ordnungsgeld aufgebrummt. Dieses hatte Vogel jedoch nie bezahlt. Rein aus Protest hatte er lieber die Erzwingungshaft und das darauffolgende Disziplinarverfahren in Kauf genommen. Mit einem Lächeln hatte er sich beim Haftantritt in der JVA Kaßberg von einem Fotografen eines regionalen Schmierblatts ablichten lassen. Das Gefängnis und die Zeitung gab es schon lange nicht mehr, Vogel war dagegen geblieben. Solche kleinen Episoden zeigten ihm jedes Mal, wie wertvoll es ist, Rückgrat zu besitzen.

»Schmerzt der Rücken?«, fragte sie, weil er ein plötzliches quälendes Ausstrahlen von der Wirbelsäule verspürte und sich reflexartig an die Lenden griff.

»Ist nur die chronische Bauchspeicheldrüsenentzündung.«

»Komm!« Sie deutete auf den freien Stuhl an ihrem Tisch. »Setz dich zu mir und lass uns einen guten Cognac bestellen und über die guten alten Zeiten plaudern.«

Er blieb stehen. »Tut mir leid, Regina, du weißt, ich bin dienstlich hier.«

»Ach was, neuerdings so korrekt? Erinnerst du dich noch daran, als du mir damals anonym Blumen ins Landgericht geschickt hast?«

»Schwarze Tulpen.«

»Ich wusste sofort, wer der Absender war. Hach, wie herrlich die Blüten geduftet haben.«

»Ja, ein Fehler des Blumenladens. Sogar die Beerdigungskarte hatten sie vergessen.«

Sie lächelte charmant, und Vogel merkte, wie es ihm trotz der Kälte heiß wurde.

»Alter Charmeur. Als du mich später in die *Villa Esche* zum Essen ausgeführt hast? War dir da auch ein Fehler unterlaufen?«

Vogel ertappte sich, wie er seufzte. Der Abend war aber auch ein ganz besonderer gewesen, weil er sie da beinahe geküsst hätte.

Danach war es zwischen ihnen weder zu einem Kuss noch zu einer echten Romanze gekommen.

»Ich bin hier wegen des Luzifer-Videos«, kam er auf den Grund des Treffens zu sprechen.

»Das dachte ich mir, immerhin wurde es veröffentlicht. Und diesmal ist es das Original, von dem ich dir jahrelang erzählt habe.«

»Ich habe dir immer geglaubt.«

»Und was hast du getan, um es zu finden?« Sie zischte und ihr Lächeln gefror augenblicklich. »Jetzt war ein anderer schneller. Schade, ich wüsste zu gern, wem wir es zu verdanken haben, dass bald jeder die Wahrheit kennt.«

»Das ist kein Spiel, Regina. Sag mir, was du weißt.«

»Ich weiß nur, dass ich dir damals die Akte gegeben habe und du versagt hast. Bis heute musste niemand von diesen Schweinen büßen.«

»Mach mir keine Vorwürfe, du warst eine angesehene Richterin und konntest auch niemanden verurteilen. Also sag mir endlich, was ich wissen muss. Wer ist der Luzifer-Killer?«

Sie zögerte, kaute auf ihrer Unterlippe. »Wenn ich es wüsste, würde ich demjenigen eine Glückwunschkarte schicken.«

Vogel wusste, wie störrisch sie sein konnte, also fragte er nicht weiter nach. Dahin gehend passten sie wirklich hervorragend zusammen. Wie zwei Ziegen auf einem Steg, der über einen Fluss führt. Wenn keiner zurücktritt, fallen sie beide ins Wasser.

»Kennst du eine Sandra Müller?«, schwenkte er um.

»Sandra Müller? Nein.«

»Oder eine Larissa Rieß?«

»Tut mir leid. Sind das Frauen, die vor mir im Gerichtssaal standen?«

»Es handelt sich um ein und dieselbe Person. Larissa Rieß ist der richtige Name. Und sie liegt im Koma, nachdem sie vor eine Straßenbahn getreten ist.«

»Ach ... Ich hoffe, sie wird überleben.«

»Sie hatte Angst. Furchtbare Angst ...« Er beobachtete die Mimik der Richterin, hoffte, dass eine Geste sie verriet, aber Regina hielt seinem Blick durch die Sonnenbrille eiskalt stand. Also machte er weiter. »Da Rieß nicht mehr reden kann, habe ich nachgeforscht.«

»Und?«

»Du kanntest sie. Ich will wissen, woher.«

Regina winkte ab und schaute jetzt doch weg. »Ich kann mich nicht erinnern.«

Vogel schnappte ihr Handgelenk und drückte zu. Regina stieß einen gekünstelten Schmerzenslaut aus, doch er ließ nicht los.

»Ist sie das anonyme Mädchen, von dem du immer erzählt hast? Ist sie das Mädchen im Video?«

»Es ist bedauerlich, Sokrates, dass du die Sache erst jetzt ernst nimmst. Du hattest deine Chance. Ich hatte dir damals die Akte besorgt, dir alles gesagt, was ich wusste, und dich gebeten, Johannes Mertens Verbrechen aufzuklären.«

»Aber ich hatte keine Kronzeugin, weil du mir den Namen des Mädchens nie verraten hast.«

»Siehst du, das ist dein Fehler, du hast dich auf ein einziges Opfer konzentriert.«

»Ich habe …«

»Du hättest für Gerechtigkeit sorgen können. Jetzt übernimmt deinen Job der Luzifer-Killer.«

Vogel wollte sich verteidigen, dass er nicht einfach so ein DDR-Verbrechen aufarbeiten konnte, für das es keine Beweise gab. Er verkniff es sich und forderte eine Antwort auf seine zuvor gestellte Frage. »Du wolltest das Mädchen damals schützen, nicht wahr? Aber jetzt … jetzt brauche ich den Namen!«

Sie beugte sich vor und schob die Sonnenbrille ein Stück auf der Nase hinunter, wodurch er ihr fehlendes rechtes Auge gut sehen konnte. Mit dem intakten linken Auge stierte sie ihn an wie eine galante Psychopathin. »Warten wir einfach ab, wie das Video weitergeht.«

»Du weißt mehr, als du mir verraten hast«, sagte er unzufrieden. »Diese lückenhafte Akte von damals war kaum das Papier wert, auf das die Schreibmaschinenfarbe gedruckt wurde. Weißt du überhaupt, wie viele Leute ich in den vergangenen elf

Jahren einschüchtern, bestechen oder bestehlen musste, nur um überhaupt an Informationen zu Merten und dem Luzifer-Video heranzukommen? Ich habe sehr wohl alles dafür getan, um ein paar vertuschte und längst vergessene Verbrechen aufzuklären. Nur aus diesem Grund gibt es meine Abteilung. Also, was wirfst du mir eigentlich vor? Soll ich dich wegen Beihilfe zum Mord festnehmen lassen?«

Sie lachte nicht einmal über den kläglichen Versuch, denn beide wussten, dass es dafür keine Grundlage gab.

»Dein Taxi wartet«, sagte sie unvermittelt.

»Man mag es mir nicht ansehen, aber ich bin zu Fuß hergekommen.«

»Dann, fürchte ich, holen dich gerade die schwarzen Männer ab.« Sie nickte an ihm vorbei.

Vogel schwang herum und blickte in das Gesicht einer Ratte.

»Staatssekretär Spitzner!«, staunte Vogel, als er den Anzugträger aus dem Staatsministerium erkannte. »Was für eine Überraschung.«

Emanuel Spitzner streckte den Arm aus und deutete auf eine Limousine mit abgedunkelten Scheiben. »Innenminister Ludwig erwartet Sie.«

KAPITEL 31

»Du wolltest mich sprechen«, sagte Frost, als sie das Büro von Sarah Stahlmann betrat.

Die Kollegin hielt den Zettel mit den Internetadressen hoch, den Frost ihr gegeben hatte. Die Zeilen waren inzwischen rot markiert und abgehakt. »Ich habe mir alle fünfzehn Webseiten angesehen und eine Vorauswahl getroffen.«

»Und zu welchem Ergebnis bist du gekommen?«

»Drei Seiten habe ich mir genauer angesehen. Ich bin mir aber nicht sicher, was ich von den dortigen Schilderungen halten soll. Natürlich behaupten mehrere Leute unabhängig voneinander, es würde eine Station 9 geben, aber ich bin trotzdem nicht überzeugt.«

»Sandra Müller hat ebenfalls von einer Station 9 gesprochen.«

»Die Frau im Krankenhaus?«

»Ihr richtiger Name ist Larissa Rieß, aber der ist nirgendwo verzeichnet. Es ist, als hätte es nie eine Larissa Rieß gegeben.«

»Ich finde, das ist ziemlich merkwürdig«, sagte Stahlmann, aber Frost wollte momentan nicht über die Frau reden.

Stattdessen interessierte sie sich für den Papierstapel, der im Druckerausgabefach lag. »Zeig mir, was du herausgefunden hast.«

»Das hier!« Wie erwartet griff Stahlmann zum Drucker und überreichte ihre Recherchen. »Wie gesagt, ich habe mich auf das Wesentliche konzentriert, also letztlich auf die eine Adresse, die mir am relevantesten schien, weil es dort die meisten Informationen gibt.«

Frost überflog das Deckblatt und erkannte eine der Internetadressen, auf die sie bei ihren eigenen Recherchen gestoßen war.

Sanatorium des Schmerzes.

»Ist ein ziemlich pathetischer Titel für einen Blog«, fand Frost.

»Betrieben wird er von einem gewissen Sandro Wilhelm. Auf seiner Seite und in einigen Foren operiert er allerdings unter der Kurzbezeichnung Dr. O San.«

Auch noch ein pathetisches Anagramm für seinen Vornamen. Was kommt als Nächstes?

»Er postet in unregelmäßigen Abständen Artikel über vertuschte Straftaten in der damaligen DDR«, fuhr Stahlmann fort. »Er ist dreiundvierzig. Ledig. Keine Kinder. Schulabschluss achte Klasse. Lehre als Dachdecker abgebrochen. Lebt von Hartz IV. Er wohnt in Grünau-Mitte auf vierundzwanzig Quadratmetern.«

»Lass mich raten: Plattenbausiedlung.«

Stahlmann schüttelte den Kopf. »So kleine Wohnungen haben die dort nicht. Er wohnt in einer Einliegerwohnung bei der fünfundachtzigjährigen Vermieterin.«

Diese Biografie klang sonderbar, aber auch irgendwie langweilig. Zumal sich die ausgedruckten Artikel ziemlich verquer lasen und Frost beinahe jeden Satz zweimal lesen musste. Und selbst dann erschloss sich zumeist der Sinn hinter den Aussagen des Urhebers nicht.

... hatt man auf dem Befehl der sowjetischen Großmacht gnauer gesagt durch Generaloberst Dimitri Jakowlew an morgen des 24. September 1984 unter Prüfung aler Auflaken und Vorgabn durchgwungen. Die Errziher wurden demnach auf herteste dressiert und mit Geschwör auf die Verfassungen der Union der Sozialistischen Sowjetrepubliken und der Deutschen Demokratischen Republik in das Reschim eingegleitert. Wiedersezen zwecklos so hatten es eine ehemalike ...

»Der Text besteht ja quasi nur aus Schreibfehlern«, bewertete Frost die Auszüge, die sie gelesen hatte.

»Immerhin ist das Impressum sauber. Und er achtet penibel auf die Einhaltung der Datenschutzgrundverordnung.«

»Damit willst du mir sagen, dass er kein kompletter Chaot ist?« Frost wedelte mit dem Papier. »Ganz ehrlich, Sarah, was soll ich damit anfangen?«

Die Oberkommissarin nahm auf ihrem Stuhl Platz und zuckte mit den Schultern, als wollte sie sagen, dass sie endlich mit ihren eigenen Akten weitermachen müsse. »Ich habe nur getan, was du mir aufgetragen hast. Sandro Wilhelm hat an mehreren Stellen die Station 9 erwähnt. Allerdings wird nirgendwo eine Psychiatrie oder ein Krankenhaus namentlich benannt, er redet immer nur von einem Kinderheim.«

»Ein Kinderheim?«

»Genauer gesagt geht es um das damalige Sonderheim Hilbersdorf.« Sie deutete auf die Unterlagen, die Frost noch immer in den Händen hielt. »Steht alles da drin. Auch darüber, dass er als Kind selbst einmal in diesem Heim untergebracht war. Das Beste kommt aber noch ... Wie es der Stadtteil so schön sagt, befand sich das Heim im heutigen Chemnitz.«

Erik wohnt dort. Und er ist verschwunden.

Noch konnte Frost mit diesen Informationen wenig anfangen, aber in ihrem Kopf kamen die Rädchen in Bewegung.

»Hast du den Kerl durch unser System gejagt?«, fragte sie, obwohl sie wusste, dass es innerhalb der Abteilung keine bessere Kriminalbeamtin als Stahlmann gab, wenn es um öde Detailrecherche ging.

»Sicher«, kam die erwartete Antwort, und sie drehte ihren Monitor, wo die polizeilichen Einträge von Sandro Wilhelm aufgelistet standen. »Hier! Mehrfacher Notrufmissbrauch.«

»Mehrfach ist gut. Wie viele Anzeigen sind das? Zwanzig? Dreißig?«

»Es sind genau einundvierzig. Und bei jedem Anruf redet er lauter schwachsinniges Zeug: Die Staatsanwaltschaft habe seinen Vater umgebracht, die Polizei würde seine Mutter versteckt halten, das Kinderheim wäre umgezogen und man würde medizinische Experimente mit Kindern machen ...«

»Ich will ihn trotzdem befragen. Hast du eine Nummer von ihm herausbekommen?«

»Er hat weder Telefonanschluss noch Handy, ruft ständig von Münzfernsprechern an.«

Aber das Internet ist anscheinend kein Problem für ihn.

»Muss ich mich auf so eine Art Reichsbürger einstellen?«

»Schlimmer.«

»Wie viel schlimmer?«

»Nun ja, er hält sich für einen wiedergeborenen Katzengott.«

Bevor Frost ihr rudimentäres Wissen über ägyptische Mythologie mit Stahlmann vertiefen konnte, flog die Tür auf. Kommissariatsleiterin Alexandra Lorenz betrat schwer schnaufend und mit ernster Miene das Büro. Da sie aktuell noch immer als Vertreterin des Dezernatsleiters fungierte und somit für zwei arbeitete, sah sie entsprechend gestresst aus.

»Das wird ja immer besser, Klara«, schimpfte sie. »Jetzt muss ich schon für dich die Vermittlung spielen.«

Mit einem unfreundlichen Schnaufen reichte sie Frost einen Notizzettel, auf dem der Name Henry Stark und seine Diensthandynummer standen.

»Was wollte er?«

»Ich dachte, du könntest mir das erklären. Es ging mal wieder um diesen Kriminalhauptkommissar Donner. Angeblich haben ihn die Chemnitzer Kollegen gefunden.«

Kapitel 32

Geschmeidig wie eine motorisierte Raubkatze glitt die Limousine des sächsischen Innenministers durch die Straßen. Im Inneren zeigte sich die Karosserie großräumig und mit hellem Leder ausgekleidet. Den staunenden Blicken der Passanten nach zu urteilen, hätten die meisten wohl gern mit Vogel den Platz in der Edelkarosse getauscht und neben Conrad Ludwig eine Runde durch die Stadt gedreht. Vogel selbst fühlte sich alles andere als geehrt, neben dem Politiker mit dem knackenden Gebiss zu sitzen.

»Könnten Sie auf einen Schlagersender stellen?«, rief Vogel nach vorn zum Chauffeur, der jedes Wort mitbekam, das zwischen dem Minister und dem Kommissar gewechselt wurde. »Dann fühle ich mich nicht so eingeschüchtert.«

Immerhin hatte man Vogel vom *Milchhäuschen* wie in so einem Politthriller abgeholt. Die Zutaten dafür stimmten: Männer mit Sonnenbrille, ein einflussreicher Landtagsabgeordneter, ein unwichtiger Bulle, ein auf Hochglanz poliertes schwarzes Auto. Fehlten eigentlich nur noch ein Koffer voller Geld und die durch eine Schallschutzscheibe abgetrennte Fahrerkabine.

Statt zum Radio zu greifen, schaute der Fahrer skeptisch in den Rückspiegel.

Ludwig verdrehte die Augen. »Tu ihm schon den Gefallen, Karlo.«

Karlo! Der passende Name aus einem billigen Gangsterfilm.

Erst als aus den Lautsprechern Gunter Gabriel *Mit dem Hammer in der Hand* sang, fühlte Vogel sich bereit für die Unterhaltung.

»Wie haben Sie mich gefunden?«

»Nur weil Sie freie Hand bei den Ermittlungen haben, Herr Vogel, heißt das nicht, dass Sie tun und lassen können, was Sie wollen.«

»Lassen Sie mich etwa überwachen?«

»Eine reine Vorsichtsmaßnahme.«

Eigentlich hätte Vogel sich die Frage sparen können. An Ludwigs Stelle hätte er ebenso gehandelt. Fragte sich bloß, wen er auf Vogel angesetzt hatte. Zuerst kam ihm Staatssekretär Emanuel Spitzner in den Sinn, aber der Handlanger des Ministers schien ihm zu abwegig. Irgendjemand aus der Direktion musste es sein …

Lia Winter! Sie hatte seinen Aufenthaltsort am Schlossteich verraten. Vermutlich hatte man sie dazu unter Druck gesetzt.

»Um nicht länger um den heißen Brei herumzureden«, sagte Ludwig und holte schleifend Luft. »Wir sind überaus beunruhigt von Ihren bisherigen Ergebnissen. Zwei Tote!« Er hielt entsprechend viele Finger vor Vogels Gesicht. »Außerdem ist das Video online. Sie haben es nicht verhindert. Schlimmer noch, Sie haben nicht einmal die leiseste Ahnung, wer es ins Internet gebracht hat.«

Der einfache Mann mit dem Hammer in der Hand, sang Gunter Gabriel.

Einen Hammer wünschte sich auch Vogel auf der Stelle herbei. Einfach, um dem Minister die Kniescheibe zu zertrümmern. Stattdessen versuchte Vogel es mit Buckeln.

»Ich werde meine Bemühungen verdoppeln, Herr Minister. Ach was, verdreifachen.«

Ludwig machte eine Wischbewegung und setzte zu einem weiteren Tadel an. »Lassen Sie …!« Sein schwaches Herz und die kranke Lunge ließen seine Wut in ein fürchterliches Husten übergehen.

Vogel deutete an, ihm auf den Rücken schlagen zu wollen. »Soll ich Ihnen den Gnadenstoß geben?«

Hustend und spuckend wehrte Ludwig ab. Unterdessen überlegte Vogel, wie alt der Innenminister inzwischen war. Einundsiebzig? Zweiundsiebzig? Jedenfalls deutlich älter als er selbst.

Anders als der verstorbene Gunter Gabriel weigerte Conrad Ludwig sich beharrlich, endlich aus diesem Leben zu scheiden. Und an einen Rücktritt vom Amt des Innenministers dachte er ebenfalls nicht. *Mich kann nur die nächste Landtagswahl entheben,* so sein Leitspruch.

Als Ludwig sich gefangen hatte, knackte er wieder mit seinem Gebiss. »Sie sollten meine Gutmütigkeit nicht überstrapazieren.«

»Bei allem Respekt, aber da muss ich Ihnen widersprechen, Herr Innenminister. Ich weiß Ihre Gutmütigkeit sehr zu schätzen, allerdings krieche ich auch niemandem in den Arsch, egal wie betörend er riecht.«

Sichtlich entrüstet hörte Ludwig einen Moment auf, mit den Zähnen zu knacken. Wieder warf der Fahrer einen Blick nach hinten. In seinen Augen blitzte eine Schärfe auf, die Vogel in Habachtstellung versetzte. Keine Frage, auf ein Wort seines Chefs hin würde er den Wagen stoppen und Vogel eine reinhauen. Nur Gunter Gabriel schien auf Vogels Seite zu stehen. Immerhin hielt Vogel sich für einen einfachen Mann, der nur seinen Job machte. Wenn er doch nur einen Hammer einstecken hätte …

»Hätten Sie in den Neunzigern nicht die Tochter des Justizministers so verdammt medienwirksam gerettet«, ergriff

162

Ludwig erneut das Wort, »würden Sie heute gar nicht hier neben mir sitzen. Sie sind ein Widerling und Sie riechen nach furchtbarer Medizin.«

»Sie vergessen ständig meine zwei herausragendsten Eigenschaften …«

»Die da wären?«

»Verschwiegenheit und Skrupellosigkeit. Genau die Attribute, die man für diesen Fall braucht. Der Luzifer-Killer mag ein gerissener Mistkerl sein, aber er hat einen noch größeren Mistkerl im Nacken. Es ist nur eine Frage der Zeit, bis ich ihn von hinten packe und ihm das Genick breche.«

Zum besseren Verständnis vollführte Vogel eine Geste, wie er jemandem mit beiden Händen die Gurgel umdrehte.

»Deshalb bin ich hier, um Ihnen erneut die Dringlichkeit dieser Angelegenheit einzuschärfen und Ihnen jedwede Mittel zuzusichern. Nur beenden Sie diesen Albtraum, bevor die ganze Welt mit Entsetzen auf unser schönes Sachsen blickt. Wenn Sie etwas brauchen, sagen Sie es jetzt.«

»Danke, aber ich habe bereits alles, was ich benötige.«

»Sie sind allein.«

»So würde ich das nicht sehen. Frau Lia Winter leistet mir gute Dienste«, erklärte Vogel, auch wenn sie sich soeben auf die Verräterliste gesetzt hatte. »Und dann läuft mir ständig Frau Klara Frost über den Weg. Wer weiß, vielleicht ist sie mir bei meinen Ermittlungen am Ende ebenfalls nützlich.«

»Von diesen beiden Frauen halte ich nichts. Ich stelle Ihnen einen meiner Leute zur Verfügung.«

Vogel glaubte an einen Scherz und knirschte ebenfalls mit seinem kaputten Unterkiefer, obwohl ihn diese Lautäußerung entsetzlich schmerzte. »Ha, beinahe hätte ich Ihnen die Drohung abgekauft.«

»Er ist bereits auf dem Weg in Ihr Büro, um sich in Ihre bisherigen Aufzeichnungen einzulesen.«

KAPITEL 33

Das Analgetikum, das per Infusion in Donners Vene drang, machte die Schmerzen einigermaßen erträglich. Auf dem Weg von der Notaufnahme ins Krankenzimmer hatte er die Schwestern angebettelt, sie sollten ordentlich Drogen beimischen, damit er die Erinnerungen an seine Gefangenschaft und den Moment, als er auf die finstere Treppe zugerollt war, endlich vergessen konnte.

Von gerollt kann man wahrlich nicht sprechen.

Er schaute zum Tropf. Anscheinend hatten sie die Drogen vergessen, sonst wäre garantiert nichts mehr von dem Grauen in seinem Kopf übrig. Darüber musste er lachen. Was für eine bescheuerte Idee! Die Treppe mit dem Rollstuhl zu nehmen. Ein Wunder, dass er sich beim Sturz nicht das Genick gebrochen hatte. Andererseits wäre das sogar besser gewesen, dann hätte sein elendiges Leben endlich ein Ende. Stattdessen hatte es den Rollstuhl in seine Einzelteile zerlegt. Höchstens für Sekundenbruchteile musste er dabei in Ohnmacht gefallen sein. Halb benommen, halb wahnsinnig war er danach auf allen vieren gekrochen, mit Lederriemen und den abgerissenen Metallarmstützen an den Handgelenken. Er konnte sich an den Geschmack des Bluts im Mund erinnern und an den dünnen Eisenstab, der in seinem Unterarm gesteckt hatte.

Donner war um sein Leben gekrochen, war irgendwann auf die Beine gekommen und hatte eine Tür ins Freie gefunden. Geblendet vom Tageslicht, war er ziellos umhergeirrt. Er war gegen Baumstämme gelaufen, hatte sich davon aber nicht aufhalten lassen. Wie ein schwer verwundeter Soldat war er um sein Leben marschiert. Bis ihn der rote Kleinwagen gestoppt und bei ihm einen Filmriss verursacht hatte.

Das alles lag Stunden zurück, hatte ihm das Klinikpersonal mitgeteilt. Er selbst hatte jegliches Zeitgefühl verloren. Wie es schien, hatten ihn die Ärzte einmal mehr zusammengeflickt. Alle Jahre wieder landete er auf dem OP-Tisch der Notaufnahme. Inzwischen konnte man von einem albtraumhaften Ritual sprechen.

Es ist, als würde man ständig an so einem beschissenen Murmeltiertag in Frankensteins Werkstatt aufwachen. Verdammt, vielleicht bin ich selbst ein Murmeltier. Bei denen gibt es doch auch diese unausstehlichen Einzelgänger.

Wieder ging sein Blick entlang der Schläuche zum Tropf. Vielleicht stand er doch unter Drogeneinfluss und all das passierte gar nicht. Aber die neuen Wunden und der Verband um seinen Unterarm verdeutlichten ihm, dass er sich seine Entführung nicht nur eingebildet hatte. Er hatte sich selbst gerettet und würde fortan noch mehr Narben am Leib tragen. Dabei war er jetzt schon körperlich verunstaltet wie ein Monster.

Monster.

Das letzte Wort hallte in seinem Schädel wie das Dröhnen einer schweren dunklen Turmglocke.

Nick-nack, paddywack, Knochen für das Monster!

Erst als jemand an die Zimmertür klopfte, verging das Getöse in seinem Kopf. Bevor er überhaupt darüber nachdachte, ob er Besuch haben wollte, hörte er sich »Herein!« sagen.

Es war sein Kommissariatsleiter Henry Stark. Der Dicke. Der einzige Kollege, der mit seinen karierten Hemden und der biederen Schlipsauswahl in Sachen Modegeschmack noch deutlich schlechter abschnitt als Donner.

»Ich dachte, du könntest vielleicht etwas zum Anziehen gebrauchen, Erik«, sagte Henry und stellte eine kleine Reisetasche vor den Schrank. »Hab ein paar meiner alten Klamotten zusammengesucht. Ich hoffe, sie passen halbwegs. Schließlich konnte ich deine Körpermaße nur abschätzen. Eine neue Zahnbürste und Shampoo habe ich auch noch schnell gekauft.«

»Pah, wozu Shampoo? Ich habe gerade die Hälfte meines Gehirns bei einer Rolliralley eingebüßt und so eine verfluchte Drogenhexe hat mir die andere Hälfte weggespritzt.«

Sein Genörgel schien Stark nicht zu interessieren. »Da du keinen Wert auf Blumen legst, wollte ich dir Schokolade mitbringen, aber die Sorte, die mir vorschwebte, gab es an der Tankstelle nicht.«

»Spar dir deine Süßigkeiten.«

»Weil ich dich kenne, dachte ich auch eher an Bitterschokolade.«

Scheiße, zwanzig Jahre gebe ich mir Mühe, diesem humorlosen Vorschriftenheini aus dem Weg zu gehen, und jetzt steht er als Einziger an meinem Krankenbett und reißt Witze.

Vermutlich hatte der Dicke die Schokolade unterwegs selbst gefuttert.

»Habt ihr die Frau geschnappt?«, interessierte Donner nur die eine Sache.

Stark schüttelte den Kopf. »Wir haben eine Fahndung gemäß deiner Beschreibung rausgegeben. Bisher jedoch ohne Erfolg. Natürlich versuchen wir, deine letzten Tage zu rekonstruieren. Wir haben sogar einen Fährtensuchhund an der Stelle angesetzt, an der man dich gefunden hat. Aber du weißt ja selbst, was für ein Glücksspiel so eine Rückwärtssuche für einen Polizeihund ist.«

»Das kann doch trotzdem nicht so schwer sein, diese Person zu finden. Sie hält sich für eine Ärztin. Vielleicht marschiert sie nachts in mein Zimmer und sticht mich im Schlaf ab. Am besten besorgst du mir vom Personal einen Zimmerschlüssel, damit ich die Tür abschließen kann, wenn du nachher gehst.«

»Du bist aus dem Nirgendwo auf der Terrassenstraße aufgetaucht und vor ein Auto gelaufen. In einem Patientenhemd, wohlgemerkt, ähnlich dem, das du jetzt trägst.«

»Schönen Dank, dass du mich daran erinnerst. Vielleicht macht ja auch eine Durchsuchung der geschlossenen Abteilung der Psychiatrie auf der Dresdner Straße Sinn. Die haben bestimmt irgendwo ein verstecktes Zimmer für die besonders harten Fälle.«

Stark schaute ihn mit gerunzelter Stirn an, kam aber nicht dazu, nachzufragen, ob Donner das ernst meinte. Ohne dass angeklopft wurde, ging die Zimmertür erneut auf.

»Ich sagte doch, Sie sollen warten«, warf Stark über seine Schulter hinter sich.

Im ersten Moment dachte Donner, das Klinikpersonal wollte nach ihm sehen, aber er irrte. Die Frau, die den Raum betrat, war weder eine Ärztin noch eine Krankenschwester.

»Lange nicht gesehen, Erik«, sagte Klara Frost.

Kapitel 34

So wie Erik sie anschaute, wollte er Frost am liebsten postwendend aus dem Zimmer jagen. Von seinem einst so sanftmütigen Blick war nichts übrig. Sein Gesicht war von Narben überzogen, seine Haut rau, seine Augen düster.

Nein, nicht düster. Es sind die Augen eines wandelnden Toten.

Sie musste zweimal hinschauen, um ihren ehemaligen Studienkollegen wiederzuerkennen. Sie fragte sich, was seine Augen alles mit angesehen hatten, dass aus ihnen der Lebensmut gewichen war.

»Ich hatte zwar nicht mit einer Umarmung gerechnet«, redete sie schließlich weiter, weil er die Lippen verbissen zusammenpresste. »Aber ein Hallo könntest du mir wenigstens anbieten.«

»Was willst du hier?«, blaffte er sie an.

»Hey, Erik, komm schon«, beschwichtigte Stark. »Sie hat die Suche nach dir überhaupt erst angestoßen.«

Erik schnaubte. »Ach ja, und warum musste ich mich dann selbst aus der Gefangenschaft dieser Verrückten befreien?«

Frost nickte Stark zu. »Ist schon okay, ich habe gelernt, mit Vorwürfen umzugehen.«

Erik stellte das Bettoberteil über die Elektronik höher, vermutlich, weil er sich sonst in unterlegener Position sah. Je mehr sich sein Oberkörper aufrichtete, umso schmerzvoller verzog er die Mundwinkel. Aber auch ohne seine Mimik sah sie, wie schwer es ihn erwischt hatte. Nicht nur der linke Arm war bandagiert, sondern auch mehrere Wunden an Kopf, Hals, Stirn und Händen genäht. Von den Hämatomen ganz zu schweigen.

Als eine Weile ein unangenehmes Schweigen zwischen ihnen dreien herrschte, räusperte sich Stark. »Okay, ich lasse euch dann wohl doch besser allein.«

»Du bleibst schön hier, Henry!«, bestimmte Donner.

»Nein, Erik.« Der korpulente Kriminalhauptkommissar berührte seine Schulter. Es sollte wohl eine Geste der Aufmunterung sein. »Das schaffst du auch ohne mich.«

Damit verließ Stark schnurstracks den Raum. Nicht nur Erik war das Wiedersehen sichtlich unangenehm, plötzlich kam Frost sich vor, als hätte sie durch ihr Auftauchen eine Party gesprengt.

»Vielleicht war es keine gute Idee, hierherzukommen«, sagte sie.

»Allerdings.«

Sie versuchte trotzdem, einen Anfang zu finden. »Ich habe gehört, was mit deiner Freundin passiert ist. Das bedaure ich sehr, mein Beileid.«

»Kein Problem, ich verliere alle paar Jahre eine Frau.«

Ist das alles, was du drauf hast? Purer Zynismus. Das finde ich nicht sehr beeindruckend für jemanden, der in den letzten Jahren mehr Mörder zur Strecke gebracht hat als jeder andere Polizist.

Natürlich sah sie ein, dass der Tod seiner Lebensgefährtin nicht der glücklichste Einstieg in ein Gespräch war. Andererseits wäre ihr die Beileidsbekundung später noch erheblich schwerer gefallen. Jetzt konnte sie wenigstens befreit zur Arbeit übergehen.

»Ich bin hier, weil ich die Frau finden will, die dich gefangen gehalten hat.«

»Wozu?« Er klopfte gegen die Infusionsflasche. »Sobald ich das Zeug in mich geschüttet habe, bin ich wieder wie neu. Dann werde ich mir diese Psychopathin persönlich vorknöpfen.«

»Ich wette, ohne Hilfe triffst du momentan beim Pinkeln nicht mal die Toilettenschüssel.«

In seinen Augen blitzte plötzlich etwas auf. Ehrgeiz. Wenn er bei Kräften gewesen wäre, hätte er die Herausforderung vermutlich nur allzu gern angenommen. So aber bügelte er nur mit der flachen Hand über seine Bettdecke.

»Nach achtzehn Jahren Funkstille kannst du das natürlich nicht wissen, Klara, aber es hat sich herausgestellt, dass ich so gnadenlos bin wie Batman, so unzerstörbar wie Superman und fast so beliebt wie Spiderman. Ich denke, das qualifiziert mich einigermaßen dafür, eigene Entscheidungen treffen zu können. Und wenn ich echt wütend werde, laufe ich grün an wie der unglaubliche Hulk.«

»Nur dass der unglaubliche Hulk ursprünglich graue Hautfarbe haben sollte, aber die Druckerei Schwierigkeiten hatte, den Grauton jedes Mal exakt zu treffen. Du siehst also, auch für Superhelden läuft es in der realen Welt nicht immer problemlos.«

Er knurrte nur, wohl weil ihm der passende Return nicht gelang. »Jedenfalls ging es mir eben echt gut, bis du durch diese Tür getreten bist.«

»Was wirfst du mir denn vor?«

»Nichts«, kam es mit Verzögerung. »Absolut nichts. Mich stört nur, dass du hier bist.«

Der kleine Junge hat die Abfuhr des Mädchens also nicht verkraftet.

»Schön, sag mir einfach alles, was du weißt, dann wirst du mich nie wiedersehen.«

»Siehst du, Klara, genau das kaufe ich dir nicht ab. Ich denke eher, wenn ich weiter mit dir rede, werde ich dich nie wieder los.«

KAPITEL 35

Damals (Februar 2000)

Fast Mitternacht. Zusammen mit Erik und drei weiteren Studienkollegen stürmte Frost die *Dance Factory.* Sie hatte Erik zu diesem Discobesuch allerdings erst überreden müssen. Immerhin war es Donnerstag und morgen früh mussten sie wieder pünktlich um 7.30 Uhr im Hörsaal antreten. Nicht nur das, bei Professor Lenk stand auch noch eine Klausur an.

Während der Autobahnfahrt von Rothenburg nach Dresden hatte Erik mehrfach betont, wie unwohl er sich unter so vielen partywütigen Menschen fühlte. Er war ein ehrgeiziger Sportler, der auf seine Ernährung und überhaupt auf einen gesunden Lebenswandel achtete. Und wenn schon Musik, dann bitte schön mit Gitarrenriffs. Dagegen hing Frost einfach nur gern bei Technobeats ab.

»Wodka pur?«, fragte sie, um seine Unsicherheit zu lösen.

»Und wer soll uns nachher zur Hochschule zurückfahren?«

»Jetzt sei doch nicht immer so vernünftig, Erik. Wir haben noch Stunden Zeit. Das bisschen Alkohol hast du im Nu auf der Tanzfläche ausgeschwitzt.«

»Wer sagt, dass ich tanzen will?«

Sie zwinkerte ihm zu und zog ihn zur Bar. Dort bestellte sie die Getränke und forderte ihn auf zu bezahlen. Während er bereitwillig das Geld abzählte, bewunderte sie seinen durchtrainierten Körper und seine markanten Gesichtszüge. Falls sie irgendwann mal das Gefühl bekäme, einen Beschützer zu brauchen, Erik wäre der perfekte Kandidat. Bis dahin sah seine Nase bestimmt auch etwas gefährlicher aus. Immerhin war er Boxer, also standen die Chancen für ein paar Schrammen und Quetschungen gut. Natürlich fand sie seine aktuelle Nase auch ganz passabel.

Er nahm die Gläser in Empfang und beide prosteten sich zu.

»Ich werde es bereuen«, sagte er.

»Garantiert.«

Sie tranken und zwinkerten sich über die Ränder der Gläser hinweg zu.

»Du siehst gut aus in dem engen Shirt«, sagte sie.

»Habe ich mir extra für diesen Abend von meinem Zimmerkollegen geborgt. Ich hoffe, man merkt nicht, dass er einen Kopf kleiner ist.«

Sie knuffte ihn gegen den Bizeps. »Witzbold.«

Er nahm einen weiteren Schluck, leerte das Glas und schüttelte sich. »Widerlich.«

»Aha, der Herr verträgt wohl nicht viel?« Sie bestellte zwei weitere Drinks, steckte sich eine Zigarette zwischen die Lippen und hielt ihm die Schachtel hin. »Andere Drogen habe ich heute leider nicht dabei.«

Sie mochte es, ihn dabei zu beobachten, wie der stets pragmatische Erik nervös mit den Fingern schnippte und sichtlich angestrengt abwog, ob er auch eine nehmen sollte.

Wie erwartet blieb er standhaft.

Noch.

»Kann es sein, dass du heute aufgedrehter bist als sonst?«, fragte er.

»Kann sein«, wiegelte sie ab, weil es ihr missfiel, wenn jemand versuchte, sie zu analysieren.

Natürlich hätte sie zugeben können, dass sie sich regelrecht nach den Blitzlichtern, dem Bassdonnern und dem Rausch der Elektromusik sehnte. Aber das hätte sich angefühlt, als öffnete sie einem Fremden die Tür in ihr Leben. Wenn sie jemandem an der Fachhochschule vertraute, dann Erik, aber selbst ihm hatte sie nie erzählt, dass sie mit sechzehn von zu Hause abgehauen war und seitdem jedes Wochenende Zerstreuung in den Discotheken und Klubs von Leipzig suchte. Immer auf der Suche nach sich selbst.

Sie entflammte den Tabak ihrer Zigarette und sog den Qualm tief in ihre Lungenflügel. Dabei schloss sie die Augen für einen kurzen Moment, um völlig allein mit der Musik zu sein.

Als sie die Augen wieder öffnete, fiel ihr auf, wie Erik sie anblickte. Nicht wie ein Studienkollege, auch nicht wie ein guter Freund, sondern wie ein Junge, der einem Mädchen etwas sagen wollte.

»Was ist?«, fragte sie ernst.

»Ich schaue dich an«, sagte er kopfschüttelnd. »Ist das okay?«

»Weiß nicht.« Sie schob ihm eines der neuen Gläser zu. »Lass uns trinken.«

»Wenn das den ganzen Abend so geht, werden wir hier nicht mehr fortkommen.«

»Dann übernachten wir in deiner Karre.«

»Zu fünft und bei Minustemperaturen?«

Sie lachte und trank. »Du bist es schon wieder …«

»Was?«

»Vernünftig.«

»Lieber vernünftig als erfroren, Frau Frost.«

Sie kicherte und stupste ihn gegen die Nase. Bevor er etwas erwidern konnte, wechselte der DJ die Platten und spielte Kai Tracid.

Too Many Times.

»Oha, der Trancegott betritt die Bühne«, jauchzte sie. »Mein absolutes Lieblingslied! Das ist ein Omen.«

Erik schien weniger begeistert von der Musikauswahl. »Für was?«

Sie schmiss die angefangene Zigarette in einen Aschenbecher und packte ihn an den Händen. »Zum Tanzen.«

»Nein, ich …«

Widerstandslos ließ er sich von ihr abführen und bald bewegten sich ihre Körper im Gedränge der Massen dicht beieinander. Während sie die Hüften im Einklang mit den Beats kreisen ließ, zappelte Erik fern jeden Taktgefühls herum. »Ich hoffe, du bist ein deutlich besserer Boxer als ein Tänzer.«

»Und wie!«, schrie er ihr ins Ohr, weil die Musik so laut war. »Da habe ich sogar mal was gewonnen.«

Immerhin hielt er danach noch volle vier Songs durch, ehe er um eine Auszeit bat. Wie ein Verdurstender stürzte er zurück zur Bar und bestellte sich eine Cola.

»Mein Colaheld«, flüsterte sie ihm ins Ohr und hauchte ihm einen Kuss auf die Wange.

Er wirbelte herum. »Was war das?«

»Der Dank für deinen Mut.«

Offenbar nahm er das mit dem Mut danach zu wörtlich, denn auf einmal bewegte er seine Lippen auf ihre zu. Rechtzeitig schob sie die flache Hand dazwischen und stoppte den Annäherungsversuch.

»Mist«, knurrte er. »Das war dumm von mir, zu denken …«

»Nein, küssen ist schon okay.« Sie griff ihn am Hinterkopf und streichelte ihn. »Aber du musst mir etwas schwören.«

Er schaute skeptisch, fragte schließlich: »Was denn?«

»Schwör mir, dass du dich niemals in mich verlieben wirst.«

»Lieber sterbe ich.«

Kapitel 36

Hektik empfand Vogel als mindestens genauso unangenehm wie die eben geführte Unterhaltung mit dem Innenminister. Als man ihn unweit der Polizeidirektion aus der Limousine steigen ließ, eilte er unverzüglich ins Kommissariat 77. Vom schnellen Schritt schmerzten die Kniegelenke und der Rücken, aber das nahm er in Kauf. Viel quälender war die Ungewissheit. Er konnte sich beim besten Willen nicht vorstellen, dass ein Unberechtigter seine Abteilung betrat, denn diese war Sperrbereich und nur mit einer speziellen Erlaubnis zugänglich.

Als er sein eigenes Büro erreichte, stellte er allerdings mit Entsetzen fest, dass Conrad Ludwig nicht geblufft hatte. Mit übereinandergeschlagenen Beinen besetzte Staatssekretär Emanuel Spitzner seinen Stuhl und schnüffelte obendrein in seinen Unterlagen herum.

»Wie sind Sie hier reingekommen? Wo steckt Lia Winter? Und viel wichtiger, wo ist Albrecht?«

Spitzner unterbrach die Sichtung der Akten. Er griff nach einem roten Flummi, der neben seiner Hand auf dem Tisch lag, warf den Gummiball gegen die gegenüberliegende Wand und fing ihn danach mit Leichtigkeit auf. »Ihr fleißiges Bienchen ist ausgeflogen, und Semmler sagte, er müsse heute unbedingt noch zur Chorprobe.«

»Bevor Albrecht auch nur eine Liedzeile rausbringt, werde ich mit dem Barmherziger-Samariter-Orden geehrt.«

Der Flummi knallte erneut gegen die Wand, ehe das elastische Material ihn in Spitzners Hand zurückbeförderte. »Na, wie dem auch sei, zum Glück bin ich ja jetzt hier.«

Darüber konnte Vogel weder lachen noch wollte er das so einfach hinnehmen. »Also von vorn: Wie sind Sie hier reingekommen?«

»Mit Magie.« Lässig griff Spitzner in die Brusttasche seines Jacketts und zückte eine schwarze Transponderkarte.

Bisher kannte Vogel nur die rote Version – von der es genau eine Handvoll Exemplare gab und er eine davon besaß.

»Woher haben Sie die?«

»Haben Sie vergessen, wer Ihnen diese Abteilung finanziert?« Spitzner rümpfte die Nase und schüttelte ungläubig den Kopf angesichts der kahlen Betonwände. »Auch wenn ich nicht erwartet hatte, dass die öffentlichen Gelder in einem Kellerloch landen, in dem es permanent nach Exkrementen riecht. Sie sollten unbedingt die Belüftung überprüfen lassen.«

Vogel unterließ es, ihn in die baulichen Mängel der Abwasserrohre im Kellergeschoss einzuweisen. Stattdessen schnappte er nach der schwarzen Chipkarte, die der Eindringling noch immer in der Luft hielt. Aber der hatte mit Vogels Versuch gerechnet und entzog sie ihm mit einer galanten Handbewegung.

»Haben Sie denn keine eigene?«, fragte Spitzner und zeigte ein dünnes Lächeln, wodurch er noch mehr wie eine Ratte aussah. Wieder warf er den Ball und fing ihn.

»Wenn Sie mich besser kennen würden, wüssten Sie, dass ich Leuten mit Vorliebe etwas wegnehme. Der Stuhl, auf dem Sie sitzen, zum Beispiel gehörte mal einem Fuhrunternehmer.«

»Lassen Sie mich raten, Sie haben ihn dem ehemaligen Eigentümer sprichwörtlich unter dem Hintern gestohlen.«

176

»Er brauchte ihn nicht mehr, nachdem zwei Osteuropäer ihn in seinem Büro erschossen haben. Auf diesem Stuhl.«

Sichtlich angewidert sprang Spitzner von seinem Platz auf. Seine Mimik wurde ernst, und er griff nach einem Stapel Papiere, der auf dem Schreibtisch zwischen benutzten Kaffeetassen, einem Würfelbecher und einer Urne lag. »Diese Unterlagen hier sind nichts wert. Ich hoffe für Sie, dass Sie noch mehr im Fall des Luzifer-Killers vorzuweisen haben. Andernfalls wird mein Bericht ans Innenministerium äußerst negativ ausfallen. Ich fürchte, dann wird man diese stinkende Erbärmlichkeit von Dienststelle ratzfatz schließen.«

»Vorher könnte es aber passieren, dass das Staatsministerium vor der Öffentlichkeit in Erklärungsnöte kommt, weil ein Killer durch Sachsen zieht und nebenbei ein uraltes Video veröffentlicht.«

»Geben Sie mir den Zugangscode für Ihr Archiv.« Er deutete hinaus zum Flur. »Ich brauche Zugriff auf sämtliche Akten.«

»So, das brauchen Sie also ...«

Plötzlich stürzte Spitzner auf Vogel zu, packte ihn am Hals und drückte ihn dermaßen heftig gegen einen Schrank, dass der darauf befindliche Meerschweinchenkäfig wackelte. Dann hielt er ihm den Ball wie eine Warnlampe unter die Nase. »Das war keine Bitte.«

Selbst unter Folter würde Vogel den Code nicht herausgeben. Ein Mann muss standhaft bleiben, selbst wenn er dabei verreckt. Unauffällig fingerte er in seiner Manteltasche nach seinem Elektroimpulsgerät, das er für Notfälle stets bei sich trug, wenn er die Dienstpistole nicht mitnahm. Er verspürte grenzenlose Lust, den Elektroschocker am Bauch des Staatssekretärs zu entladen. Stattdessen röchelte er: »Sie haben Diktator erschreckt.«

Erst mit einiger Verzögerung begriff Spitzner, dass das Meerschweinchen gemeint war. Daraufhin verringerte er den

Druck auf Vogels Kehle und zischte durch seine gelben Zähne: »Kommissariat 77! Allein Ihre selbst erfundene Bezeichnung ist lächerlich.«

»Und trotzdem besuchen Sie mich.«

»Sie haben doch um Verlängerung Ihrer Dienstzeit gebeten, nicht wahr? Ihr Antrag liegt im SMI zur Entscheidung. Ich denke, wir werden ablehnen.«

Die Drohung mit sofortiger Pensionierung schmerzte Vogel richtig. Sicherlich war er schwer krank, und sein Arzt hatte ihm mehrfach geraten, kürzer zu treten, aber andererseits war er alleinstehend und lebte für seinen Beruf. Natürlich glaubten ihm Außenstehende seine Einstellung nicht. Sie sahen nur einen gehässigen und ergrauten Mann, der sich auf seinen Beamtenbezügen ausruhte. Aber das Gerede kümmerte ihn nicht. An Ruhestand wollte er keinen Gedanken verschwenden, dafür lagen in seinem Archiv noch zu viele ungeklärte Verbrechen. Und hinter jedem Verbrechen stand ein Opfer, dem Gerechtigkeit zustand.

»Ich hatte gewusst, dass der Geruch der Abwasserleitungen irgendwann einmal Ratten anlocken würde«, sagte Vogel. »Aber mit einem so großen Exemplar hatte ich in meinen kühnsten Träumen nicht gerechnet.«

»Sparen Sie sich die Nettigkeiten und geben Sie mir, was ich will. Je schneller wir den Luzifer-Killer fassen, umso eher können wir unseren kleinen Disput vergessen.« Spitzner zupfte Vogels Mantel wieder zurecht. »Immerhin stehen wir doch auf derselben Seite.«

Das bezweifelte Vogel stark.

KAPITEL 37

Lia Winter kontrollierte noch einmal die Adresse und den Namen auf dem Zettel. Breitenlehn 27D, Helmut Drechsel. Er war der Letzte der vier Männer. An den Politiker wäre sie selbst als Polizeibeamtin niemals herangekommen, und die anderen beiden hatte sie vergeblich telefonisch zu erreichen versucht. Blieb also für heute nur Drechsel.

Aus dem Haus des ehemaligen Arztes drang Kinderlachen. Drechsel war sechsundachtzig und seine Söhne und Töchter waren längst erwachsen. Demnach konnte es sich nur um Besuch handeln.

Sie klingelte. Im Inneren wurde der Name Sophia gerufen – die Ehefrau.

Kurz darauf ging die Tür auf und Sophia Drechsel steckte ihren Kopf heraus. Die ältere Dame war elegant gekleidet und trug kein übertriebenes Maß an Schminke und Schmuck.

»Sie wünschen?«, fragte sie höflich.

»Ich … ich heiße Lia Winter«, stotterte sie wie immer, wenn sie mit Fremden redete. »Ich komme von der Polizeidirektion. Könnte ich Herrn Dr. Drechsel sprechen?«

»Nehmen Sie mir die Nachfrage nicht übel, aber haben Sie denn einen Ausweis?«

»Ich habe einen Ausweis, aber ich bin keine Polizeibeamtin, falls Sie das wissen wollen.«

»Helmut!«, rief sie ins Haus und dann an Winter gewandt: »Was meinen Sie damit, Sie sind keine Polizeibeamtin? Ich dachte, Sie kommen von der …«

»Es bedeutet, dass Sie nicht verpflichtet sind, überhaupt mit mir zu reden. Allerdings schickt mich mein Abteilungsleiter, und das hätte er nicht getan, wenn es nicht notwendig wäre. Ihr Mann und mein Vorgesetzter Kriminalhauptkommissar Vogel kennen sich.«

Bevor die Hausherrin weitere Fragen stellen konnte, gesellte sich ihr Mann zu ihnen.

»Guten Tag«, sagte er und musterte Winter skeptisch durch seine Brille. Dann nahm er seine Frau in den Arm. »Ist alles in Ordnung, Liebes?«

»Sie kommt von der Polizei. Sie sagt, ein gewisser Herr Vogel hat sie geschickt.«

»Lia Winter«, stellte Winter sich erneut vor. »Es dauert wirklich nicht lange, aber könnte ich Sie kurz unter vier Augen sprechen?«

Trotz seines Alters war Dr. Drechsel noch ein stattlicher Mann. Etwas dünn vielleicht und beinahe kahl, aber bei seinem prüfenden Blick konnte man meinen, er übe seinen Beruf als Arzt noch aus.

Er zuckte mit den Schultern. »Wir haben Besuch, meine Tochter ist mit ihrem Mann und den Kindern zum Abendessen gekommen. Ich kann mir nicht so recht vorstellen, weshalb Sie mich unbedingt sprechen müssen. Im Prinzip spricht nichts dagegen, wenn Sie es mir jetzt gleich erzählen. Meine Frau interessiert das sicherlich auch.«

Als Winter das händchenhaltende Ehepaar betrachtete, stellte sie fest, dass die Gesundheit es augenscheinlich gut mit den beiden gemeint hatte. Zweifellos war er für sein Alter bei

Kräften. Er würde sich trotzdem setzen müssen, bevor Winter den Grund ihres Besuchs nannte. Ganz sicher sollte er sich setzen, denn es würde ihm womöglich den Boden unter den Füßen wegziehen …

»Es wäre mir recht, wenn wir irgendwo ungestört reden könnten«, beharrte sie deshalb.

»Sie sind sicher eine nette Person, Frau Lia Winter, dennoch möchte ich Sie nicht in mein Haus lassen. Bitte respektieren Sie das. Entweder reden wir hier oder gar nicht.«

»Na schön, wie Sie wünschen. Es geht um Johannes Merten.«

»Johannes Merten?«

Es war seine Frau, die den Namen wiederholt hatte und jetzt ihren Mann anschaute, der schlagartig kalkweiß geworden war.

»Und Klaus Stichler, Adolf Gronau, Conrad Ludwig …«

»Conrad?«, redete die Ehefrau wieder dazwischen. Offenbar kannte sie den Innenminister auch persönlich. »Was hat denn Conrad damit zu tun?«

»Ach so, ja darum geht es!«, fand Drechsel endlich seine Stimme. Allmählich bekam er wieder Farbe. An seinem Hals spannten sich die Sehnen. Ohne sie anzublicken, beschwichtigte er seine Gattin. »Ist gut, Liebes, Sie ist hier wegen alter Wettschulden. Du weißt doch, wie unsere Männerabende manchmal abgelaufen sind, da hat man ab und zu Dummheiten gemacht. Aber es ist nichts Ernstes. Das ist es doch nicht, oder, Frau Winter?«

Winter lächelte, um die Notlüge zu überspielen. »Ich bin nur hier, um ein Missverständnis auszuräumen. Ich denke, wir können die Sache ganz schnell klären, dann bin ich wieder verschwunden.«

Kurz darauf durchschritt Winter den polierten Boden des Hauses. Sie folgte dem Arzt im Ruhestand in dessen

Arbeitszimmer. Auf dem Weg dorthin kreuzten ein Junge und ein Mädchen von vielleicht vier und sechs Jahren ihren Weg.

»Hey, wer bist du denn?«, fragte der Junge mit den frechen Sommersprossen und dem Cowboyhut.

Winter beugte sich zu ihm hinunter und stupste mit dem Finger gegen seine Nase. Nachdem sie Vogels dämliche Liste durchgeackert hatte, war sie im Vorfeld bereits über Drechsels Familienstammbaum informiert. Deshalb wusste sie, dass der Junge vor ihr der Urenkel war.

»Ich bin niemand, aber du könntest mal ein Jemand werden.«

Verwundert blieben die beiden Kinder vor einem großen Familiengemälde stehen, auf dem vier Generationen der Familie zu sehen waren. An der unteren rechten Ecke erkannte Winter eine Jahreszahl. Der Künstler hatte es erst letztes Jahr gemalt.

»Kommen Sie schon«, forderte Drechsel sie auf, ihm in das Zimmer zu folgen, wo er bereits wartete.

Als Winter in den kleinen Raum mit der vollflächigen Panoramascheibe auf der Südseite eintrat, nahm sie sofort den waldigen, harzigen Geruch wahr. Kein Wunder, die Möbel waren allesamt aus Zedernholz gefertigt. Ein Material, das man heute kaum noch verwendete, weil hochwertige Arbeiten nicht mehr geschätzt wurden. Der Raum erinnerte sie an ihre Kindheit. An ihre Eltern.

»Entschuldigen Sie, dass ich vorhin so schroff war«, sagte Drechsel, nachdem er die Tür geschlossen hatte. »Ich kenne Sie nicht, deshalb bin ich vorsichtig.«

Diese Rechtfertigung nahm Winter ihm sogar ab. Nach außen hin zeigte sich Dr. Drechsels Haus bodenständig und familiär. Hier war seine private Oase vor all dem Lärm und dem Schmutz der Umwelt. Als Oase zeigte sich auch der Garten, in dem sich die beiden Kinder mittlerweile zwischen Büschen und Bäumen jagten.

»Sie haben es wirklich hübsch hier«, bekundete sie und spähte durch die Panoramascheibe. »Alles grün, Blick auf Felder, Landluft und vor allem viel Platz für die Enkel.«

»Knapp zweitausend Quadratmeter. Bei den heutigen Grundstückspreisen unbezahlbar.«

»Da wartet wirklich viel Arbeit auf Sie. Können Sie das in Ihrem Alter überhaupt noch stemmen?«

»Mein Sohn hat mir zum Glück zu einem Rasenroboter geraten. Die Dinger werden ja immer intelligenter und leistungsstärker. Ich weiß noch, wie früher ...«

»Früher ist ein gutes Stichwort«, unterbrach Winter ihn und wurde ernst. »Denken Sie oft an früher zurück?«

Drechsel senkte den Kopf und rieb sich das knochige Kinn. Dann nahm er sich aus einem Schrank eine noble Karaffe mit bernsteinfarbener Flüssigkeit – vermutlich Scotch – und goss sich ein Glas ein. Nach dem ersten Schluck räusperte er sich.

»Ich habe mir nichts vorzuwerfen, falls Sie darauf hinauswollen.« Seine Stimme klang trotz des Getränks belegt.

»Sie wissen, dass das Luzifer-Video online ist?«

Er zuckte mit den Schultern, als wäre es ihm egal, und blickte stur auf eine Urkunde an der Wand, die er vor zwei Jahrzehnten für etliche Jahre Arzttätigkeit erhalten hatte. Dabei trank er vom Alkohol. »Ich weiß nicht, wovon Sie reden.«

»So, das wissen Sie also nicht. Morgen werden Sie in den Zeitungen vom Tod Ihres ehemaligen Freundes Klaus Stichler lesen können.«

»Stichler war nie mein Freund. Ich kannte ihn kaum ...«

»Wie dem auch sei, Sie haben mich in Ihr Arbeitszimmer mitgenommen. Demnach interessiert Sie, was ich zu sagen habe.«

»Und was haben Sie zu sagen?«

»Aktuell veröffentlicht jemand alle Namen der Männer, die im Luzifer-Video eine Rolle spielen. Wir gehen davon aus, dass

Ihr Name auch darin auftauchen wird. Vielleicht können wir verhindern, dass die vollständige Aufnahme online geht, aber dafür brauchen wir Ihre Mithilfe. Wenn Sie etwas wissen, sagen Sie es mir, bitte.«

Drechsel nickte zu sich selbst, trank aus und schenkte sich nach. »Es gibt kein Luzifer-Video.«

»Reden Sie sich das nur ein oder wissen Sie es nicht besser?«

»Egal, was das für ein Video sein soll, es hat nichts mit mir zu tun. Ich habe ein reines Gewissen.«

Jetzt nickte auch Winter. »Mein Vorgesetzter hatte recht, Sie werden nicht kooperieren.«

»Danke, dass Sie hergekommen sind.« Er sah sie aus trüben Augen an, versuchte sich an einem aufgesetzten Lächeln. »Das meine ich wirklich ernst. Danke, Frau Lia Winter.«

Kapitel 38

Nachdem Frost ihn gestern nicht mehr erreicht hatte, besuchte sie Sandro Wilhelm gleich am Vormittag. Anders als die Internetartikel vermuten ließen, machte die Wohnung keinen verlotterten Eindruck. Sie wirkte zwar extrem klein, aber gemütlich. Genau richtig für einen Single, der noch dazu keine großen Ansprüche an die Einrichtung stellte. Zudem schien Wilhelm vor ihrem kurzfristig angekündigten Besuch aufgeräumt und Staub von den Schränken gewischt zu haben. Wilhelm selbst war ordentlich in Jeans und Hemd gekleidet. Bei der Begrüßung hatte er sogar noch den Kamm in der linken Hand gehalten. Lediglich die Bilderrahmen mit Zeitungsartikeln und Kassenbelegen drückten eine gewisse Eigenheit des Wohnungsinhabers aus. Und natürlich sein rechter Arm und die Hand … Beide waren irgendwie deformiert und mit grausigen Narben übersät. Von den fünf Fingern schien er nur zwei koordiniert bewegen zu können. Daumen und Zeigefinger. Mit ihnen kratzte er sich am Hinterkopf.

»Also was genau wollen Sie von mir, Frau …?«

»Frost«, wiederholte sie ihren Namen, während sie die Wände betrachtete. »Ich bin auf der Suche nach dem Mikadostäbchen.«

Wilhelm blinzelte mehrfach schnell. »Wieso Mikado? Ich verstehe nicht.«

»Auf Ihrer Internetseite behaupten Sie, in der DDR hätte es eine sogenannte Station 9 gegeben.«

»Das ist nicht nur eine Behauptung«, sagte der Dreiundvierzigjährige leicht verärgert. »Meine Ausführungen beruhen auf Tatsachen. Aber noch mal, wieso reden Sie von Mikado?«

Sie zielte damit auf Verunsicherung seinerseits ab, um ein möglicherweise zurechtgelegtes Konzept des Befragten zu stören. »Beim Mikadospiel heißt eigentlich nur ein einziges Stäbchen Mikado. Es ist das blau Gestreifte.«

»Ich verstehe nicht …«

»Mikado ist eine veraltete Bezeichnung für den japanischen Kaiser. Alle anderen Stäbchen heißen je nach Farbe zum Beispiel Mandarin, Samurai oder Kuli. Wie gesagt, mich interessiert nur das Mikadostäbchen.«

»Mikado …«, murmelte er.

Tick. Tack.

Frost hörte auf, den Inhalt der einzelnen Bilderrahmen zu analysieren, und wandte sich ihm zu. Sie konnte förmlich zusehen, wie sich in seinem Kopf die Rädchen drehten. Die Erklärung würde ihn noch lange beschäftigen. »Um es anders auszudrücken, ich suche die Station 9.«

»Verstehe.«

Nein, tust du nicht.

»Sie waren selbst einmal dort?«

»Haben Sie meinen Blog denn überhaupt gelesen? Da steht doch drin, dass ich selbst nie dort gewesen bin. Die anderen Kinder haben mir davon erzählt.«

Bei dem Gedanken an die gut dreißig Artikel trauerte sie noch im Nachhinein der vergeudeten Lebenszeit nach. Sie hatte versucht, Wilhelms kryptische Sätze zu entschlüsseln, aber irgendwann hatte sie es aufgegeben. Inzwischen wusste sie, dass Wilhelm an Legasthenie litt, sich aber im Gespräch völlig normal ausdrückte.

»Wenn alles darin stehen würde, wäre ich nicht hier«, konterte sie.

»Ich würde ja gern mehr schreiben, aber die hier hindert mich daran.« Er hielt seine Hand in die Luft und bewegte die beiden gesunden Finger wie ein Hummer seine Scheren.

»Was ist Ihnen passiert?«

»Hundebiss.«

»Das war dann aber kein kleiner Hund.«

»Nee, allein sein Kopf war damals doppelt so groß wie meiner.«

Beide schwiegen. Mit dem Bild eines Kampfhundes, der sich in einen Menschen verbissen hatte, im Kopf betrachtete sie den Arm. Dann kehrte sie zum Thema zurück.

»Wo finde ich die Station 9?«

Wilhelm kniff die Augen zusammen und wedelte irgendwann mit dem Zeigefinger. »Warum sollte ich mit Ihnen darüber reden? Sie halten mich sowieso für durchgeknallt. Für einen Typ, der von irgendwelchen Verschwörungshypothesen besessen ist.«

Glaub mir, als Exorzistin kenne ich mich mit Besessenheit aus.

Sie schaute auf ihre Uhr, trat dann auf ihn zu und sah ihm so tief in die Augen, dass er eine Winzigkeit zurückschreckte. »Sehe ich wie jemand aus, der sich sieben Minuten und fünfundzwanzig Sekunden mit einem Durchgeknallten unterhält?«

»Na ja, nicht direkt … Ich weiß nicht …« Er musterte ihre Tattoos am Hals, die unter ihrem Shirt ansatzweise herausragten. Auch ihr Oberteil mit der Aufschrift *Mädchen mit blauen Augen haben immer recht* schien ihn zu verunsichern. »Tut mir leid, ich weiß nicht, was ich von Ihnen halten soll. Vor einiger

Zeit war bereits ein Kommissar bei mir, der mich nach Station 9 ausgefragt hat. Der war echt unausstehlich.«

Diese Information ließ Frost aufhorchen. »Hat er seinen Namen genannt?«

»Bestimmt, aber ich habe ihn mir nicht gemerkt. Ich weiß nur, dass er mich regelrecht gelöchert hat. Ach was, bedroht hat er mich!«

Sie bekam eine Ahnung, von wem er redete. »War es ein gebrechlicher alter Mann mit Kassengestellbrille, spitzer Nase, ähnlich einem Habicht, und trug er eine verschlissene alte Samtkutte?«

»Exakt. Mit dem Teil sah er aus wie ein Schauspieler für einen Low-Budget-Fantasyfilm. Ich wollte seinen Ausweis sehen, aber den hat er mir vorenthalten. Darf der das eigentlich?«

Sokrates Vogel, eindeutig.

»Ja, ich fürchte, er darf das.«

»Aber darf er mir auch einfach meine Bilder wegnehmen?« Er deutete auf eine leere Stelle an der Tapete, an der man noch die Schmutzlinien des Rahmens erkennen konnte. »Wenn Sie ihn treffen, richten Sie ihm aus, dass ich mein Foto wiederhaben möchte.«

»Was für ein Foto?«

Er machte einen Schritt zur Seite und zeigte auf ein halb vergilbtes Schwarz-Weiß-Bild, auf dem Kinder vor einem Gebäude in Reihen standen und Hacke und Rechen schwangen. »Ähnlich dem hier, aber es war ein Gruppenbild, auf dem wir alle hübsch in die Kamera lächeln sollten.«

So wie er es sagte, schienen ihn die Erinnerungen an diese Zeit zu schmerzen.

»Ist das das Kinderheim, in dem Sie damals waren?«

»Ja, und hier sehen Sie uns bei der Zwangsarbeit.«

»Wissen Sie, warum mein Kollege das Bild mitgenommen hat?«

»Er hat viel gefragt, aber nichts gesagt. Er hat es einfach genommen und in seinen Mantel gesteckt.«

Anscheinend hat Kollege Vogel mich nicht belogen, als er meinte, er würde den Leuten öfters Dinge wegnehmen.

»Sie können sich auch nicht vorstellen, was das Foto mit Station 9 zu tun hat? Darum ging es meinem Kollegen schließlich.«

Wilhelm kratzte sich das Kinn. »Vielleicht haben ihn die Gesichter der übrigen Heimkinder interessiert. Von denen wurden ja einige dorthin gebracht.«

Frost nickte und suchte die Wand nach einem weiteren Gruppenbild ab, fand jedoch keines. Also deutete sie auf die leere Stelle. »Haben Sie noch andere?«

Er schien zu ahnen, was sie vorhatte. »Damit Sie mir die auch wegnehmen? Nee, aber wenn Sie sich meinen Blog aufmerksam angesehen hätten, wären Ihnen die zahlreichen Verlinkungen aufgefallen. Dort finden Sie eventuell, was Sie suchen.«

Ganz schön schlau. Vielleicht sollte ich es auch mal mit Drohen probieren.

»Also was muss ich mir unter der Station 9 vorstellen?«

»Mann, Sie wissen ja gar nichts! So nannte man den Ort, wo man die ganz harten Fälle so lange bearbeitet hat, bis die ihren eigenen Namen nicht mehr wussten. Die haben die Kinder mit Tabletten vollgepumpt und Spritzen verabreicht und auf Stühlen hat man sie festgebunden. Und natürlich geschlagen. Aber am schlimmsten waren die Dunkelheit und der Lärm, so erzählten es alle.« Er hielt sich kurzzeitig die Ohren zu, als würde er irgendwelche Echos der Vergangenheit hören. Dann tippte er sich gegen die Stirn. »Aber mich haben die nicht kleinbekommen. Ich habe beizeiten kapiert, wie es läuft. Ich habe einfach meinen Mund gehalten und deren Spiel mitgespielt.«

Frost konnte nur erahnen, was Wilhelm in seiner Kindheit durchgemacht hatte. »Wer hat in der Station 9 gearbeitet?«

»Na wer wohl? Ärzte im Dienst der Stasi. Die hat man unmittelbar beim Medizinstudium angeworben, diese Bastarde. Was die getan haben, ist ein Paradebeispiel an abgrundtiefer Unmoral. Je sadistischer, umso besser ist deren Karriere verlaufen. Aus einigen sind später richtige Bonzen geworden.«

»Bonzen gibt es übrigens auch beim Mikadospiel«, warf Frost ein, bevor er sich weiter in seine Wutrede hineinsteigerte. »Das ist auch eine Stäbchenbezeichnung.«

»Aber wie gesagt, ich habe meine Schnauze gehalten und erst geredet, wenn ich gefragt wurde.« Jetzt kicherte er. »Ich habe denen echt den größten Scheiß erzählt.«

»Wollen Sie damit andeuten, Sie haben andere Heimkinder angeschwärzt?«

»Klar. Jeder, der schlau war, hat das gemacht. Nur so konnte man in dem damaligen System überleben. Und wie Sie sehen, habe ich überlebt, während einige auf der Strecke geblieben sind.«

Breit grinsend tippte er mit seiner verkrüppelten Hand auf das Gartenbild und Frost verstand seine Andeutung.

Du hast also die anderen verpfiffen. Ich hoffe, Kollege Vogel gibt dir das Bild nie wieder.

»Und wo befindet sich nun diese Station 9?«

»Keine Ahnung«, erwiderte er gelangweilt. »Atzel wusste es vielleicht.«

KAPITEL 39

Damals (August 1989)

Die Sonne färbte die Wiese braun. Zwischen den Betonplatten schmolz der Teer. Sobald die Heimerzieher nicht hinsahen, pulten einige Kinder die klebrige schwarze Masse aus den Fugen. Sie formten Kügelchen und bewarfen sich gegenseitig. Manchmal blieben schwarze Flecken auf der Kleidung zurück. Außerdem stanken die Hände danach jedes Mal nach Öl.

An diesem heißesten Tag im August lockte eine Gruppe von fünf Jungs zwei der jüngeren Kinder zu den Zwingern hinter dem Wirtschaftsgebäude. Angeblich hatte der Hausmeister dort in einer Kiste eine verletzte Elster versteckt. Da die zwei Neuen Anschluss suchten und neugierig waren, folgten sie den älteren Jungs. Dorthin, wo die beiden Schäferhunde Udin und Olaf fürchterlich bellten und mit ihren riesigen Schädeln gegen die Gitterstäbe hämmerten.

»Geht ja nicht zu nah ran«, warnte Toni, der Anführer, und machte eine Scheibenwischerbewegung. »Die Köter haben voll den Knacks weg. Sind bei der Vopo ausgemustert worden. Also Vorsicht!«

Die vier anderen Jungs lachten. Einer von ihnen, der zwölfjährige Sandro, schlug mit einem Holzstab gegen die Gitter, was die Hunde umso wilder machte. Von den Erwachsenen störte sich niemand an dem Gebell, das oftmals von früh bis spät anhielt. Nur wenn der Hausmeister sie mit den Fleischresten vom nahen Schlachthof fütterte, hörten sie auf zu lärmen.

Im Gegensatz zum vierjährigen Gunnar hatte Atzel keine Angst vor den Schäferhunden. Sie war ja auch ein Jahr älter und außerdem waren Udin und Olaf eingesperrt. Nur den Gestank des Hundekots fand sie bei dieser Hitze unerträglich, weshalb sie sich die Nase zuhielt.

»Wo ist denn nun die Elster?«, wollte sie wissen, weil sie schon bei der Mauer ankamen, an der es nicht weiterging. Nirgendwo stand die versprochene Kiste.

Wieder lachten die Jungs und stellten sich nebeneinander in einer Reihe auf.

»Ist vermutlich weggeflogen«, sagte Toni.

»Und hat die Kiste mitgenommen«, ergänzte Sandro und schlug mit dem Stock in seine linke Handfläche.

Trotz ihres Alters verstand Atzel augenblicklich: Es gab nie eine verletzte Krähe.

»Wo ist denn der Vogel?«, fragte Gunnar und blickte sie mit großen enttäuschten Augen an.

»Sei still«, herrschte Atzel den Jungen an und griff gleichzeitig nach seiner Hand, um ihn festzuhalten.

Unterdessen trat die Gruppe geschlossen näher. Atzel brauchte nicht um Hilfe zu schreien, denn das Bellen der Hunde würde ihr Stimmchen übertönen.

»Du willst das Vögelchen sehen?«, fragte Toni, während er sich zum Vierjährigen hinunterbeugte und dabei die Fingerknöchel knacken ließ.

Eine Sekunde später krachte seine Faust auf das Nasenbein von Gunnar. Von der Wucht getroffen, taumelte der Vierjährige zurück und schlug auch noch mit dem Hinterkopf gegen die Backsteinmauer, die das Kinderheim meterhoch abriegelte.

Bevor Toni weiter auf den kleineren Jungen losging, wollte Atzel sich schützend dazwischenstellen, aber bis auf Sandro waren die anderen Jungs schon bei ihr. An ihren Armen und den langen schwarzen Haaren zerrte man sie gegen die Mauer.

»Ihr seid doch die Neuen«, führte Toni, als größter und stärkster Junge von ihnen, weiterhin das Wort. »Alle Neuen müssen den Aufnahmetest bestehen.«

»Ja, der Aufnahmetest«, redete jemand dicht an Atzels Ohr.

Statt sich zu wehren, ließ sie alles mit sich geschehen und bewertete die Situation stumm. Allein konnte sie Gunnar niemals verteidigen. Nicht gegen fünf ältere Jungs. Sie war klein und hager, aber sie wusste, dass sie schon mit ihren fünf Jahren unglaubliche Kräfte entwickeln konnte. Erst kürzlich hatte sie die dickste Erzieherin im Heim mit einem Stoß zu Fall gebracht, nachdem die Erwachsene Atzel den Nachtisch weggenommen hatte. Die Alte war im Speiseraum der Länge nach hingefallen und hatte dabei noch drei Teller Suppe mit sich gerissen. Fast alle Kinder hatten geklatscht und getobt, selbst noch, als man Atzel an den Haaren gepackt und über Stunden in einen dunklen Raum eingesperrt hatte.

»Fangen wir mit der hier an«, forderte einer der Jungen. »Sie hat die fette Langedorn umgehauen. Ich wette, dass sie es schafft.«

Während Gunnar neben ihr heulte, versuchte Atzel, ruhig zu atmen. Auch wenn sie ihre Eltern nicht kannte, so hatte der Arzt auf Station 9 behauptet, ihre Mutter sei eine Elster gewesen. Weder gut noch böse. Als Elsternkind war Atzel intelligent genug, um das hier zu überstehen. Auch als sie ahnte, was gleich passieren würde.

»Nein, der Stift soll zuerst«, entschied Toni und zeigte auf Gunnar.

Atzel beobachtete, wie Sandro mit dem Stock durch die Gitterstäbe von Udins Käfig fuhr und mit der Spitze in einem

Kothaufen herumstocherte. Unterdessen tobte der Schäferhund, biss in den Stock, aber Sandro schaffte es, den Stock aus dem Käfig zu ziehen. Danach kam, was kommen musste.

»Mach den Mund schön auf«, sagt Toni zu Gunnar.

Gewaltsam wurden dem Vierjährigen Ober- und Unterkiefer auseinandergedrückt. Er konnte sich gegen die Gruppe nicht wehren.

»Friss Scheiße!«, rief einer von ihnen.

Unter der Anfeuerung seiner Kumpels wischt Sandro die Stockspitze an Gunnars Lippen ab. Der Kleine spuckt, übergab sich fast. Toni drückte ihm den Mund zu.

»Schön runterschlucken.«

Sandro holte mit dem Stock Nachschub. Für Atzel.

»Knochen für den Hund.«

»Was hast du da gesagt?«, fragte Toni Atzel.

Statt zu antworten, war ihr Blick auf Sandros rechten Arm fixiert, der den Stock durch die Gitterstäbe führte. Sie würde keine Scheiße fressen.

»Knochen für den Hund!«, schrie sie, wobei sie sich beherzt losriss.

Mit schockgeweiteten Augen blickte Sandro sie an, als sie sich auf ihn stürzte und ihn durch ihren Schwung gegen den Käfig drückte. Bevor der Zwölfjährige reagieren konnte, gruben sich die Fangzähne von Udin in seinen Unterarm. Von da an ließ der Schäferhund nicht mehr los.

Während Atzel hinter sich das verzweifelte Kreischen von Sandro und den anderen Kindern hörte, dachte sie nur an eins …

Knochen für den Hund.

Kapitel 40

»Atzel?«, fragte Frost.

»Atzel war auch ein Heimkind«, antwortete Sandro Wilhelm. »Atzel hat dauernd von der Station 9 gesprochen. Ich glaube, von allen Kindern war Atzel am meisten dort.«

Atzel. Eine andere Bezeichnung für Elster. Das Wort findet man sogar im Duden.

»Und hat Atzel auch einen richtigen Namen?«, wollte sie wissen, denn seit Kurzem interessierte sie sich für Elstern.

»Klar, jeder hat einen richtigen Namen, aber ich kann mich nicht erinnern. Ist über dreißig Jahre her. Wir nannten sie nur Atzel.«

»Und was genau hat Atzel denn über die Station 9 gesagt?«

»Scheiße!«, stieß er wütend aus und versuchte, mit der gesunden Hand seine vernarbte zu verbergen. »Was löchern Sie mich denn wegen der Psychopathin?«

»Warum plötzlich so aufgebracht?«

»Weil mich Ihre dämliche Fragerei nervt. Selbst wenn ich etwas wüsste, Sie glauben mir ja doch kein einziges Wort. Deshalb wäre es mir recht, wenn Sie jetzt verschwinden.«

Frost sah ein, dass sie nichts erfahren würde, wenn er erregt war. Also suchte sie einen anderen Weg, um den

Wohnungsinhaber zum Sprechen zu bringen. »Warum sammeln Sie Kassenbelege?«

»Das glauben Sie mir eh nicht.«

»Was soll ich nicht glauben?«

»Einige enthalten geheime Botschaften. Haben Sie noch nie was davon gehört? Hier!« Er zeigte auf einen sehr alten Beleg von 2001. »Den habe ich entschlüsselt. Wenn man die Zahlen der Buchstabenreihenfolge des Alphabets zuordnet und richtig zusammensetzt, kommt ein Spruch heraus.«

Sie kniff die Augen zusammen und versuchte, das System zu durchschauen, gab jedoch nach weniger als zehn Sekunden auf. »Welcher Spruch?«

»*Glück ist Selbstgenügsamkeit.*«

Darüber war sie wirklich verblüfft und ein klein wenig fasziniert. »Stammt der von Aristoteles?«

Der Zeigefinger seiner rechten Hand schoss nach oben. »Exakt!«

»Was für ein Zufall.«

»Nein, eben nicht!« Er zeigte die Bilderreihen entlang. »Dahinter verbergen sich lauter Zitate über Glück! Ich weiß, es klingt verrückt, aber da steckt System dahinter. Unsere Regierung testet dadurch, ob wir Menschen durch die Beeinflussung des Unterbewusstseins glücklicher werden. Die kontrollieren alle. Sie, mich, jeden! Sogar den Scheißtempomaten Ihres Mercedes missbrauchen die für ihre Zwecke.«

Er wartete mit geweiteten Augen, dass sie ihn aufforderte weiterzureden.

»Okay, was weißt du denn über meinen Tempomaten?«

»Die sammeln Daten mit den Dingern. Damit wollen sie herausfinden, wer seinen Geschwindigkeitsregler auf gerade Zahlen und wer auf ungerade Zahlen einstellt. Los, seien Sie ehrlich! Stellen Sie gerade oder ungerade ein?«

»Ungerade«, log sie.

»Ich wusste es! Sie sind nämlich noch nicht angepasst wie die meisten Menschen. Über neunzig Prozent der Leute stellen ihren Tempomaten nämlich auf eine gerade Zahl ein. Der Rest arbeitet gegen das System. Und der Staat fischt bei jeder Fahrzeugdurchsicht die gespeicherten Daten ab, um zu sehen, wer nicht ins System passt.«

Frost zwang sich, nicht mit den Augen zu rollen oder tief durchzuatmen. Stattdessen ertappte sie sich dabei, auch die anderen Sammlerstücke genauer zu betrachten. Bevor sie selbst anfing, an den Schwachsinn zu glauben, ermahnte sie sich. »Sie können also echt komplizierte Geheimcodes entschlüsseln?«

»Hab ich Ihnen doch gerade bewiesen«, kam es gereizt. »Ich weiß nicht, wie, aber irgendwas haben die uns im Heim ins Essen gemischt. Seitdem kann ich solche Dinge. Zahlen durchleuchten, meine ich.«

Zahlen durchleuchten.

Kurz überlegte sie, ob sie es wirklich wagen sollte, dann nahm sie von seinem Computertisch Bleistift und Papier und schrieb darauf den Code aus dem Sarg: MA1127920SF819Z.

»Können Sie den auch durchleuchten?«

Eine Weile betrachtete er die Kombination. Frost ging davon aus, dass er bald aufgeben würde.

»Woher stammt der?«

»Aus einem Sarg.«

Daraufhin schien er sich an die Presseberichte aus dem Dezember zu erinnern. »Aus *dem* Sarg?«

»Aus *dem* Sarg.«

»Herausforderung angenommen.« Wieder wollte er mit den zwei gesunden Fingern der rechten Hand danach schnappen, aber sie zog den Zettel weg. »Kommen Sie schon! Wenn Sie mir einen Tag Zeit und Ihre Visitenkarte geben, dann melde ich mich bei Ihnen.«

Vermutlich hausiert er mit dem Code im Internet oder wendet sich postwendend an die Redaktion der LVZ.

Sie schob alle Bedenken beiseite, denn bisher waren selbst erfahrene Polizisten und vermeintliche Experten an den Zahlen gescheitert. »Ich überlasse Ihnen den Zettel, wenn Sie mir helfen, diese Station 9 zu finden.«

»Hören Sie, niemand kennt den genauen Ort. Atzel war die Einzige, die Andeutungen gemacht hat …«

»Was für Andeutungen?«

»Sie hat des Öfteren von einer Villa gesprochen, in der es im Obergeschoss eine medizinische Abteilung und einen Fahrstuhl gab, in dem es immer nach Zedernholz gerochen hat.«

»Demnach reden wir hier über einen Fahrstuhl mit Zedernholzverkleidung.«

»Vermutlich, und angeblich stammte der Fahrstuhl von der Firma *Hensen & Walther*.«

»Was soll ich nun mit diesen Informationen anfangen?«

»Tut mir leid, Sie sind echt nett, aber mehr weiß ich nicht.«

Nett ist die Großmutter von Rotkäppchen, bevor sie dich frisst.

Sie hielt ihm den Zettel mit dem Code hin. »Dann interessiert mich nur noch eins: Hast du irgendwo ein Foto von Atzel?«

KAPITEL 41

Draußen auf dem Krankenhausgang klapperte Geschirr. Für Donner war es das untrügliche Zeichen, dass es zeitiges Abendessen gab. Trotz des anhaltenden Schwächegefühls quälte er sich aus dem Bett. Als er sich aufrichtete, wurde ihm kurz schwindelig. Vor lauter Kopfschmerzen hatte er schon letzte Nacht kaum ein Auge zubekommen, stattdessen permanent mit dem Kissen um die bestmögliche Schlafposition gerungen. Mal hatte er unter der Bettdecke fürchterlich geschwitzt, mal vor Kälte wie Espenlaub gezittert. Dann hatten sich wiederum Magenkrämpfe und Übelkeit abgewechselt. Trotzdem wollte er keine Nacht länger hierbleiben.

Krankenhauswände machen mich erst richtig krank.

Er wollte unbedingt die Frau finden, die ihn so übel zugerichtet hatte. In der Vergangenheit hatte er meistens auf eigene Faust ermittelt. Zwar hatte er für seine Alleingänge oftmals bitterböse zahlen müssen, aber das verdrängte er wie so oft auch heute. Viel zu sehr fühlte er sich bei diesem Fall persönlich herausgefordert. Und dann waren da noch die geflüsterten Worte seiner Entführerin, die ihm schwer zusetzten. Sie hatte ihm von einem Verbrechen berichtet, das für einen normalen Menschen an Widerwärtigkeit nicht zu überbieten war. Obwohl er bisher noch keine Sekunde des Luzifer-Videos gesehen hatte, kämpfte er schon jetzt gegen die Bilder an, die in seinem Kopf unwillkürlich auftauchten. Und von dem Geheimnis, das die Verrückte ihm erzählt hatte.

Davon darf Klara niemals erfahren …

Vorsichtig stieß er sich vom Bett ab. Als er sicheren Stand fand, riss er sich das Krankenhaushemd vom Leib – und wollte es beim Griff in die Reisetasche, die Stark ihm mitgebracht hatte, am liebsten wieder überstreifen. Neben einem Paar grüner Herrenschuhe fand er eine farblich passende Cordhose und eine schwarz-weiß gestreifte Strickjacke.

Damit sehe ich aus wie ein Zebra, das auf Gurken läuft.

Richtig ärgerlich wurde er jedoch, als zu guter Letzt eine kakifarbene Unterhose zum Vorschein kam. Mangels Alternativen schlüpfte er in die Sachen. Sobald er die Bekleidung losgeworden war, würde er sich den Schuft vorknöpfen.

Kaum schloss er den Hosenknopf, klopfte es an der Zimmertür und eine Krankenschwester brachte ihm das Abendessen samt den verordneten Tabletten.

»Wo wollen Sie denn hin?«

»Auf den Rummel«, knurrte er.

»Sind Sie wahnsinnig? Haben Sie sich mal im Spiegel angesehen?«

»Jeden verdammten Tag meines Lebens. Mir gefällt auch nicht, was ich da täglich sehe, aber wahrscheinlich bin ich masochistisch veranlagt.«

Er wollte an ihr vorbeitreten, aber sie stellte sich ihm mit dem Tablett bewaffnet in den Weg. »Nein, ohne Erlaubnis der Ärztin lasse ich Sie nicht gehen.«

Donner senkte den Kopf, betrachtete die milchigen Gurkenscheiben und nahm einen tiefen Atemzug von der angegrauten Leberwurst. »Auch wenn Sie mich mit diesem Festmahl bezirzen, werde ich garantiert nicht bleiben. Also besser, Sie gehen zur Seite.«

»Herr Donner, Ihr Blutergebnis ist nicht in Ordnung. Ihr AST-Wert sieht kritisch aus und die Leukozytenzahl ist viel zu hoch.«

Klingt, als würde da irgendeine außerirdische Lebensform in meiner Magensäure herumplanschen.

»Leuko…« Er schüttelte sich. »Von Ihrem Krankenhausessen werden die Werte garantiert nicht besser.«

»Bis Sie nicht vollkommen gesund sind, werden Sie die Station nicht verlassen. Vorher will die Ärztin unbedingt noch Ihre Leberwerte überprüfen.«

Das ist ein verdammt gutes Stichwort.

»Sie wollen Leberwerte? Dann überprüfen Sie mal lieber die hier.« Er zeigte auf die Leberwurst. »Dürfen Sie mir überhaupt Auskünfte über meine Untersuchungen geben? Da Sie keine Ärztin sind, mussten Sie bestimmt irgendwann einen Verschwiegenheitswisch unterschreiben, oder?«

Dieses Argument ließ sie innehalten. Er nutzte ihre Verwirrung, um sie beiseitezuschieben.

»In Ihrem Zustand werden Sie nicht weit kommen«, sagte sie, bevor er die Tür erreichte. »Das kann ich Ihnen versprechen.«

Daraufhin kehrte er noch einmal um, woraufhin sie einen Schritt zurückwich. Er wollte ihr nichts tun. Stattdessen griff er in das Schälchen mit seiner Medizin und schluckte einen Teil der Tabletten ohne Flüssigkeit hinunter. »Danke für die Schmerzmittel.«

Damit ließ er sie im Zimmer stehen und torkelte zum Ausgang. Hinter sich hörte er noch, wie die Schwester nach der Stationsärztin rief. Natürlich hatte sie recht, was seinen Gesundheitszustand anging. Seine Waden fühlten sich taub an, sämtliche inneren Organe schienen verrückt zu spielen und sein Unterarm war verbunden. Im Prinzip war er ein wandelnder Schrotthaufen, der nur dank genügend Schmerzmitteln aufrecht gehen konnte. Aber so war Donner nun mal, er konnte unmöglich tatenlos herumsitzen, wenn irgendwo da draußen Rechtsanwalt Viktor Burda noch gefangen war.

Für andere nehme ich Schmerzen liebend gern in Kauf.

Entführungen, Vermisste und Tod, solche Aufgaben lenkten ihn regelmäßig ab. Langsam gewöhnten sich seine Füße an die Bewegung und er nahm Tempo auf. Bei jedem Schritt biss er die Zähne zusammen und komischerweise musste er die ganze Zeit nur an eine Person denken: Klara Frost.

Seit Klara wieder in sein Leben getreten war, drehten sich seine Gedanken um das, was sie damals verbunden hatte. Auf einmal bedauerte er es, dass sie sich gestern nicht über schöne Dinge unterhalten hatten.

Nein, du musst das nicht bereuen, Erik, vergiss das nie! Sie hat es beendet, bevor es überhaupt begonnen hatte.

Lange Zeit hatte er seine Gefühle für Klara erfolgreich verdrängt – die positiven, aber vor allem die negativen. Vor drei Monaten hatte es wieder angefangen. Zuerst hatte sie ihn nur angerufen und ihm Nachrichten geschickt, dann hatte sich der Kontakt kurzzeitig beruhigt, bis sie plötzlich in seinem Krankenzimmer stand. Diesmal hatte er den Spieß umgedreht und ihr eine Abfuhr erteilt. Aber er wurde das ungute Gefühl nicht los, dass er sie sehr bald wiedersehen würde. Bis dahin hatte er hoffentlich seine Entführerin gefunden.

Er lief zum Taxistand. Zuerst wollte er nach Hause, um sich endlich wieder wie ein richtiger Mensch zu fühlen. Gleichzeitig war er neugierig, wie seine Kollegen nach ihrer Durchsuchung seine Wohnung hinterlassen hatten. Außerdem musste er dringend ein paar Telefonate führen. Falls danach noch Zeit blieb, würde er die Kriminalpolizeiinspektion aufsuchen, um sich über den bisherigen Ermittlungsstand zu erkundigen. Bei der Gelegenheit würde er Stark seine verdammte Reisetasche samt Unterhose auf den Schreibtisch knallen …

Kapitel 42

Adolf Gronau erwachte aus einem seltsamen Traum. In diesem hatte er seine Bankkonten überprüft und festgestellt, dass sämtliche Bestände auf null standen. Sprichwörtlich über Nacht war er bankrottgegangen, woraufhin ein Verwalter in sein Haus kam, um es samt Inventar zu pfänden.

Allmählich blinzelte er die schrecklichen Bilder und den Dämmerzustand fort und realisierte erleichtert, dass er noch immer in seinem gemütlichen Sessel in seinem Wohnzimmer vor dem kalten Kamin saß. Neben ihm das Sauerstoffgerät, das monoton surrte.

Es war zum Glück nur ein Traum gewesen.

Kein Traum war dagegen die Person, die nun hinter dem Sessel nach vorn trat und den mobilen Notruf, den Gronau sonst stets mittels Bändchen am Handgelenk trug, an seinen Fingern pendeln ließ.

»Wer sind Sie?«, fragte Gronau unter seiner Atemmaske.

»Jemand, der schon viel zu lange auf diesen Besuch gewartet hat.«

Schlagartig war sämtliche Müdigkeit verflogen, stattdessen spürte Gronau entsetzliche Angst. Er versuchte, es sich nicht anmerken zu lassen, aber natürlich bemerkte der andere, wie die Atemgeräusche unter der Maske an Lautstärke zunahmen.

»Suchen Sie Ihren Rollator?«, kam die Frage. »Rein aus Sicherheitsgründen habe ich ihn zur Seite gestellt, zusammen mit Ihrer mobilen Kontrollstation. Wären Sie so nett und verraten mir das Passwort für Ihren Rechner? Das würde die Sache erheblich beschleunigen.«

Selbst wenn Gronau ein paar Jahre jünger und damit bei besserer Gesundheit gewesen wäre, der Rollator hätte ihm in dieser Situation ohnehin nichts genützt. An eine Flucht brauchte er keinen einzigen Gedanken zu verschwenden. Vielmehr musste er die Situation scharf analysieren und eine Lösung für sein Problem finden. So hatte er es früher bei der maroden Staatsbank gemacht: Lösungen gefunden.

»Was wollen Sie von mir?«

»Wie ich soeben sagte, zuallererst möchte ich das Passwort.«

Gronaus Blick ging zu dem fahrbaren schmalen Bürotisch, auf dem sein Computer stand, mit dem er sämtliche Türen, Fenster und Lampen in der Villa bedienen konnte. Außerdem befand sich darin das Herzstück für die Videoüberwachung. Darauf hatte es die fremde Person wohl abgesehen. Oder ging es ihm doch um die Bankkonten?

»Wollen Sie Geld erpressen?«

»Sie meinen das Geld, das Sie damals zusammen mit Johannes Merten zur Seite geschafft haben?«

Als er den Namen des ehemaligen Sektenführers hörte, krallte Gronau die Fingernägel in das Sesselpolster. Natürlich hatte Gronau in der DDR schmutzige Geldgeschäfte gemacht. Er hatte ja in Ost-Berlin an der Quelle gesessen und Merten hatte die Beziehungen ins Ausland gehabt. Bis heute war niemand dahintergekommen, wie er Gelder und Goldbarren aus der Staatsbank hatte verschwinden lassen. Nach der Wende hatte er sich hier in Sachsen von einem Teil seines Reichtums ein nettes Anwesen bauen lassen. Dieses liebte er über alle Maßen, denn er hatte enorm viel Geld und Mühe in den Grundriss und die Ausstattung gesteckt. Deshalb wollte er auch hier sterben. Nur aus diesem Grund weigerte er sich, in eine Seniorenresidenz umzuziehen.

»Johannes Merten ist tot und auch ich werde bald sterben«, sagte Gronau, weil er diese Taktik als am aussichtsreichsten einschätzte. »Also sagen Sie mir endlich, wie Sie in mein Haus eingedrungen sind und was Sie von mir wollen, Gott verdammt!«

»Fluchen Sie lieber im Namen des L. Denn die Hand Gottes hat *mir* die Eingangstür geöffnet – und natürlich ein gewisses technisches Verständnis meinerseits.«

Ohne Übereile wurde Gronau die Atemmaske vom Gesicht genommen. Entkoppelt vom Sauerstoff, fühlte es sich für ihn plötzlich an, als würde ihm jemand einen Fuß auf den Brustkorb stellen. Kurzzeitig war er versucht, Widerstand zu leisten, aber seine Arme wie sein gesamter Körper waren zu schwach, um ernsthaft etwas gegen diesen Gegner ausrichten zu können. Aufgrund seiner Herzinsuffizienz und Schlafapnoe verbrachte er die meiste Zeit in diesem Sessel. Dadurch hatten seine Muskeln in erheblichem Maße abgebaut. Weil er sich nur noch selten durch das Haus bewegte, trug er sogar einen Urinbeutel unter seinem Morgenmantel.

»Sie haben den Anfang des Luzifer-Videos veröffentlicht, habe ich recht?«, japste Gronau.

Es folgte ein Nicken. »Allerdings werden Sie das Ende nicht mehr erleben. Andererseits wissen Sie ja längst, was darin zu sehen ist. Schließlich waren Sie einer der Darsteller.«

Gronau gingen so viele Dinge durch den Kopf, und obwohl er Todesangst verspürte, machte ihn eine Sache stolz: Er bereute sein damaliges Tun kein bisschen.

»Wie werden Sie es tun?«, fragte er, kaum noch bei Stimme. »Werden Sie mir den Hals umdrehen? Oder werden Sie den schweren Pokal da hinten im Regal nehmen und mir den Schädel zertrümmern? Egal wie, tun Sie es endlich.«

Als Antwort blitzte ein Messer auf. »Ich werde mir so lange Zeit lassen, bis ich das Passwort für Ihren Rechner kenne.« Über Gronaus Brust wurde der Morgenmantel geöffnet. »Dann erst werde ich die Haut unter Ihrem Schlüsselbein aufschneiden und Ihren Herzschrittmacher herausreißen. Und anschließend werde ich zusehen, wie Sie jämmerlich verrecken.«

Gronaus Augen weiteten sich, Schnappatmung befiel ihn. Schon jetzt merkte er, wie sein Herz vor lauter Aufregung unrhythmisch schlug.

»Außerdem werde ich der Öffentlichkeit zeigen, dass Sie zum L gehören.«

Jetzt fing Gronau mit dem Mut der Verzweiflung an, sich zu wehren, aber seine Versuche führten nur dazu, dass ihm vollends die Luft wegblieb und durch das Gerangel sein Urinbeutel abriss und aufplatzte. Ungestört beugte sich sein Gegner über ihn und setzte die Klingenspitze auf seiner Stirn an.

Kapitel 43

Auf dem Weg zur Arbeit kaufte Atzel an der Tankstelle die *Freie Presse* und blätterte sie noch an Ort und Stelle durch. Leichter Nieselregen befeuchtete die Seiten, aber das spielte keine Rolle. Die Zeitung würde eh bald in der Tonne landen. Bereits gestern hatte sie die Nachrichten im Internet verfolgt. Jetzt wollte sie nur überprüfen, ob die Tageszeitung mehr über Kriminalhauptkommissar Donners Entführung berichtete als die spärlichen Artikel in den Online-Medien. Leider reichte es auch hier nur zu einer kurzen Meldung auf Seite 3:

Kriminalbeamter wird von Auto erfasst

Neben Spekulationen über einen möglichen Suizidversuch im Alkoholrausch führte der Text Augenzeugen an, die sich hauptsächlich verwundert über die Bekleidung des Fußgängers äußerten. Von Entführung redete niemand. Der Zusammenstoß wurde als Verkehrsunfall aufgenommen, so der Bericht des Journalisten.

Gelangweilt blätterte Atzel bis zum Witz auf der letzten Seite. Über den mageren Inhalt wunderte sie sich keineswegs. Wie erwartet, behielt die Polizei ihr Wissen für sich.

Aber irgendwann würden die Herren und Damen mit den Dienstausweisen bei ihr anklopfen. Bis dahin war sie frei wie eine Elster.

* * *

Regina Armando lief durch das Universitätsklinikum Leipzig. Bei jedem Schritt hallten ihre Absätze. Für diesen Besuch hatte sie sich extra einen dunkelblauen Mantel und passende Schuhe gekauft. Seit einer gefühlten Ewigkeit hatte sie Larissa nicht mehr gesehen. Obwohl sie befreundet waren, fühlte Armando sich unwohl bei dem Gedanken, hier zu sein. Ein Besuch würde nichts ungeschehen machen, aber es war eine Geste der Verbundenheit. Larissa hatte doch sonst niemanden.

»Zu wem möchten Sie denn?«, fragte eine Stationsschwester.

»Zu Sandra Müller«, gab sie Auskunft. »Und bevor Sie fragen, ich bin keine Verwandte, aber eine sehr gute Bekannte.«

»Tut mir leid, Frau Müller kann derzeit keinen Besuch empfangen.«

Armando spitzte die Lippen. Sie konnte es nicht ausstehen, wenn man sie abwies. »Hören Sie, ich war früher eine hoch angesehene Richterin am Landgericht. Sie können mir vertrauen. Es dauert nicht lange.«

»Das glaube ich gern, aber die Patientin wird nicht ohne Grund von einem Polizeibeamten bewacht.«

»Können Sie mir wenigstens mitteilen, wie es Lar... Sandra geht?«

Die Schwester schaute sich um. Offensichtlich überlegte sie, ob sie Auskunft erteilen sollte. »Sie liegt im Koma. Es sieht nicht gut aus.«

Krampfartig zog sich Armandos Herz zusammen, als sie das hörte. »Das ist alles meine Schuld ...«

»Was haben Sie gesagt?«

»Ach, nichts, ich bin nur durcheinander. Ich probiere es später noch einmal.«

»Das ist völlig unnötig …«, begann die Schwester, aber Armando hörte schon nicht mehr hin.

* * *

Ohne anzuklopfen, stürzte Donner in Starks Büro, in dem die morgendliche Besprechung des K11 in kleiner Runde stattfand. Einige Kollegen stierten ihn nach seinem Hereinplatzen bloß mit offenen Mündern an, die anderen grüßten zögerlich. Erfreut darüber, dass er noch lebte, schien keiner.

»Erik, was zum Teufel machst du denn hier?«, fragte Stark. »Wieso bist du denn nicht mehr im Krankenhaus?«

»Der Kaiser gibt seine neuen Kleider zurück«, antwortete Donner und knallte ihm die Reisetasche auf den Schreibtisch. »Kannst gern nachsehen, alles vollständig, einschließlich deiner zackigen Unterhose.«

»Ein einfaches Danke hätte genügt.«

Während Stark die Tasche unter seinem Tisch verschwinden ließ, blickten die übrigen Anwesenden konsterniert.

»Was?«, blaffte Donner sie an. »Ja, wir teilen uns die Klamotten, unter Kollegen macht man das manchmal. Solltet ihr auch mal probieren. Bekommt ihr völlig neue Einblicke, mit wem ihr da überhaupt zusammenarbeitet.«

»Erik, bitte«, ermahnte Stark ihn. »Wie du siehst, haben wir jede Menge zu tun. Derzeit überschlägt sich der Informationsaustausch zwischen Chemnitz, Leipzig und Dresden. Anscheinend soll eine direktionsübergreifende Ermittlungsgruppe gebildet werden, aber keiner weiß etwas Genaues. Weil man sich um die Echtheit des Luzifer-Videos sorgt, ist im Freistaat die Hölle los.«

Nicht erst, seit das Video aufgetaucht ist.

Noch am gestrigen Abend, bevor er vor Erschöpfung über dem Couchtisch und bei laufendem Fernseher eingeschlafen war, hatte Donner sich über die Geschehnisse der letzten Tage informiert und war im Internet auch auf die Diskussionen rund um das Video gestoßen. Einige der Kommentare waren an Abartigkeit nicht mehr zu überbieten.

»Habt ihr das Klinikgelände auf der Dresdner Straße komplett überprüft?«, wollte er wissen, denn kaum drei Straßen weiter hatte ihn schließlich das Auto angefahren.

»Bis auf den letzten Winkel.«

»Und ihr habt nichts gefunden.«

»Deswegen beratschlagen wir in dieser Runde.« Er nickte den Kollegen zu. »Wir wollen den Suchradius ausdehnen.«

»Das dauert alles zu lange.« Donner holte aus seiner Manteltasche Kopien von seiner Krankmeldung und dem Überweisungsschein. »Ich habe mich beim ärztlichen Dienst erkundigt. Die Dokumente sind gefälscht.«

Stark nickte. »Uns ist allen klar, dass da jemand ein ziemlich perfides Spiel mit dir getrieben hat.«

»So, das ist euch also klar. Und was unternehmt ihr?«

»Die Frage ist, was Sokrates Vogel unternimmt, denn dessen Abteilung hat hochoffiziell das Sagen.«

* * *

Dr. Helmut Drechsel hatte letzte Nacht kein Auge zubekommen. Gegen vier Uhr früh hatte er seiner Ehefrau einen Kuss auf die Stirn gegeben und sich leise aus dem Bett geschlichen. Danach hatte er sich angezogen und war ziellos an den Feldern von Adelsberg entlanggelaufen. Er hatte kein Telefon mitgenommen, entsprechend sorgenvoll empfing ihn seine Frau fast vier Stunden später.

»Ach, Helmut, wo bist du denn nur gewesen?«

Er bemühte sich um ein möglichst authentisches Lächeln. »Ist schon gut, ich musste einfach an die frische Luft. Wegen dieser fürchterlichen Kopfschmerzen, von denen ich dir letztens erzählt habe.«

»Nein, davon hast du mir nichts erzählt. Hat es etwas mit dem Auftauchen der Polizistin vorgestern zu tun?«

Er nickte. Weder seine Ausreden noch sein erzwungenes Lächeln konnten seine liebe Sophia täuschen. »Sie ist doch gar keine Polizistin.«

Sie streichelte ihn und nahm ihm die Jacke ab. »Wenn es etwas gibt, das ich wissen sollte, sag es mir. Egal, wie schlimm es ist. Ich stehe bedingungslos an deiner Seite, wie all die Jahre.«

Zum Dank gab er ihr einen Kuss, dann ließ er sie stehen. »Ich komme gleich zum Frühstück. Es gibt doch Frühstück, oder?«

»Helmut«, flüsterte sie leise, aber er drehte sich nicht um, sondern schloss sich in seinem Arbeitszimmer ein.

Dort wählte er die Nummer von Conrad Ludwig. Nach dem sechsten Rufzeichen hob dieser endlich ab.

»Ich weiß genau, warum du anrufst«, redete Ludwig nicht lang um den heißen Brei herum. »Du denkst, die Sache würde aus dem Ruder laufen. Aber mach dir keine Sorgen, ich habe alles im Griff.«

»Ich bin mir da nicht sicher. Gestern war eine ...«

»Ja, die Assistentin eines Kriminalhauptkommissars war bei euch. Na und? Hätte ich sie zurückpfeifen sollen? Was glaubst du, was das erst für Fragen aufgeworfen hätte, wenn ich mich direkt mit einer dummen kleinen Angestellten beschäftige? Nein, Frau Winter ist unwichtig. Halt einfach die Füße still, mein lieber Helmut, und spiel deine Rolle, so gut du kannst. Ich verspreche dir, der Spuk ist bald vorbei.«

»Aber das Video.«

»Vergiss das Video, hörst du? Verlier jetzt bloß nicht die Nerven. Und vor allem ruf mich nie wieder auf dieser Nummer an.«

* * *

Markus Wallner war ein alter Mann geworden, während seine Tochter Klara ewig jung blieb. Zumindest auf dem zerknickten Schwarz-Weiß-Foto, das sie mit sieben Jahren auf dem Schulhof der heutigen Friedrich-Schiller-Schule zeigte. Es war eines von elf Bildern, die er von seiner Tochter in seiner Zelle aufbewahrte. Zusammen mit einigen Fotos seiner toten Ehefrau.

Das Leben hatte Wallner übel mitgespielt, aber weil er wohl irgendwie eine Mitschuld trug, beklagte er sich nicht. Auch nicht darüber, dass Klara nie den Kontakt zu ihm gesucht hatte. Er liebte sein kleines Wunderkind, das ähnlich wie Momo in dem berühmten Kinderbuch eine ganz besondere Eigenschaft hatte. Klara konnte die Zeit besser als jeder andere nutzen. Das hatte sie von ihm gelernt. Auch das Buch hatte er ihr geschenkt. Noch in der DDR. Er konnte sich gut daran erinnern, wie er das Buch einem Sammler aus dem Westen für ein billiges sowjetisches Militärabzeichen abgekauft hatte. Gut, damals war es wertlos gewesen. Vor einiger Zeit hatte Wallner jedoch durch Zufall in einem Zeitschriftenartikel gelesen, dass ein solches Abzeichen bei einer Internetauktion für knapp zweitausend Euro den Besitzer gewechselt hatte. Obwohl er als Ingenieur gut mit Zahlen umgehen konnte, hatte er eben nie ein glückliches Händchen in Sachen Geld gehabt. Dafür war immer Edward Frost zuständig gewesen. Sein einstiger treuer Begleiter …

Seit Wallner in seinem Zellenraum auf dem Bett saß, das Foto betrachtete und über die schöneren Tage seines Lebens nachdachte, waren exakt fünf Minuten und vierundvierzig Sekunden vergangen. Er vergaß niemals die Zeit. Und so wusste er auch, dass die Zeit gekommen war, um mit Klara über damals zu reden. Jahrelang hatte er sie in Sicherheit gewähnt, aber seit das Luzifer-Video aufgetaucht war, wusste er, dass sie in Gefahr war. In großer Gefahr …

KAPITEL 44

Als Frost ihr Büro betrat, fiel ihr Blick sofort auf den gelben Notizzettel, der auf einem ausgedruckten Papierstapel klebte.

Hier die vorläufigen Heimlisten vom Sonderheim Hilbersdorf. Die Namen sind nach Jahrgängen geordnet. Leider besitzt das kommunale Archiv nur unvollständige Dokumente. Ich hoffe, die Auflistung hilft dir trotzdem. Habe morgen noch einen Termin im sächsischen Staatsarchiv. Sarah

Morgen. Damit meinte Stahlmann heute. Zweifellos hatte sie für die Beschaffung der Unterlagen Überstunden gemacht.

Aber auch ich bin nicht untätig gewesen.

Frost schickte einen stillen Dank an ihre fleißige Kollegin und blätterte durch den Stapel. Zusätzlich zu den Listen gab es Kopien von Zöglingskarteien, Schülerakten, Führungsberichten, Erziehungsplänen, Gruppen- und Stärkenachweisen, Gesundheitsberichten. Ein unüberschaubarer Haufen an Informationen und Namen.

»Okay, suchen wir die Nadel im Heuhaufen.«

Während sie sich das laut vorsagte, blieb ihr Blick an ihren elf Armbändern hängen. Zuletzt auf dem einen, auf dem der lateinische Begriff »Deus ex Machina« stand.

Deus ex Machina. Im übertragenen Sinne habe ich mit meinen Nachforschungen einen Gott aus der Maschine geholt.

Sie legte ein ausgedrucktes Schwarz-Weiß-Foto auf die Namenslisten. Über Sandro Wilhelms Blog hatte sie das Bild im Internet gefunden. Es zeigte eine Gruppe von acht Heimkindern, darunter ein Mädchen im Alter von vielleicht sechs oder sieben Jahren.

»Hallo, Atzel.«

Den Spitznamen kannte Frost bereits, das war ein guter Anfang. Jetzt musste sie nur noch aus den Listen Atzels bürgerlichen Namen herausfinden und die IT-Spezialisten im LKA kontaktieren. Mittels eines hochmodernen Gesichtsalterungsprogramms und des vorliegenden Fotos konnten die Kollegen eventuell ein möglichst genaues Abbild von der heutigen erwachsenen Atzel simulieren.

Deus ex Machina.

Was die Aging-Software anging, vertraute Frost voll und ganz auf die Macht der Maschinen.

Ein Aufzug ist auch so eine Maschine. Mit den Aufzügen der Firma *Hensen & Walther* hatte sie sich die halbe Nacht beschäftigt. Seit Mitte der Siebzigerjahre gab es das Unternehmen schon nicht mehr, das sich jahrzehntelang auf Aufzugsanlagen im privaten Bereich spezialisiert hatte. Markenzeichen war die Verkleidung der Kabinen mit Zedernholz. Teilweise bestanden sogar die Türen aus kunstvoll verziertem Holz, allerdings war eine solche filigrane Konstruktion oft äußerst kostspielig. Für negatives Aufsehen hatte 1972 der Brand einer der Fahrstühle gesorgt, bei dem ein wohlhabendes älteres Ehepaar ums Leben gekommen war.

Neben Stahlmanns Listen und das Foto legte Frost einen Zettel mit der Internetadresse eines sächsischen Aufzugsunternehmens. Die dazugehörige Telefonnummer hatte sie sich ebenfalls herausgesucht. Bevor sie jedoch dort anrief, genehmigte Frost sich eine Zigarette. Die dritte an diesem Morgen. Auch wenn die Zeit drängte, durfte sie nichts überstürzen.

Zeit verleitet zu Hektik. Hektik führt zu Fehlern. Fehler fordern mehr Zeit.

Es glich einem endlosen Strudel, wenn man erst einmal in diesen Kreislauf hineingeriet.

Während sie rauchte, dachte sie abermals über das Wiedersehen mit Erik nach.

Ob er noch eine Winzigkeit für mich empfindet? Und will ich das überhaupt? Ist er denn noch der Erik, den ich einmal kannte?

»Ach, Scheiße!«

Sie brauchte keine Antworten auf Fragen, die ihr nicht weiterhalfen. Sie drückte ihren Zigarettenstummel in den Aschenbecher und wählte vom Büroapparat die Nummer des Aufzugsunternehmens.

»Grandel Aufzugstechnik«, wurde sie von einer Angestellten begrüßt.

»Frost«, meldete Frost sich ihrerseits. »Kriminalpolizei Leipzig. Ist Herr Dieter Walther zu sprechen?«

»Tut mir leid, Herr Walther ist einer unserer Techniker und derzeit zu Kundenterminen unterwegs. Was kann ich denn für Sie tun?«

»Es geht mir um die Aufzüge von *Hensen & Walther*.«

»*Hensen & Walther*?«

»Soweit ich weiß, ist Herr Dieter Walther der Enkel eines der früheren Geschäftsführer.«

Die Angestellte zögerte, weil sie wohl überlegte, warum Frost eigentlich anrief. »Es ist richtig, in Herrn Walthers Familie hat der Aufzugbau Tradition. Nicht zuletzt dank seiner Erfahrung sind wir in der Region führend, was die Restaurierung historischer Aufzüge anbelangt.«

»Um historische Aufzüge geht es bei meinen Ermittlungen. Ich benötige eine lückenlose Aufstellung der Fahrstühle, die vor Ende der Achtzigerjahre in Chemnitzer Privathaushalten eingebaut wurden.«

»Oh, Frau Frost, ich …«

»Ich bin sicher, Herr Walther kann mir Auskunft geben. Und richten Sie ihm aus, er soll mit der Auflistung der Privatvillen anfangen.«

Daraufhin führte die Gesprächspartnerin Gründe an, warum eine solche Übersicht nicht machbar wäre, aber Frost war durch eine ankommende SMS abgelenkt. Während sie den Telefonhörer ans Ohr hielt, strich sie mit dem Zeigefinger über ihr Smartphone.

»Ich muss jetzt auflegen, melde mich aber bald wieder bei Ihnen«, sagte Frost und beendete das Telefonat.

Die Nachricht war aktuell wichtiger.

Denken Sie an die Sache mit Ihrem Vater, Frau Frost. Als Entscheidungshilfe schicke ich Ihnen den nächsten Teil des Videos.

Sekunden darauf folgte eine zweite Nachricht mit einem Link.

KAPITEL 45

Damals (13. März 1983)

Von seinem Podest aus beobachtete Johannes Merten seine Gäste aufmerksam. Gefällig nickte er dem dicken Pferdewirt Klaus Stichler und dessen bestem Freund Martin Teubner zu. Nach außen hin gaben sich alle gesellig. Sie lachten und man brachte Merten durch gefällige Gesten und kostspielige Geschenke Respekt entgegen. Allerdings wusste er vermutlich besser als jeder andere im Raum, dass Macht brüchig ist. Trotz der ausgelassenen Stimmung hier unten in dem alten Weinkeller im Haus von Oberst Andrej Lujanow unterlag Merten nicht dem Irrglauben, er wäre unangreifbar. Längst bröckelte der Zusammenhalt innerhalb der Gemeinschaft. In den Köpfen der Anwesenden war das L nicht mehr gleichermaßen präsent. Hinter vorgehaltener Hand äußerten einige Jünger Zweifel am Sinn und der Daseinsberechtigung seiner Religion. Es war ähnlich wie damals bei Jesus, kurz bevor Judas die Gemeinschaft sprengte – oder noch viel früher im Himmel, als die Engel einen aus ihren Reihen verstoßen hatten: Luzifer.

Merten war der Lichtbringer, und unter denen dort, die um die festlich gedeckte Tafel standen, versteckten sich seine Thronmörder. Von ihnen konnte es jeder sein: Hans-Heinz

Ulbricht, der Parteisekretär, der Merten im Auftrag der SED-Leitung auf Kurs halten sollte, oder Teubner, sein Adjutant, der Berichte in fehlerfreiem Russisch verfassen konnte, oder Stichler, der für das reichliche Essen an diesem Abend gesorgt hatte. Vielleicht war es sogar der Journalist Werner Sollstein. So stocksteif, wie er sich an der Stuhllehne festhielt, über der sein Jackett hing, und so auffallend, wie er in seinem weißen Hemd schwitzte, hielt Merten ihn definitiv für einen Abtrünnigen.

Aber Merten hatte nicht vor, freiwillig abzutreten. Nicht ohne genügend Devisen in der Hinterhand. Für den Fall der Fälle, wenn ihn die Staatsregierung fallen ließ, hatte er seine Flucht vorbereitet. Bis dahin machte er mit seiner Darbietung weiter. Die Show musste weitergehen. Das L war noch lange nicht am Ende. Heute würde er ihnen ein Zeichen Luzifers geben. Ein Spektakel aus Licht, Schatten und Lärm. Dafür stand hinter dem Vorhang eine kostspielige Apparatur mit Feuerwerk bereit. Wenn alles funktionierte, würden sich seine Gäste zuerst erschrecken und ihm anschließend umso mehr huldigen. Für ihn waren sie alle Tiere. Und gelegentlich musste der Hausherr seine Tiere züchtigen.

Mit einem Glöckchen verschaffte er sich Gehör.

»Meine lieben Freunde!«, sprach er laut und sofort verstummten die Gespräche. »Willkommen im Thronsaal des L. Erheben wir zur Begrüßung die Gläser und trinken auf Luzifer und die Partei.« Die Reihenfolge war entscheidend, denn es zeigte, wie irrsinnig es war, dass er den Teufel in einem Satz mit der Partei nennen durfte, ohne dass man ihn von seinem Podest zerrte. Im Gegenteil, seine Jünger prosteten ihm unter Applaus zu. Einige zwar verhalten, aber letztlich nahmen sie ausnahmslos am Treiben teil.

Wie alle anderen kostete Merten vom teuren Tokajer. Den Wein hatte wie immer Bernd Arkmann besorgt. Er war

Generaldirektor eines streng geheimen Rüstungskombinats bei Dresden.

»Irre ich mich, mein lieber Bernd, oder werden deine Weine von Jahr zu Jahr besser?«

Arkmann winkte ab. »Man tut, was man kann, für das L. Es soll ja an nichts fehlen.«

»So soll es sein.«

Die anderen amüsierten sich und tranken.

Ja, sie waren Tiere. Grunzende, stinkende Tiere. Schweine. Merten musste nur dafür sorgen, dass sie genügend Futter bekamen, damit sie fett und träge wurden. Und irgendwann würde er jedes einzelne Schwein schlachten. Bis dahin würden sie sich auf das Futter stürzen, egal was man ihnen servierte.

»Für diesen Abend habe ich eine ganz besondere Überraschung«, fuhr Merten aus voller Kehle fort, dass seine Stimme von den Wänden hallte. »Eine exquisite Gabe für Luzifer, will ich meinen. Eine zarte, unschuldige Gabe.«

Erwartungsvolles Gemurmel. Einige der Herren grinsten und leckten sich die Lippen. Der Pferdewirt lockerte bereits den Schlips an seinem speckigen Hals. Wie immer konnte es Stichler nicht erwarten, sich zu entkleiden. Bei ihm konnte Merten sich eigentlich sicher sein, dass er loyal zum L stand.

Ebenso loyal war Adolf Gronau, ein Bediensteter der Staatsbank. Er reiste zu den Treffen immer extra aus Berlin an. Heute stand er am Ausgang des Saals und wartete auf Mertens Zeichen. Der Fingerzeig, der in diesem Augenblick kam.

Während Gronau durch einen Vorhang nach draußen verschwand und ein Windstoß die Flammen der Kerzen zum Flackern brachte, setzte eine düstere klassische Musik vom Band ein. Die Versammelten reckten ihre Hälse nach den versteckten Lautsprechern. Auch eine technische Neuerung, von der bis dahin nur eine Handvoll Eingeweihter gewusst hatte.

»Meine lieben Genossen ...« Merten kostete den Moment größter Anspannung aus, indem er die Luft schleifend in seine Nase einsog und lächelnd auf seine Schweine herabblickte. Als sich der Vorhang am Ausgang erneut bewegte, machte er eine weit ausladende Armbewegung. »Ich präsentiere euch ... den Sarg!«

Ein Raunen ging durch die Reihen, dann herrschte erwartungsvolles Schweigen, durchbrochen von der Musik und vom Quietschen der Räder des Gestells, auf dem der Bankangestellte den kleinen Sarg in den Raum rollte.

»Komm, Werner«, forderte Merten den Journalisten Sollstein mit einem Winken auf. »Hilf unserem Freund.«

Erst als Gronau den Sarg schon fast bis zum Podest geschoben hatte, bewegte sich der Angesprochene und lief artig hinterher. Als der Sarg in der Mitte des Raumes ausgerichtet war und die Räder still standen, verstummte die Musik. Stattdessen hörte man jetzt ein dumpfes Klopfen.

Merten hatte alles perfekt inszeniert, aber der Glanzpunkt befand sich im Sarg. Das Kind, das von innen mit seinen Fäusten gegen den Sargdeckel trommelte.

KAPITEL 46

Mit einem mulmigen Gefühl drückte Donner den Fahrstuhlknopf für die Etage minus 1. Es glich einem Ritterschlag, sobald Sokrates Vogel jemanden freiwillig bei sich im Untergeschoss empfing. Für Donner war es der fünfte oder sechste Besuch, seit Vogel das inoffizielle Kommissariat 77 unter der Erde eingerichtet hatte. Aber auf dieses Privileg bildete Donner sich nichts ein. Im Gegenteil, jedes Mal beschlich ihn die Sorge, er würde aus den Eingeweiden der Polizeidirektion niemals mehr ans Tageslicht zurückkehren. Witzigerweise hielt sich nämlich innerhalb der Polizei hartnäckig das Gerücht, Vogel würde in den Katakomben nicht ermitteln, sondern einen Dinosaurier züchten. Einen Fleischfresser natürlich, der mit Vorliebe Menschen verspeiste und nach den Mahlzeiten dicke Haufen machte. Davon berichteten diejenigen, die den hier unten vorherrschenden Fäkalgeruch einmal persönlich erlebt hatten.

So wie ich jetzt. Nein, diese Ausscheidungen stammen garantiert von keinem Saurier, sondern von Vogels verfaulendem Körper.

Der üble Abwassergeruch kroch bereits durch die Ritzen, bevor der Fahrstuhl zum Stillstand kam. Als sich die Türen öffneten und Donner die verstaubten kahlen Wände sah, sehnte er sich schlagartig in seine triste Mietwohnung zurück. Und das, obwohl es in seinem Kühlschrank nach seiner tagelangen Abwesenheit selbst wie in einer Tierkadaverbeseitigungsanlage roch.

»Sieh an«, staunte Donner, als der Angestellte Albrecht Semmler ihn im schlecht beleuchteten Flur wie eine Wachsfigur empfing. »Der alte Knüppelschwinger schickt seinen loyalsten Mitstreiter.«

Vom treuen, aber stummen Semmler kam keine Erwiderung. Stattdessen echote Vogels krächzende Stimme aus dem Büro: »Das habe ich gehört!«

Donner klopfte Semmler aufmunternd auf die Schulter. »Ich an deiner Stelle hätte ihn schon längst still und heimlich um die Ecke gebracht.« Er deutete eine Kopf-ab-Geste an. »Still ist doch genau dein Ding, nicht wahr, Albrecht?«

Statt eines Handzeichens oder auch nur der kleinsten Gesichtsregung trottete Semmler vor ihm her wie ein Untoter.

Untote! Die züchtete er also in Wahrheit hier unten.

Im winzigen Büro, ausgestattet mit einem Stahlblechschrank, einem Stahlblechschreibtisch und einem Stahlkleintierkäfig, thronte Vogel in dem einzigen gemütlichen Stuhl, den diese Abteilung zu bieten hatte, wie ein Tyrann. Im Gegensatz zu seinem Chef musste Albrecht sich mit einem ausgedienten Polsterstuhl begnügen.

»Jedes Mal, wenn ich Sie sehe, weiß ich, dass ich doch kein so schlechter Mensch bin«, begrüßte Donner den anderen Kriminalhauptkommissar.

»Na na, bloß keine Herzlichkeiten! Vergessen Sie nicht, dass Sie mich angerufen und um eine Audienz gebeten haben.«

»Ja, ja, Eure Ungnädigkeit ... Anscheinend sind Sie der Einzige, der mir fachkundige Auskunft über den Luzifer-Killer geben kann.«

»Da fällt mir ein, ich konnte Ihnen noch gar nicht sagen, wie sehr ich mich freue, dass Sie noch am Leben sind«, umkurvte Vogel das Thema. »Ich habe wirklich jeden Tag um Sie gebangt.«

»Wie war das eben mit den Herzlichkeiten?«

Vogel streckte die Beine und hob beide Hände hinter den Kopf. Ein Fremder hätte leicht den Eindruck gewinnen können, der Mann hätte nichts zu tun. Aber in diesem Punkt wusste Donner es besser. Wenn Vogel eine wirklich gute Eigenschaft hatte, dann die, dass er rastlos war.

Beinahe so rastlos wie ich.

»Ich habe mir den ersten Teil des Luzifer-Videos angesehen«, kam Donner wieder auf den Grund seines Besuchs zu sprechen. »Also, was wissen Sie darüber?«

»Alles, was ich weiß, steht in diesem Bericht.« Vogel beugte sich zum Schreibtisch und hielt ein leeres Blatt hoch.

»Und Sie haben auch keine Ahnung, wer es online gestellt hat? Nicht mal eine Vermutung?«

»Wenn ich es wüsste, wäre ich jetzt schon im wohlverdienten Urlaub.«

»Wo machen Sie denn Urlaub? In der Geisterbahn?« Donner trat zum Meerschweinchenkäfig, wo Vogels Haustier an einem Stöckchen nagte, sich jedoch fluchtartig im Häuschen verkroch, als Donner hineinschaute. »Wenn ich ein Monster wäre, würde ich Ihren geliebten Pikachu so lange an Vorder- und Hinterbeinen strecken, bis Sie mir freiwillig alle Informationen geben, die ich brauche, um diesen Albtraum zu beenden. Leider tue ich Schwächeren nichts an, selbst Ihnen nicht.«

»Erstens *sind* Sie ein Monster, zweitens heißt Pikachu Diktator und drittens liebe ich das Meerschwein nicht. Sie merken also, Herr Donner, selbst wenn Sie wollten, könnten Sie mir nicht drohen.«

Donner fuhr herum und hämmerte seine Faust so kräftig auf den Stahltisch, dass selbst der sonst so genügsame Albrecht einen Satz nach hinten machte und Vogel vor Schreck das Gleichgewicht samt Bürostuhl verlor. Glücklicherweise packte Donner ihn rechtzeitig am Hemd und verhinderte so den Sturz.

»Wie schnell man doch von einem hohen Ross fallen kann.«

»Lassen Sie mich los!«, schimpfte Vogel, doch Donner verstärkte seinen Griff am Kleidungsstück umso mehr.

»Kennt Klara das Video?«

»Natürlich kennt sie es. Schließlich ist es öffentlich.«

»Nein, ich meine, ob Klara auch den Rest kennt?«

Vogel zog die dünnen Augenbrauen hoch und stockte. »Was reden Sie denn da? Niemand kennt den Rest, außer der Luzifer-Killer vielleicht.«

Donner schüttelte den Kopf. »Ich weiß, was noch kommen wird.« Der Zeigefinger seiner freien Hand schoss nach vorn und zielte auf Vogels Nasenspitze. »Eine Sache, die Klaras Familie betrifft. Und Sie wissen auch davon, habe ich recht?«

Vergeblich versuchte Vogel, Donners Griff zu lockern. Er war eindeutig zu schwach. Donner erinnerte sich an seine eigenen Worte, keinem Schwächeren etwas anzutun. Entsprechend ließ er ihn los.

»Ich weiß nicht …«, setzte Vogel an, doch als er Donners Blick bemerkte, unterbrach er sich. »Vielleicht haben Sie recht. Vielleicht weiß ich etwas, aber das ändert nichts daran, dass ich das Video selbst nie gesehen habe.«

»Sie wissen also, was kommen wird. Sie wissen, warum der Luzifer-Killer Klara ständig anruft.«

Unschlüssig schwang Vogel den Kopf hin und her. »Hören Sie, Herr Donner, es gibt jede Menge Gerüchte. Und mehr nicht. Die einzige Wahrheit hält der Luzifer-Killer in seinen Händen.«

Donner blieb hartnäckig. »Wir müssen es ihr sagen.«

Vogel holte tief Luft und stand endlich von seinem Stuhl auf, um Donner auf Augenhöhe zu begegnen.

Fast auf Augenhöhe …

»Sehen Sie, Herr Donner, das ist der Unterschied zwischen uns: Ich wäge Risiken ab, Sie walzen ohne Rücksicht auf Verlust drauf los.«

»Damit bin ich bisher ganz gut gefahren.«

Vogel winkte ab. »Und dabei haben Sie vergessen, sich im Spiegel zu betrachten. Ihr Spiegelbild spricht nämlich eine andere Sprache.«

»Sagt jemand, der an Siechtum leidet …«

»Entschuldigen Sie mich, das Telefon klingelt«, unterbrach Vogel seine Wutrede, denn auf dem Büroapparat kam tatsächlich ein Anruf an.

Im ersten Moment wollte Donner das Gespräch unterbinden, aber es schien wichtig zu sein.

»Was denn?«, stieß Vogel überrascht aus. »Ein neuer Link? Wann? Verstehe.«

»Was ist?«, fragte Donner, als Vogel aufgelegt hatte.

Doch der ignorierte ihn. »Albrecht, hol mir umgehend Lia Winter her!«

Kapitel 47

Klonk. Klonk.

Im Sekundentakt schlug der rote Gummiball auf dem Marmorboden in der Villa des toten Hauseigentümers auf. Für Vogel hörte sich das Geräusch ein bisschen an wie sein Herz, wenn er nachts flach atmend in seinem Bett lag und darüber nachdachte, wie viel Lebenszeit ihm wohl noch bliebe. Dann nervte ihn sein Herzschlag auch jedes Mal, weil er immerzu glaubte, es könnte sein letzter sein.

»Hören Sie damit auf«, ging er deshalb den Staatssekretär an. »Sie dürften überhaupt nicht hier sein. Immerhin ist das ein Tatort.«

»Ja, und zwar ein ziemlich abartiger für meinen Geschmack«, antwortete Spitzner und rümpfte seine Nase, weil der Uringestank geradezu übermächtig im Raum schwebte. Dabei hätte Vogel darauf gewettet, dass der Duft von Fäkalien die menschliche Ratte sogar anlockte. »Dieser Anblick wird niemandem im SMI gefallen.«

Klonk.

Er redete von dem zweiundachtzigjährigen Mann, dem ein Unbekannter sprichwörtlich mit dem Herausreißen des Herzschrittmachers das Licht ausgeknipst, ein L in die Stirn geritzt und in seinem eigenen Sessel elend hatte sterben lassen.

Augenscheinlich musste Adolf Gronau schon vor seinem Tod in schlechter gesundheitlicher Verfassung gewesen sein. Eine bildliche Tragödie an körperlichem Zerfall, dachte Vogel angewidert. Geschwüre an den Unterarmen, Wasser in den Beinen, kaum zu definierende Hautveränderungen im Gesicht. Sarkopenie – Muskelschwund – an allen erdenklichen Körperstellen. Geschätzt wog der Leichnam höchstens noch vierzig Kilo. Anscheinend hatte Gronau sich nur unter der Wirkung von starken Tabletten und Morphium bewegen können. Statt eines Rollators stand neben dem Sessel ein fahrbarer Beistelltisch, der von diversen Tablettenpackungen und Fläschchen überquoll. Da Vogel selbst etliche Krankheiten im Zaum halten musste, kannte er sich geringfügig mit Medikamenten aus. Für einige von denen, die sich auf dem Tisch befanden, brauchte es schon einen skrupellosen Arzt, damit er sie überhaupt verschrieb.

»Was haben Sie denn erwartet?«, fragte Vogel Spitzner, als er genug gesehen hatte.

»Nun, ich hatte erwartet, dass Sie die Mordserie beenden oder wenigstens die Opfer warnen.«

»Das haben wir versucht, nicht wahr?« Vogel schaute Winter auffordernd an, die sogleich nickte. »Leider stand Adolf Gronau nicht auf meiner Liste.«

»Ihre Liste!« Klonk. Wieder sprang der Flummi zu Boden und zurück in die Hand. »Langsam frage ich mich, ob Sie der Richtige sind für diesen Job. Wissen Sie wenigstens schon, wie der Täter ins Haus gelangt ist?«

»Durch die Tür«, gab Vogel Auskunft, dabei handelte es sich rein um eine Vermutung.

Spitzner schaute hinter sich zur Zimmertür, obwohl er den Hauseingang von der Wohnstube aus nicht sehen konnte. »Ach, ich habe beim Betreten gar keine Beschädigungen am Schloss festgestellt.«

»Das liegt daran, weil es keine Beschädigungen gibt.«

Spitzner zischte, woraufhin Winter einhakte.

»Am Eingang befindet sich ein handelsübliches elektronisches Türschloss. Nach allem, was wir bisher über Adolf Gronau wissen, war er sterbenskrank und wurde dreimal am Tag von einem Pflegedienst betreut. Ähnlich wie der übergewichtige Klaus Stichler, nur dass Gronau wohl Zahlen einem Schlüsselsystem vorzog.«

»Eben ein Banker durch und durch«, konnte Vogel sich den Kommentar nicht verkneifen.

»Und wie Sie sehen«, erklärte Winter weiter und zeigte auf die zertrümmerte Konsole auf dem Boden, »konnte Gronau das Türschloss per Fernsteuerung öffnen. Allerdings können solche elektronischen Systeme eben auch manipuliert werden. Entweder indem man den Touchscreen außen ausbaut, um an die Elektronik zu gelangen, oder indem man ein einziges Mal das Gebäude betritt und von innen einen eigenen Code hinterlässt. Damit reden wir von einem Evil-Maid-Angriff. Scherzhaft auch Putzfrauattacke genannt.«

»Pu... Pu... Putzfrauattacke«, äffte Spitzner ihr Gestotter nach und schaute sich suchend im Raum um. »Was ist mit der Kamera? An der Hausfront habe ich eine gesehen. Also gehe ich davon aus, dass Filmmaterial gespeichert ist.«

»Wir werden kein Filmmaterial finden«, sagte Vogel. »Daran wird unser Gegner gedacht haben.«

»Woher wissen Sie das?«

»Ach, nur so eine Ahnung.«

Klonk.

Spitzner begann für seinen Bericht mit seinem Smartphone Fotos vom Tatort zu fertigen und sagte beiläufig: »Ihre Ahnung hat bisher keinen einzigen Mord verhindert.«

»Ich würde jedenfalls die Videoaufzeichnungen mitnehmen«, entgegnete Vogel und Winter pflichtete ihm zögerlich bei.

»Wo ist eigentlich Frau Klara Frost?«, erinnerte Spitzner sich an die Kommissarin, die sie zu der Leiche geführt hatte.

Frost hatte artig Meldung gemacht, nachdem der Killer sie erneut kontaktiert und ihr einen Link mit dem zweiten Teil des Luzifer-Videos geschickt hatte. Die Handynummer, von der beide Nachrichten versendet worden waren, gehörte dem ehemaligen Bankangestellten.

»Darüber wundere ich mich ebenfalls«, antwortete Vogel. »Ich hatte erwartet, sie hier anzutreffen, aber anscheinend hat sie Wichtigeres zu tun.«

»Was sollte es denn Wichtigeres geben? Ach, was verschwende ich überhaupt meine Zeit mit Ihnen? Vielleicht sollte ich mich besser mit ihr unterhalten.« Spitzner wechselte auf seinem Handy in den Telefonmodus und wählte Frosts Nummer, brach aber nach kurzer Zeit ab. »Mist!«

Anscheinend drückte sie ihn weg, was Vogel eine gewisse innere Befriedigung bescherte.

»Ich wette, das macht sie mit Absicht, weil sie sieht, wer anruft.«

Sichtlich unzufrieden tippte Spitzner eine Nachricht in sein Handy. »Machen Sie einfach Ihre Arbeit.«

»Ich an ihrer Stelle würde auch nicht rangehen.«

Doch Spitzner ließ sich auf keinen Streit ein, weil ein heller Ton auf seinem Mobiltelefon ihn ablenkte. Zu gern hätte Vogel den Absender gekannt. Vermutlich kam die Nachricht aus dem Innenministerium.

»Ich muss gehen«, sagte der Staatssekretär nur Sekunden später.

»Jetzt schon?«, fragte Vogel sarkastisch. »Wo unser Team doch gerade so gut zusammenarbeitet.«

»Keine Sorge, los sind Sie mich deshalb noch lange nicht.« Es schien wirklich wichtig zu sein. Er verstaute sein Handy in seinem Jackett, und selbst seinen Gummiball, den er bis dahin in der Hand gehalten hatte, ließ er in der Hosentasche verschwinden. »Spätestens zum Mittag bin ich aus Leipzig zurück, dann möchte ich Ergebnisse von Ihnen sehen.«

»Selbstverständlich.«

Spitzners Aufmerksamkeit galt also nicht länger Vogel, sondern Frost, die mit dem Luzifer-Killer – wenn auch unfreiwillig – in Verbindung stand. Offenbar änderte das Innenministerium die Taktik und wollte mit dem Täter verhandeln. Nur das konnte sein plötzlicher Aufbruch bedeuten. Kommentarlos schaute Vogel ihm hinterher, wie er den Raum mit schnellen Schritten verließ.

»Sie hatten übrigens recht«, sagte Winter, als beide durch das Fenster beobachteten, wie Spitzner in seiner Limousine vom Hof fuhr. »Der Name Adolf Gronau stand tatsächlich nicht auf der Liste, obwohl er im Video auftaucht. Können Sie mir das erklären?«

Ja, das konnte Vogel, aber er tat es nicht. Seit jeher bestand sein Erfolgsgeheimnis darin, die Menschen zu belügen. Täter, Opfer, Zeugen, Kollegen. Vor ihm waren alle gleich. Und natürlich tauchte der Name Adolf Gronau an irgendeiner Stelle in der Originalakte auf – die echte Akte, die er in seinem Archiv in einer doppelten Schranktür versteckte. Aber Vogel hatte ihm schlicht und einfach nicht genügend Beachtung geschenkt, denn summa summarum standen mehr als einhundert Namen in den Unterlagen, die Vogel in den vergangenen Jahren akribisch gesammelt, erforscht und ausgesiebt hatte. Herausgekommen waren ein Dutzend Namen, die für ihn als Täter infrage kamen. Aber alle Mühe war vergebens, denn er hatte zwar die Originalakte aus DDR-Zeiten von Richterin Regina Armando bekommen, aber das Luzifer-Video, den Beweis, um ein jahrzehntealtes Verbrechen aufzuklären, nie gefunden. Das ärgerte ihn. Das ärgerte ihn maßlos.

»Na los«, wies er Winter an, statt sie aufzuklären. »Gehen Sie schon und finden Sie Klara Frost, bevor Spitzner es tut.«

»Ich verstehe nicht …«

»Müssen Sie auch nicht. Lassen Sie sich einfach gesagt sein, dass ich mich dringend mit ihr unterhalten muss.«

KAPITEL 48

Nach dem Auftauchen des zweiten Teils des Videos hatte Frost umgehend Sokrates Vogel darüber informiert, dass es höchstwahrscheinlich ein weiteres Mordopfer gab. Und zwar dasjenige, von dessen Mobiltelefonnummer aus der Luzifer-Killer die SMS mit dem Link geschickt hatte. Mehrfach hatte sie sich danach das Video angesehen, hatte sich die Namen und Gesichter eingeprägt, die Gestiken analysiert und versucht, von den Lippen abzulesen. Irgendwie war sie froh, dass es zu den uralten Szenen keinen Ton gab.

Die Zeit erschafft stumme Geister.

Im ersten Moment hatte sie ebenfalls zum Haus von Adolf Gronau aufbrechen wollen, doch sie hatte sofort gewusst, dass sie dort nur einen weiteren Toten mit einem L auf der Stirn vorfinden würde. Außerdem war überraschend der Rückruf von Dieter Walther gekommen. Der Enkel eines der ehemaligen Aufzugsunternehmer von *Hensen & Walther* hatte ihr tatsächlich aus dem Gedächtnis ein paar Auskünfte über ehemals montierte Fahrstühle mit Zedernholzverkleidung geben können. Einem dieser Hinweise folgte Frost aktuell.

Sie fuhr mit ihrem Mercedes AMG entlang der Dresdner Straße in Chemnitz vorbei am Klinikum, wo sich auch die Psychiatrie befand. Doch dort gab es definitiv keine Station 9.

Allerdings hatte Walther eine alte Villa erwähnt, die unmittelbar an das Krankenhausgelände angrenzte.

Frost bog in den Zeisigwald ein, lenkte nach wenigen Metern vom Steinweg auf den Schlössertellenweg und parkte schließlich den Wagen, als sie eine verrostete Schranke erreichte. Halb verdeckt von kahlen Laubbäumen, konnte sie in einiger Entfernung das Gebäude erkennen, das sie sich aus der Luftperspektive zuvor bei Google-Maps angesehen hatte. Auch wenn die Fassade etliche Risse und die Fensterscheiben etliche Bruchstellen aufwiesen, konnte sie zumindest im roten Ziegeldach keine schweren Beschädigungen entdecken. Natürlich hatten sich Buntmetalldiebe an den Kupferrohren der Dachrinnen bedient, aber das würde den Immobilienwert nur marginal schmälern.

Obwohl sie nur einem vagen Hinweis nachging, glaubte sie, dass es die richtige Entscheidung war, nach Chemnitz zu kommen. Walther hatte ihr erzählt, dass in diesem Haus vor achtzehn Jahren ein Fahrstuhl der ehemaligen Firma *Hensen & Walther* ausgebaut und an einen Investor aus München für ein Hotel verkauft worden war. Je näher sie der Villa kam, deren rostige Umzäunung ehemals nobel ausgesehen haben musste, umso sicherer wurde Frost, dass sie die richtige Spur verfolgte. Sobald sie Gewissheit hatte, würde sie Henry Stark von der örtlich zuständigen Kripo kontaktieren.

Vorerst betrat sie das Anwesen allein. Festgefrorenes Laub vom letzten Herbst knirschte unter ihren Boots. Irgendwo im Zeisigwald bellte ein Hund. Von der Dresdner Straße hallte Verkehrslärm herüber. Ansonsten wirkte die Umgebung wie erstarrt. Die Villa, die zu DDR-Zeiten einem gewissen Dr. Anton Mehlhorn gehört hatte, wirkte düster und entseelt. Kurz bevor sie die Eingangstür erreichte, blieb sie stehen und bückte sich. Direkt vor ihrer Schuhspitze entdeckte sie eine Kompresse, die bereits ins Erdreich getreten war. Mit einem

Zweig löste sie die Mullbinde und bemerkte daran anhaftendes getrocknetes Blut. Spätestens jetzt war ihr kriminalistisches Gespür geweckt.

Definitiv gehört die nicht hierher.

Sie nahm ihr Smartphone zur Hand, machte mehrere Fotos von ihrem Fund und merkte sich die Stelle für die spätere Spurensicherung. Zusätzlich fertigte sie eine Übersichtsaufnahme der Villa. Als sie danach eine Nachricht abschickte, klingelte prompt ihr Telefon. Binnen Sekunden erfasste sie die Nummer und erkannte den Anrufer.

Einen besseren Zeitpunkt hättest du dir nicht aussuchen können.

Sie erhob sich, nahm das Gespräch an und ging weiter auf das Haus zu, dessen Eingangstür nur angelehnt war.

»Ich hoffe für Sie, dass Ihr Anruf wichtig ist«, sagte sie.

»Ich hatte Ihnen ja versichert, dass ich mich heute bei Ihnen melden werde«, sagte Sandro Wilhelm.

»Haben Sie den Code entschlüsselt oder nicht?«

»Ich bin mir nicht sicher.«

Das ist nicht die Antwort, die ich hören wollte.

Sie hatte die Villentür erreicht, deren linker und rechter Flügel nach Jahren des Leerstands völlig verzogen waren. Beherzt zog sie eine Seite auf und lehnte sich dagegen, damit der Flügel nicht wieder zuging.

»Für Ratespiele ist es der falsche Moment«, redete sie mit Wilhelm, während sie gleichzeitig mit der freien Hand ihre Dienstpistole zog.

»Ich denke, es ist kein Code«, sagte Wilhelm. »Zumindest kein richtiger.«

»Was soll es dann sein?«

»Ich bin mir ziemlich sicher, dass es sich um einen Dateinamen handelt.«

MA1127920SF819Z

»Eine Datei also«, flüsterte Frost. Gleichzeitig fiel ihr Blick im Eingangsbereich auf die verwitterten Holztüren eines Fahrstuhls.

»Hilft Ihnen das weiter?«

Nein, selbst wenn es stimmt und es sich tatsächlich um einen Dateinamen handelt, kann ich damit nichts anfangen.

»Ich denke, ja«, log sie, denn sie musste sich jetzt voll und ganz auf die Entdeckung in der alten Villa konzentrieren. »Ich werde darüber nachdenken.«

»Werden Sie mich …«, hörte sie Wilhelm noch in ihrem Ohr, dann hatte sie die Verbindung gekappt.

Sie schaltete das Handy lautlos und probierte den Lichtschalter neben der Eingangstür. Wie durch ein Wunder sprang eine von sechs Wandlampen an.

Doch nicht so verlassen, wie es den Anschein macht.

Auch im Obergeschoss schien es eine funktionierende Lichtquelle zu geben, denn ein schwacher Schein erhellte den oberen Teil der Treppe neben dem Aufzug. Trotz der geringen Helligkeit konnte Frost die Fahrstuhltüren nun aus der Nähe begutachten.

Hensen & Walther.

Das Siegel der ehemaligen Aufzugsfirma prangte eingestanzt am oberen Rand der Türen. Türen aus Zedernholz. Zuerst betätigte Frost die Knöpfe, doch als sich nichts tat, steckte sie die Waffe weg und versuchte, den Türspalt mit den Fingerspitzen zu vergrößern. Tatsächlich gelang es ihr, die Schiebetüren zu öffnen. Doch wie Dieter Walther es ihr versichert hatte, war der Aufzug ausgebaut worden. Dafür hingen in dem leeren Schacht frisch geölte Ketten.

Die gehören auch nicht hierher.

Ähnlich wie zum Phänomen Zeit hatte Frost eine besondere Beziehung zu Maschinen, was auch in ihren Tattoos, die zu einem erheblichen Teil aus Zahnrädern, Winden und Ketten bestanden, zum Ausdruck kam. Sogar ein mechanisches Herz war mit Tinte auf ihrer Haut verewigt.

Als sie ihre mitgebrachte Taschenlampe einschaltete und den Fahrstuhlschacht nach oben ableuchtete, entdeckte sie einen frei schwebenden Rollstuhl, in dem ein regloser Mann saß.

»Hallo!«, rief sie zu ihm hinauf, doch es kam keine Erwiderung.

Bewusstlos oder tot.

Die Ketten waren Teil einer Winde. Und so, wie es schien, ließ sie sich nur elektrisch bedienen. Demzufolge musste es irgendwo ein Bedienelement geben. Vermutlich im Obergeschoss …

»Nick-nack …«

Frost vernahm die Worte hinter sich. Doch bevor sie sich vollends herumdrehen konnte, traf sie etwas Hartes am Kopf.

KAPITEL 49

»Ich wusste gar nicht, dass es noch Autos gibt, die langsamer sind als der Rollstuhl meiner Mutter«, schimpfte Donner über Lia Winters Fahrweise.

»Ent… Entschuldigen Sie, Herr Donner«, stotterte Winter.

»Aber nach allem, was Ihnen widerfahren ist, wundert es mich, dass Sie noch Rollstuhlwitze machen können.«

»Das war kein Witz«, brummte er und hustete sogleich.

Seit dem Morgen wurde der Husten schlimmer. Wohl weil sein Körper nach den Strapazen der letzten Tage nicht mit Donners Tempo mithalten konnte.

Im Gegensatz zu dem Tempo der Rostlaube von einem Dienstwagen.

Besorgt schaute Donner auf sein Handy, um Klaras letzte Nachricht wiederholt zu lesen.

Erkennst du es wieder?

Dem Text hatte sie zwei Fotos beigefügt: Eines zeigte eine verschmutzte blutige Kompresse und das andere die Frontansicht einer baufälligen Villa, über deren Eingang eine halb verwitterte Hausnummer hing. Eine 9.

»Und Sie sind sich sicher, dass sich das Gebäude im Zeisigwald befindet?« Er konnte es immer noch nicht fassen, was Winter mit seinem eigenen Smartphone anzustellen vermochte, als er es ihr kurzzeitig überlassen hatte.

»Klar, Frau Frost hat Ihnen doch mit den Fotos die Standortdaten gesendet.«

Erklär das mal einem Technikidioten. Ich verstehe ja kaum die Fernbedienung an meinem neuen Flachbildfernseher.

»Bis heute wusste ich nicht mal, dass ich so eine Standort-Lese-App auf meinem Smartphone habe.«

»Machen Sie sich nichts draus, die meisten Mobiltelefone wissen mehr über ihre Besitzer als die Besitzer über ihre Telefone.«

»Wollen Sie damit andeuten, ich wäre ein Technikidiot?«

»So … so ha… habe ich das nicht …«

»Schon gut, ich bin gerade froh, dass Ihr Halsabschneider von Chef Sie auf Klara angesetzt hat, sonst wären Sie jetzt nicht hier.«

»Wie gesagt, die Arbeitskollegin aus Leipzig meinte, dass Frau Frost auf dem Weg nach Chemnitz sei.«

»Da vorn!«, unterbrach Donner sie, denn er sah zwischen Bäumen Klaras geparkten Mercedes.

»Dahinter steht ein Rettungswagen«, sprach Winter aus, was auch Donner sah. »Was hat das zu bedeuten?«

Donner kniff die Augen zusammen, weil er urplötzlich einen heftigen Stich hinter der Stirn spürte. Direkt an der Stelle, an der er sich eine Platzwunde zugezogen hatte, als er vor wenigen Tagen zu Boden gegangen war. »Ich kann mich verschwommen an einen Rettungswagen erinnern.«

Klara und Henry Stark hatten ihm erzählt, dass man ihn allem Anschein nach in einem Rettungswagen entführt hatte. Allerdings hatte sich kein Anwohner das Kennzeichen gemerkt, weil das Fahrzeug parallel zum Gehweg geparkt gewesen war und sich außerdem niemand etwas dabei gedacht hatte. Auch er konnte sich nur partiell erinnern. Undeutliche Bilder von einer Frau in Sanitäteruniform flackerten in seinem Sichtfeld. Er rieb sich die Augen und konnte wieder klar sehen.

»Haben Sie eine Waffe dabei?«

»Als Angestellte?« Winter wirkte erschrocken von seiner Frage. »Haben Sie denn keine?«

»Klar, im Waffenschrank der KPI.« Unauffällig schüttelte er seine rechte Hand aus, weil sich in den letzten Minuten ein Taubheitsgefühl im Arm entwickelt hatte. Offenbar kam es von zu viel Anspannung. »Halten Sie direkt hinter dem Rettungswagen, damit niemand wegfahren kann.«

Beinahe Stoßstange an Stoßstange hielt Winter hinter dem Transporter. »Und was machen wir jetzt?«

»Sie bleiben auf Ihrem hübschen Hintern sitzen.« Damit riss er die Beifahrertür auf.

»Sollte ich denn nicht mitkommen? Zu zweit …«

»Und wer soll dann hupen, wenn hier jemand vorbeikommt?«

Ohne eine weitere Erwiderung abzuwarten, rannte er los. Doch schon nach kurzer Zeit wurde ihm schwarz vor Augen. Notgedrungen verlangsamte er seinen Schritt. Er merkte, wie er vorwärts wankte. Bevor er umkippte, griff er in seiner Manteltasche nach den letzten Tabletten, die er aus dem Krankenhaus hatte mitgehen lassen. Unzerkaut und ohne Flüssigkeit würgte er sie die Speiseröhre hinunter.

Ich habe meine Kondition im Krankenhaus liegen lassen. Die Schwester hatte recht, ich werde bald sterben.

Er sog tief die Luft ein, um besser atmen zu können und das Schwächegefühl niederzukämpfen. Er dachte an Klara. Das gab ihm Kraft. Sie hatte ihm die Fotos geschickt, jedoch danach nicht mehr auf seine Nachrichten geantwortet.

Als er sich der Villa näherte, versuchte er sich zu erinnern, aber das Gebäude kam ihm in keiner Weise bekannt vor. Vermutlich hatte er sich bei seiner Flucht nicht ein einziges Mal umgedreht, sondern war einfach gerannt und irgendwann vor das Auto gelaufen.

Doch das war inzwischen unwichtig. Wichtiger war momentan, dass er die Nerven behielt und sein Körper nicht schlappmachte. Als er die Hand nach der Tür ausstreckte, zitterte sein gesamter Arm unkontrolliert. Nicht vor Angst, sondern weil wohl irgendwas mit den Nerven nicht stimmte.

»Reiß dich zusammen«, beruhigte er sich selbst, dann riss er die Tür auf.

Zu seinem Erstaunen brannte im Haus Licht. Außerdem bildete er sich ein, kurzzeitig Stimmen und Geräusche vernommen zu haben. Während er lauschte, fiel sein Blick auf die Fahrstuhltüren. Für einen Moment blieb er wie erstarrt im Türrahmen stehen. Diese Holzmuster hatte er schon einmal gesehen, zuletzt kurz bevor er die Treppe hinabgestürzt war.

Hier bin ich definitiv schon mal gewesen.

Auch wenn die Scharniere quietschten, schloss er die Tür so leise wie möglich. Anscheinend nicht leise genug, denn im Obergeschoss wurde es laut.

»Hilfe!«

»Klara!«, rief er.

»Erik!« Sogleich schrie sie schmerzvoll auf, dann verstummte sie.

»Klara, ich komme!«

Dem inneren Drang folgend, wollte er sofort die Treppe hinaufstürmen, doch rechtzeitig besann er sich und hob einen am Boden liegenden Fensterrahmen auf, trat die Querstreben ab und hielt letztendlich eine solide Holzlatte in der Hand. Bewaffnet damit eilte er nach oben, vorbei an Unrat und modrigen Wänden. Sogar Schrauben und kleine Eisenteile des

241

Rollstuhls, mit dem er gestürzt war, lagen noch verstreut auf den Stufen.

Im Obergeschoss angekommen, trafen ihn die Erinnerungen wie Lichtblitze. Er erkannte die Zimmertüren, den Boden, die Decke, den Fahrstuhl und die halb verblasste 9 an der Wand.

Überwältigt von den dramatischen Erinnerungen, musste er sich für einen Augenblick auf die Holzlatte stützen, weil ein erneuter Schwächeanfall drohte. Er bekam ihn zum Glück in den Griff und konnte weitergehen.

»Klara, wo bist du?«

Keine Antwort. Also fing er an, die einzelnen Räume abzusuchen. Als er in das dritte Zimmer spähte, nahm er hinter sich eine Bewegung wahr. Er wirbelte herum, erkannte eine Frau in orangefarbener Sanitäterjacke. Und noch etwas …

Waffe!

Im nächsten Augenblick feuerte sie aus einer Pistole. Gerade noch rechtzeitig hechtete er in den Raum und somit in Deckung. Er brachte sich hinter einer Wand in Sicherheit, und noch während er seinen Körper nach Einschlägen abtastete, hörte er sich schnell entfernende Schritte.

Die Frau flüchtete.

Geistesgegenwärtig griff er nach dem Holz, das er fallen gelassen hatte, und wollte ihr nachjagen, doch als er aus dem Zimmer trat, erkannte er im gegenüberliegenden Raum ein Bein.

»Klara!«, rief er erneut und eilte zu ihr.

Frost lag bewusstlos am Boden, an Händen und Füßen mit Kabelbinder gefesselt. Weil er selbst kein Schneidewerkzeug mitführte, tastete er ihre Lederjacke ab. Dabei spürte er das leere Holster.

Das ist gar nicht gut.

Im selben Augenblick wurde er gewahr, dass er bis jetzt kein Hupsignal vernommen hatte. Wenn Lia Winter Glück hatte, würde die Täterin einfach zu Fuß flüchten. Andererseits …

Kaum dachte er an die Kollegin, hallte draußen ein weiterer Schuss.

»Scheiße!«, fluchte Donner und betrachtete die bewusstlose Klara.

Sosehr es ihn ärgerte, er musste sie vorerst zurücklassen. In Sorge um Winter erhob er sich und lief zum Treppenabgang. Auf halbem Weg wankte ihm Winter bereits entgegen.

»Ich wollte sie aufhalten«, stotterte sie und hielt sich den linken Oberarm.

Donner erkannte sofort das Blut, das zwischen ihren Fingern hindurchlief. Reaktionsschnell packte er zu. Sie brach in seinen Armen zusammen.

KAPITEL 50

Höchst unzufrieden mit den bisherigen Ergebnissen der Kriminaltechnik und der IT-Abteilung im Landeskriminalamt betrat Vogel sein Büro.

»Ich brauche unbedingt noch heute eine Aufstellung der letzten Aktivitäten von Adolf Gronau«, wies er seinen Angestellten Semmler an, der pflichtbewusst Zettel und Stift zur Hand nahm und sich den Daumen befeuchtete. »Mit wem er telefoniert, wer ihn besucht und was er im Internet getrieben hat. Und falls Sie Frau Winter endlich erreichen, soll sie mir einen blitzsauberen Bericht über ihre bisherigen Online-Recherchen vorlegen. Sie meinte, sie wolle sich mal in diesem Darknetz umsehen, ob es irgendwelche Gerüchte zur Herkunft des Videos gibt. Die Computerhirne im LKA wollen ja immer irgendwelche hochoffiziellen Anträge sehen, bevor die auch nur eine Taste drücken. Ein Wunder, dass die es überhaupt geschafft haben, den ersten Teil des Luzifer-Videos aus dem Internet zu verbannen. Lange genug hat es schließlich gedauert.«

Albrecht schrieb alles stichpunktartig auf seinen Zettel und ganz unten: *Dargnetz.*

»Hach«, seufzte Vogel und ließ sich erschöpft in seinen Stuhl plumpsen. »Waren das noch Zeiten, als es keine Computer gab. Heutzutage muss die Polizei schon selbst Hacker einstellen, um mit den Kriminellen überhaupt noch mithalten zu können. Wenn man früher von Hackern gesprochen hat, dann waren das Leute, die andere Menschen in hübsche handliche Portionen zerteilt haben.« Wehmütig erinnerte Vogel sich an die Achtziger zurück, als er selbst noch als unbeleckter Kriminalist von der Schule kam und mit seinem damaligen Lehrmeister ein jugendliches Opfer aus den Fängen eines Sittenstrolchs gerettet und den Täter mit dem Gummiknüppel ordentlich verprügelt hatte. Damals gab es keine Smartphones, mit denen filmwütige Zuschauer zusammenhanglose Videos ins Internet stellen und darunter die Schlagworte *Polizeigewalt* und *Willkür* setzen konnten. Sein Lehrmeister war ein echt harter Hund gewesen, der hatte nicht lange gefackelt. Sobald da jemand auch nur nach seinem Recht gefragt hatte, gab es Zahnbruch. Damals durfte man noch ungestraft auf Verbrecher einprügeln.

»Aber heute!«, wurde er laut und massierte dabei seinen schmerzenden Bauch. »Heute muss man mindestens zwanzig Schriftstücke unterschreiben und sich durch sämtliche Instanzen bis hinauf zum Europäischen Gerichtshof erklären, bevor man jemanden festnehmen darf. Und wenn man dann zufällig an einen polizeifreundlichen Richter gerät und Recht bekommt, hat man gar keine Kraft mehr, um die Handschellen anlegen zu können.«

Doch davon hatte Albrecht Semmler als stubenhockender Angestellter natürlich keine Ahnung. Entsprechend erwartete Vogel auch keine Antwort von ihm. Still für sich dachte er darüber nach, ob er nicht einfach sein Meerschweinchen schnappen, das Büro für immer abschließen und nach Hause gehen sollte. Allerdings hinderte ihn sein Stolz daran, jetzt die Flinte ins Korn zu werfen. Er hatte Richterin Regina Armando einst ein Versprechen gegeben – auch wenn er aktuell meilenweit davon entfernt war, es einzulösen.

»Gibt es sonst noch Neuigkeiten, Albrecht?«, kam er auf das Tagesgeschäft zurück.

Geordnet wie immer und stets erst nach Aufforderung reichte Semmler ihm den Posteingangsstapel herüber. Gemäß Vogels Anweisung wurde jedes Schreiben mit einem andersfarbigen Klebezettel je nach Relevanz versehen.

Grün für unwichtig, gelb für nicht ganz so unwichtig und rot für bedingt wichtig. Es gab auch schwarze Klebestreifen, die bedeuteten höchste Alarmstufe, aber einen solchen hatte Vogel in seiner Abteilung noch nie gesehen.

Heute sah er nur grüne und gelbe Markierungen. Drei Briefe, ein Werbeblättchen für Luftpolsterumschläge und einen zweiseitigen Ausdruck. Die Überschrift konnte er sogar ohne Brille lesen.

»Ach, sieh an, die Staatsanwaltschaft hat endlich eine offizielle Stellungnahme bezüglich der Morde und des Videos herausgegeben.«

Neugierig rückte er sich seine Brille zurecht und überflog den Text.

Die Staatsanwaltschaft und die Polizeidirektion ermitteln aktuell in zwei Mordfällen. Nach derzeitigem Ermittlungsstand besteht ein Zusammenhang zwischen dem vor zwei Tagen veröffentlichten Luzifer-Video und den in Dresden und Leipzig getöteten Männern …

»Bla, bla, bla. Die haben Adolf Gronau noch gar nicht mitgezählt.«

… Weiterhin haben die Ermittlungen ergeben, dass der renommierte Fachhochschuldozent Prof. Dr. H. Lenk im Video, in dem er angeblich

die Echtheit des Luzifer-Videos bezeugt, zur Aufnahmezeit extremem psychischem und körperlichem Druck ausgesetzt war. Mehrere ärztliche Untersuchungen haben stundenlange Folterungen des Opfers bewiesen. Staatsanwaltschaft und Polizei gehen davon aus, dass Prof. Dr. H. Lenk im Video zu einer Falschaussage genötigt wurde. Die Auswertung und Überprüfung des Videos hat ergeben, dass es sich zweifelsfrei – wie bei allen bisherigen Veröffentlichungen unter dem Titel Luzifer-Video – um eine Imitation bzw. um das fiktionale Filmwerk eines bisher unbekannten Laienregisseurs handelt.

Ebenso sind die Gesichter der Personen im besagten Luzifer-Video kaum zu erkennen. Nach Einschätzung von Experten ist das veröffentlichte Videomaterial keine Basis für eine Identifizierung irgendwelcher Persönlichkeiten. Die Bildqualität wird als zu schlecht für eine Identitätsfeststellung eingestuft.

»Schlechte Bildqualität! Stundenlange Folterungen! Andere wären froh, wenn sie so schnell sterben könnten wie der gute Professor Lenk.«

Albrecht sah ihn an und tippte sich an die Stirn.

»Ach was, der eine Buchstabe auf der Stirn hat auch keine Ewigkeit gedauert. Sieh mich an! Ich sitze hier unten quasi gefangen in einer Klärgrube und verfaule seit Jahren.« Vogels Zeigefinger schoss nach vorn. »Und du übrigens auch.«

Der Fahrstuhl rumpelte. Das konnte nur bedeuten, dass entweder der KPI-Leiter oder Lia Winter das Kommissariat 77 mit ihrer Anwesenheit beehrten. Oder …

Staatssekretär Emanuel Spitzner preschte in das Büro.

»Sie kannten Adolf Gronau!«, schmetterte das Rattengesicht Vogel entgegen. »Sie kannten ihn und wussten ganz genau, dass er auf der Todesliste des Luzifer-Killers stand.«

»Was ist denn in Sie gefahren?«, reagierte Vogel gelassen und mit einem nicht unerheblichen Maß an diebischer Freude. Für ihn selbst lief es schon nicht gut, aber Spitzner schien noch deutlich stärker unter Druck zu stehen. Offenbar war man im SMI mit seinen Ergebnissen noch weniger zufrieden als mit Vogels. »Sie haben ja einen hochroten Kopf. Haben Sie versehentlich Ihren Gummiball verschluckt?«

»Schluss damit!«, schrie Spitzner und fegte die Presseerklärung, die ungeöffneten Briefe und das Werbeblättchen vom Tisch. An deren Stelle knallte er eine Akte hin, die Vogel nur allzu gut kannte. »Das hier! Das ist eine frisierte Akte. Sie haben mir eine wertlose Papiersammlung gegeben. Da steht überhaupt nichts Wichtiges drin. Aber ich habe auch meine Informanten, und von denen habe ich erfahren, dass Sie sich in der Vergangenheit für Gronau interessiert haben. Für Gronau, Stichler und noch einige andere …«

»Neun Euro neunundneunzig für einhundert Stück«, sagte Vogel, was Spitzner sichtlich aus dem Konzept brachte.

»Was?«

»Neun Euro neunundneunzig.« Vogel zeigte auf das Werbeblättchen, auf dem Spitzners Schuh stand. »Das ist ein echt günstiges Angebot. Das sollten Sie nicht mit Füßen treten.«

Spitzner biss die Zähne aufeinander und zischte durch die Zahnreihen. Es klang wie Säbelrasseln. »Sie …!«

»Albrecht«, sagte Vogel, was Spitzner erneut innehalten ließ, weil er den Angestellten, der mucksmäuschenstill das

Schauspiel beobachtete, wohl gar nicht richtig mitbekommen hatte und nun mit einem Zweifrontenangriff rechnete. »Würdest du uns kurz allein lassen? Kümmere dich um die Sache mit dem Darknetz, ja?«

Gehorsam erhob Albrecht sich und verabschiedete sich mit einem Diener.

»Was ...«, stammelte Spitzner. »Wieso Darknetz? Was befindet sich im Darknetz?«

Vogel lehnte sich erhaben in seinem Sessel zurück, legte die Hände zusammen und betrachtete die Akte, die er gestern zum Großteil aus unwichtigen Berichten und ein paar Fantasiezeilen zusammengestellt hatte. Nachdem Spitzner ihn Tage zuvor bedroht hatte, war Vogel nichts anderes übrig geblieben, als ihm irgendwas in die Hand zu drücken.

Erst als er das Klappern der sich schließenden Fahrstuhltüren vernahm, redete er weiter. »Sie wollen also die Originalakte. Die Akte, deren erste Einträge aus dem Jahr 1985 stammen und die später einem Mitarbeiter der Staatssicherheit abhandengekommen und schlussendlich bei mir gelandet ist. Um die Akte geht es Ihnen doch, richtig?«

»Und ob«, zischte Spitzner, gefolgt von neuerlichem Säbelrasseln.

»Bitte, nach Ihnen.« Vogel zeigte zum Flur. »Gehen wir in mein Archiv.«

Spitzner schien ihm nicht zu trauen, denn er kniff die Augen zu Schlitzen zusammen. »Was soll das werden? Wollen Sie mich wieder reinlegen?«

»Nee, großes Indianerehrenwort.« Er befeuchtete zwei Finger und streckte sie in die Luft. »Falls Sie natürlich nicht wollen ...«

»Worauf warten Sie noch?«, fauchte der Staatssekretär.

Vogel sprang auf und lief vor ihm her zu der Tür, an der ein rotes Kontrolllämpchen flackerte. »Das Licht erinnert mich an Ihren Flummi. Haben Sie den eigentlich noch?«

Reflexartig klopfte Spitzner sich gegen die Jackentasche, wo eine kleine Beule hervorstach. »Öffnen Sie endlich die Tür, Sie unausstehlicher Krüppel.«

»Ach, jetzt werden wir auf einmal förmlich.« Mit vorgehaltener Hand tippte Vogel den Code in das Display ein und sagte gleichzeitig irgendwelche wahllosen Zahlen zur Ablenkung.

Als das Schloss entriegelte, stieß Spitzner ihn beiseite und riss eigenhändig die Tür zum Archiv auf.

»Also, wo finde ich die Akte?«

»Dort unter der Tischplatte«, gab Vogel Auskunft und zeigte auf die hinterste Ecke. »Das gute alte Panzertape ist doch immer noch die beste Art, wichtige Unterlagen zu verstecken.«

»Das ist ein Witz.« Obwohl er es sagte, schritt Spitzner in den fensterlosen Raum hinein und sah unter dem Tisch nach. »Hier ist nichts, Sie verlogene Kellerassel.«

Vogel grinste ihn von der Tür aus an, stieß sie zu und verriegelte.

»Lassen Sie mich raus!«, drang Spitzners Gebrüll gedämpft nach außen.

»Wieso? Eben konnten Sie von Akten nicht genug bekommen. Außerdem haben Sie ja noch Ihren roten Freund in der Tasche.«

»Lassen Sie mich raus oder Sie werden es bitter bereuen.«

Vogel dachte nicht daran, sondern drehte sich um. »Wenn ich es nicht vergesse, schicke ich Ihnen Albrecht vorbei, der kann sich in der Zwischenzeit mit Ihnen unterhalten.«

Kapitel 51

»Mir geht es gut«, beharrte Frost, weil Erik sich zum wiederholten Mal nach ihrem Gesundheitszustand erkundigte. »Wenn du dich um jemanden kümmern willst, dann sieh nach Lia Winter. Die hat es deutlich schlimmer erwischt.«

»Schon klar«, äußerte Erik sich darüber missgestimmt. »Ich bin ja nur derjenige, der dich gerettet hat.«

Natürlich hatte sie mit Erleichterung reagiert, nachdem er in der Villa aufgetaucht und sie aus der Gewalt der Psychopathin befreit hatte. Und irgendwie fühlte es sich gut an, dass er hier in der schrecklichen Villa an ihrer Seite stand. Aber wenn sie etwas entschied, das sie selbst betraf, duldete sie keine Widersprüche. Bei ihr war schon immer ein Ja ein Ja und ein Nein ein Nein gewesen. Das hatte er aber bereits damals missverstanden, als er geglaubt hatte, sie wäre an einer festen Beziehung mit ihm interessiert. Als sie ihn in seiner Annahme korrigiert hatte, war er beleidigt abgehauen. Und diese Kränkung schleppte er bis heute mit sich herum. Dabei hatte sie nicht ihm eine Abfuhr erteilt, sondern der gesamten Männerwelt.

»Wir bringen Ihre Kollegin Winter vorsorglich ins Krankenhaus«, vermeldete hinter ihnen der Notarzt, der nach Frosts Befreiung gleichzeitig mit dem Streifendienst und der Feuerwehr eingetroffen war. »Es ist wirklich nur ein Streifschuss, aber wir wollen die Wunde trotzdem richtig versorgen. Sie hat riesiges Glück gehabt.«

Kein Glück ist allerdings, dass die Täterin in den Zeisigwald entkommen konnte.

Frost registrierte, wie Erik dem Notarzt zunickte.

»Richten Sie Lia aus, dass ich nachher im Krankenhaus nach ihr sehen werde.«

Er nennt sie Lia.

Frost registrierte es und sagte nichts dazu. Vermutlich machte er sich Vorwürfe, weil er die Angestellte hierher mitgenommen und allein im Wagen sitzen gelassen hatte. Andererseits war auch Frost allein zur herrenlosen Villa gekommen, weil sie nicht damit gerechnet hatte, jemanden anzutreffen.

»Und was ist mit Ihnen?«, sprach der Arzt Erik an. »Ihre Gesichtsfarbe und Ihr Gangbild machen mir keinen guten Eindruck. Sollen wir nicht wenigstens mal Ihren Blutdruck messen? Ihr Kollege Stark sagte mir eben draußen, Sie gehören eigentlich auch ins Krankenbett.«

Bis eben hatte Erik tatsächlich mehrfach wie ein Asthmakranker gehustet und sich die Augen gerieben. Auf seinen Gesundheitszustand angesprochen, streckte er den Rücken durch und unterdrückte angestrengt den Hustenreiz.

»Sagen Sie dem Dicken, er soll sich lieber um seinen Cholesterinspiegel Sorgen machen«, erwiderte Erik, obwohl seine notdürftig verarztete Kopfverletzung, die Bandage am Arm, der Husten und sein unmerkliches schmerzvolles Stöhnen äußerst besorgniserregende Anzeichen waren.

Sieh an, da geht es also noch jemandem gut.

»Ich kümmere mich um ihn«, beruhigte Frost den Arzt und zwinkerte Erik zu.

Der Notarzt verdrehte die Augen und ging weg. Gemeinsam durchforsteten Frost und Erik danach sämtliche Räume der leer stehenden Villa. Keine Möbel, keine Bilder, kein sonstiges

Inventar bis auf ein paar Glühbirnen, einen Rollstuhl und die elektronische Winde im Fahrstuhl, an der bis vor wenigen Minuten noch der Rechtsanwalt Viktor Burda gehangen hatte.

»Immerhin funktionieren Strom und Wasser«, stellte Erik fest, als er im ehemaligen Waschraum an einem Wasserhahn drehte, woraufhin sich ein Strahl in das emaillierte Becken ergoss.

»Selbst die leer stehenden Räume wirken, als könnte man hier oben jederzeit wieder eine Privatklinik aufmachen«, sagte Frost und betrachtete die Fliesen, Lüftungsrohre, aus Schächten heraushängenden Elektrokabel und die undeutliche Zahl an der Wand. »Hierher hat man also früher die Kinder gebracht, die man für schwer erziehbar hielt.«

»Station 9«, sagte Erik, als er hinter sie trat. »Jemand hat die Zahl vor Jahren dorthin gesprüht.«

»Eine Komapatientin im Uniklinikum Leipzig hat mir von der Station 9 erzählt.«

»Larissa Rieß, meinst du. Ich habe von ihr gehört.«

»Ich wette, sie kennt dieses Gebäude.«

Fragt sich nur, ob sie sehr viel früher oder erst kürzlich hier war, wie sie es mir gegenüber behauptet hat.

Hoffentlich passierte auf der Intensivstation bald ein Wunder. Zweifellos wäre Rieß eine wertvolle Zeugin, die der Polizei jede Menge Fragen beantworten könnte. Aber bisher schlief das Engelskind, das sich offiziell Sandra Müller nannte. Es blieb fraglich, ob sie jemals wieder aufwachen würde.

»Sie muss es sein«, redete sie vor sich hin.

»Wer?«

Atzel.

Statt ihm zu antworten, schüttelte sie stumm den Kopf. Sie ging an ihm vorbei und rief sich das schwarz-weiße Gruppenfoto aus dem ehemaligen Kinderheim in Erinnerung. Womöglich erübrigte sich damit die Anfrage beim LKA nach einer Alterungssimulation. Unter den abgebildeten Kindern wies ein Gesicht frappierende Züge der Frau auf, die Frost vor einer Stunde überwältigt und mit Kabelbindern gefesselt hatte. Die Frau, die ihr die Pistole weggenommen und entkommen war.

»Wohin willst du?«, fragte Erik, als sie zur Treppe lief.

»Ich muss mit Viktor Burda reden.«

»Warte! Hast du nicht gesehen, wie es ihm geht?« Er zeigte zum Fahrstuhlschacht, dessen Türen mittlerweile wieder geschlossen waren. »Wir haben ihn eben erst dort rausgeholt. Der Mann war über eine Woche an einen Rollstuhl gefesselt. Wir sollten ihm Zeit geben, sich zu erholen.«

Sein zögerliches Verhalten verwunderte sie. »Komisch, ich kannte dich früher immer als ungeduldig und als jemanden, dem es nicht schnell genug gehen kann.«

»Tja, inzwischen sind ein paar Jahre vergangen. Mittlerweile bin ich genügsam wie eine vollgefressene Fliege.«

Unwillkürlich stellte sie sich vor, wie Erik Flügel wuchsen. Wenn die Situation nicht so verflixt ernst gewesen wäre, hätte sie sich lautstark darüber amüsiert. So jedoch nahm sie gedanklich eine riesengroße Fliegenklatsche und schlug das Insekt vor ihrem geistigen Auge tot. »Für eine vollgefressene Fliege bist du aber ziemlich schnell hergeflogen.«

»Das liegt an den verdammten Tabletten, die machen irgendwas mit meinem Körper. Ich fühle mich irgendwie … aufgedreht. Aber sonst bin ich die Ruhe in Person. Da kannst du jeden in der Direktion fragen.«

»Henry Stark zum Beispiel?«

Sichtlich angefressen bei der Erwähnung seines Kommissariatsleiters, wiegte er den Kopf hin und her. »Meinetwegen, frag den Dicken.«

Frost hatte bereits im Vorfeld mit Stark über Erik gesprochen. Sein Chef hatte ihr das Gegenteil erzählt, aber das ließ sie angesichts der aktuellen Eile unerwähnt. Falls sie Burda nicht sofort befragte, würde es in Kürze Sokrates Vogel tun. Und der Kriminalhauptkommissar würde bei seinen Methoden garantiert auf nichts und niemanden Rücksicht nehmen.

»Noch ist Burda bei Bewusstsein«, sagte sie deshalb und lief die Treppe hinunter. »Ich brauche keinen weiteren schweigenden Zeugen.«

KAPITEL 52

Trotz der protestierenden Krankenschwester stolzierte Frost durch den Gang der Notaufnahme hin zum Zimmer, in dem der Rechtsanwalt wartete, bis sich ein Arzt um ihn kümmerte.

»Ich sagte Ihnen bereits an der Tür, dass ich mit Viktor Burda sprechen muss.«

»Bleiben Sie gefälligst stehen oder ich rufe die Polizei«, wetterte die Krankenschwester und gestikulierte wild nach allen Seiten, damit ihr jemand zu Hilfe kam.

»Keine Panik, sie macht das immer so.« Erik hielt der Angestellten seinen Dienstausweis hin. »Sie ist wie Hautjucken. Einfach ignorieren, sonst wird es nur schlimmer.«

Frost entging nicht, dass er ihr seit der Villa nicht mehr von der Seite wich. Dabei war es ihm vor zwei Tagen nicht schnell genug gegangen, dass sie aus seinem Krankenzimmer verschwand.

»Du bist ja immer noch da«, sagte sie wie beiläufig, obwohl sich seine Anwesenheit beinahe wie damals beim Studium anfühlte, im ersten Jahr, als sie sich gegenseitig beim Lernstoff unterstützt und gemeinsam ihre Freizeit verbracht hatten.

»Ja, ich bin immer noch da«, antwortete Erik. »Das ist meine schlechte Angewohnheit. Man wird mich einfach nicht los.«

Abrupt blieb Frost stehen und drehte sich zu ihm um, obwohl die Krankenschwester neben ihnen weitertobte und nach einem verantwortlichen Arzt rief.

»Und was ist meine schlechte Angewohnheit?«

Er zuckte die Schultern und verzog die Mundwinkel. »Mal sehen, wie wäre es damit? Du platzt überall rein, auch wenn du nicht eingeladen bist.«

Da ist er also, der große Kindskopf, von dem Henry Stark erzählt hatte.

»Echt jetzt? Du rennst mir hinterher, um mir das zu sagen?«

»Na gut … Du hast Millionen auf deinem Bankkonto liegen und spielst trotzdem die Polizistin. Damit machst du unseren gesamten Berufsstand lächerlich.«

»Ach bitte, Erik, ist das deine Masche, um mich um Geld anzupumpen?«

»Du kannst keine Gefühle zeigen.«

Das stimmte leider. An diesem Problem hatte sie jahrelang gearbeitet, sich jedoch irgendwann mit ihrem distanzierten Verhalten gegenüber Mitmenschen arrangiert. Natürlich sehnte sie sich in seltenen Momenten auch nach ein bisschen mehr Nähe. Allerdings hätte sie, nach allem Verlust, den er inzwischen erlitten hatte – zwei Frauen und die Tochter –, erwarten können, dass er ihre Verschlossenheit verstand, aber offenbar hatte sie sich in ihm getäuscht. »Weißt du, wie man mich nennt?«

Er zögerte, weil er wohl überlegte, ob er das Wort sagen sollte. Schließlich sprach er es aus. »Exorzistin.«

Sie lächelte und ging die letzten Meter bis zum Zimmer, in dem Burda lag, rückwärts. »Schön, dann weißt du auch, dass ich Seelen vernichte, wenn man mich reizt.«

»Scheiße, was ist denn das nun wieder für ein Spruch? Stammt der von irgend so einem erleuchteten Yeti?«

»Es heißt Jedi. J-E-D-I.«

Ohne anzuklopfen, stieß sie die Tür auf und begrüßte den Rechtsanwalt.

»Bist du das, Klara?«, kam es von Burda dünnstimmig und hörbar überrascht.

»Lange nicht mehr gesehen.«

»Was ... was machst du hier?«

»Sie besuchen.« Während sie ihren Rucksack abstellte und hineingriff, betrachtete sie den ausgemergelten Burda. Sein Gesicht wirkte wächsern und seine Haut an den Händen zerreißbar wie Papier. Sie bezweifelte, dass er sich in seinem Alter jemals wieder von den Strapazen der vergangenen Tage erholen würde.

»Herr Donner«, hörte sie ihn flüstern. »Sie sind zurückgekommen, um mich zu retten. Danke.«

»Man tut, was man kann«, sagte Erik, der hinter sich die Tür schloss. »Hast du das gehört, Klara? Er hat sich sogar bei mir bedankt.«

Weil er nicht weiß, wer die Villa in Wahrheit gefunden hat.

Aus ihrem Rucksack holte sie ihr mechanisches Metronom, das sie oft bei Vernehmungen einsetzte. »Erkennen Sie es?«

»Es gehörte Ihrem Vater«, antwortete Burda.

»Sie haben es mir zusammen mit seiner Violine und ein paar anderen persönlichen Dingen gegeben. Aber ich bin nicht hier, um mich mit Ihnen über einen Kriminellen zu unterhalten, sondern um eine Kriminelle ...«

Sie stupste das Pendel des Metronoms an, das daraufhin exakt im Takt von zweiundsiebzig Schlägen pro Minute tickte.

Der normale menschliche Herzschlag.

»... zu finden«, beendete sie ihren Satz. »Kennen Sie den Namen der Entführerin?«

»Was?«

»Der Name.«

»Nein.«

»Sagt Ihnen Atzel etwas?«

Ein kaum merkliches Kopfschütteln. Anhand seiner glasigen Augen konnte sie nicht erkennen, ob der Anwalt log.

»Warum hat dann die Frau ausgerechnet Sie entführt?«

»Ich …«, stöhnte Burda, wobei ihm Speichel aus dem Mund lief.

»Warum sind Sie für die Frau wichtig?«, konkretisierte Frost ihre Frage.

»Hör auf damit«, sagte Erik. »Du siehst doch, dass er kaum die Augen offen halten kann.«

»Sie waren nicht ohne Grund auf der Station 9 gefangen«, machte Frost unbeeindruckt weiter. »Was wissen Sie über die Station 9?«

»Station 9«, wiederholte der Rechtsanwalt verwaschen. »Sie nannte es die Station 9.«

»Ich halte das für keine gute Idee«, intervenierte Erik und mittlerweile ging ihr sein zögerliches Verhalten mächtig auf den Nerv.

Sie stoppte das Metronom, das dicht neben Burdas Kopf auf einer Ablage stand, und beschleunigte die Taktfrequenz sogleich auf einhundert Schläge.

»Was machst du denn da?«, fragte Erik, der ihre Ermittlungsmethoden nicht kannte und vermutlich ohnehin nicht verstehen würde.

Niemand meiner Kollegen versteht mich. Deshalb nennen sie mich die Exorzistin.

»Je höher man die Taktfrequenz stellt, umso stimulierender wirkt sie. Ist wie damals bei der Technomusik. Erinnerst du dich an Kai Tracid und unseren Tanz?«

»Nee, da ist alles dunkel«, gab Erik sich trotzig und deutete auf Burda. »So dunkel wie bei ihm. Ehrlich, wir sollten jetzt gehen. Die Schwester da draußen trommelt gerade die Rausschmeißertruppe zusammen.«

Tatsächlich wurde es zunehmend laut auf dem Gang, aber davon ließ Frost sich nicht beirren.

»Viktor Burda«, sprach sie den Rechtsanwalt an, der abrupt die Augen weit aufriss. »Was haben Sie mit dem Luzifer-Video zu tun?«

»Ich habe Gerüchte gehört«, kam es stockend. »Gerüchte … damals und heute …«

»Was haben Sie gehört?«

»Das L ist tot.«

»Nein, ist es nicht. Warum werden Sie in dieser Geschichte gebraucht?«

»Ich weiß es nicht«, kam es kaum noch hörbar.

»Warum bin *ich* wichtig?«, versuchte es Frost auf anderem Wege, denn sie kannte den Rechtsanwalt. Vielleicht hing seine Entführung mit ihrer Vergangenheit zusammen. Vielleicht sollte er ähnlich wie Erik lediglich als Druckmittel dienen.

Während das Metronom tickte, kam aus Burdas Mund nur noch ein schwaches Pfeifen. Inzwischen ließ er die Augen geschlossen. Ganz vorsichtig rüttelte Frost an seiner Schulter, was ihn zurückbrachte. Er stierte sie an, als erkannte er sie nicht.

Sie drehte die Wandlampe direkt in sein Gesicht und buchstabierte ihm die Zahlenkombination aus dem Sarg.

»MA1127920SF819Z – ist das ein Aktenzeichen aus Ihrer Kanzlei?«

Burdas Lippen bewegten sich. »Nein.«

»Schluss jetzt«, ging Erik dazwischen, indem er das Metronom mit seinen großen Händen stoppte.

Im selben Moment ging die Tür auf und ein großer blonder Mann im Arztkittel tauchte im Türrahmen auf. »Was soll das werden?«

Frost ignorierte ihn und beugte sich noch einmal dicht über Burdas Gesicht. »Ist es ein Code oder der Name einer Datei?«

»Nein«, flüsterte Burda, aber seine Mimik sprach eine andere Sprache.

»Sagen Sie mir die Wahrheit!«, wurde sie deshalb lauter.

Erik packte sie. »Klara, es ist gut.«

»Raus hier, Sie beide!«, drängte der Arzt.

»Ist das der Name einer Datei?«, schrie Frost, um die beiden anderen zu übertönen.

»Frost«, sagte Burda. »Frag Hendrik Frost.«

Kapitel 53

Obwohl das Thermometer auch an diesem Märztag nur mit Mühe über zehn Grad Celsius kletterte, wurde Vogel von Dr. Helmut Drechsel auf die Terrasse gebeten. Dort standen eine dampfende Tasse Tee und Gebäck auf einem frisch geölten Holztisch. Auf einem der Stühle lag eine Decke, mit der er sich vor der Kälte schützte.

»Ah, Sie genießen den Blick ins Grüne, solange Sie noch können«, stieg Vogel in das Gespräch ein.

Drechsel ließ sich schwerfällig in den Sitz fallen. Sie waren allein auf dem Grundstück. Seine Frau war, nach seinen Angaben, zusammen mit einer Freundin beim Seniorensport.

»Ich hatte mich schon gefragt, wann Sie mich persönlich besuchen. Zuletzt war Ihre Kollegin hier, Frau Winter. Eine überaus freundliche Person, was man von Ihnen leider nicht behaupten kann.«

»Ist die Welt nicht ungerecht? Ich stehe putzmunter in Ihrem Garten und sie liegt mit einer Schussverletzung im Krankenhaus.«

»O Gott, wie furchtbar!«, stieß Drechsel aus, nachdem er realisiert hatte, dass Vogel die Sache mit der Schussverletzung ernst meinte. Entsprechend klang auch seine Bestürzung nicht geheuchelt. »Wie schlimm ist es?«

»Ich hatte bisher leider keine Zeit, nach ihr zu sehen.« Das war nur eine halbe Lüge. Selbstverständlich hatte er sich beim Oberarzt persönlich nach ihrem Befinden erkundigt. Schließlich hatte sie sich seit ihrem Dienstantritt vor vier Monaten als äußerst nützlich darin erwiesen, ihm und Semmler die leidige Computerarbeit vom Hals zu halten. »Aber sie ist sehr zäh, fast so zäh wie ich, also erwarte ich von ihr, dass sie sich spätestens morgen wieder zum Dienst meldet. Denn es ist sehr wahrscheinlich, dass es bald den nächsten Toten geben wird.«

Drechsel vergrub das Gesicht in seiner Tasse und durch das Heißgetränk bekam er kurzzeitig etwas Farbe um die Nase. Bis dahin hatte er blass und gebrechlich gewirkt. Um Vogels Gesundheit war es kaum besser bestellt, aber wenigstens musste er sich nicht setzen.

»Haben Sie gehört, was ich eben gesagt habe?«

»Sie sprachen von einem weiteren Toten«, antwortete der im Ruhestand befindliche Arzt. »Ist es nicht eigentlich Ihre Aufgabe, genau das zu verhindern?«

»Das könnte ich, wenn ich nicht seit Jahren auf eine Mauer des Schweigens stoßen würde. Wie oft war ich in der Vergangenheit bei Ihnen und Sie haben keine meiner Fragen beantwortet?«

»Sie hätten an meiner Stelle genauso gehandelt.«

»Aber jetzt merken Sie, dass Ihre Taktik nicht aufgeht. Das Video, von dem alle geglaubt haben, es gäbe es nicht, geistert nun durch das Internet – zumindest eine Hälfte davon. Es ist nur eine Frage von Stunden oder Tagen, bis auch der Rest an die Öffentlichkeit gelangt. Und Sie können nichts daran ändern.«

»Warten wir es ab«, sagte Drechsel beherrscht, aber er klang alles andere als sicher. Das Zittern in seiner Stimme kam nicht von der Kälte.

»Oh, Sie glauben, Conrad Ludwig hätte alles im Griff. Die gebügelte Presseerklärung gibt Ihnen Hoffnung, nicht wahr?

Aber wissen Sie was? Auf Ihre Beziehungen sollten Sie sich nicht verlassen. Denn wenn Ihr um siebenunddreißig Jahre jüngeres Ich demnächst im Luzifer-Video erscheint, kann weder Gott noch ich Sie retten. Falls Sie dann noch leben, wird man Sie öffentlich lynchen.«

»Verstehe, Sie warnen mich, haben aber nicht vor, mich zu beschützen.«

Vogel ließ seine Fingerknöchel knacken. »Im Rahmen meiner Möglichkeiten natürlich schon. Auch wenn man es mir nicht ansieht, bin ich schließlich Polizist. Als dieser habe ich geschworen, alle Menschen zu schützen. Auch wenn es die größten Dreckschweine auf Erden sind.«

Drechsel schien über die Worte nachzudenken, schüttelte dann den Kopf. »Ich werde nie verstehen, weshalb Conrad Ihnen sein Vertrauen schenkt.«

»Sie irren, zwischen mir und dem Innenminister besteht nicht das geringste Vertrauen. Ich bin schlicht und einfach der einzige verdammte Bastard, bei dem er sich sicher sein kann, dass er verschwiegen ist. Außerdem hatte ich in der Sache eine gewisse Vorlaufzeit. Was ich nicht hatte, war das Videomaterial. Es würde mir demzufolge sehr helfen, wenn Sie mir detailliert schildern, was im Film passiert.«

Drechsel trank seinen Tee aus. »Was würde das ändern?«

»Wir könnten dadurch vielleicht dafür sorgen, dass Luzifer Sie nicht holt.«

Statt Einsicht zu zeigen und zu reden, presste Drechsel die Lippen aufeinander, dass sie weiß wurden. Anscheinend hatte Innenminister Ludwig ihm einen gehörigen Maulkorb verpasst. Entsprechend fiel seine Erwiderung aus. »Warten wir ab, was geschieht.«

Daraufhin versuchte Vogel es mit einer anderen Taktik und legte ein Gruppenfoto mit Kindern aus dem ehemaligen Kinderheim Hilbersdorf auf den Tisch. »Und über die Station 9

264

wollen Sie mir auch nichts berichten? Erkennen Sie darauf jemanden, der dort vielleicht einmal Patient war? Vielleicht dieses Mädchen?« Er zeigte auf ein Gesicht. »Heute ist sie Rettungsassistentin.«

So wie Drechsel das Bild betrachtete, hatte er nicht damit gerechnet, dass Vogel ihn jemals darauf ansprechen würde. Aber nachdem Winter an der ehemaligen Villa des Arztes Dr. Anton Mehlhorn angeschossen worden war, hatte er nachgeforscht und war auf eine Verbindung zu Dr. Drechsel gestoßen.

»Von einer Station 9 weiß ich nichts«, log Drechsel.

»Komisch, dabei haben Sie doch etliche Heimkinder zur Behandlung bei Dr. Anton Mehlhorn überwiesen.« Er zückte die Kopie eines alten Schriftstücks, das an Dr. Mehlhorn adressiert war und Drechsels Unterschrift trug. »Fällt es Ihnen wieder ein?«

Schlagartig wich jeglicher Rest Farbe aus Drechsels Gesicht. Auch ohne es selbst in die Hand zu nehmen, erkannte er den maschinenschriftlichen Text. »Woher haben Sie das?«

»Ich habe in nahezu allen Behörden und Ämtern meine Informanten. Behörden und Ämter, die nicht einmal der Innenminister kennt.«

Der Hauseigentümer legte die Decke beiseite und erhob sich. Anscheinend war für ihn die Unterredung vorbei. »Dann sind Sie ja auf meine Aussage nicht angewiesen.«

»Wie Sie meinen …«

»Übrigens sind Sie nicht der Einzige, der mich in letzter Zeit aufsucht. Kürzlich war wieder diese verrückte Richterin hier, die sich damals mit ihren haltlosen Anschuldigungen in einer großen Tageszeitung komplett lächerlich gemacht hat.«

»Regina Armando hat mit Ihnen gesprochen?«, staunte Vogel.

»Nicht gesprochen, sondern einen Drohbrief in meinem Briefkasten hinterlassen.« Er trat an Vogel vorbei. »Warten Sie, ich hole ihn.«

Damit betrat er das Haus und Vogel blieb nachdenklich auf der Terrasse zurück. Er kannte Armandos damaliges Zeitungsinterview unter der Überschrift *Deutschlands härteste Richterin klagt an.* Darin hatte sie mit ihren Vorwürfen im Zusammenhang mit einem möglichen Verbrechen im Luzifer-Video für riesige Empörung gesorgt. Öffentlich hatte sie mehrere Männer der Entführung eines dreizehnjährigen Mädchens angeklagt. Jegliche Beweise oder wenigstens den Namen des Opfers war sie schuldig geblieben. Daraufhin hatte das Justizministerium sie in den vorzeitigen Ruhestand geschickt …

Ein Knall erschütterte die Gegend.

Vogel zuckte zusammen, griff sich an sein Herz. Dann fiel er aus allen Wolken.

Noch bevor das Echo des Schusses verhallte, stürzte er ins Haus, spähte in sämtliche Räume und fand Dr. Drechsel schließlich im Badezimmer. Er hatte sich in die Wanne gelegt und sich mit einer Kleinkaliberpistole in den Kopf geschossen.

Kapitel 54

Frost lenkte ihren Mercedes in die Tiefgarage der Frost AG. Das Unternehmen, das sich europaweit einen Namen in Sachen Datensicherheit gemacht hatte und seit dem Tod ihres Adoptivvaters Edward Frost von dessen Sohn weitergeführt wurde.

Mit quietschenden Reifen parkte sie auf dem für sie reservierten Stellplatz und stieg zusammen mit Erik aus. Wider Erwarten hatte er nach dem Gespräch mit Rechtsanwalt Burda im Krankenhaus darauf bestanden, sie nach Leipzig zu begleiten.

Und wie er später nach Hause kommen will, darüber hat er sich vermutlich keine Gedanken gemacht.

»Glaub bloß nicht, dass ich dich heute Abend mit ins Hotel nehme«, stellte sie klar.

»Keine Sorge, setz mich nachher einfach beim Hauptbahnhof ab.«

»Was denn?«, konnte sie sich nicht verkneifen. »Du willst im Bahnhof übernachten?«

Jetzt musste selbst er schmunzeln. Wenn er nicht so verkrampft und griesgrämig dreinblickte, erinnerte er sie fast an den sympathischen Studenten von damals.

Schweigend gingen sie zum Empfang. Auch wenn sie die Stiefschwester des Firmeninhabers war, meldete sie sich und

Erik vorschriftsmäßig an. Nachdem der Angestellte den obligatorischen Anruf beim Firmenchef getätigt hatte, durften sie den Fahrstuhl betreten.

»Hendrik und ich, wir verstehen uns nicht besonders«, klärte sie ihn auf, während sie nach oben fuhren. »Als Stiefbruder ist er eigentlich okay, aber er hat es nie verkraftet, dass das Adoptivkind die Hälfte des Erbes erhalten hat.«

»Anscheinend hast du noch weniger Freunde als ich.«

Sie zuckte mit den Schultern, als würde ihr Freundschaft nichts bedeuten. »Eigentlich habe ich weniger als die Hälfte bekommen, denn rechnet man das Gesamtvermögen der Frost AG zusammen, habe ich nicht mal ein Drittel für mich beansprucht.«

»Immerhin einhundert Millionen Euro«, gab Erik die Falschinformation wieder, die irgendein Spinner im Internet verbreitet hatte.

Es sind nur sechzig Millionen gewesen. Aber wir wollen nicht kleinlich sein.

»Dich wird er mögen«, sparte sie das Thema aus.

»Wie kommst du darauf?«

»Weil du mich auch nicht leiden kannst.«

Sie grinste und er verzog finster die Mundwinkel. Kurz bevor der Fahrstuhlgong ertönte, fiel ihr eine andere Sache an ihm auf.

»Hattest du das schon immer?«

»Was denn?«

»Das auffällige Zucken deines linken Arms.«

Sofort griff er sich an besagten Arm, um die unkontrollierte Bewegung zu unterdrücken. »Das ist keine Spastik, falls du das denkst.«

»Ich frag ja nur. Damit kannst du Leuten echt Angst machen.«

Vielleicht sollte das schleunigst mal ein Arzt kontrollieren.

Dass er zudem auffällig stark schwitzte und sich ständig die Augen auswischte, behielt sie vorerst für sich. Als sie aus dem Fahrstuhl traten, begrüßte Hendriks Sekretärin beide und führte sie in sein Büro.

»Klara.« Hendriks Begrüßung fiel wie immer sparsam aus. Dafür reichte er Erik mit einer übertrieben freundlichen Miene die Hand. »Erik Donner, dass ich das noch erleben darf!«

»Wie meinen Sie das?«, fragte Donner mit skeptischem Blick.

»Ach, Sie wissen es nicht?« Jetzt lächelte Hendrik seine Stiefschwester schadenfroh an. »Sie hat damals, während eurer gemeinsamen Studienzeit, pausenlos von Ihnen erzählt.«

Frost traute ihren Ohren nicht, denn allenfalls hatte sie Erik mal erwähnt. »Kann es sein, dass du mich da mit jemandem verwechselst?«

»Natürlich ist ihr das jetzt peinlich, aber wenn meine Eltern noch leben würden, könnten die davon ein Lied singen.«

Deine Eltern.

Um nicht wie ein getroffener Hund loszubellen, schwieg sie die Sache aus.

»Ich hoffe, sie hat Sie nicht so zugerichtet«, machte Hendrik weiter.

Erik griff sich an die verwundeten Stellen an seinem Kopf und verneinte. »Im Gegenteil, momentan ist sie meine perfekte Pflegekraft.«

»Das gefällt mir«, sagte Hendrik, klatschte in die Hände und nahm auf seinem Bürostuhl Platz. »Endlich mal jemand, der Spaß versteht. Was kann ich denn heute für meine humorlose Schwester tun?«

»Gut, dass du meinen Humor ansprichst«, sagte Frost und hielt ihm ein Foto des Sargbodens mit dem eingeritzten Code hin. »Erkennst du das?«

Schlagartig wich sämtliche Farbe aus Hendriks Gesicht und sein Mund blieb ihm offen stehen. Wie hypnotisiert stierte er auf das Bild. Erst nach einer Weile fand er wieder Worte. »Woher hast du das?«

»Aus einem Sarg«, gab Frost kurz angebunden Auskunft.

»Ist das der Name einer Computerdatei?«

»Das …«, stotterte Hendrik und raufte sich das Haar. »Das dürftest du eigentlich gar nicht wissen …«

Seine Aussage beunruhigte sie. Auffordernd sah sie zu Erik, der jedoch nicht den Eindruck machte, als könnte er sie bei der Befragung unterstützen.

»Wie meinst du das?«, bohrte sie deshalb weiter.

»Ja, es ist ein Dateiname, aber bis vor Kurzem wusste ich selbst nicht, dass die Datei auf unserem Server liegt. Nein, sie lag dort. Jetzt ist sie verschwunden.«

»Würdest du aufhören, in Rätseln zu sprechen?«

Hendrik legte das Foto beiseite und sah erst Erik, dann sie ernst an. »Vor ein paar Monaten hatten wir ein kleines Sicherheitsproblem. Die Details möchte ich dir ersparen, da du von Informatik kaum Ahnung hast. Sämtliche Dateien werden in sogenannte Frost-Kapseln versteckt, so nennen wir unser Securitysystem – bestehend aus Soft- und Hardwaresicherheitsmaßnahmen, um die Daten unserer Kunden zu schützen. In einer von diesen Kapseln war diese Datei mit dem Namen MA1127920SF819Z. Jedenfalls hatten wir ein Leck im System. Als meine Mitarbeiter das Problem gelöst hatten, legte man mir einen Bericht vor. Selbstverständlich möchte ich stets wissen, was in meinem Unternehmen passiert, deshalb habe ich natürlich sofort nachgesehen, wessen Daten betroffen waren. Dabei stellte ich fest, dass mein Vater die Datei vor etlichen Jahren persönlich hochgeladen hatte.«

Würdest du endlich aufhören, immer von deinem Vater zu sprechen!

Frost unterdrückte ihre Wut. Auch sie hatte Edward Vater genannt und sie trug wie in einer richtigen Familie seinen Nachnamen.

»Er hat sie jedoch nicht für sich selbst, sondern im Auftrag eines … Firmenkunden im System geschützt.«

Frost bemerkte sein Zögern. »Wie heißt der Firmenkunde?«

Hendrik schwieg einige Sekunden, dann nickte er. »Die Datei gehört deinem Vater.«

KAPITEL 55

Irritiert blinzelte Frost. Weil sie den Namen selbst nicht aussprechen wollte, übernahm Erik.

»Soll das heißen, die Datei gehört Markus Wallner?«

Hendrik nickte ihm zu. »Ja, Klaras leiblichem Vater, Markus Wallner.«

Erst jetzt fand Frost ihre Stimme wieder. »Was ist das für eine Datei?«

»Es handelte sich um ein Video, dessen Inhalt ich jedoch nicht kenne.«

Als Frost das hörte, durchlief es sie heiß und kalt. Auch Erik schien zu ahnen, dass es sich mit hoher Wahrscheinlichkeit um das Luzifer-Video handelte.

Deshalb will also der Killer den Tod von Markus Wallner.

»Wann genau hattet ihr das Sicherheitsproblem?«, hakte Frost nach.

»Vor gut sechs Monaten.«

»Vor über einem halben Jahr? Und das erfahre ich erst jetzt?«

»Ich wollte dich nicht beunruhigen«, rechtfertigte Hendrik sich und warf dabei einen Blick zu Erik, ob er von ihm Zustimmung erhielt.

Erik schaute noch finsterer als im Fahrstuhl. Überhaupt sah er von Minute zu Minute schlechter aus. Er schwitzte immer heftiger, obwohl das Chefbüro angenehm klimatisiert war. Doch momentan konzentrierte sie sich auf die Aussagen ihres Stiefbruders.

»Weiß mein ...«, stockte Frost. »Weiß Wallner vom Diebstahl seiner Daten?«

»Gewöhnlich informieren wir unsere Kunden, sobald etwas schiefgelaufen ist, aber da Markus Wallner nie auf die Datei zugegriffen hat und sich außerdem in Sicherheitsverwahrung befindet, habe ich mich entschieden, ihn nicht darüber aufzuklären.«

Wenn es sich bei der Videodatei tatsächlich um das Luzifer-Video handelt, kannst du davon ausgehen, dass er es längst weiß.

»Und du hast wirklich keine Ahnung, um was für ein Video es sich handelt?«

»Tut mir leid, die Datei war mit einem persönlichen Passwort des Eigentümers gesichert.«

Ein Passwort, das irgendjemand geknackt hat.

»Wie konnte das passieren? Gab es einen Hackerangriff?«

»Zumindest nicht von außen. Nach eingängiger Analyse gehen wir davon aus, dass die Daten intern gestohlen wurden. Bevor du aber fragst, ja, wir haben sämtliche Mitarbeiter überprüft.«

»Dann überprüft ihr besser noch einmal. Und zwar ausnahmslos jeden. Sowohl die Stammbesatzung als auch die Freelancer. Und es wäre besser für die Frost AG, wenn du den Schuldigen findest.«

»Willst du mich sonst öffentlich anprangern?« Er tupfte sich mit einem Taschentuch Schweiß von der Stirn. »Ich meine, als Firmenchef ist mir der Vorfall ausgesprochen peinlich, aber es ist nur eine Videodatei.«

Eine Videodatei, die womöglich tödlich ist.

Bevor sie nicht hundertprozentige Gewissheit hatte, wollte sie ihn nicht über das Luzifer-Video aufklären.

»Also da ich noch weniger Ahnung von Computern habe als Klara, gestattet mir eine Nachfrage«, sprach Erik dazwischen. »Predigt man nicht schon im Informatikunterricht in der Schule, dass man immer Sicherheitskopien machen soll? Wie sieht es also mit Disketten und so aus?«

»Disketten«, wiederholte Hendrik mitleidig. »Ja, es gab Sicherheitskopien, aber auch von dort ist sie gelöscht. Exakt deshalb gehen wir davon aus, dass es ein Insider war.«

»Habe ich das richtig verstanden?«, übernahm wieder Frost. »Die Datei ist komplett verschwunden?«

Hendrik wiegte seinen Kopf hin und her. »Ich würde eher sagen, die Datei wurde ausgetauscht.«

»Gegen was ausgetauscht?«

»Gegen ein digitales Bild.«

»Und was zum Teufel zeigt das Bild?«, fragte Frost, die seine Geheimniskrämerei nicht länger aushielt, gefährlich leise.

Statt zu antworten, hob Hendrik den Zeigefinger, stürzte sich auf seinen Laptop, tippte hastig etwas ein und drehte ihr und Erik den Monitor zu. Auf dem Bildschirm war ein altes Gemälde mit einer malerischen Landschaft zu sehen. Im Zentrum des Bildes befand sich jedoch ein seltsames Holzgebilde.

»Es stammt vom niederländischen Künstler Pieter Bruegel dem Älteren«, erklärte Hendrik. »*Die Elster auf dem Galgen.*«

Nachdem er das Kunstwerk benannt hatte, umfuhr er mit dem Finger den namensgebenden Galgen – der eine unmögliche Figur ergab – und tippte zum Schluss auf den darauf sitzenden Vogel.

Die Elster.

Kapitel 56

Nach dem unerfreulichen Besuch bei Dr. Helmut Drechsel kehrte Vogel zurück ins Kommissariat 77. Aufgrund dessen Suizids hatte er jetzt einen Zeugen weniger, dafür jedoch jede Menge zusätzlicher Arbeit. Am liebsten wäre er nach Hause gegangen und hätte die Dinge dem Selbstlauf überlassen, aber dann war ihm der im Archiv eingesperrte Staatssekretär eingefallen. Unabhängig davon, dass der Großteil der Belegschaft schon seit mindestens zwei Stunden den Feierabend genoss, gab es nur eine überschaubare Anzahl Personen, die eine Zugangsberechtigung zum ewig stinkenden Kellergeschoss hatten. Und den Zugangscode zum Archiv, den er erst kürzlich geändert hatte, kannte nur er allein. Falls also Vogel auf dem Weg in die Polizeidirektion einen tödlichen Verkehrsunfall gehabt hätte, wäre Rattengesicht Spitzner in dem Loch jämmerlich verreckt.

Dem Gedanken daran konnte Vogel durchaus etwas abgewinnen. Weiterhin fragte er sich, wie lange der Staatssekretär wohl ohne Wasser auskäme. In Vorfreude auf die Begegnung mit ihm rieb Vogel sich die Hände, schlurfte den Kellergang entlang und begann dann, den Code in das Display einzutippen. Selbstverständlich würde Spitzner Strafanzeige wegen Freiheitsberaubung erstatten, aber Vogel würde behaupten, er sei ins Archiv eingebrochen und die Tür von allein zugefallen. Dann würde Aussage gegen Aussage stehen.

Vorausgesetzt, der Staatssekretär hätte sich nicht in Luft aufgelöst …

»Das gibt es doch nicht!«, zürnte Vogel.

Im Archiv herrschte gähnende Leere. Spitzner war tatsächlich verschwunden. Mitsamt seinem Gummiball. Ungläubig musterte Vogel das Türschloss. Augenscheinlich keinerlei Beschädigungen. Zu roher Gewalt neigte der Staatssekretär nachweislich, aber Vogel konnte sich beileibe nicht vorstellen, dass er überdies das handwerkliche Geschick besaß, um ein hochmodernes Sicherheitsschloss zu manipulieren. Von innen wohlgemerkt!

»Also wie zum Teufel bist du hier rausgekommen?«

Da ihm die mysteriöse schwarze Zugangskarte ebenfalls nichts genützt hätte, blieb nur die Möglichkeit, dass er sich über sein Handy Hilfe gerufen hatte. Diese Option hatte Vogel schon zuvor in seine Überlegungen einbezogen, aber er hatte darauf vertraut, dass Spitzner die Ecken des Archivs vergeblich nach Mobilfunkempfang absuchen würde. Offenbar hatte Vogel sich in diesem Punkt geirrt.

Blieb nur die Frage, wer von den Berechtigten ihn aus seinem Gefängnis erlöst hatte. Am ehesten traute Vogel es KPI-Leiter Moll zu. In seiner Funktion hatte er sich damals bestimmt ein Hintertürchen am elektronischen Schloss einbauen lassen. Zumindest hatte Vogel das immer vermutet. Als Steigbügelhalter seiner Vorgesetzten rangierte er auf der Liste möglicher Befreier ganz oben.

»Ein Anruf vom Innenministerium genügt und Moll würde sogar nach Afrika laufen, um ein verhungerndes Kind zu retten.«

Vogel kam nicht mehr dazu, sich weiter über ihn zu ärgern, denn blitzartig durchzuckte es ihn. Mit einem Satz stürmte er selbst in das Archiv und riss den Aktenschrank an der Nordwand auf. An der Innenseite der Schranktür löste er die verborgene Verriegelung und klappte einen Teil des Türblatts auf. Zu seinem Entsetzen war das Geheimfach leer. Die Akte Johannes Merten war verschwunden – genau wie Emanuel Spitzner.

»Dieser hundeelende Dieb!«

Am liebsten hätte er den kompletten Aktenschrank umgeschmissen für den Fall, dass Spitzner sich in den hintersten Winkel verkrochen hatte, aber plötzlich hörte Vogel den Fahrstuhl rumpeln. Er fluchte und eilte aus dem Archiv. Zu seinem Erstaunen suchte Winter das Kommissariat auf.

»Was machen Sie denn hier?«, fragte er und betrachtete den Verband an ihrem Oberarm. »Müssten Sie nicht im Krankenhaus ein Bettlaken vollbluten?«

»Hat sich ausgeblutet.« Sie schaute ihn schief an. »Ist alles in Ordnung mit Ihnen?«

»Natürlich, immerhin komme ich geradewegs von einer tödlichen Zeugenbefragung«, verstellte er sich, denn Winter hatte zwar vermutlich eine Ahnung, dass es eine alte geheime Akte gab, aber er musste ihr deshalb noch lange nicht beichten, dass man sie ihm heute gestohlen hatte. »Ich finde, nach all dem Stress habe ich mir diesen Mordsspaß des Schicksals verdient.«

Winter nickte bloß. Bestimmt hatte sie von Dr. Drechsels Suizid gehört. Wie es schien, bedauerte sie sein Ableben wohl deutlich mehr als Vogel.

»Was haben Sie da für einen Zettel?«, fiel ihm auf.

Sie reichte ihm einen Fotoausdruck mit einem Frauengesicht. »Das ist ein relativ aktuelles Bild der Gesuchten. Sie heißt Tanja Schlosser, arbeitet beim Rettungsdienst. Da sie meist als Fahrerin eingeteilt war, hatte sie Zugriff auf den Rettungsfahrzeugpool. Außerdem genießen Sanitäter hohes Ansehen in der Bevölkerung. Das erklärt, wie sie Herrn Donner auf offener Straße entführen konnte.«

»Tja, ich sage ja immer, mit einer Uniform öffnen sich dir Türen und Tore. Unsereins dagegen muss sie entweder eintreten oder übers Fenster einsteigen.«

»Schlosser ist sechsunddreißig und wohnt in einer Zweiraumwohnung auf dem Kaßberg. In der Vergangenheit hatte sie einige Partnerschaften, aber nie eine feste Bindung. Ihre Nachbarn behaupten, Schlosser sei zwar wenig gesprächig, aber immer freundlich zu allen gewesen. Ihr Arbeitgeber konnte sich auf sie verlassen. Sie ist selten krank und nimmt gern Überstunden in Kauf. Eine Zeit lang hat sie sich für Kommunalpolitik stark gemacht, dann aber schnell das Handtuch geworfen, weil sie auf zu viele interne Widerstände gestoßen ist.«

»Sechsunddreißig«, murmelte Vogel, während er den Ausführungen lauschte. Obwohl er den Namen der Frau bereits kannte sowie ein paar Details aus ihrem Leben, war ihm dieser Fakt bisher nicht aufgefallen.

»Was ist?«

Vogel rückte sich die Brille zurecht und kratzte sich am Kinn, während er das Porträt betrachtete. »Was wissen wir noch über sie?«

»Früher war sie ein Heimkind, ihre Eltern sind unbekannt. Nach der Wende folgte eine kriminelle Karriere: Hausbesetzung, Körperverletzung, Drogen, Prostitution. Als man sie zu einer gehörigen Jugendstrafe verurteilt hat, gelang ihr der Absprung von der Straße.«

»Was für ein Glück! Bei der Vergangenheit wundert es mich kein bisschen, dass sie in die Politik wollte. Bestimmt für irgendeine Ökopartei. Auf dem Bild sieht sie schon aus wie eine Verrückte.«

»Das Foto stammt aus einer Bewerbungsmappe aus ihrer Wohnung. Anscheinend beabsichtigte sie, demnächst bei einem ansässigen Chemielabor zu arbeiten.«

»Um Bomben zu basteln? Das wird ja immer besser.« Er gab ihr den Ausdruck zurück. »Eigentlich wollte ich mit meiner Bemerkung ausdrücken, dass sie zwar wie eine Verrückte, aber eben nicht wie der typische Luzifer-Killer aussieht. Aber mir sieht man ja auch nicht unbedingt an, was für ein genialer Ermittler ich bin. Zu schade, dass Sie sie nicht aufhalten konnten ...«

»Eine Bewaffnete auf der Flucht?« Winter tippte sich auf die bandagierte Stelle am linken Arm, danach hinüber zum Herzen. »Ich bin heilfroh, dass sie nicht zwanzig Zentimeter weiter rechts getroffen hat.«

»Ah, was sage ich Ihnen immer über Ausreden?«

Winter verstummte augenblicklich und verzog die Lippen zu einem Schmollmund. Bis sich ihre Miene wieder aufhellte. »Aber es gibt etwas Positives zu berichten. Denn deshalb bin ich eigentlich hier.«

»Was denn?«

Wie durch einen Zaubertrick hielt sie plötzlich einen silberfarbenen USB-Stick in der Hand. »Der ist Schlosser aus der Tasche gefallen, als sie mich angegriffen hat.«

Vogels Augen weiteten sich. »Sagen Sie mir bitte, dass sich darauf das vollständige Luzifer-Video befindet.«

»Leider nein. Es handelt sich um eine MP3-Datei, auf der sich ein Gesprächsmitschnitt befindet.«

Ohne dass Vogel sie auffordern musste, reichte sie ihm den Stick. »Sie haben sich den Inhalt bereits angehört?«

Winter nickte. »Es handelt sich um ein Gespräch zwischen Markus Wallner und Edward Frost.«

»Frosts Väter?«, sagte er unnützerweise. »Anscheinend endet dieser Tag doch noch mit etwas Positivem.«

»Das sagte ich ja eben.«

»Gehen Sie endlich nach Hause.« Er stocherte mit dem Datenträgerstick in der Luft herum. »Das hier schaffe ich auch irgendwie ohne Sie.«

»Ich helfe Ihnen gern.«

»Nein«, sagte er und auf einmal ergriff ihn eine spontane Sentimentalität. Er kratzte sich hinterm Ohr, aber dadurch verging das Gefühl auch nicht. »Beinahe hätte ich Sie verloren, ohne Ihnen jemals für all die Hilfe danken zu können.«

Winter grinste. »Und jetzt wollen Sie das nachholen?«

Er verdrehte die Augen. »Es ist das Mindeste, dass ich Ihnen jetzt Ruhe gönne. Das sollte Ihnen Dank genug sein. Denn morgen früh stehen Sie hoffentlich wieder pünktlich auf der Matte.«

»Hui, Sie haben sich bei Ihrer Erkenntlichkeit ja richtig einen abgebrochen.«

»Na, na, werden Sie nicht vorlaut!« Beide lachten und für einen Moment vergaß er sämtliche Schmerzen und Nöte. Bis er wieder ernst wurde. »Kennen Frau Frost und Herr Donner den Inhalt schon?«

Sie verneinte. »Ich habe mir gedacht, dass Sie mich bestimmt umbringen würden, wenn die beiden den Inhalt vor Ihnen erfahren.«

»Exzellent, Frau Winter, Sie lernen.«

KAPITEL 57

Nach der Enthüllung in der Firma ihres Stiefbruders gingen Frost und Erik schweigend zu ihrem Wagen. Auch wenn Frost versuchte, es sich nicht anmerken zu lassen, war sie entsetzt von dem, was sie Minuten zuvor erfahren hatten. Nachdenklich setzte sie sich hinters Steuer und griff wie automatisch nach der Zigarettenschachtel in der Mittelkonsole.

»Stört es dich, wenn ich rauche?«

»Auf der Autobahn hast du fast pausenlos geraucht, also warum fragst du plötzlich?«

»Seit du wirklich beschissen aussiehst.«

Sie steckte sich eine Zigarette an und hielt ihm die Schachtel hin. Er wehrte jedoch ab, schloss stattdessen die Augen und gab ein leises Knurren von sich. Mehr kam nicht von ihm, weil ihm wohl mittlerweile sogar die Kraft zum Reden fehlte.

»In dem Zustand kannst du unmöglich mit der Bahn zurück nach Chemnitz fahren. Du gehörst in ein Krankenhaus.«

Schlagartig war er wieder wach. »Warum will mir jeder einreden, dass ich ins Krankenhaus gehöre? Fault mir ein Arm ab oder blute ich aus den Ohren?«

Du gibst dich kämpferisch, um mir zu imponieren.

Auch wenn sie wahrlich nicht die geborene Krankenschwester war, griff sie ihm an die Stirn. Sein Kopf glühte.

»Wie du meinst«, antwortete sie, als wäre ihr seine Gesundheit völlig egal. »Dann stelle ich eben die Klimaanlage auf Frost.«

»Was für ein Wortspiel!«, sagte er und versuchte sich an einem gequälten Lächeln.

Sie startete den Motor und lenkte den Mercedes aus der Tiefgarage. Unterdessen überlegte sie, was sie mit Erik jetzt machen sollte. Auch wenn er sich bemühte, seine Zuckungen in den Armen zu unterdrücken, verriet sein ganzes Verhalten, dass etwas mit seinem Körper nicht stimmte.

»Denkst du das Gleiche, was ich denke?«, schwenkte sie um, weil sie glaubte, dass ihn die Arbeit ablenken würde.

»Du meinst, ob es sich bei der Datei um das Luzifer-Video handelt?« Er zuckte mit den Schultern. »Ich finde, darum sollten sich andere kümmern.«

»Kannst du mir verraten, warum ich das Gefühl habe, dass du mir etwas verheimlichst?«

Er schaute durchs Beifahrerfenster, obwohl es dort draußen nichts Interessantes zu sehen gab. »Wie kommst du darauf?«

»Zuerst ignorierst du meine Nachrichten und Anrufe, willst mich nicht sehen, und jetzt weichst du mir plötzlich nicht mehr von der Seite. Und jedes Mal, wenn es um das Luzifer-Video geht, warnst du mich, ich sollte mich nicht weiter damit beschäftigen.«

»Wenn ein extrem gefährlicher Mörder persönlich mit dir in Kontakt tritt, klingeln bei mir sämtliche Alarmglocken. Glaub mir, ich weiß, wovon ich spreche. Ich habe mich mehrfach auf die Spiele von Psychopathen eingelassen und ich habe immer verloren.«

»Oh, danke für die Aufklärung, aber ich habe die letzten Jahre auch nicht nur Akten geheftet und meine monatliche Aufwandsentschädigung kassiert.«

Im Gegenteil, ich habe ein paar echt kranke Typen zur Strecke gebracht.

»Also hör auf, mich zu belehren, und lass mich meine Arbeit machen. Ich komme wirklich gut allein zurecht – und auf mich gestellt bin ich sogar noch viel besser.«

Erik winkte ab, und selbst diese schlichte Handbewegung wirkte kraftlos. »Natürlich habe ich in der Zeitung von deinen Erfolgen gelesen, aber du unterliegst dem größten Irrglauben in unserem Job: Du glaubst, du könntest als Polizeibeamtin irgendwas in dieser Welt ändern, aber in Wahrheit verändert dich die Welt.«

Ach, du hast also von mir gelesen. Anscheinend war ich dir doch nicht völlig egal.

»So klingt also jemand, der längst aufgegeben hat.«

»Denk doch von mir, was du willst. Aber ich habe deutlich schrecklichere Dinge gesehen und erlebt als du.«

»Aha, und mit was willst du mich aktuell beeindrucken?«

Ähnlich wie der eingeschnappte Student, der vor etwa zwanzig Jahren einen Korb von ihr erhalten hatte, verschränkte er die Arme und rutschte tiefer in den Beifahrersitz. »Wenn ich wollte, könnte ich Fliegen dressieren.«

Wieder stellte sie sich Erik in einem übergroßen Fliegenkostüm vor. Erneut brachte die Vorstellung sie zum Schmunzeln.

»Was ist denn daran so lustig?«, murrte er.

»Nichts, Herr Fliegendompteur.«

Ihre Heiterkeit verflog, als ihr Telefon klingelte. Nicht nur sie schaute besorgt auf die angezeigte Handynummer, sondern auch Erik schien eine ungute Vorahnung zu beschleichen.

»Sag mir bitte, dass das deine Mutter ist.«

»Meine Mutter ist tot«, antwortete Frost verbissen und nahm den Anruf an. »Beide Mütter …«

»Mit wem reden Sie da über Ihre Mutter?«, hallte eine mechanisch verzerrte Stimme über die Freisprecheinrichtung. »Sitzen Sie etwa zusammen mit Herrn Donner in einem Auto?«

»Ich zeige ihm die Stadt«, antwortete Frost.

»Wirklich? Ist das nicht unverantwortlich bei seinem derzeitigen Zustand …?«

Überrascht von dem Satz schaute Frost Erik an, redete aber weiter gelassen. »Was wollen Sie denn diesmal? Ihr einstiges Druckmittel sitzt quicklebendig neben mir, Viktor Burda wurde befreit und wir kennen Ihr Gesicht und Ihren Namen. Besser Sie stellen sich freiwillig der Polizei und geben mir meine Dienstwaffe zurück.«

Es folgte ein hohles Kichern. »Ja, in der Tat, in den Nachrichten spricht man pausenlos von den Fahndungsmaßnahmen nach einer bewaffneten Rettungsassistentin. Aber wissen Sie was? Sie und Ihre Kollegen werden mich nicht finden.«

Da liegst du falsch. Nicht die Polizei findet dich, sondern die Zeit. Sollte es auch noch so lange dauern.

»Ich weiß, warum Sie den Tod von Markus Wallner wollen.«

»So, das wissen Sie also? Und werden Sie mir dabei helfen?«

»Nein.«

»Dann, fürchte ich, wissen Sie eben noch nicht alles.«

Frost kniff die Augen zusammen und schaute wieder Erik an, ob er wusste, was der Anrufer damit sagen wollte. Aber Erik presste seine blutleeren Lippen aufeinander und schüttelte den Kopf.

Ich soll also nicht weiter nachfragen.

»Was weiß ich nicht?«

»Vor allem wissen Sie nicht, dass Herr Donner sehr wohl weiterhin mein Druckmittel ist. Oder wollen Sie mir einreden, Sie hätten die Anzeichen der Vergiftung nicht längst bemerkt?«

»Was für ein Gift soll denn das sein?«

»Das ist ein Bluff!«, sprach Erik dazwischen, gleichzeitig kniff er sich in seinen linken Arm, der sich nahezu verselbstständigt hatte.

»Ah, guten Tag, Herr Donner! Wie immer spielen Sie den knallharten Polizisten. Nick-nack, paddywack, Räuber und Gendarm! Aber wenn Sie nicht innerhalb der nächsten vierundzwanzig Stunden das Antidot erhalten, das sich in meinem Besitz befindet, fürchte ich, dass niemand Sie mehr retten kann.«

KAPITEL 58

»Herrgott noch eins!«, schimpfte Vogel. Über eine halbe Stunde versuchte er jetzt schon, auf dem sauteuren Laptop, den er dem Technikreferat gestern extra für Winters Arbeit aus dem Kreuz geleiert hatte, den USB-Stick zum Laufen zu bringen. Immer wilder hämmerte er mit der Computermaus herum. Natürlich spielte der Frust über die verschwundene Akte eine entscheidende Rolle, dass er sich nicht richtig konzentrieren konnte. »Nein, ich möchte keine verdammte App installieren! Und ich möchte jetzt auch kein Update machen. Nein ... Ist das zu fassen? Bill Gates ist kein Programmierer, sondern ein moderner Folterknecht. Bei dem wird Benutzerfreundlichkeit aber gaaanz kleingeschrieben.« Ein neues Feindbild tat sich auf, was seine Laune nur unwesentlich aufpolierte. »Nein, deine Lizenzvereinbarungen sind mir scheißegal. Nein ... Nein ... Ja, ich will den Mediaplayer starten!«

Endlich tat sich etwas Positives auf dem Bildschirm: Ein geleckter Wiedergabebutton erschien. Auch die im Laptop eingebauten Lautsprecher knackten. Wie es schien, brachte er die digitale Tonbandaufzeichnung tatsächlich auch ohne Winters Hilfe zum Laufen. Zwischenzeitlich hatte er schon überlegt, seiner verletzten Angestellten den versprochenen

Feierabend zu streichen und sie zurück zur Dienststelle zu beordern.

Er startete die einzige Datei auf dem USB-Stick und vernahm einsetzendes Rauschen, gefolgt von zwei Männerstimmen.

»Danke, Edward, dass du gekommen bist.«

»Mein Gott, wie du aussiehst, Markus. Ich wusste immer, dass du für den Knast nicht geschaffen bist. Falls ich etwas für dich hier drin tun kann …«

Wallner lachte freudlos auf. *»Ich stehe das durch, für meine … entschuldige, unsere Tochter.«*

Vogel verdrehte die Augen. Die Aufzeichnung ging ja gut los! Trotz des unerträglichen Pathos stellte er den Ton ein Stück lauter, um jedes Wort vom Gespräch zwischen Markus Wallner und Edward Frost zu verstehen.

»Wie geht es meiner Klara nach der Adoption?«

»Sie hat noch immer Schwierigkeiten mit der Umgewöhnung«, antwortete Frost. *»Inzwischen ist fast ein Jahr vergangen, aber sie lässt sich ungern auf Mitmenschen ein. Weil sie gesellschaftliche Regeln brechen will. Ihre Extravaganz hat sie von dir geerbt. In ihrer Klasse zählt sie deshalb zu den Außenseitern. Dorothea macht sich Sorgen über ihre Zensuren. Ich versuche, Klara für Informatik zu begeistern, immerhin kann sie sehr gut mit Zahlen umgehen, aber sie scheint*

daran kein Gefallen zu finden. Sie liest immerzu das Kinderbuch, das du ihr geschenkt hast. Momo. *Sie flüchtet sich regelrecht in die Seiten und dann zählt sie bei jeder Gelegenheit die Sekunden mit. Am Anfang fanden wir das ganz lustig, aber inzwischen scheint das eher eine Art Manie zu sein.«*

»*Das hat sie auch von mir*«, sagte Wallner hörbar stolz.

»*Ich weiß, das ist das Problem. Ich bin mir nicht sicher, ob es richtig von dir war, sie zur Adoption freizugeben.*«

»*Es war absolut notwendig, um sie zu schützen. Ich kann mir keinen besseren Vater als dich für sie vorstellen.*«

Frost schniefte. »*Jetzt sag mir endlich, warum ich hier bin?*«

»*Hast du etwas von Johannes Merten gehört?*«

»*Merten ist verschwunden – und das finde ich persönlich gut so. Soll er von mir aus für immer wegbleiben.*«

»*Merten ist ein Verbrecher, und ich könnte es beweisen.*« Wallner flüsterte jetzt. »*Ich habe eine Kopie des Luzifer-Videos versteckt.*«

»*Gott, hört denn das nie auf? Ich wusste, dass es ein Fehler war, nach Moabit zu kommen. Egal, was du mir vorschlägst, ich will dir dabei nicht helfen.*« Stuhlbeine scharrten über harten Boden. »*Ich möchte nicht auch meine Familie verlieren.*«

»*Niemandem wird diesmal etwas passieren*«, beschwichtigte Wallner. »*Ich will nur, dass das Video an einem sicheren Ort aufbewahrt wird.*«

»*Und dafür brauchst du mich? Das ist mir zu gefährlich.*«

»*Bleib bitte hier, Edward! Die Kopie befindet sich in einem Schließfach auf VHS-Kassette. Mein Rechtsanwalt Viktor Burda verwahrt den Schlüssel für mich. Ich möchte, dass du das Beweisstück dort wegholst und den darauf befindlichen Film digitalisierst.*«

»*Ich soll das machen?*«

»*Wer von uns ist denn der Informatiker? Finde einen Weg, um den Film zu schützen. Der Videoinhalt ist die einzige Lebensversicherung für mich und Klara.*«

»*Nein, deine und ihre Lebensversicherung ist dieses Gefängnis. Du bist besessen von diesem Video, seit du erfahren hast, dass Werner Sollstein es heimlich gedreht hat. Keinem hat es Glück gebracht. Sollstein ist tot und du hast deine Frau ... Mein Gott, warum musstest du*

Merten unbedingt mit dem Material erpressen? Wozu das Ganze?«

»Du hast das Video nicht gesehen …«

»Und darüber bin ich unendlich dankbar! Markus, du hast den Teufel erweckt, verstehst du das denn nicht?«

»Du hast nicht gesehen, was sie dem Mädchen angetan haben.« Wallners Stimme brach. Er schluchzte. »Ich wünschte, ich könnte das Gesehene ausblenden, aber hier oben in meinem Kopf werden die Bilder für immer entsetzlich real bleiben. Jede einzelne Szene erinnert mich daran, wie grausam diese Welt ist.«

»Dann lass endlich los. Merten hat dich gewarnt.«

»Verstehst du denn nicht, worum es mir geht?«

»Ja, vermutlich denkst du dabei an Gerechtigkeit. Du hoffst, dass dir das Video noch in irgendeiner Weise nützen könnte, aber in Wahrheit geht es dir einzig und allein um dein Ego.«

»Das sind Dreckskerle, die ungestraft ein dreizehnjähriges Kind auf dem Gewissen haben.«

»Ja, das verstehe ich sehr wohl, aber das ist zehn Jahre her! Weißt du, was in dieser Zeit alles vertuscht wurde? Es sind schon zu viele Leute gestorben. Sabine, dein Stiefvater, Martin

Teubner, Werner Sollstein ... Was hat ihm sein eigenes Filmmaterial genützt?«

»Sollstein ist selbst schuld! Er hat den Sarg mit dem Mädchen sogar bis zu Mertens Podest geschoben.«

»Ich will davon nichts wissen!«, sagte Frost energisch.

»Nein, es ist viel schlimmer, als du denkst«, hörte Wallner nicht auf. *»Er hat sich später sogar daran beteiligt.«*

»Und zwei Tage darauf war er tot. Vergiftet. Merten hat bis zur Wende vermutlich acht seiner eigenen Leute umgebracht. Ist dir das nicht Warnung genug? Nein, ist es nicht! Selbst als deine schwangere Frau gestorben ist, war es dir nicht genug. Was willst du denn noch, verdammt? Sag es mir!«

»Ich vermisse meine Klara. Ich will doch nur, dass es ihr gut geht.«

»Es geht ihr gut bei uns. Eines Tages wird sie alles verstehen. Bis dahin musst du vernünftig sein. Ich kann sie nicht beschützen, wenn du nicht vernünftig bist. Hörst du mich, Markus?«

»Ja, ich höre dich. Kümmere dich darum, dass der Film sicher aufbewahrt wird.«

Dieses jämmerliche Geheule unter Männern ließ in Vogel sämtliche Geschwüre wuchern. Dennoch hörte er sich die Aufzeichnung bis zum Ende an. Jede Sekunde, jedes Wort. Und am Ende fragte er sich, wer das Gespräch in der JVA eigentlich aufgezeichnet hatte …

KAPITEL 59

Freiwillig hätte Donner niemals das Universitätsklinikum Leipzig aufgesucht, um sich auf eine Vergiftung hin untersuchen zu lassen. Immerhin hatte er in der Vergangenheit schon weitaus schlimmere Dinge überlebt. Er war von einem sechsgeschossigen Gebäude gestürzt, und drei Patronen hatten seinen Oberkörper durchsiebt, jedoch lebenswichtige Organe verfehlt. Da würde sein unbeugsames Herz auch das bisschen Gift verkraften können. Ohnehin vertrat er stets die Devise: Ein gesunder Körper wird nicht krank.

Aber Klara schien von der gegenteiligen Meinung überzeugt, denn nach dem Anruf des Luzifer-Killers hatte sie ihn unter Missachtung sämtlicher Verkehrsregeln ins Krankenhaus gefahren. Nun saß er auf dem Korridor einer Station, deren Namen er kaum aussprechen konnte, und wartete darauf, dass man ihm wahlweise Blut abnahm oder die Todesspritze setzte. Auch wenn er es vor Klara nicht zugab, aber er fühlte sich in den letzten Minuten tatsächlich so, als müsste er bald sterben.

»Hier, trink das«, sagte sie und reichte ihm einen Plastikbecher mit Wasser.

Dankbar schüttete er das Getränk in seinen Rachen. Anschließend zerdrückte er den Becher. Selbst diese simple

Tätigkeit kostete ihn Mühe. Obendrein bemerkte Klara seine motorischen Schwierigkeiten.

»Bist du dir immer noch sicher, dass du völlig okay bist?«

»Bist du dir sicher, dass du nicht lieber Krankenschwester geworden wärst?«

»Glaub mir, dann würde ich dich nicht so liebevoll behandeln.«

»Ich wusste immer, dass du eine warmherzige Ader besitzt, Klara Frost.«

Sie legte ihm ihre Hand an die Wange. Sie war eiskalt, aber die Berührung weckte für einen kurzen Moment seine Lebensgeister. Trotz seiner Beschwerden versuchte er, sich zu erheben. Prompt drückte sie ihn zurück auf den Stuhl.

»Du gehst erst, wenn die dich gründlich durchgecheckt haben.«

Wer weiß, was die dabei noch alles finden.

»Das dauert mir zu lange«, murrte er. »Außerdem liest man ja in den Zeitungen diverse Horrorstorys über die Zustände in Krankenhäusern. Da kommt man mit einer Magenverstimmung hin und plötzlich heißt es: Ach übrigens, wir haben da ein Krebsgeschwür in Ihrer großen Zehe entdeckt. Sie dürfen trotzdem nach Hause gehen, denn die Metastasen machen sich bereits an Ihrem Hirn zu schaffen. Viel Erfolg in Ihren verbleibenden drei Monaten! Wir wissen, das ist eine kurze Zeitspanne, aber das haben Sie ja sowieso bald wieder vergessen …«

»Dein Humor war früher besser.«

»Glaub mir, ich hab jede Menge Spaß parat.«

Ihrerseits folgte lediglich ein mitleidiger Blick. Gleichzeitig schaute sie nach rechts und links den Gang entlang, auf dem es unheimlich still zuging. Wie es schien, würde sich kein Arzt zeitnah um ihn kümmern. Bei der Anmeldung hatte man sich unter anderem nach seinen Beschwerden, Medikamenten und seiner letzten Mahlzeit erkundigt. Auf die Frage nach Allergien hatte er mit »gegen langwierige Anmeldeprozedere« geantwortet und die Angestellte besonders finster angeblickt.

»Kann ich dich eine Minute allein lassen, ohne dass du mir wegrennst?«, fragte Klara.

»Rennen werde ich wohl kaum.«

»Das deute ich als Ja.«

Damit ging sie davon, und auf einmal fühlte er sich entsetzlich alleingelassen.

»Ich bleibe einfach tapfer sitzen!«, rief er ihr nach, aber sie drehte sich nicht einmal nach ihm um.

Eine Weile schaute er noch in die Richtung, in die sie gegangen und bald verschwunden war. Irgendwann setzte sich eine Eintagsfliege auf sein Knie.

»Na, an was stirbst du denn gerade?«, redete Donner mit dem Insekt. »An Kurzlebigkeit?«

Die Fliege hielt es nicht länger aus und flog davon.

Mein Humor war früher eindeutig besser. Hach, wie ich es hasse, wenn Frauen recht haben.

Die Augenlider wurden ihm schwer. Inzwischen störte ihn auch der unbequeme Hartschalenstuhl nicht mehr.

Nur ein paar Sekunden ausruhen. Mein Gehör arbeitet ja weiterhin auf Topniveau. Ähnlich dem einer Fliege …

Aus allen Träumen geweckt, riss Donner die Augen auf. Gleichzeitig schlug er sich an die Stelle im Gesicht, wo ihn die Fliege attackiert hatte. Er blinzelte den Dämmerzustand weg. Die Fliege war verschwunden. Bloß ein Traum! Er hatte definitiv nicht nur ein paar Sekunden geschlafen, aber Klara war noch immer nicht zurück. Dafür ging an ihm eine Frau im Arztkittel mit zu einem Zopf gebundenen schwarzen Haaren vorüber. Sie lief schnell, grüßte nicht einmal.

Dann muss ich mich wohl doch selbst um die Behandlung kümmern.

»Frau Doktor!«, rief er ihr hinterher, aber da war sie schon fast um die Ecke.

Statt sich umzudrehen, lief sie zügig weiter und bog dann ab.

Bestimmt hat sie sich über meine hässliche Visage erschrocken.

Fast wären ihm wieder die Augen zugefallen, da regte sich in ihm ein ungutes Gefühl. Eigentlich war es mehr seine Ahnung als Kriminalist. Vielleicht aber auch nur die Einbildung eines ziemlich kaputten Polizisten. Irgendetwas kam ihm jedenfalls an der Ärztin seltsam vor.

Die Fliege hat mich ja nicht ohne Grund geweckt.

Mühsam kam er auf die Beine. Zugleich ergriff ihn ein Schwindelgefühl, das er allerdings in den Griff bekam, indem er sich an der Wand abstützte und sich daran in vorsichtigen Schritten entlangtastete. Sein Jagdinstinkt half ihm darüber hinaus, dass er es schaffte, aufrecht zu gehen. Sogar schneller als gedacht. So schnell es seine Kräfte zuließen, folgte er der Frau mit den zusammengebundenen Haaren.

»Warten Sie!«, rief er ihr hinterher.

Als er in den abzweigenden Gang eintrat, hatte die Ärztin schon etlichen Vorsprung. Diesmal schaute sie für einen Moment über ihre Schulter und trotz der schwankenden Lichtverhältnisse erkannte Donner ihr Gesicht.

Tanja Schlosser.

Zuerst glaubte er an eine Verwechslung, aber dann war er sich sicher, dass es die Gesuchte war. Während sämtliche Polizeikräfte in Chemnitz nach ihr fahndeten, war sie nach Leipzig gekommen, wo sie als Ärztin verkleidet das Uniklinikum betreten konnte.

Fragte sich nur, warum.

»Tanja Schlosser«, sprach er sie an, woraufhin sie zu rennen begann.

»Scheiße«, fluchte Donner, denn ihm wurde schlagartig bewusst, dass sie unter ihrem Kittel höchstwahrscheinlich eine Pistole trug. Alle im Gebäude waren somit in potenzieller Gefahr.

Sämtliche Warnsignale seines Hirns ignorierend, nahm er die Verfolgung auf. Doch binnen weniger Sekunden hatte er sie aus den Augen verloren.

»Wo ist sie hin?«, fragte er eine Krankenschwester, die in irgendeinem Gang seinen Weg kreuzte. »Die Ärztin!«

Die Angesprochene zeigte in eine Richtung. »Dort geht es zur Intensivstation. Aber da kommen Sie nicht rein.«

Das werden wir sehen.

Er hastete weiter. Das Adrenalin in seinem Körper wirkte indes wie ein Aufputschmittel. Vermutlich würde er nach dem nächsten Sprint tot zusammenbrechen, aber das war momentan nebensächlich. Er musste die Irre stoppen. An der verschlossenen Stationstür klingelte er Sturm.

Eine weitere Schwester öffnete und versperrte ihm resolut den Weg. In der Zwischenzeit hatte Donner zwar seinen Dienstausweis aus der Jacke gefummelt, aber das amtliche Dokument interessierte sie nicht.

»Hier muss eben eine Ärztin reingekommen sein«, erklärte Donner.

»Das ist ein Krankenhaus, so was passiert hier dauernd.«

»Eine falsche Ärztin.«

»Gibt es ein Problem?« Ein uniformierter Polizist tauchte hinter der Schwester auf und nippte an einem dampfenden Kaffeebecher.

»Donner, Mordkommission«, sagte Donner. »Was machen Sie hier?«

»Soeben war ich am Automaten und davor habe ich das Zimmer von Sandra Müller bewacht.«

Sandra Müller! Nein, Larissa Rieß!

Schlosser wollte also zu der Komapatientin. Dorthin musste auch Donner. Beherzt drängelte er sich an der Schwester und dem Leipziger Kollegen vorbei. Kaffee schwappte über den Becherrand. Der Kollege schimpfte, weil er sich die Finger verbrüht hatte.

»Wo ist Sandra Müllers Zimmer?«, ignorierte Donner harsch seine Befindlichkeit.

»Was ist denn nur mit Ihnen los?«, fragte der Uniformierte, aber Donner stürzte bereits suchend durch den Stationsgang.

»Zimmer 140«, kam es von hinten.

»Halten Sie Ihre Waffe griffbereit«, ermahnte Donner den Kollegen, dann riss er die Tür zum besagten Zimmer auf.

Ohne auch nur eine Sekunde über sein leichtfertiges Handeln nachzudenken, stürzte er sich auf die falsche Ärztin, die an Rieß' Bett stand. Statt einer Waffe hielt Schlosser eine Spritze in der Hand. Bevor sie dem wehrlosen Opfer die Nadel in den Körper stechen konnte, packte Donner ihren Arm und ihren Hals. Von der Anstrengung wurde ihm schwarz vor Augen, doch mit all seinem Gewicht brachte er sie zu Fall. Als er auf ihr lag, schrie er sie mit letzter Kraft an.

»Geben Sie mir das verdammte Gegengift!«

Sie spuckte ihn an und zischte: »Ich gebe Ihnen gar nichts, sondern werde zusehen, wie Sie qualvoll sterben.«

Kapitel 60

In den Räumlichkeiten der Kriminalpolizeiinspektion Leipzig erwartete ein ganzer Tross an Kriminalbeamten mit finsteren Gesichtern die Ankunft von Vogel. Neben Frost stand sogar die interimsmäßige Dezernatsleiterin als Spitze des Empfangskomitees bereit.

»Würden Sie uns endlich aufklären, warum ausgerechnet Sie – und nur Sie – Tanja Schlosser vernehmen sollen?«, kam es scharf von Alexandra Lorenz, während sie Vogel durch die Gänge geleitete. »Meine Leute sind dazu ebenso befähigt, wenn nicht sogar besser.«

Das bezweifelte Vogel zwar, aber das würde die Erste Kriminalhauptkommissarin mit den ausladenden Hüften schon noch merken.

»Ich hatte eine herzlichere Begrüßung erwartet«, ignorierte er ihre Frage. »Ein roter Teppich wäre angemessen gewesen.«

»Wollen Sie mich veralbern?«, fuhr Lorenz auf.

Vom Temperament und vom Körperbau her erinnerte sie Vogel an seine verstorbene Mutter. Unter anderen Umständen hätte er sich vielleicht in Lorenz verliebt. Denn zweifellos war sie eine hübsche Dame, die unter ihrem großen Busen ein noch größeres Herz trug.

»Nicht aufregen, Alexandra«, redete Frost beruhigend auf sie ein. Dabei lief sie dicht hinter Vogel, um ihm absichtlich in die Hacken zu treten. »Er kann nicht anders. Als Kind wurde er immer auf den Kopf geschlagen.«

»Auf die Schneidezähne, meinen Sie«, korrigierte Vogel, denn die hatte er damals tatsächlich bei einer Rauferei mit dem größten Rindvieh auf dem Schulhof eingebüßt. Trotz des Verlusts an Beißkraft war Vogel Sieger gewesen. »Hat schon jemand mit ihr geredet?«

»Natürlich nicht«, kam es erneut von Frost. Soweit man Vogel informiert hatte, war Frost es gewesen, die Schlosser im Krankenhaus schlussendlich die Handschellen angelegt hatte. »Ich wollte gerade anfangen, aber leider behinderte mich ein Anruf aus dem Innenministerium an meiner Arbeit.«

Auch wenn Vogel ihr die Beteuerung nicht abkaufte, hielt er sie zumindest für clever genug, dass bei ihrer Befragung von Schlosser kein größerer Schaden angerichtet worden war.

»Ich warte immer noch auf eine Erklärung«, hob Lorenz wieder an und blieb vor dem Vernehmungszimmer stehen. Mit ihrer ganzen Körperfläche versperrte sie ihm den Zugang. »Wieso pfeift das Innenministerium unsere Direktion zurück, obwohl wir Schlosser im Klinikum Leipzig festgenommen haben?«

Vogel hegte zwar keinerlei Sympathien für Conrad Ludwig, musste dem Innenminister jedoch diesmal zugestehen, dass er wusste, was er tat.

»Wissen Sie, Frau Lorenz, dieselbe Frage habe ich den Leuten in Dresden gestellt, und was, denken Sie, hat man mir geantwortet?«

»Ich bin mir nicht sicher, ob ich die Antwort hören will …«

»Man sagte mir, an einem müsse die Scheiße ja kleben bleiben. Und in meinen Taschen sei noch jede Menge Platz dafür.« Demonstrativ zog er das Innenfutter seiner Manteltaschen heraus, grinste und wurde schlagartig ernst. »Für Sie mag ich wie eine Witzfigur aussehen, aber die bin ich keineswegs. Andernfalls würde ich nämlich nicht so mit Ihnen reden. Jetzt treten Sie endlich beiseite, bevor ich einen Anruf im SMI tätige und Ihnen vor Ihren Mitarbeitern eine Lektion erteile, die sich gewaschen hat.«

Lorenz schnaubte und sah dann ihre Kollegen an, die reihenweise die Köpfe einzogen – bis auf Frost natürlich. »Okay, die Täterin gehört Ihnen, aber Sie werden da nicht allein reingehen. Immerhin haben wir es mit einer Mörderin zu tun und als amtierende Dezernatsleiterin muss ich auf die Einhaltung der Dienstvorschriften pochen.«

»Wie Sie wünschen«, sagte Vogel und deutete einen Diener an. »Es kann nicht schaden, wenn Frau Schlosser ein vertrautes Gesicht sieht, von daher schlage ich vor, ich stimme mich kurz mit Kollegin Frost über die Vernehmungstaktik ab.«

Sichtlich erstaunt sah die Kommissarin mit den eisblauen Augen Vogel an.

»Haben Sie sich gerade versprochen?«, vergewisserte Frost sich, aber ihre Chefin stieß sie von der Seite an.

»Abgemacht«, entschied Lorenz und winkte den Rest der Kriminalisten in den Nebenraum, von wo aus sie die Vernehmung verfolgen konnten. »In der Zwischenzeit telefoniere ich ein wenig herum, um mich über Sie zu beschweren.«

Als Vogel und Frost allein auf dem Flur standen, hob er belehrend den Finger. »Meines Wissens haben nicht Sie, sondern Herr Donner die Täterin gefasst, bin ich da richtig informiert?«

»Kurz bevor er vor Schwäche zusammengebrochen ist, ja.«

»Und hat er mit Ihnen zuvor geredet?«

Frost verzog skeptisch ihre Miene. »Worüber geredet?«

»Über den Inhalt des Luzifer-Videos natürlich.«

»Gibt es denn etwas, das ich wissen sollte?«

»Unbedingt! Egal, was Sie da drinnen hören oder erfahren, verlieren Sie nicht die Nerven, okay?«

Er konnte in ihrer Mimik erkennen, wie es hinter ihrer Stirn arbeitete. Und er wusste auch, dass Frost schlau genug war, um bald selbst hinter die Wahrheit zu kommen. Eine Wahrheit, die das Video bisher nicht gezeigt hatte, aber die vermutlich noch kommen würde ...

»Nichts kann mich erschüttern«, sagte Frost kämpferisch.

Auch dahin gehend vertrat Vogel eine andere Meinung, aber er beließ es dabei und stieß die Tür auf, hinter der Tanja Schlosser mit einem Lächeln auf sie wartete.

KAPITEL 61

Sehr zu Frosts Überraschung benahm sich Kriminalhauptkommissar Vogel zu Beginn der Vernehmung wie ein seri-
öser Ermittler. Er bat die beiden Bewacher von Tanja Schlosser
nach draußen, begrüßte die Straftäterin freundlich, fragte nach
ihrem Befinden, bot ihr einen Becher Wasser an und löste sogar
ihre Handfesseln. Anschließend nannte er ihr noch einmal den
Grund seines Erscheinens und belehrte sie ordnungsgemäß zur
Sache.

»Wenn Sie das alles verstanden haben, unterschreiben Sie
die Zettel«, sagte er.

»Und wenn ich nicht unterschreibe?«, fragte Atzel, wie man
sie früher im Heim genannt hatte.

»Dann unterschreiben Sie eben nicht.«

Unterdessen schob Frost ihr die Vernehmungsprotokolle
samt einem Stift hin und beobachtete, was als Nächstes passierte.

Schlosser überflog den Belehrungstext, nahm den
Tatvorwurf zur Kenntnis und prüfte die Richtigkeit ihrer
Personalien. Dann setzte sie ihren krakeligen Namen unter die
Blätter.

»Und weiter?«, fragte sie sodann.

»Wollen Sie uns erzählen«, begann Vogel, »weshalb Sie Larissa Rieß im Klinikzimmer 140 mit einer Spritze töten wollten?«

»Ja, warum sollte ich eigentlich eine Komapatientin umbringen wollen? Das ergibt doch gar keinen Sinn, oder?«

»In der Spritze war Batrachotoxin«, redete Frost dazwischen und musste unwillkürlich an Erik denken, der inzwischen selbst auf der Intensivstation lag, nebenan von Larissa Rieß, der er mit seinem beherzten und zugleich unvernünftigen Handeln das Leben gerettet hatte. »Es handelt sich um ein Nervengift, das ursprünglich von Pfeilgiftfröschen in Südamerika kommt.«

»Sie meinen das gleiche Gift, mit dem Johannes Merten damals einige Anhänger des L umgebracht hat?«

Du streitest nichts ab, beantwortest aber auch unsere Fragen nicht. Nein, du gibst uns kryptische Hinweise.

Frost überlegte fieberhaft, wie sie Schlosser auf Erik ansprechen sollte. Inzwischen waren über fünf Stunden vergangen, seit sie wussten, dass er möglicherweise ein Antidot brauchte.

»Larissa Rieß«, blieb Vogel bei der Sache, um sich nicht von der Zeugin in eine andere Themenrichtung drängen zu lassen. »Was wollten Sie in dem Zimmer der Frau?«

»Alter Mann, er spielt sechs, spielt das Nick-Nack mit der Hex«, sagte Schlosser den alten Kinderreim auf und grinste dabei. »Nick-nack, paddywack, Knochen für den Hund.«

Von dieser Provokation ließ Vogel sich nicht aus der Ruhe bringen. So schien es. Frost fragte sich insgeheim, wie er wohl reagiert hätte, wenn es in der Wand keinen venezianischen Spiegel gäbe, durch den ihn die Leipziger Kripoleute beobachten konnten.

»Sie sind sechsunddreißig Jahre alt, nicht wahr?«, stellte er die rhetorische Frage.

»So steht es auf Ihrem Vernehmungsprotokoll.«

»Da steht als Geburtsdatum der 5. Dezember 1983. Stellt man nun ein paar Berechnungen zum möglichen Schwangerschaftsbeginn Ihrer Mutter an, so kommt man ungefähr … beim 13. März 1983 heraus.«

Nicht nur Frost war beeindruckt von Vogels Vorgehen, bestimmt waren es Lorenz und ihre Kollegen hinter dem verspiegelten Glas ebenfalls.

»Kennen Sie eigentlich Ihre Eltern?«, schwenkte der Hauptkommissar unvermittelt um.

»Warum stellen Sie mir keine Fragen zum Luzifer-Video?«, entgegnete Schlosser, längst nicht mehr so selbstsicher. »Oder fragen mich, ob ich der Luzifer-Killer bin?«

»Warum sollte ich das tun, wo ich doch weiß, dass vor mir der Luzifer-Killer sitzt. Immerhin haben Sie Täterwissen. Und Sie wollten Larissa Rieß umbringen.« Vogel schnalzte mit der Zunge. »Ist Larissa Rieß Ihre Mutter?«

Schlosser bleckte die Zähne. »Alter Mann, er spielt sieben, spielt das Nick-Nack übertrieben. Nick-nack, Knochen für den Hund, Opas Bauch ist kugelrund. Sie sind ein sehr alter Mann, Herr Vogel.«

»In der Tat, ich bin ein alter Mann, deshalb weiß ich mehr über die Vergangenheit als jeder andere Polizist in dieser Dienststelle. Hat man Sie als Säugling Ihrer Mutter weggenommen?«

»Meine Mutter hat mich verstoßen!«, fauchte Schlosser. »Ich war ihr scheißegal! Meine Mutter war eine verdammte Hure, die sich nicht um ihr Balg kümmern wollte!«

»Ihre Mutter war garantiert keine Hure«, widersprach Vogel.

Frost stellten sich die Nackenhaare auf, als sie begriff, was das bedeutete. Larissa Rieß war Tanja Schlossers Mutter. Gedanklich rekonstruierte sie die Geschehnisse der Vergangenheit mit den

Fakten, die sie bisher kannte, und augenblicklich verstand sie die Zusammenhänge.

Es hieß, Tanja Schlossers Eltern seien unbekannt. Aber das ist nur die halbe Wahrheit, sie kennt ihre Mutter sehr wohl, nur ihren Vater nicht.

»Scheiße«, stieß Frost aus, als sie daran dachte, dass Rieß tatsächlich als Dreizehnjährige in dem Sarg im Video gelegen hatte und in diesem Alter womöglich schwanger geworden war.

Sie war selbst noch ein Kind.

»Sie wollten Ihre eigene Mutter umbringen«, sprach sie aus, was sie soeben begriffen hatte. »Scheiße!«

»Ja, scheiße«, wiederholte Vogel. »Das können Sie laut und oft sagen, aber nicht während der Vernehmung.«

Während Frost mit ihren Empfindungen kämpfte, hatte Schlosser ihre eigene Entgleisung Sekunden zuvor längst bemerkt und kehrte wieder zu ihrer lässigen Sitzposition zurück.

»Als ich nach Jahren meine Mutter gefunden und ihre Leidensgeschichte erfahren hatte, wollte ich sie überreden, Rache zu nehmen. Doch sie wollte einfach nicht der Luzifer-Killer sein, obwohl sie dazu alles Recht der Welt gehabt hätte. Ich habe versucht, ihr ins Gewissen zu reden, sie mit Argumenten zu überzeugen, sie mit Medikamenten gefügig zu machen, ja sogar an einen Rollstuhl habe ich sie kürzlich gefesselt, um sie in absolute Hilflosigkeit zurückzuversetzen, aber sie wollte einfach nicht mitmachen. Tja, ich hatte mich schlichtweg in meiner Mutter getäuscht ... Also warum sollte sie leben, wenn Sie doch längst nicht mehr am Leben teilgenommen hat?«

»Verstehe, Sie machen Ihrer Mutter wegen Ihres eigenen Schicksals Vorwürfe«, sprach Frost wieder dazwischen, denn sie erinnerte sich an jedes Wort aus dem Gespräch mit Larissa Rieß im Hotelfoyer. »Deshalb haben Sie sie in der Station 9 festgehalten, habe ich recht? Dort, wo auch Erik Donner und Viktor Burda waren.«

»Ich habe kein schlechtes Gewissen.« Schlosser setzte wieder ihr überlegenes Lächeln auf. »Wie gesagt, Sie sollten mich jetzt besser nach dem Luzifer-Video befragen.«

Frost entging ihr Blick zur Uhr an der kahlen Wand nicht. »Sind Sie in Eile?«

»Im Gegenteil, jetzt habe ich alle Zeit der Welt. Im Gegensatz zu Ihrer verflossenen Studienaffäre.«

Woher willst du denn wissen, was zwischen mir und Erik damals gelaufen ist?

»Ach, bitte …«

Plötzlich passierte etwas, mit dem Frost niemals gerechnet hätte: Vogel griff behutsam nach Schlossers Händen.

Er umfasste sie und streichelte sie mit seinen Daumen. »Ich denke, es wäre ein guter Zeitpunkt, wenn Sie uns jetzt etwas aus Ihrem Leben erzählen, Frau Schlosser.«

KAPITEL 62

Damals (12. Oktober 2003)

Die Richterin hatte sich seinerzeit von Tanja Schlossers Tränen und Beteuerungen nicht einwickeln lassen. Eiskalt hatte die Hexe sie in den Jugendarrest gesteckt und ihr noch dazu eine engagierte Sozialarbeiterin auf den Hals gehetzt. Erst später hatte sich das Urteil als Glücksfall für Schlosser herausgestellt. Mit siebzehn hatte sie den Realschulabschluss nachgeholt und eine Ausbildung zur Rettungssanitäterin angefangen. Der Tag, an dem sich alles geändert hatte, lag drei Jahre zurück.

Damals hatte Schlosser einen alten Sack krankenhausreif geschlagen, nachdem er ihr die zwanzig Euro für den Blowjob nicht hatte zahlen wollen. Höhnisch hatte er gemeint, sie hätte es so gefühlvoll gemacht wie ein toter Frosch. Ihre Leistung war in seinen Augen das Geld nicht wert gewesen. Aber was hatte er denn erwartet, wenn sich ein naives Mädchen seinen stinkenden Schwanz in den Mund steckte, nur um an die nächste Ration Hasch und etwas Kohle für eine Unterkunft zu kommen?

Leider hatte sie als Jugendliche nicht auf Vorkasse bestanden. Als er sie aus seinem Mercedes hatte werfen wollen, hatte sie wutentbrannt zugeschlagen. Immer und immer wieder, bis ihm die aufgeplatzte Unterlippe heruntergehangen hatte und sein Nasenbein in tausend Stücke zersplittert war. Knochen für den Hund, hatte sie bei jedem Schlag gedacht und sich an die Zeit im Kinderheim erinnert.

Natürlich waren dann die Bullen gekommen und hatten sie spätnachts mit auf das Revier geschleift. Irgendwie war das Auftauchen der Polizei der Anfang von etwas Neuem gewesen. Unfreiwillig hatten die sie aus dem Drogensumpf und der Prostitution herausgeholt.

Und heute holte Schlosser zusammen mit Polizisten andere raus ...

Raus aus einer Mietwohnung, in der das ältere Ehepaar Nomen lebte und ihr Enkelkind eine Woche lang beaufsichtigte. Heute hatte sich das Kind nach Unterrichtsende seiner Klassenlehrerin anvertraut. Es wollte ungern zu Opa nach Hause. Bestimmt würde Oma wieder einkaufen gehen und dann wäre das Kind allein mit ihrem Großvater. Sie mochte nicht, was er mit ihr spielte. Das mit seinem Bauch und so. Die Lehrerin hatte dem Kind zwar aufmerksam zugehört, aber zuerst nicht gewusst, was sie machen sollte. Erst am späten Nachmittag hatte sie die richtige Entscheidung getroffen und die 110 gewählt. Es war eine Entscheidung gewesen, die dazu geführt hatte, dass man Herrn Nomen zwei Stunden später in Handschellen abgeführt, die Wohnung durchsucht und einen Rettungswagen samt Notarzt angefordert hatte.

Während die Großmutter außer Haus war und nichts ahnte, saß das Kind in der Küche und wartete. Unterdessen stand Tanja Schlosser mit vier Männern im Korridor herum. Unschlüssig, wie es weitergehen sollte, wechselten die Polizeibeamten Funksprüche mit der Einsatzzentrale.

»Mist, keine Beamtin zurzeit verfügbar«, meinte einer der Polizisten. »Du musst das übernehmen.«

»Das Kind ist völlig eingeschüchtert, da wird es sich garantiert keinem fremden Mann anvertrauen«, sagte sein Kollege. »Nicht nach dem, was in dieser Wohnung passiert ist.«

»Aber wir sollen das Mädchen trotzdem behutsam befragen, nicht dass die Lehrerin die ganze Sache missverstanden hat. Du weißt doch, wie heikel solche Geschichten sind.«

Schlosser wollte sich nicht einmischen. Mit ihren neunzehn Jahren war sie die Jüngste in der Runde und entsprechend hier, um von den erfahrenen Kollegen zu lernen. Als Kind und Jugendliche hatte sie genügend üble Dinge erlebt, aber das sollten die anderen nicht erfahren. Sie merkte jedoch, dass der Notarzt keine gute Figur machte und draußen die Nachbarschaft bereits Gerüchte streute.

»Atzel«, sprach der Rettungswagenfahrer sie an. »Geh du mal zu dem Mädchen rein.«

»Ich?«, erschrak Schlosser und fasste sich an ihr Herz. »Nee, ich mach das nicht.«

»Du sollst die Kleine doch nur beruhigen.«

»Wenn sie abblockt, kommst du wieder raus«, stimmte der Notarzt ein. »Aber ich bin sicher, zu dir wird sie Vertrauen fassen.«

»Und wir müssen erfahren, was genau vorgefallen ist«, ergänzte der Streifenbeamte mit dem Funkgerät. »Wenn sich der Verdacht erhärtet, rückt in Kürze die Kripo an, dann ist das deren Fall.«

»Bitte, das ist enorm wichtig«, ergänzte sein Kollege. »Falls das Ganze nicht stimmt, verhaften wir vielleicht einen unschuldigen alten Mann.«

Schlosser konnte sich nicht vorstellen, dass hier ein Irrtum vorlag. Die Lehrerin hätte sonst niemals den Notruf gewählt. Das hier war ein Fall für eine speziell auf Kindesmissbrauch geschulte Psychologin, aber garantiert nicht Aufgabe eines Teenagers. »Dafür bin ich nicht ausgebildet.«

»Nun stell dich nicht so an, Atzel«, sagte der Rettungswagenfahrer und schob sie Richtung Küchentür. »Du willst doch auch 'ne gute Beurteilung.«

Die vier Männer nickten einträchtig. Sie gingen davon aus, dass eine Frau schon irgendwie einen Draht zu dem Kind finden würde. Schlosser selbst hielt das ganze Vorgehen für hochgradig unprofessionell. Aber was sollte sie machen? Als Auszubildende würde man ihr eine Verweigerung negativ auslegen. Und obwohl sie die Jüngste der Runde war, wusste sie aus eigener Erfahrung, dass Kinder in der Welt der Erwachsenen keine Stimme hatten.

»Aber ich werde nur kurz nach ihr sehen«, sagte sie schließlich.

Wieder nickten die anderen und so klopfte sie vorsichtig an die Küchentür. Kein »Herein!«, kein »Verschwinde!«. Das Schweigen eines Kaninchens.

»Hallo, ich bin Tanja«, begrüßte Schlosser das Mädchen, nachdem sie die Küche betreten und die Tür hinter sich zugezogen hatte.

Die Achtjährige drehte nicht einmal den Kopf. Sie saß auf einem von sechs Stühlen und machte Hausaufgaben. Mathematik, dritte Klasse.

»Ich war nie gut in Mathe«, sagte Schlosser.

»Meine Zahl ist um siebzehn größer als das Vierfache von acht«, las das Kind aus dem Arbeitsheft vor. »Das ist total einfach.«

Schlosser warf einen Blick auf die Aufgabe. »Puh, nicht für mich.«

»Neunundvierzig«, kam es wie aus der Pistole. »Vier mal acht plus siebzehn ist neunundvierzig.«

In Schlossers Kopf flogen die Zahlen wild durcheinander. »Bei dem Talent kannst du später mal Wissenschaftlerin werden.«

»Ich will lieber was mit Tieren machen. Ich mag Hunde. Mein Opa hatte mal einen Berner Sennenhund, aber der hatte eine schwere Verletzung am Auge und musste eingeschläfert werden.«

»Das hat deinem Opa bestimmt das Herz gebrochen.«

»Er hieß Cäsar.«

»Vielleicht hast du später auch mal einen Hund.«

»Bestimmt«, redete das Mädchen traurig und legte den Stift weg, auf dem es eben noch herumgekaut hatte. »Was passiert mit Opa Rolf?«

Im ersten Moment wollte Schlosser mit den Schultern zucken, weil sie es nicht genau wusste, aber dann fiel ihr etwas Besseres ein. »Das kommt darauf an, ob er etwas Böses gemacht hat. Hat er etwas Böses gemacht?«

»Ich glaube nicht.«

»Was hat er denn mit dir gemacht?«, fragte Schlosser leise.

»Wir haben gespielt. Da musste ich seinen Bauch immer anfassen.«

»Nur seinen Bauch?«

Das Mädchen wackelte mit dem Kopf. »Noch woanders.«

Schlosser nickte und biss die Zähne zusammen. Dann fasste sie sich wieder. »Wie heißt denn das Spiel.«

»Es ist ein Reim, den sein Papa aus dem Krieg mitgebracht hat.«

»Ein Reim. Kannst du ihn mir aufsagen?«

»Er geht so …« Die Achtjährige drehte sich auf dem Stuhl und zeigte mit den Fingern. »Alter Mann, er spielt eins, spielt das Nick-Nack-Einmaleins …«

Das hatte Schlosser nie zuvor gehört, aber es hörte sich lustig und zugleich fürchterlich an.

»Nick-nack, paddywack, Knochen für den Hund …«

Um Schlosser drehte sich der Raum. Sie sah, wie ein Schäferhund einem zwölfjährigen Heimjungen den Arm zerbiss

312

und Blut den Zwingerboden besudelte. Knochen für den Hund! Das hatte sie damals auch gesagt und jetzt erinnerte sie sich wieder.

»Opas Bauch ist kugelrund. Alter Mann, er spielt zwei …«

Nachdem das Kind alle zehn Verse aufgesagt hatte, wurde ihr Großvater abgeführt und später zu einer harten Strafe verurteilt. Von da an veränderte sich für Tanja Schlosser alles. Der Reim ging nie wieder aus ihrem Kopf.

KAPITEL 63

»Niemand bezweifelt, dass Sie eine schwierige Kindheit hatten«, übernahm Frost mehr und mehr die Vernehmungsführung, und überraschenderweise ließ Vogel ihr dabei freie Hand. »Trotzdem finde ich, dass Sie Ihrer Mutter unrecht getan haben. Schlimmer noch, Sie haben sie zu einer absoluten Verzweiflungstat getrieben.«

»Selbst das hat sie vermasselt«, antwortete Schlosser. »Meine Mutter hat viel von Teufeln geredet, geht sogar in einer Kirche putzen, und dann steht sie regelmäßig vor den Kreuzen und den Engelsfiguren in der Hoffnung, eine Stimme würde zu ihr reden. Aber sie findet einfach nicht den Mut, die Dämonen in ihrem Kopf zu bekämpfen. Sie selbst sieht sich als Engel, aber als Engel wäre es ihre Pflicht gewesen, mich zu beschützen, oder finden Sie nicht?«

Ich kann mir kaum vorstellen, dass deine Mutter jemals in der Lage war, ein eigenes Kind aufzuziehen.

Frost erinnerte sich an die Erzählung von der Elster und dem Teufel. Larissa Rieß hatte ihre Version erzählt, kurz bevor sie vor die Straßenbahn gelaufen war. Nun saß die Elster vor ihr.

»Ihre Mutter kam als Dreizehnjährige in die Obhut von Dr. Anton Mehlhorn, da weder ihre Eltern noch sonst jemand mit ihr umgehen und ihr helfen konnten«, redete Vogel wieder.

»Bei ihm war sie zeit ihres Lebens in psychiatrischer Behandlung. Eine Behandlung, die nie dafür ausgelegt war, dass es ihr einmal besser geht. Sie sollte einfach schweigen und vergessen. Ich finde, sie hat mehr gelitten als die meisten Menschen.«

Und das aus deinem Munde?

Erstaunt sah Frost den alten Kommissar an, der jedoch keine Miene verzog.

»Ist das nicht eine Ironie des Schicksals?«, fragte Schlosser. »Meine Mutter und ich waren zeitweilig Patienten im selben Gebäude, ohne dass wir voneinander wussten. Zu schade, dass Dr. Mehlhorn vor sechzehn Jahren an einem Krebsleiden verstorben ist, ich hätte ihn gern in seiner eigenen Villa auf Station 9 besucht. Aber das Kapitel ist nun endgültig abgeschlossen.«

»Nicht für Sie«, verfiel Vogel wieder in seine Rolle als Menschenquäler. »Ich fürchte, man wird Sie nur auf eine Station mit einem anderen Namen bringen.«

Wieder ging Schlossers Blick zur Wanduhr.

»Worauf warten Sie?«, fragte Frost neugierig.

»Nicht ich warte, sondern Sie beide.«

»Und worauf warten wir?«

»Auf das Luzifer-Video natürlich.«

Frost tauschte mit Vogel Blicke aus, dann hielt sie demonstrativ ihr Smartphone hoch.

»Ich habe gar keinen Anruf erhalten.«

Abermals schaute Schlosser nach der Uhrzeit. »Warten Sie noch zwei Minuten.«

»Und dann rufen Sie mich an?«

Schlosser schüttelte den Kopf. »Kann ich noch einmal den Kugelschreiber und ein Blatt Papier bekommen?«

»Nein«, entschied Vogel.

»Wie Sie meinen.« Schlosser zuckte mit den Schultern. »Dann muss ich Ihnen den neuen Link diktieren …«

Die zwei Minuten vergingen. Bevor Frost auf ihrem Mobiltelefon den Browser geöffnet hatte, begann Schlosser bereits zu sprechen.

»2-0-A-C-C...«

Während sie eine undefinierbare Abfolge aus Zahlen und Buchstaben nannte, tippte Frost alles haargenau so in die Adresszeile ihres Browsers ein.

»Denken Sie daran, was ich Ihnen vorhin gesagt habe«, mahnte Vogel im Flüsterton, statt ihr das Handy aus den Fingern zu reißen.

Verlieren Sie nicht die Nerven.

Kaum hatte sie die Internetadresse eingegeben und Enter gedrückt, startete das Luzifer-Video exakt an der Stelle, an der es beim letzten Mal aufgehört hatte: Der Sarg stand still vor Johannes Merten.

Egal, was du sehen wirst, Klara, bleib emotionslos wie eine Maschine.

Gemeinsam mit Vogel betrachtete sie die Szenen auf dem Display. Dabei ließ sie Schlosser keine Sekunde aus ihrem Blickfeld.

»Es ist noch nicht zu spät, um Ihren Vater zu töten«, sagte Schlosser.

Im Film breitete Merten die Arme wie einer von diesen zwielichtigen Fernsehpredigern aus, dazu bewegte er die Lippen. Zweifellos spielte er seine Rolle als angeblicher Heilsbringer des L überzeugend. Er trat von seinem Podest und legte seine Hände auf den Sarg. Mit geschlossenen Augen murmelte er irgendwas. Plötzlich flackerte im Raum das Licht, und ein Schatten, ähnlich einem Panther, huschte über Sarg und Prediger.

Das Tier Luzifer. Eine perfekte Täuschung der Kleingläubigen.

Frost konnte nur vermuten, dass da jemand auf Mertens Anweisung hin eine Lichtshow inszeniert hatte. Im nächsten

Augenblick löste Merten die Verriegelung und klappte den Sargdeckel nach oben. In derselben Sekunde bäumte sich aus dem Inneren ein Mädchenkörper auf. Das Kind rang sichtlich um Luft. Frost konnte nur erahnen, welche Qualen Larissa Rieß in dem verschlossenen Behältnis hatte erleiden müssen. Der Sarg in dem Leipziger Teich mochte eine Nachbildung gewesen sein, aber auch diesen hatte eine dunkle Aura begleitet. Während das Mädchen japste, strich Merten über seinen Kopf. Dann nahm er die Dreizehnjährige an der Hand und half ihr, aus dem Sarg zu steigen. Trotz der mangelhaften Qualität der Aufnahme wirkte das Kind völlig eingeschüchtert.

Nein, nicht nur eingeschüchtert, sie steht unter dem Einfluss von Betäubungsmitteln.

Am liebsten hätte Frost ihr Handy auf dem Boden zertrümmert. Mit eisernem Willen zwang sie sich, der Schwarz-Weiß-Aufnahme zu folgen.

»Gefällt Ihnen, was Sie sehen?«, kam es von Schlosser.

Weder Frost noch Vogel antworteten darauf. Frost hatte sich vorgenommen, keine Gefühle bei den Bildern zuzulassen, doch schlussendlich verspürte sie grenzenlose Wut und Scham, als Merten dem Kind das weiße Engelskleid vom Körper riss. Merten gab ein Zeichen und Generaldirektor Bernd Arkmann reichte ihm sein Weinglas. Er hob es in die Höhe, dann übergoss er Rieß' Kopf mit dem Getränk.

Ein Mann mit scharf gezogenem Scheitel trat ins Bild. Merten redete mit ihm, dann fiel seine Kleidung zu Boden. Auf dem Bildschirm tauchte ein nachträglich eingefügter Name ein: Lothar Lange.

Der Bürgermeister einer Bezirkshauptstadt war der Erste, der sich an der Dreizehnjährigen verging. Danach folgte der junge Dr. Helmut Drechsel, der sich kürzlich in seiner Wanne erschossen hatte, bevor der Luzifer-Killer ihm sein Zeichen auf die Stirn ritzen konnte.

Nacheinander fielen sie über das wehrlose Kind her.

Vogel reichte Frost ein Taschentuch. Da erst bemerkte sie die Tränen, die über ihre Wange liefen. Schlimmer konnte es nicht kommen, dachte sie und daran, dass ihr Vater das Video seit dreißig Jahren unter Verschluss gehalten hatte.

Als ein dritter Mann und ein dritter Name auftauchten, wusste Frost schlagartig, dass sie sich geirrt hatte. Es kam sehr viel schlimmer …

Kapitel 64

Donner hatte besser geschlafen denn die Tage zuvor. So überaus friedlich, dass er sogar mit einem Lächeln aufwachte. Aber die Freude verging, als er realisierte, dass er erneut in einem Krankenzimmer lag, angeschlossen an Infusionsschlauch, Pulsoximeter und Elektrokardiografen.

Unkoordiniert suchte er nach der Fernbedienung, um das Bettgestell am Kopf höher zu fahren. Dabei erwischte er den roten Rufknopf. Er drückte ihn fest und versuchte, sich selbst aufzurichten. Es gelang ihm schließlich, wenn auch mühsam.

Ich habe diese verdammte Killerin geschnappt, dann sind der Streifenpolizist und Klara mir zu Hilfe gekommen und dann kam das Blackout.

Sosehr er sich die Stirn rieb, an mehr konnte er sich nicht erinnern. Erst mit Verzögerung fiel ihm ein, warum er eigentlich im Krankenhaus lag. Man hatte ihn womöglich vergiftet.

Kaum hatte er das begriffen, ging die Tür auf und ein Mann im Arztkittel betrat das Krankenzimmer.

»Mein Name ist Dr. Lemke. Ich bin der Chefarzt.«

»Ja, sicher, der Chefarzt persönlich! Und ich bin in Wirklichkeit der wiederauferstandene Heiland.«

»Bitte?«

»Na schön, Herr Dr. Lemke, ich bin zwar über die Freie Heilfürsorge krankenversichert, aber ich glaube kaum, dass die auch nur einen Cent für eine Chefarztuntersuchung übernimmt. Schon gar nicht für ein wandelndes Ersatzteillager wie mich.«

»Ihre Freundin will die Rechnung bezahlen.«

»Sprechen Sie von Klara?« Erst da begriff Donner, dass vor ihm tatsächlich der Chefarzt stand. »Sie ist nämlich nicht meine Freundin.«

»Komisch, das sind sie nie.« Dr. Lemke ging nicht näher auf die Bemerkung ein, sondern blätterte durch seine Unterlagen, schwieg eine Weile und verzog dabei mehrfach die Mundwinkel. »Ich habe eine gute und eine schlechte Nachricht für Sie: Die gute, wir haben bisher keinen konkreten Giftstoff in Ihrem Körper nachweisen können.«

Bei meiner Rossnatur hätte mich auch alles andere gewundert.

»Also kann ich gehen?«

»Die schlechte Nachricht ist die, dass wir bisher keinen konkreten Giftstoff in Ihrem Körper nachweisen konnten. Es stehen also weitere Untersuchungen an. Ihre Symptome könnten jedoch auch durch die Verabreichung von Halluzinogenen oder Neuroleptika hervorgerufen worden sein.«

»Das bedeutet quasi, ich bin gesund?«

»So würde ich das nicht bezeichnen.«

»Aber ich fühle mich gut. Und wenn ich mir die Kurven dieses EKG so ansehe, ist das Gerät derselben Meinung.«

»Wir nehmen die Sache sehr ernst. Ihre Bewusstseinstrübung und spätere Bewusstlosigkeit hat uns in Alarmbereitschaft versetzt. Natürlich habe ich mir das Ergebnis Ihrer letzten Blutuntersuchung schicken lassen. Ihr AST-Wert hat sich gebessert, dafür ist Ihre Leukozytenzahl weiter gestiegen.«

»Ja, die guten alten Leukozyten …«

»Sie sollten eine Leukozytose nicht auf die leichte Schulter nehmen.«

»Haben Sie noch was Positives für mich? Ich könnte echt eine Aufmunterung gebrauchen.«

»Ihre Leberwerte sind besser als erwartet. Ihre Freundin erwähnte, dass Sie in den vergangenen Monaten einen schmerzlichen Verlust mit reichlich Alkohol ertränkt haben.«

Die paar Flaschen Wodka. Woher weiß sie eigentlich davon? Bestimmt hat Henry ihr ein paar Geschichten erzählt.

»Sie ist nicht meine Freundin.«

»Sie wiederholen sich.« Der Arzt knipste einen Stift mit einem Lämpchen an und leuchtete damit in Donners Augen. Anschließend kontrollierte er seine Haut auf Verfärbungen und sonderbare Fleckenbildung. »In nächster Zeit sollten Sie vorsorglich keinen Alkohol trinken. Wissen Sie denn, wie man Ihnen ein mögliches Gift verabreicht haben könnte?«

»Das habe ich doch alles schon bei der Aufnahme erzählt.«

Dr. Lemke schaltete das Lämpchen aus und notierte etwas auf seinen Zetteln. »Sie waren gestern kaum zurechnungsfähig.«

Das höre ich öfters.

»Ich will ehrlich zu Ihnen sein, ich hasse Krankenhäuser.«

»Das merke ich. Trotzdem werden Sie so lange hierbleiben, bis wir absolute Gewissheit haben, dass man Sie nicht vergiftet hat.«

Das werden wir sehen. Wenn Sie sich umdrehen, düse ich schneller ab als eine Fliege.

»Können Sie mir wenigstens dieses Ding vom Finger nehmen?« Er hob die Hand mit dem Pulsoximeter. »Ich habe das Gefühl, an mir hat sich ein Frosch festgebissen.«

»Das bleibt dran, genau wie die Infusionsnadel.« Entschieden klopfte Dr. Lemke mit dem Mittelfinger gegen den Tropf.

»Was ist da überhaupt drin?«

»Natriumchlorid.«

»Das juckt im Arm.«

»Immerhin wird es Sie nicht umbringen.« Damit machte der Arzt kehrt und verließ das Zimmer.

So sieht also eine Chefarztbehandlung aus. Ich hoffe, Klara, dass er dir eine Rechnung schickt, die sich gewaschen hat.

Aber vermutlich würde sie auch die aus der Portokasse zahlen. Um sich direkt bei ihr zu beschweren, kramte er aus seiner Jacke, die neben dem Bett über dem Stuhl hing, sein Handy hervor. Der Akku hatte noch nicht völlig den Geist aufgegeben.

Er wählte Klaras Nummer. Sie ließ es lange klingeln, ehe sie dranging.

»Von den Toten auferstanden?«, begrüßte sie ihn.

»Falls du mich zum Sterben im Krankenhaus zurückgelassen hast, muss ich dich enttäuschen. Die Ärzte haben mich gerettet.«

»In wie vielen Teilen?«

»Was?«

Sie seufzte, offenbar war sie genervt. »Warum rufst du an?«

»Ich will, dass du mich hier rausholst.«

»Tut mir leid, ich bin nicht in deine Richtung unterwegs.«

Als er sich konzentrierte, vernahm Donner auch die Fahrgeräusche im Telefon. »Fährst du Autobahn?«

»Ich muss etwas erledigen.« Sie klang ernst. Ernster als die Tage zuvor.

Das beunruhigte ihn. »Was hast du vor?«

»Du wusstest es, nicht wahr?«

»Was wusste ich?«, stellte er sich unwissend, obwohl er ahnte, was sie damit meinte.

»Das Luzifer-Video. Ich habe gestern Abend den vorletzten Teil gesehen. Du wusstest, wer darin vorkommt.«

Donner atmete tief ein, Tanja Schlosser hatte ihm in der Villa während seiner Gefangenschaft etwas Schlimmes ins Ohr geflüstert. »Ja, ich wusste es. Und ich hatte gehofft, du würdest es nie erfahren.«

»Tja, jetzt weiß ich alles.«

Damit beendete sie das Gespräch und Donner hielt sein stummes Telefon noch eine Weile besorgt am Ohr.

KAPITEL 65

Für manchen Insassen war die Justizvollzugsanstalt Moabit nur eine Durchgangsstation, für manche bedeutete es jedoch das Endstadium. Nie zuvor hatte Frost das Gefängnis betreten. Bis gestern Abend hatte sie noch nicht einmal die Anschrift gekannt. Doch der vorletzte Teil des Luzifer-Videos hatte alles verändert. Die gestrige Filmsequenz hatte dazu geführt, dass Frost sich eingängig über Geschichte, Haftbedingungen und bauliche Gegebenheiten informiert hatte. Und dazu, dass sie sich noch vor dem Morgengrauen in ihren AMG gesetzt und Richtung Berlin aufgebrochen war.

Auch wenn es ihr widerstrebte, musste sie ihren Vater besuchen, Markus Wallner. Er war ein prominenter Häftling, für den das Gericht die Sicherheitsverwahrung angeordnet hatte. Soweit Frost wusste, hatte sein Strafverteidiger Burda jedes Jahr Haftentlassung beantragt, doch die Justiz hielt Wallner weiterhin für gemeingefährlich.

Und vielleicht stimmt das sogar.

Inzwischen hatte Frost sämtliche Sicherheitsschleusen der JVA passiert. In einem Raum, der bei Bedarf von einer Kamera überwacht werden konnte, wartete sie seit sieben Minuten und fünfzehn Sekunden auf ihren Vater. Frost hatte extra auf ein Treffen in diesem Raum bestanden.

Vierhundertsechsunddreißig.

Vierhundertsiebenunddreißig.

Während sie die Sekunden zählte, ging die Tür auf und ein Justizvollzugsbeamter führte Wallner an Händen und Füßen gefesselt in den Raum. Ihr Vater lächelte. Auch wenn Frost nur noch kindliche Erinnerungen an sein Aussehen und darüber hinaus bis heute sämtliche Berichte in den Medien über den *Schlächter von Leipzig* ignoriert hatte, konnte sie erkennen, dass er ausgezehrt aussah. Ein Schatten von einem Mann. Und obgleich seine Augen jugendlich leuchteten, war der Rest seines Körpers von trauriger Gestalt. Nichts an ihm erinnerte mehr an eine stolze Krähe, für die er sich immer gehalten hatte und deren Namen er selbst noch unter den Häftlingen trug.

Hinter den beiden tauchte der Anstaltsleiter auf. Frost kannte das Gesicht von der Internetseite der Haftanstalt. Die Szene lief schweigend ab. Wallner nahm auf dem Spezialstuhl ihr gegenüber Platz. Widerstandslos ließ er sich dort an den entsprechenden Halterungen festmachen.

»Benötigen Sie noch etwas, Frau Frost?«, erkundigte sich der Anstaltsleiter schließlich.

Sie schüttelte den Kopf und behielt dabei ununterbrochen ihren Vater im Blick. Gemeinsam schwiegen sie noch, als die beiden JVA-Bediensteten sie allein ließen. Anders als man gemeinhin glauben mochte, genoss Wallner in der Sicherheitsverwahrung deutlich mehr Privilegien als andere Häftlinge. Er trug keine Häftlingskleidung, sondern sein eigenes Jackett. Außerdem stand ihm ein größerer Haftraum zur Verfügung.

»Weißt du noch, was ich dir immer über die Zeit erzählt habe?«, begann er.

»Du hast ununterbrochen über die Zeit geredet«, reagierte sie kühl, denn für sie war es keinesfalls ein herzliches Wiedersehen.

»Die Zeit kommt zu dem, der warten kann«, gab er selbst die Antwort. »Und ich habe all die Jahre auf dich gewartet.«

»Mag sein.«

»Ich habe kürzlich versucht, über Viktor Burdas Kanzlei Kontakt zu dir aufzunehmen. Man sagte mir jedoch, er sei derzeit nicht erreichbar.«

»Burda wäre fast gestorben«, klärte sie ihn auf. »Warum wolltest du mich sprechen? Weil du Gerüchte über das Luzifer-Video gehört hast?«

Wallner schaute zur Seite, dann nickte er. »Ich nehme an, du hast es inzwischen gesehen …«

Ich wünschte, ich könnte es abstreiten.

»Ich weiß alles. Du hattest es die ganze Zeit versteckt gehalten, direkt vor meinen Augen. Auf einem Server der Frost AG.«

Sie musste sich zusammenreißen, um ihn nicht zu beschimpfen. »Warum?«

Er lächelte, obwohl ihm die Tränen in den Augen standen. »Ich durfte es nicht veröffentlichen, sonst hätte man dich mir weggenommen.«

Sie schnaubte. »Man hat mich dir weggenommen.«

»Nein, man hätte dich umgebracht.«

Stille.

Wer hätte ein Kind umbringen wollen? Männer, die nicht davor zurückschrecken, sich an einer Dreizehnjährigen zu vergehen.

Halt suchend griff Frost an ihre Armbänder. Innerlich kämpfte sie gegen die zwiespältigen Gefühle an. Wut, Trauer, Entsetzen, Mitleid. Mehr und mehr musste sie feststellen, wie sehr ihr Leben auf einer Lügenkonstruktion aufgebaut war. Nie zuvor hatte sie sich so unendlich hilflos gefühlt.

»Und Mutter?«, wisperte sie. Sie konnte offen sprechen, denn die Kamera über ihren Köpfen nahm keinen Ton auf, lediglich die Bilder. »Hast du Mutter umgebracht?«

Mit aufeinandergepressten Lippen schüttelte er den Kopf. »Ich hätte deiner Mutter nie auch nur ein einziges Leid antun können. Es war Merten. Nur Merten war zu einem solchen Verbrechen fähig.«

Also saß ihr Vater unschuldig im Gefängnis.

Was heißt unschuldig? Das ist auch nur ein anderes Wort für anständig. Aber anständig warst du nie, Markus. Nicht gegenüber deiner Tochter. Du hast es zugelassen, dass sie dich all die Jahre gehasst hat.

Sie suchte in seinem Gesicht nach einer Ähnlichkeit zwischen ihr und ihm, aber je länger sie ihn betrachtete, umso mehr vermutete sie, dass sie äußerlich nach ihrer Mutter kam. »Ich habe sehr lange darüber nachgedacht, ob ich etwas von dir geerbt habe. Schlussendlich haben wir nur eine einzige Sache gemeinsam: Chronophobie.«

»Chronophobie?«, wiederholte er, obwohl er den Begriff nur allzu gut kannte.

»Die Angst, dass einem die Zeit davonläuft.«

»Ich hatte ständig nur Angst um dich.«

»Spar dir das. Wir beide sind einander Fremde. Andernfalls hättest du mir die Wahrheit gesagt. Die Wahrheit, warum du mich allein gelassen hast. Die Wahrheit über den Tod meiner Mutter. Die Wahrheit über meinen Groß…«, sie ekelte sich davor, es auszusprechen, »… über deinen Schwiegervater.«

»Ich habe nie gewollt, dass du es ansehen musst.«

»Wie er sich an der Vergewaltigung von Larissa Rieß beteiligt hat?«

Wallner nickte. »Ja, dein Großvater war ein perverses Schwein. Ich hatte nicht die leiseste Ahnung, was er im Geheimen getrieben hat; erst als ich das Video in meinen Händen hielt, habe ich sein abartiges Treiben mit eigenen Augen mit ansehen müssen. Ich habe bitterlich geweint und meinen Zorn herausgeschrien. Ich habe deinen Großvater geohrfeigt und ihm mit Konsequenzen gedroht, aber er hat mich im Gegenzug als Taugenichts ausgelacht und mir unverhohlen entgegnet, dass es mich den Familienfrieden oder weitaus mehr kosten würde. Trotzdem hatte ich mir vorgenommen, Sabine alles zu erzählen, aber deine Mutter hat mir unendlich leidgetan, zumal sie schwanger war, also habe ich geschwiegen, sie gleichzeitig überredet, wenigstens weit wegzuziehen von ihren Eltern. Aber deine Mutter konnte nicht verstehen, warum ich das so plötzlich wollte. Wie auch? Nie im Leben hätte ich ihr das Video gezeigt. Vielleicht war ich ein Feigling.«

Frost verdrängte den Gedanken an eine Schwester, die sie hätte haben können. Mit einer Schwester wäre ihr Leben garantiert anders verlaufen. Alles wäre anders verlaufen, wenn ihr Vater den Mut aufgebracht hätte, ihrer Mutter die Wahrheit zu sagen. »Und somit hast du ihn letztlich gedeckt, indem du das Beweisvideo verheimlicht hast.«

»Ich hatte keine andere Wahl«, rechtfertigte er sich. »Dein Großvater hat ernst gemacht und mich an Merten verraten. Es hat ihn, deine Großmutter und deine Mutter das Leben gekostet. Als Warnung an mich. Man hat mich gezwungen, die Aufzeichnung niemandem zu zeigen, andernfalls hätten sie dich getötet. Ich musste die Schuld am Tod deiner Mutter auf mich nehmen, verflucht! Denkst du, es ist mir leichtgefallen, all die Jahre zu schweigen? Glaubst du ernsthaft, ich habe dich bereitwillig zur Adoption freigegeben? Ich schwöre dir, ich hatte keine Wahl.«

»Die habe ich auch nicht.«

Damit stand sie auf, zog ihr bis dahin verborgenes Keramikmesser und stach auf ihren Vater ein.

KAPITEL 66

Weil Donner die monotonen Geräusche der Maschinen im Krankenzimmer und das Rauschen in seinem Kopf nicht mehr aushielt, schaltete er den Fernseher ein. Immerhin, drei Programme konnte er frei empfangen. ARD, ZDF und Bibel-TV.

Auf dem christlichen Familiensender erklärte eine amerikanische Bibellehrerin auf schonungslose, aber zugleich humorvolle Weise das Gleichnis vom Sauerteig.

Donner ertappte sich, wie er der Fernsehpredigerin ein paar Minuten lang zuhörte. Bis sie von bedauernswerten Lebensumständen sprach und davon, dass manche Menschen nach schweren Rückschlägen oftmals mit ganz wenig bis gar nichts wieder ganz von vorn anfangen müssten.

> *»… und selbst die kleinste Menge Mehl kann am Ende zu einem großen Glück führen!«*, faselte sie. *»Egal, wie schwer es fällt, man darf nie aufhören zu rühren.«*

Weil Donner unweigerlich an den Verlust seiner Geliebten denken musste, griff er nach der Fernbedienung, um damit in der reichhaltigen Senderauswahl herumzurühren.

Klar, immer hübsch weiterrühren! Und irgendwann merkst du, dass es überall stinkt, weil du die ganze Zeit in einem Haufen Scheiße rührst.

Bei solchen Parolen wurde er regelmäßig selbst zum Sauerteig.

Seine Laune besserte sich auch nicht, als er die Nachrichten erwischte und der Sprecher vor laufender Kamera bei stürmischem Wetter mit seinem Mikrofon und seiner Kapuze kämpfte. Tapfer berichtete er von einem Zwischenfall in der JVA Moabit.

> *»... unbestätigten Aussagen gab es innerhalb der Gefängnismauern hinter mir eine Messerattacke auf einen der Insassen. Zum Täter und Tathergang gibt es derzeit noch keine gesicherten Informationen. Allerdings soll es sich bei dem Opfer um einen Mann handeln, der seit mehreren Jahren in Sicherheitsverwahrung sitzt ...«*

Auch wenn er im Bericht nicht genannt wurde, kannte Donner den Namen des Opfers. Gleichzeitig bekam er eine klare Vorstellung, was dort in der JVA im Einzelnen passiert war.

Was hast du getan, Klara?

Sie hatte versucht, für ihn das Antidot zu besorgen. Dabei hätte er das niemals von ihr verlangt.

Sie ist komplett wahnsinnig! Noch deutlich wahnsinniger als ich.

Schockiert saß er in seinem Krankenbett. Um ihn herum verstummten die Geräusche. Die Sätze des Reporters bekam er nur noch verwaschen mit.

> *»Bisher ... Stellungnahme der Gefängnisleitung aus. Um die Justizvollzugsanstalt ... Sperrbereich ..., so ist es wohl Vorschrift,*

wurde uns mitgeteilt. Wir Journalisten dürfen
uns den Kontrollstellen ... Metern nähern.
Von den Einsatzkräften der Polizei ... keine
Auskünfte. Hinter mir ... Panzerfahrzeug eines
Sondereinsatzkommandos sehen. Wir halten
Sie ...«

»Pfeif auf die Untersuchungen!«, redete Donner mit sich
selbst und riss sich die EKG-Elektroden von der Haut und die
Infusionsnadel aus der Vene.

Aus einem sorgenvollen Drang heraus wollte er auf der
Stelle zu Klara. Natürlich wusste er, dass man ihn aktuell niemals zu ihr lassen würde, egal, wo sie jetzt steckte. Aber er würde
garantiert nicht tatenlos herumsitzen.

Nee, ich will ihr persönlich den Kopf abreißen für diese
Dummheit.

Trotz des Schwächegefühls in sämtlichen Gliedern und
der einsetzenden Magenbeschwerden durch die plötzliche
Bewegung kleidete er sich in Windeseile um. Er hatte erwartet, dass eine aufgeregte Krankenschwester ins Zimmer stürmen
würde, weil das EKG eine Nulllinie zeigte, aber die Hektik des
Personals fand lediglich auf dem Stationsflur statt.

Gleich mehrere Schwestern rannten an ihm vorbei, als er
das Zimmer verließ. Ein Arzt riss ihn beinahe im vollen Lauf
um.

»Gehen Sie wieder rein!«, war die einzige Ermahnung.

Donner kam die Aufregung gerade recht. Er wollte sich
bereits aus dem Staub machen, doch da bemerkte er, dass die
allgemeine Aufmerksamkeit Zimmer 140 galt. Dem Zimmer,
in dem Larissa Rieß lag.

Donner reihte sich in die Gruppe der Personen ein, die
zu ihr eilten. Zuerst glaubte er, die Frau hätte das Zeitliche

gesegnet, aber die Kommandos des Arztes bekundeten das Gegenteil. Rieß wachte auf.

Als Letzter im Zimmer konnte Donner nur zwischen dem Klinikpersonal hindurch einen Blick auf die Patientin erhaschen. Deutlich erkannte er, wie Rieß' Augenlider flackerten. Und dann bewegten sich ihre Lippen.

»Was hat sie gesagt?«, fragte Donner laut.

»Hey, was machen Sie denn hier?«, echauffierte sich der Arzt. »Raus mit Ihnen, auf der Stelle!«

Sofort schob sich eine Krankenschwester vor Donner. Eine Kollegin packte ihn sogar am Arm.

Ein Knurren seinerseits reichte, und man ließ ihn los. Von allen Anwesenden war er der Kräftigste. Außerdem war er Polizist.

»Zur Seite«, bestimmte er, und obwohl der Arzt weiterhin protestierte, beugte er sich einen Augenblick später über Rieß' Gesicht und drehte sein Ohr zu ihrem Mund. »Ich muss das hören.«

»E...Elster«, wisperte die Aufwachende. »Bild.«

Donner erinnerte sich an das Foto, dass Hendrik Frost ihm und Klara auf dem Laptop gezeigt hatte.

»Die Elster auf dem Galgen, nicht wahr?«

»Seien Sie doch vernünftig!«, redete der Arzt dazwischen, aber Donner hob mahnend den Finger.

»Die Elster auf dem Galgen«, wiederholte er sodann.

»Die Elster ... Rätsel ...«, stammelte Rieß weiter.

»Das Bild ist das Rätsel, richtig?«

»... ist das Luzifer-Rätsel ...«

Kapitel 67

Anders als gestern versuchte Vogel gar nicht erst, freundlich zu der Festgenommenen zu sein. Statt Schlosser die Fesseln abzunehmen oder ihr ein Getränk anzubieten, hatte er für sie den unbequemsten Stuhl in ganz Leipzig herbringen lassen. Zusätzlich hatte er den Tisch abschrauben und hinausräumen lassen, damit sie auch keine Gelegenheit hatte, die Arme aufzustützen. Doch all die Maßnahmen schienen sie wenig zu beeindrucken.

»Wie geht es Herrn Donner?«, fragte sie, als würde ihr seine Gesundheit ernsthaft am Herzen liegen.

»Ich glaube, er stirbt gerade«, antwortete Vogel schulterzuckend, denn nach seinem bisherigen Wissensstand hatten die im Krankenhaus noch kein konkretes Gift nachweisen und demzufolge mit entsprechender Medizin reagieren können.

»Das ist bedauerlich.«

Sie sah übernächtigt aus. Auch Vogel hatte schlecht geschlafen, aber das überspielte er tapfer. Während Schlosser ruhig auf dem Vernehmungsstuhl saß, trank er gallebitteren Kaffee. Vermutlich hatten die Leipziger Kollegen eine Kanne kalten abgestandenen Kaffee einfach in der Mikrowelle erhitzt, damit er sich den Magen verdarb. Allerdings hatte er in seinem Leben mehr als einmal eine ungenießbare Pille schlucken müssen. Da

333

würde er sich von einem Kaffee garantiert nicht in die Knie zwingen lassen.

Er drehte sich zum venezianischen Spiegel, hinter dem sich wie am Vortag die halbe Leipziger Kripo versammelt hatte und ihn verteufelte, weil er ihnen die Show stahl. Provokativ hob er seinen Becher und nahm einen weiteren Schluck.

»Haben Sie heute Morgen schon die Nachrichten gesehen?«, wandte er sich wieder Schlosser zu.

»Leider hat man es versäumt, meine Zelle mit einem Fernseher auszustatten«, antwortete Tanja Schlosser. »Nicht mal ein Radio gönnt man mir.«

»Das liegt wahrscheinlich daran, dass Ihnen die Druckmittel ausgehen.«

»Wie meinen Sie das?«

Vogel nahm Blickkontakt mit Winter auf, die er extra nach Leipzig beordert hatte und die nun abwartend vor einem TV-Gerät stand. »Sie haben uns zwar gestern einen weiteren Ausschnitt aus dem Luzifer-Video gezeigt, aber anders als bisher haben Sie vergessen, uns ein weiteres Todesopfer zu liefern.«

»Ist das so?«, reagierte Schlosser gelassen. »Ich denke, Sie haben es nur noch nicht gefunden.«

»Dr. Helmut Drechsel war der einzige der drei neuen Namen, der noch gelebt hat«, erinnerte Winter Schlosser an die Fakten. »Also was wollen Sie uns vormachen?«

»Und der Doktor zählt nicht«, übernahm Vogel wieder. »Er hat sich schließlich selbst erschossen.«

»Das passt zu diesem Weichling«, stieß Schlosser voller Verachtung aus. »Schon damals im Kinderheim hat er sich nur an den jüngsten Kindern vergriffen. Hat sie ständig unsittlich berührt, sobald seine Assistentinnen den Raum verlassen hatten.«

»Wie dem auch sei, der geht jedenfalls nicht auf Ihre Rechnung«, sagte Vogel. »Und falls Sie auf Erik Donner als nächsten Toten anspielen, so hoffe ich, dass Sie Ihren Teil der Abmachung einhalten und uns das Gegengift geben.«

Schlosser legte den Kopf schief. »Und was haben Sie mir im Gegenzug anzubieten?«

Vogel nickte bereitwillig und gab das ausgemachte Handzeichen. Winter schaltete den Fernseher an und stellte einen Nachrichtensender ein. Seit Stunden berichteten sämtliche Stationen vom tödlichen Zwischenfall, der sich in den Morgenstunden in der JVA Moabit zugetragen hatte.

Aufmerksam verfolgte Schlosser die Reportage. Vogel seinerseits beobachtete nur die Festgenommene und versuchte in ihrem Blick zu ergründen, was sie bei den Bildern empfand.

»Das überzeugt mich nicht«, sagte Schlosser, selbst als auf dem Bildschirm ein Porträt vom Todesopfer Markus Wallner eingeblendet wurde.

»Das habe ich mir gedacht«, reagierte Vogel gelassen.

Auf einen weiteren Wink hin startete Winter am Abspielgerät eine Aufnahme. Nur Sekunden später erschien auf dem Fernsehschirm die Schwarz-Weiß-Aufnahme eines Vernehmungsraums in der Justizvollzugsanstalt. Zuerst betrat Klara Frost den Raum, setzte sich an den Tisch und wartete. Minuten danach wurde Wallner von zwei Männern hineingeführt und gegenüber seiner Tochter platziert.

»Ich muss mich für den fehlenden Ton entschuldigen«, sagte Vogel, während die Aufnahme lief. »Aber vielleicht können Sie ja Lippen lesen.«

Auch ohne das gesprochene Wort konnte jeder sehen, dass die Stimmung zwischen den beiden Akteuren im Film angespannt war. Schließlich eskalierte die Situation, als Frost von ihrem Stuhl aufstand, ein Messer zog und mehrfach auf ihren Vater einstach. Den ersten Treffer in den Brustbereich bekam Wallner erst mit Verzögerung mit, beim zweiten in den Hals sackte er zusammen, beim dritten zuckte nur noch sein Körper, beim vierten stürmten zwei Justizvollzugsbeamte panisch in den Raum. Da hatte Frost die Tatwaffe bereits zu Boden geschmissen und hielt die blutüberströmten Hände sichtbar nach vorn. Dass sie sich ergab, änderte nichts daran, dass die Gefängnisangestellten sie mit Knüppeln niederschlugen.

Winter stoppte die Wiedergabe und sogleich gefror im Fernseher das Bild.

»Sie haben alles erreicht, was Sie wollten«, sprach Vogel leise. »Sie haben gewonnen.«

Schlosser starrte noch immer wie gebannt auf den Bildschirm. Vogel dachte bereits, dass sie ihn jeden Moment lauthals auslachen würde. Stattdessen nickte sie irgendwann und fing an, eine E-Mail-Adresse zu diktieren.

»Hängen Sie diese Videoaufzeichnung an und schreiben Sie im Betreff: *Die Elster verlässt den Galgen.*«

Kapitel 68

Niemand konnte Donner Auskunft über Klara geben. Nicht einmal sein Kommissariatsleiter Henry Stark wusste, wo man sie nach den tödlichen Stichen in der JVA hingebracht hatte. Wenigstens wusste der Dicke, dass Sokrates Vogel derzeit Tanja Schlosser in der Kriminalpolizeiinspektion hier in Leipzig vernahm. Um mit dem störrischen Hauptkommissar zu sprechen, fuhr Donner nach dem Krankenhausaufenthalt mit der Straßenbahn zur Dimitroffstraße. Zu seiner Verwunderung bremste man ihn dort am Einlass wie einen gewöhnlichen Bürger aus.

Da man Donner einfach nicht ins Gebäude hineinlassen wollte, drückte er irgendwann seinen Dienstausweis gegen die Scheibe. »Haben Sie so einen Wisch schon mal gesehen? Da steht, dass ich Polizist des Freistaates Sachsen bin. Also öffnen Sie endlich die verdammte Schleuse.«

»Tut mir leid, aber ich habe strikte Anweisung erhalten, Sie nicht ohne Erlaubnis durchzulassen.« Der Polizeiobermeister am Empfangspult hielt einen handschriftlichen Notizzettel empor. »Hier steht Ihr Name drauf: Erich Donner.«

»Wer hat das angewiesen?«, fragte Donner, dabei konnte er sich denken, wer da seinen Vornamen absichtlich falsch genannt hatte. »Nein, holen Sie sich den alten Sacktreter einfach an die Strippe und sagen Sie ihm, dass ich das Luzifer-Rätsel gelöst habe.«

»Was?«, kam es von dem Beamten.

»Sagen Sie ihm … Herrgott! Wie begriffsstutzig kann ein einzelner Mensch eigentlich sein? Sagen Sie Herrn Vogel, ich habe das Bild mit dem anderen Vogel entschlüsselt.«

Donner meinte es ernst. Nachdem er deutlich die wenigen Worte von Larissa Rieß vernommen hatte, hatte er sich das Bild von der Elster auf dem Galgen aus dem Internet aufgerufen und es eingehender betrachtet. Dabei hatte er festgestellt, dass eine Elster auf dem Galgen saß und eine zweite am unteren Bildrand auf einem Baumstumpf. Nur dieses Sinnbild konnte die Lösung des Luzifer-Rätsels sein!

»Ich kann mal telefonieren«, kam es vom Obermeister. »Aber ich kann Ihnen nicht versprechen …«

»Ja, ja, schon gut.«

Behäbig griff der Beamte mit einer Hand nach dem Telefonhörer und deutete mit der anderen in die Sitzecke. »Bitte, Kollege, nehmen Sie in der Zeit Platz.«

Ich platze gleich, aber nicht vor Begeisterung.

Grummelnd trat Donner vom Empfang weg. Hinter ihm lief eine adrette ältere Dame vorbei. Zuerst vernahm er nur den Hall ihrer hochhackigen Schuhe, danach die Worte, die sie mit dem Einlassbeamten wechselte.

»Ich bin mit Herrn Kriminalhauptkommissar Sokrates Vogel verabredet.« Sie legte ihren Personalausweis und ein Päckchen vor. »Würden Sie ihm das hier bitte geben?«

* * *

Knapp eine Stunde war vergangen, seit Lia Winter die E-Mail versendet hatte. Seitdem warteten Vogel und sie zusammen in dem Vernehmungsraum darauf, dass Tanja Schlosser sie darüber aufklärte, was als Nächstes passierte.

»Wissen Sie was?«, begann Vogel. »Wir brechen das an dieser Stelle ab. Sie wandern in den Knast und Herr Donner wird sterben.«

»Es kann nicht mehr lange dauern«, wiederholte Schlosser.

»Ja, das sagten Sie jetzt schon zum fünften Mal.«

Lia Winter wurde das Gefühl nicht los, dass ihr Chef mehr und mehr die Nerven verlor. So ungeduldig kannte sie den Kriminalhauptkommissar nicht. Schon zuvor hatte sie bemerkt, wie die Anstrengungen der letzten Tage und der damit einhergehende Mangel an Schlaf an seiner Gesundheit und Erscheinung nagten. Inzwischen schien sein Hemd gleich zwei Nummern zu groß und auch der Gürtel konnte die abgemagerte Taille kaum noch umspannen. Oft wunderte Winter sich bei ihm, wie wenig ein Mensch überhaupt essen und trinken konnte.

»Was ist nun mit dem Antidot für Herrn Donner?«

Abermals schaute Schlosser zur Wanduhr. Dann schüttelte sie den Kopf. »Es gibt kein Antidot.«

»Was?«, stieß Winter aus, während Vogel nur neugierig die Nase hob. »Wiederholen Sie das!«

»Es gibt kein Antidot, genau wie es nie eine Vergiftung gab.«

* * *

Der gepanzerte Wagen war medienwirksam positioniert. Der Innenminister von Berlin ließ es sich nicht nehmen, unmittelbar am Ort des Geschehens sein Gesicht in Richtung der zahlreichen Weitwinkel-Zoomobjektive der Kameras zu halten. Bald würden die ersten aktuellen Bilder von Klara Frost im Netz auftauchen. Fotos und Videos, die zeigten, wie ein schwer bewaffnetes SEK sie in Hand- und Fußfesseln aus der JVA zum Transportfahrzeug brachte. Unter lautstarken Befehlen schleuste man sie vom Hauptgebäude über den Hof hin zum Einsatzfahrzeug. Wie eine Büßerin trieb man sie vor sich her.

Links und rechts ihres Weges standen Männer mit Helmen, Schutzbrillen und ballistischen Westen. Die meisten hielten eine MP im Anschlag, als wäre sie das leibhaftige Böse, auf das es bei der winzigsten Unregelmäßigkeit zu ballern galt.

Man hatte ihre drei Halsketten und die elf Armbänder abgenommen. Darunter ihr Lieblingsstück mit dem lateinischen Sprichwort: Deus ex Machina. Diesmal war sie nicht die toughe Ermittlerin, die in einem Mordfall den Ton angab. Diesmal stand sie auf der anderen Seite des Gesetzes. Und es war ein Scheißgefühl.

Trotzdem musste sie funktionieren. Präzise und ausdauernd wie eine Maschine.

Deus ex Machina. Es ist noch nicht überstanden.

Wortlos nahm Frost auf der Ladefläche Platz.

Hinter ihr knallte man die Wagentüren zu.

* * *

»Richterin Armando«, fuhr Donner im Empfangsraum der Polizeidirektion herum.

Die alt gewordene, aber sichtlich auf ihr Äußeres bedachte Frau hob die breite Krempe ihres schwarz-weißen Damenhuts. Mit ihrem verbliebenen Auge musterte sie ihn wie damals im Gerichtssaal. »Herr Donner, was für ein Zufall.«

Beide reichten sich die Hand. Sie lächelte gequält. Donner betrachtete ihre schwarzen Samthandschuhe, und ihm fiel plötzlich ein, dass er mit der Richterin nie zuvor einen Handschlag ausgetauscht hatte. Dafür waren sie in ihren Ansichten über Gerechtigkeit zu oft gegensätzlicher Meinung gewesen.

»Was machen Sie in Leipzig?«, fiel ihm nichts anderes ein. »Hier in der Polizeidirektion? Sie sind doch schon seit einigen Jahren im Ruhestand.«

»Ach, Sie wissen doch, dass einen der Job nie ganz in Ruhe lässt.«

Er verstand nur zu gut, also nickte er. »Ich schätze, ich muss den Knochenjob noch ein paar Jahre machen.«

»Bestimmt fangen Sie in der Zwischenzeit noch den einen oder anderen Verbrecher. Wissen Sie, ich konnte Ihr arrogantes Auftreten nie ausstehen …« Sie sagte es mit einem gewissen Charme und stupste ihn mit den Fingerspitzen gegen die Brust, als wären sie langjährige Freunde. »Aber Ihren Ehrgeiz und Ihre Einstellung zum Beruf habe ich stets bewundert. Es gibt nur wenige Männer von Ihrem Schlag. Männer, die ohne Rücksicht auf das eigene Leben für andere durchs Feuer gehen.«

Und sich dann am ganzen Körper verbrennen und auf ewig entstellt sind.

Er betrachtete ihr faltiges, aber trotzdem vitales Gesicht. Danach glitt sein Blick über ihre Brust, die Taille bis hinunter zu den Schuhspitzen, und er stellte fest, dass sie von oben bis unten in Schwarz und Weiß gekleidet war.

»Wenn Sie mich jetzt bitte entschuldigen würden«, sagte sie und wollte an ihm vorbeitreten, doch er schnitt ihr mit einem Seitwärtsschritt den Weg ab.

»Für wen war das Geschenk eben?«

Armando hob das Kinn und schaute nun stolz. »Leider nicht für Sie …«

Erneut wollte sie gehen, doch diesmal hielt er sie sogar fest.

Sie trägt Schwarz und Weiß, wie das Federkleid einer Elster.

Schlagartig erinnerte er sich an das Gemälde von Pieter Bruegel.

Die Elster auf dem Galgen.

»Es sind zwei Elstern.«

* * *

»Was macht Sie so sicher, dass es keine Bombe ist?«, flüsterte Winter hinter Vogel.

Während er das Päckchen betrachtete, das man ihm vom Empfang heraufgebracht hatte, schüttelte er wie benommen den Kopf. »Zehn Jahre USBV.«

»Was, Sie waren im LKA bei der Abteilung für Unkonventionelle Spreng- und Brandvorrichtungen?«

Natürlich machte er einen Scherz. Aber er hätte sich denken können, dass Winter für einen solchen Witz zu humorlos und überdies in der derzeitigen Situation zu angespannt war. Selbst er zögerte, den Karton zu öffnen.

»Für eine Bombe ist es zu leicht«, ergänzte er und ließ sich eine Schere von ihr reichen.

Mit den scharfen Klingen zerschnitt er schließlich das Klebeband und klappte die Deckelseiten vorsichtig auf.

»Was ist drin?«, fragte Winter, weil er den Inhalt mit seinem Oberkörper verdeckte.

»Ein USB-Stick.« Dann zog er einen durchsichtigen Plastikbeutel heraus und betrachtete das Innere. »Und ein abgeschnittener Zeigefinger.«

KAPITEL 69

Derselbe Vernehmungsraum, eine andere Täterin. Skeptisch irrte Vogels Blick innerhalb der vier Wände umher. Dabei überlegte er krampfhaft, ob es klug war, Richterin Regina Armando auf der Stelle zu vernehmen. Vor knapp einer halben Stunde hatte Donner sie festgenommen und hergebracht. Ihr Päckchen und ihr Geständnis hatten alles verändert. So sehr, dass selbst Vogel an seinem Verstand zweifelte.

»Herr Vogel«, sprach Winter ihn behutsam an, weil er einfach nur dasaß und den Tisch anstierte, den man zuvor in die Mitte des Zimmers gestellt hatte. »Alle warten.«

Per Handzeichen gab er seiner eifrigen Assistentin zu verstehen, dass er sich nur kurz sammeln wollte. Vielleicht sollte er sich wegen Befangenheit vertreten lassen. Dafür brauchte er nur vor den Zuschauern im Nebenraum seine Gefühle für die hübsche Dame auf dem anderen Stuhl zu gestehen. Dann könnte nicht einmal der Innenminister etwas dagegen einwenden. Aber Conrad Ludwig verließ sich bedingungslos auf Vogel. Nachdem man den Luzifer-Killer geschnappt hatte, war Ludwig postwendend mit einem Polizeihubschrauber in Leipzig gelandet. Sogar den Leitenden Oberstaatsanwalt hatte er mitgebracht, damit der sich selbst ein Bild von der geistesgestörten Tanja Schlosser machen konnte. Minister und Oberstaatsanwalt hatten Vogel für übergeschnappt erklärt, als er ihnen eine zweite Täterin präsentiert hatte. Daraufhin hatte Conrad ihn beiseitegezogen und ihm ins Ohr geflüstert.

Beenden Sie diesen Albtraum schnell und diskret, andernfalls werde ich der Bezügestelle stecken, dass Sie bei Ihrer Dienstzeiterfassung betrogen haben.

Conrads Vorwurf stimmte nicht ganz. Richtig war allerdings, dass Vogel unwissentlich ein Fehler unterlaufen war, durch den er jahrelang erhöhte Bezüge kassiert hatte. Wenn das rauskäme, würde man ihn rückwirkend zur Kasse bitten. Das war jedoch das geringste Übel. Auch ein drohendes Verfahren wegen Arbeitszeitbetrugs störte ihn wenig. Vielmehr fürchtete er sich vor einer einzigen Konsequenz: Man würde ihn folgerichtig aus dem Polizeidienst entlassen.

Natürlich konnte man einen Beamten nicht für einen Systemfehler verantwortlich machen, wohl aber für die Zahlen auf dem Gehaltszettel. Und auf Conrads Wort hin würde man Vogel zur Verantwortung ziehen. Und zwar ohne mit der Wimper zu zucken oder Vogels frühere Verdienste anzuerkennen. Auf der Welt gab es eben kein größeres Verbrechen, als den Fiskus zu hintergehen.

»Sie halten sich also für eine Elster«, kam Vogel seiner Pflicht nach und konfrontierte die ehemalige Richterin mit dem weltbekannten Gemälde von Pieter Bruegel.

»Ich dachte schon, Sie wollten mich zu Tode schweigen«, sagte Armando mit belegter Stimme. »So ändern sich im Laufe des Lebens die Positionen. Jetzt bin ich die Angeklagte und Sie haben den Vorsitz.«

»Beantworten Sie einfach meine Fragen: Wem gehört der Finger?«

»Einem Toten.«

Vogel deutete zum Karton, in dem der Zeigefinger samt dem USB-Stick lag. »Ist das Opfer im Film zu sehen?«

»Warum schauen Sie sich nicht einfach den Rest des Luzifer-Videos an?«

Vogels Blick ging zur verspiegelten Wand, hinter der Conrad Ludwig alles aufmerksam beobachtete. »Sie können sich darauf verlassen, dass unsere Experten das Video auswerten werden. Bis dahin können wir die ganze Sache beschleunigen, indem Sie uns die Antworten geben, die wir brauchen. Andernfalls berufen Sie sich auf Ihr Schweigerecht oder verlangen nach einem Anwalt.«

»Für einen Anwalt bin ich zu alt. Was nützten mir zwei oder drei Jahre weniger Gefängnis? Nein, ich habe mein halbes Leben auf diesen Tag hingewirkt, ich bin zum Luzifer-Killer geworden, nun habe ich nichts mehr zu verlieren. So kann ich wenigstens noch einmal im Mittelpunkt des öffentlichen Interesses stehen und all den kleinen Opfern eine Stimme geben.«

»Sie sprechen von mehreren Opfern«, redete Winter plötzlich dazwischen. »Wieso?«

»Ach, Sie wissen wirklich nicht, wovon ich rede, Frau Winter? Sie sind doch seine Mitarbeiterin. Hat er Ihnen denn nie die alte Akte über Johannes Merten gezeigt?«

Beide Frauen blickten ihn auffordernd an. Sogleich ärgerte Vogel sich darüber, dass er Winter nicht rechtzeitig den Mund verboten hatte. Immerhin war die Richterin nicht mit der Rettungsassistentin zu vergleichen. Ersatzweise strafte er Winter mit einem finsteren Blick in der Hoffnung, sie würde sich für den Rest der Vernehmung zurücknehmen.

»Vielleicht überlegen Sie sich das mit dem Anwalt ja im Laufe des Gesprächs, Frau Armando. Ich bin sicher, Sie kennen die Nummer von Viktor Burdas Kanzlei. Nicht wahr, zu ihm hatten Sie in der Vergangenheit mehrfach Kontakt.«

»Gelegentlich«, gab Armando zu. »Immerhin war Burda in jungen Jahren für Johannes Merten tätig. Bis er die Seiten gewechselt und das Originalvideo in die Hände bekommen hatte, mit dem er seinen ehemaligen Mandanten zur Rechenschaft ziehen konnte.«

»Wenn Sie das Viktor Burda zugutehalten«, mischte Winter sich erneut ein, »warum ließen Sie ihn dann von Ihrer Helferin auf Station 9 foltern?«

»Burda ist genauso schuldig wie die Männer im Film. Er wusste, welche Verantwortung es mit sich brachte, das Luzifer-Video zu veröffentlichen. Also hat er lieber geschwiegen und sich einen Dummen gesucht, der das für ihn übernahm. Doch dann wanderte Markus Wallner ins Gefängnis und das Beweisvideo war zusammen mit Johannes Merten plötzlich verschwunden. Ende der Neunzigerjahre, als ich Richterin am Landgericht wurde, hatte ich Burda mehrfach angefleht, mir zu helfen, die Vergewaltiger einer Dreizehnjährigen vor Gericht zu bringen, aber er lehnte stets mit der Begründung ab, dass die Sache verjährt sei.«

»Jedenfalls haben Sie von ihm die Gesprächsaufzeichnung zwischen Markus Wallner und Edward Frost erhalten«, übernahm Vogel wieder.

»In der Tat konnte ich mir eine Kopie der Tonaufnahme besorgen. Burda war immerhin Wallners Strafverteidiger. Er hatte sich bei Vertretungsübernahme von seinem Mandanten bestätigen lassen, dass sämtliche Gespräche aufgezeichnet werden durften.«

»Anscheinend war es auch Burda, der Edward Frost geraten hat, bei der Unterhaltung in der JVA ein Diktiergerät laufen zu lassen«, unterbrach Vogel Armando. »Wie dem auch sei, dadurch haben Sie jedenfalls erfahren, dass sich das Luzifer-Video all die Jahre mehr oder weniger im Besitz von Wallner befand. Deshalb wollten Sie seinen Tod, den Sie schließlich auch bekommen haben. Meine Anerkennung für diesen raffinierten Plan haben Sie.« Er deutete einen Applaus an. »Ich wusste immer, dass Klara Frost verrückt ist, aber dass sie ihren

346

eigenen Vater umbringen würde, daran hätte ich in meinen kühnsten Träumen nicht geglaubt.«

»Weil Sie nie etwas wirklich aus tiefstem Herzen gewollt haben.«

»Mag sein, dass mir dazu das Herz fehlt, aber das passt irgendwie in diese Geschichte, das müssen Sie zugeben. Denn es gab weder ein Gift noch ein Gegengift und wir waren zu dumm, es nicht zu bemerken. Ich bin beeindruckt von Ihren Psychospielchen. Sie haben es geschafft, den gesamten Polizeiapparat lächerlich zu machen.«

Armando schloss kurzzeitig gelangweilt die Augen. »Alles eine Frage von Überzeugungsarbeit.«

»Und wie wollen Sie mich überzeugen?«, wurde Winter langsam übermütig. Anscheinend dachte sie, ihr Chef hätte die Sache längst nicht mehr unter Kontrolle. »Wie konnten Sie denn überhaupt das Luzifer-Video stehlen? Ein bisschen kenne ich mich mit Computern aus, aber um das Sicherheitssystem der Frost AG zu überwinden, benötigt es mehr als einen Schnellkurs in Sachen Word und Excel. Dafür braucht man jahrelange Programmierkenntnisse. Kenntnisse und Befähigungen, die weder Sie noch Tanja Schlosser besitzen, oder wollen Sie uns das wirklich weismachen?«

»Wie gesagt, alles eine Frage von Überzeugungsarbeit.«

Winter zischte, Vogel beugte sich zu Armando. Er kam nicht umhin, festzustellen, wie schön sie selbst jetzt noch war. Selbst mit dem fehlenden Auge, das ihr ein verurteilter Ladendieb einmal auf dem Heimweg genommen hatte. Spätabends hatte er sie hinterrücks angefallen und sie mit einer Rasierklinge schwerwiegend im Gesicht verletzt. Trotz der hinterhältigen Attacke und einer lächerlichen Verurteilung zu einer Bewährungsstrafe hatte sie als Richterin weitergemacht, bis das Justizministerium sie hatte fallen lassen. Das war der eigentliche Verrat, der sie am Rechtsstaat zweifeln lassen und ihr Wesen zum Negativen verändert hatte.

Gern hätte Vogel herausgefunden, ob in ihrer Brust inzwischen wirklich ein niederträchtiges Herz schlug.

»Damit können wir nichts anfangen«, sagte er stattdessen. »Entweder sind Sie der Luzifer-Killer oder nicht. Wenn Sie ...«

»Thomas Zariewski«, nannte Armando einen Namen, den Vogel nie zuvor gehört hatte. »Er arbeitet bei der Frost AG, er war unser Zugang.«

Da Vogel wusste, dass die Kollegen im Nebenraum die Personalien umgehend überprüfen würden, machte er sich nicht die Mühe, sich den Namen zu notieren. »Warum sollte er Ihnen helfen?«

»Weil er eine Affäre mit Tanja hatte.« Sie sah Vogel herausfordernd an. »Frauen sind seit jeher die Schwäche von euch Männern.«

Weil Vogel danach die Worte fehlten, stellte Winter ersatzweise eine Frage. »Wieso haben Sie das alles getan?«

»Ach!«, kam es überrascht von Armando. »Das hat er Ihnen also auch nicht erzählt.«

»Was hat er mir nicht erzählt?«, fragte Winter und sah Vogel schief an.

»Wie ich als Siebenundzwanzigjährige Larissa Rieß gefunden habe ...«

KAPITEL 70

Damals (13. März 1983)

Immer wenn Regina Armando ihre Großeltern in Altenhain besuchte, durchquerte sie mit ihrem Fahrrad den Planitzwald. Sieben Kilometer Waldweg. Vorbei am Schmielteich, wo Moorfrösche, Kraniche und Baumfalken lebten. Umgeben von den mächtigen Bäumen, hatte sie sich als Kind manchmal gefürchtet, besonders wenn es dunkel wurde. Über Wald und Teich erzählten sich die Einheimischen nämlich uralte Schauergeschichten. Von Geistergestalten, Hunden mit glühenden Augen und verschwundenen Kindern, die gegenüber ihren Eltern ungehorsam gewesen sind. Vor anderthalb Jahren hatte ein Angler tatsächlich ein totes junges Mädchen aus dem Wasser gefischt. In der *Leipziger Volkszeitung* war von einem Unglücksfall die Rede gewesen. Zu der Einschätzung war die Polizei gekommen. Rätselhaft blieb lediglich, was die jugendliche Ausreißerin aus Rostock in Sachsen wollte, da sie hier keinerlei Bekannte hatte.

Reginas Eltern hatten ihr beizeiten Gehorsamkeit und Disziplin eingeimpft. Niemals wäre sie als Kind auf die Idee gekommen, von daheim wegzulaufen. Kein Wunder, dass das Kind im Schmielteich ertrunken war.

Inzwischen war Regina siebenundzwanzig. Trotzdem fuhr sie noch immer regelmäßig mit dem Fahrrad durch den Wald, um ihren betagten Großeltern auf dem Hof zu helfen. Oft tat sie das nach einem langen und anstrengenden Arbeitstag. Aber Regina klagte nicht darüber. Dank der Fürsorge ihrer Eltern, die schon seit Jahren das Parteibuch pflegten, hatte sie einen der wenigen Studienplätze für Rechtswissenschaften bekommen. Das war in der DDR eine hohe Auszeichnung und brachte dementsprechend große Verantwortung mit sich. Seit drei Jahren arbeitete sie im Kreisgericht Grimma, wo sie Privatrechtsangelegenheiten regelte. Schon bald würde sie zum Bezirksgericht Leipzig wechseln, wo ihre Mutter eine angesehene Richterin war. Morgen früh würde sie in der Registratur ihre Anträge abgeben. Der Rest war reine Formalie.

Während ihr Fahrrad über den holprigen Waldweg ratterte, ging sie gedanklich die Bewerbungsunterlagen durch, ob sie auch wirklich alles zusammen hatte. Am Vorderreifen surrte der Dynamo. Das Licht der Fahrradlampe flackerte und erhellte auf dem Boden vor ihr Schottersteine, Zweige und Gras. Das hintere Schutzblech klapperte. Dunkle Wolken waren vor den Mond gezogen. Durch die Baumwipfel fuhr ein scharfer Wind. Mit einer Hand schlang sie sich ihren Schal fester um den Hals. Ein Kauz schrie. Es klang wie ein Hilferuf.

Regina trat kräftiger in die Pedale. So wurde ihr wenigstens warm. Gleichzeitig sang sie einen angesagten Popsong, den ihre streng systemtreuen Eltern niemals im Radio anhören würden. Regina mochte den verrückten Sänger von Culture Club. *Do You Really Want to Hurt Me.*

Plötzlich schoss etwas aus dem Dickicht. Der Lichtkegel streifte ein Wildtier. Erschrocken stieg Regina in die Bremse. Gleichzeitig riss sie den Lenker herum, um die Kollision zu vermeiden. Vergeblich. Das Tier krachte ihr mitten ins Vorderrad, riss sie vom Sattel.

Nach einem kurzen Moment völliger Orientierungslosigkeit fand Regina sich mit aufgeschürften Handflächen und schmerzender Hüfte auf dem Waldboden wieder. Neben ihr quiekte das verletzte Tier.

Nein, kein Tier, stellte sie erschrocken fest. Ein splitternacktes, vollkommen verdrecktes Mädchen.

»Ach du Schreck!«, stieß Regina aus. »Was machst du denn hier? Ich meine, wer bist du? Wieso …?«

Der Rest blieb ihr im Halse stecken, als sie das viele Blut sah. Besonders ihre Beine waren blutüberströmt.

Regina kroch zu dem winselnden, zitternden Mädchen hinüber und strich ihm die verfilzten Haarsträhnen aus dem Gesicht. Schwer zu schätzen, wie alt es war. Vielleicht zwölf Jahre. Oder jünger, oder älter. Regina konnte nicht klar denken, sie reagierte einfach auf die völlig unwirkliche Situation.

»Wie heißt du?«

»Lar…«

»Lara?«

»Larissa.«

»Also gut, Larissa, ich werde dir helfen.«

Vorsichtig tastete Regina an ihrem nackten Körper entlang, um zu untersuchen, woher das viele Blut kam. Als sie die Ursache am Unterleib ausmachte, hätte sie sich beinahe die blutverschmierten Hände auf den Mund geschlagen und in den Nachthimmel hinein um Hilfe geschrien. Aber hier mitten im Wald würde sie wohl kaum jemand hören.

»Er kommt«, flüsterte das Mädchen.

»Von wem redest du?«

»Er will mich umbringen«, stammelte das Mädchen und blickte Regina apathisch an.

Regina konnte kaum glauben, was sie da hörte, aber sie verstand, dass das Kind schwer verletzt war und Todesängste ausstand. Allerdings wusste sie nicht, was sie jetzt tun sollte.

Schließlich blieb ihr nichts anderes übrig, als laut in den Wald zu rufen.

»Hilfe! Wir brauchen Hilfe!«

»Nein«, sagte Larissa und streckte dabei ihre Hand nach Reginas Jacke aus. Doch die Finger rutschten kraftlos am Stoff ab. »Bitte nicht, er kann uns hören.«

»Wer, verdammt noch mal?«

»Luzifer. Es ist Luzifer …«

Um Regina drehte sich die Umgebung. Der Anblick war zu schrecklich, sie bezweifelte, dass es selbst in einem Krankenhaus jemals derartig blutig zuging. Doch genau dorthin gehörte das Mädchen. Am liebsten wäre sie einfach davongerannt, aber ihr Vater war Arzt. Zu ihm musste sie Larissa bringen. Reginas Vater konnte sie versorgen.

Aus purer Verzweiflung schaffte Regina es, einerseits ihr Fahrrad aufzustellen und andererseits dem verwundeten Mädchen auf die Beine zu helfen.

»Du musst dich irgendwie auf den Gepäckträger setzen, hörst du?«, beschwor sie das Kind. »Und danach musst du dich gut an mir festhalten.«

»Ich schaffe das nicht.«

»Doch, du schaffst das, Larissa. Denn ich schaffe das auch. Ich lasse dich hier nicht zurück. Ich werde mich um dich kümmern.«

Mühsam und unter Tränen kroch das Mädchen auf das Fahrrad. Als Regina auf den Sattel stieg, hört sie ganz in der Nähe knackende Äste. Geräusche, die nicht vom Wind kamen. Jetzt ergriff sie blanke Panik. Weder ihre Eltern noch sie waren gläubig, aber vielleicht gab es den Teufel ja doch. Als sie bereits ein Stück gefahren war, schaute sie über ihre Schulter und glaubte, eine dunkle Gestalt auf den Weg treten zu sehen. Aber das interessierte Regina nicht mehr, sie wollte nur noch das Mädchen in Sicherheit bringen.

Als sie schließlich erschöpft zu Hause ankam, war Larissa kaum noch bei Besinnung. Direkt vor der Haustür rutschte sie vom Rad. Augenblicke später beugte sich Reginas Vater mit seiner Medizintasche über die Verletzte.

»Kannst du ihr helfen?«, fragte Regina.

Er schüttelte den Kopf. »Ich werde einen Freund anrufen, Dr. Anton Mehlhorn ist der Leiter des Bezirkskrankenhauses. Er weiß, was zu tun ist …«

Danach streichelte Regina über eine halbe Stunde die Stirn der bewusstlosen Larissa, ehe der Notarztwagen auftauchte.

»Ich bin Dr. Helmut Drechsel«, sagte der andere Arzt, der Reginas Vater per Handschlag begrüßte und danach die Verletzte behandelte. »Ich werde mich um das Mädchen kümmern. Alles wird gut.«

Nachdem der NAW mit Blaulicht fortgefahren war, dauerte es mehr als siebzehn Jahre, ehe Regina Larissa wiedersah und erfuhr, was an diesem 13. März Furchtbares passiert war.

Kapitel 71

Die Stunden auf der harten Pritsche in der Gewahrsamszelle vermittelten Frost einen Eindruck, wie überaus komfortabel es war, wenn man auf der richtigen Seite des Gesetzes stand. Sie vermisste den Luxus ihres Hotels, in dem sie lebte. Aber wenigstens hatte sie hier drin Zeit, um über alles nachzudenken. Über den Tod ihrer Mutter, über ihren Vater, über Erik, über den Luzifer-Killer …

Man kann die Zeit nicht zurückdrehen. Man kann höchstens neu anfangen.

Irgendwie fühlte sich ihre Situation wie ein Neustart an. In Strümpfen und mit der nötigsten Bekleidung hatte man sie im Zellentrakt der Polizeidirektion Leipzig eingesperrt. Wie bei allen anderen vorläufig Festgenommenen hatte man ihr ihre drei Halsketten, die elf Armbänder, ihre Uhr und andere persönliche Sachen abgenommen. Eine Weile hatte sie die Sekunden und Minuten mitgezählt, nachdem man sie in Moabit abgeführt hatte. Aber unterwegs war sie mit Zählen durcheinandergekommen. Anfangs hatte es sich angefühlt, als hätte sie etwas sehr Wichtiges in ihrem Leben verloren, aber irgendwann hätte sie vor Glück weinen können.

Zeit ist wie eine Schwiegermutter, die jeden Tag aufs Neue vor deiner Tür steht. Du musst einfach die Tür zulassen. Dann ist Zeit nicht mehr wichtig.

Jetzt, in diesem Moment, fühlte sie sich unendlich frei. Sie hatte die Zeit komplett vergessen. Gerade als sie ein Lächeln auf ihren Lippen bemerkte, vernahm sie die Stimme des Kerkermeisters.

»Besuch für dich, Exorzistin!«

Der behäbige Polizeikommissar vom Revier ging in seiner Rolle als ihr Bewacher vollkommen auf. In der Vergangenheit hatte Frost an Tatorten die Schutzpolizisten herumkommandiert, diesmal war es genau andersherum. Heute durfte man mit ihr machen, was man wollte. Und auch diese Lehre nahm sie dankbar an.

Der kleine, gedrungene Polizist stapfte den Gang entlang und klopfte dann mit dem massiven Stahlschlüssel gegen die Gitterstäbe. »Du könntest wenigstens ab und zu wie eine Geistesgestörte herumschreien und permanent den Klingelknopf dort in der Wand drücken.«

»Wozu?«, fragte sie.

»Na einfach, um meinem Dienstgruppenführer auf den Geist zu gehen. Dann schickt er mich hier runter, um dich zum Schweigen zu bringen. Komm schon, Exorzistin, so macht das Spiel gar keinen Spaß.«

»Spaß«, wiederholte sie. »Sehe ich aus, als hätte ich in meinem Leben Spaß?«

Der Kommissar schüttelte enttäuscht den Kopf. »Von allen Kripoleuten, die ich nicht leiden kann, stehst du an erster Stelle.«

»Dann ist es ja gut, Kollege Schnürschuh, dass wir uns bisher nicht begegnet sind«, ertönte eine Männerstimme aus dem Hintergrund.

»Haha«, sagte der Kommissar freudlos und schaute zur Seite. »Zwei unnachahmliche Komiker.«

Frost sprang von der Liege auf. »Erik?«

Erik trat in ihr Sichtfeld. »Dein Ruf ist ja noch schlechter als meiner.« Als sie die Zellenstäbe umklammerte, griff er nach ihren Händen und streichelte sie sanft. »Hast du heute schon mal die Nachrichten verfolgt? Ich glaube, die haben die Hexenverbrennung wieder freigegeben.«

»Hexenverbrennung«, echote sie. »Das ist wohl kaum möglich bei einer Exorzistin.«

»Das denkst du.« Mit einer unwirschen Geste trieb er den Kollegen mit dem Zellenschlüssel an. »Na los, aufsperren!«

Der Angesprochene murrte, machte sich aber sogleich am Schloss zu schaffen. »Ich muss mich korrigieren, Klara, du bist auf meiner Liste soeben auf Platz 2 gerutscht.«

Die Zellentür schwang auf und Erik trat zu ihr ein. Eine Weile starrten sie sich nur in die Augen. Frost fragte sich, wie es zwischen ihnen ausgegangen wäre, wenn sie auf seine Frage nach einer festen Beziehung damals nicht mit Nein geantwortet hätte.

»Hätte nie gedacht, dass man mir einen so charmanten Scharfrichter schicken würde, der mich auf den Scheiterhaufen führt.«

»Du irrst dich, in Wahrheit holt dich ein Monster ab.«

»Ach Leute, bitte!«, hörte Frost den Kerkermeister noch sagen, ehe er sich mit schlurfenden Schritten entfernte.

»Wie ist es ausgegangen?«, wollte sie von Erik wissen, denn er sah immer noch schlecht aus.

Er versuchte sich an einem Lächeln, das aber eher so wirkte, als hätte er fürchterliche Zahnschmerzen. »Wie es scheint, bin ich ein Hypochonder. Schlosser hat mich zwar mit allen möglichen Halluzinogenen und Neuroleptika vollgepumpt, aber das würde ich nicht als Vergiftung im eigentlichen Sinne bezeichnen.

Natürlich sind die im Krankenhaus da ganz anderer Meinung. Wenn es nach denen ginge, wäre ich längst in Quarantäne. Das sind halt Mediziner, die müssen das sagen.«

Nachdenklich nickte Frost. »Immerhin haben wir die Täterin. Nein …« Sie unterbrach sich und rief sich das Gemälde mit den beiden Elstern ins Gedächtnis. »Zwei Täterinnen.«

»Richterin Regina Armando hat Tanja Schlosser als Sechzehnjährige damals zu einer harten Jugendstrafe verurteilt. Anfangs war Schlosser entsetzlich wütend über das Urteil, später jedoch, als sie dadurch ihr Leben geregelt bekommen hatte, hat sie sich bei Armando bedankt. So haben sich die beiden angefreundet.«

»Stimmt es, dass ein Angestellter aus Hendriks Firma geholfen hat, das Luzifer-Video aus dem Geheimarchiv der Frost AG zu stehlen?«

»Thomas Zariewski«, nannte Erik den Namen des Programmierers. »Man hat ihn vor zwei Stunden festgenommen. Er war früher Mitglied im Chaos Computer Club. Soll wohl sogar mal einen aufsehenerregenden Hackerangriff auf einen russischen Politiker begangen haben, der an einem Falschgeldgeschäft beteiligt war. Keine Ahnung, ob das stimmt. Mich wundert eher, was für Leute dein Bruder beschäftigt.«

»Anscheinend nur die Besten.«

Und er ist nicht mein Bruder, sondern mein Stiefbruder.

Um über Kleinigkeiten zu streiten, danach stand ihr heute nicht der Sinn.

»Zariewski gibt zu, dass er über Wochen eine Beziehung mit Tanja Schlosser geführt hat«, erklärte Erik weiter. »Allerdings bestreitet er den Diebstahl des Videos. Über Details werden die weiteren Ermittlungen Aufschluss geben.«

»Dann frage ich besser bei Hendrik nach. Hast du ein Handy dabei?«

Erik griff in seine Manteltasche. »Es tut mir leid, dass du das abartige Treiben deines Großvaters im Luzifer-Video anschauen musstest. Das muss ein heftiger Schock für dich gewesen sein.«

»Sokrates Vogel hatte mich zuvor bereits gewarnt. Das hat es nicht besser, aber leichter gemacht. Dafür bin ich ihm irgendwie dankbar.«

Erstaunt zog Erik die Augenbrauen hoch. Offensichtlich hatte der alte Kriminalhauptkommissar ihn nicht in seinen Plan eingeweiht.

»Ja, es ist unendlich grausam, wenn man die Wahrheit kennt«, gab sie zu. »Aber es hat mir auch geholfen, die Lebensgeschichte meines Vaters zu erfahren. Er hat weder seinen Schwiegervater noch meine Großmutter noch meine Mutter ermordet. Er hat lediglich die Schuld auf sich genommen, damit man mir nichts antut.«

»Das ist trotzdem scheiße von ihm.« Verbissen reichte er ihr sein Handy. »Gehen wir?«

Sie nahm es ihm ab und zwang sich zu einem Lächeln. »Du sagst es, es ist scheiße.«

KAPITEL 72

Nach der Festnahme des wahren Luzifer-Killers wollte Vogel sich eigentlich nur noch in seine Abteilung zurückziehen. Doch Innenminister Conrad Ludwig bestand darauf, dass der leitende Ermittler persönlich vor die Presse trat – zusammen mit zwei weiteren ausgewählten Kriminalbeamten: Klara Frost und Erik Donner.

Auf dem Weg zum Saal, in dem die Journalisten und Fernsehteams bereits auf die Polizeiführung und deren Stellungnahme warteten, nahm der Innenminister Vogel noch einmal zur Seite.

»Nur damit ich das richtig verstehe«, begann Ludwig und knackte wieder nervös mit seinem Gebiss. »Larissa Rieß ist Anfang der Achtzigerjahre einem Mörder in einem Waldstück entkommen ...«

»Merten«, konkretisierte Vogel und nickte. »Sie ist Johannes Merten entkommen.«

»Ja, ja, Merten, schon klar ... Und dann hat Regina Armando die damals Dreizehnjährige gefunden und sie zu einem Arzt gebracht.«

Wieder nickte Vogel, sagte aber diesmal nichts, denn für lange Erklärungen war er zu müde. Hinzu kam, dass Ludwig ohnehin nur das hören wollte, was in sein Weltbild passte.

»Später haben sich die beiden Frauen wiedergetroffen«, führte Ludwig weiter aus. »Rieß war inzwischen zu Sandra Müller geworden, die Ärzte in dieser Station 9 haben ihr eine neue Identität gegeben und versucht, sie mit allerlei Pharmaka zu therapieren, jedoch lediglich ihre Vergangenheit gelöscht. Rieß blieb danach nichts anderes übrig, als Armando irgendeine Lügengeschichte zu erzählen, woraufhin die geistesgestörte Richterin bestrebt war, während ihrer Amtszeit Rieß' Peiniger zu überführen und anzuklagen, was misslang, da es eigentlich keine Beweise gab und die Taten ohnehin verjährt waren. Daraufhin haben beide gemeinsam diesen widerwärtigen Racheplan ausgeheckt und sich wahllos ein paar Namen für ihre Todesliste gesucht. So weit richtig?«

Es brachte nichts, Ludwig darauf hinzuweisen, dass er sich da ein paar Sachen zusammenreimte. Also kürzte Vogel die bedauerliche Entwicklung ab. »Ich glaube nicht, dass Rieß in der Lage war, einen so perfiden Mordplan auszuarbeiten. Frau Armando allerdings halte ich in der Tat für intelligent genug. Außerdem dürfen Sie nicht vergessen, dass noch eine dritte Frau hinzukam. Atzel. Das Kind, das Larissa Rieß am 13. März 1983 ungewollt empfangen hat.«

»Ah ja, die Tochter! Wirklich schlimm, solche Sachen … Und wir wissen nicht, wer der Vater ist?«

Irgendwie hatte Vogel mit dieser Frage gerechnet, aber angesichts der Tatsache, dass Rieß von über einem Dutzend Männern vergewaltigt worden war, konnte niemand mit Bestimmtheit sagen, wer sie geschwängert hatte. Höchstens ein DNA-Vergleich könnte Klarheit bringen. Aber dafür brauchte es zum einen einen Gerichtsbeschluss und zum anderen Erbmaterial aller infrage kommenden Spender. Statt den möglichen Vaterschaftstest anzusprechen, kniff er die Augen zusammen und sagte bloß: »Ich schätze, vom Alter her könnten Sie Tanja Schlossers Vater sein. Mal überlegen … Ähnlichkeiten … Färben Sie sich Ihre Haare eigentlich schon immer schwarz?«

Diese Andeutung überging Ludwig in seiner gewohnt überheblichen Art. »Jedenfalls war das erstklassige Arbeit, für die Sie demnächst ausgezeichnet werden. Vorausgesetzt, Sie enttäuschen mich da drin nicht. Machen Sie zusammen mit Frost und Donner einfach eine gute Figur. Was der Freistaat nach all den unschönen Vorfällen dringend braucht, sind ein paar Helden.«

»Und warum soll ich dann ausgerechnet mein unansehnliches Gesicht in die Kamera halten?« Vogel deutete auf seine kaputten Schneidezähne. »Sie sehen ja, wie es wirkt, wenn ich lächle.«

»Dann lächeln Sie eben nicht«, konterte Ludwig, sichtlich amüsiert. »Bringen Sie einfach die Fakten auf den Tisch, aber halten Sie sich an das Skript. Was wir der Öffentlichkeit jetzt präsentieren müssen, ist das klare Statement, dass die Polizei alles dafür tut, um ihre Bürger zu schützen.«

»Sie wissen doch ganz genau, dass ich nicht lügen kann.«

Ludwig winkte ab. »Es war absolut richtig, sich an mich zu wenden. Ihr Plan vom inszenierten Mord an Markus Wallner war absolut genial. Vor allem, weil er in jeder Hinsicht aufgegangen ist. Frau Frost und ihr alter Herr haben ihre Rollen wirklich überzeugend gespielt. Die Messerattrappe, das falsche Blut, Junge, Junge! Selbst ich hätte anhand der Bilder geglaubt, dass sie ihren Vater eiskalt umgebracht hat.«

»Trotzdem bleibt das Problem, dass die Medien von einem Mord in der JVA Moabit berichten und entsprechende Aufklärung fordern. Um das Gefängnis ist es ohnehin nicht gut bestellt, da wirken negative Schlagzeilen wie Salz auf Rost.

Wollen Sie wirklich, dass Ihr edler Name in einem Schundartikel auftaucht?«

»Papperlapapp, lassen Sie das mal meine Sorge sein. Ich habe mich im Vorfeld sehr genau mit meinem Amtskollegen in Berlin abgestimmt. Wir waren uns im Klaren, welche Konsequenzen auf uns zukommen. Letztlich benötigt die JVA dringend Gelder für eine millionenschwere Renovierung. Eine Finanzspritze aus Sachsen kann da Wunder wirken. Offiziell werden wir das Ganze selbstverständlich als länderübergreifende Übung verkaufen. Und das war es ja schließlich, nicht wahr? Eine Übung.«

»Tja, anscheinend sieht es für Sie mittlerweile wieder deutlich besser aus. Zumal Ihre Ratte Spitzner mir meine Akte gestohlen und an Sie übergeben hat.«

»Von welcher Akte sprechen Sie genau?«

Die Akte, in der Ludwigs Name auftauchte.

Für den Moment behielt Vogel auch das für sich. »Ach, kommen Sie, Ihr Schauspieltalent reicht vielleicht für die da drin, aber nicht für mich. Was machen Sie mit der Akte? Vernichten Sie sie oder verstecken Sie sie in Ihrem Keller? Mir können Sie es ruhig anvertrauen.«

Plötzlich wurde Ludwigs Gesicht finster und Vogel war sich nicht mehr sicher, ob er wirklich versuchte zu schauspielern. »Es gibt also eine Akte, von der ich wissen sollte.«

»Hören Sie auf! Ihr Staatssekretär ist in mein Archiv eingebrochen und hat Ihnen anschließend die Akte gegeben.«

»Ich habe von Emanuel Spitzner seit zwei Tagen nichts mehr gehört. Ehrlich gesagt frage ich mich auch, wo er steckt.«

Vogel verstummte für einige Wimpernschläge, weil es ihn nachdenklich machte.

»Kümmern Sie sich um die Pressekonferenz, damit dieser Albtraum bald ein Ende hat. Die Täterin und ihre Gehilfin sitzen in ihren Zellen. Die Mordserie ist damit aufgeklärt. Nur das zählt jetzt.«

»Sie vergessen, dass wir noch einen Finger haben, zu dem uns die passende Hand, der Arm und eigentlich der Rest des Körpers fehlen.«

»Das ist nur eine Frage der Zeit. Ich gehe doch stark davon aus, dass Frau Armando uns bald zu der letzten Leiche führen wird.«

Kapitel 73

Vom Kameralicht geblendet, schirmte Frost ihre Augen ab. So gut es ging, senkte sie den Blick, denn solche medienwirksamen Auftritte hasste sie. Erst recht, wenn beide Seiten des Tisches sich die Wahrheit zurechtbogen.

Darauf läuft diese Konferenz nämlich hinaus: Wir wollen uns besser darstellen, als wir sind, und die da gieren nach Skandalen.

Passend zu ihren Überlegungen legte ihr die hiesige Pressesprecherin ein Skript mit Allgemeinfloskeln zur derzeitigen Lage vor. Ebenso wie Kriminalhauptkommissar Vogel, der rechts neben ihr saß, dem Text aber keinerlei Beachtung schenkte, sondern stolz in die Kamera grinste. Während sie das Skript überflog, trat der untersetzte Polizeipräsident Calvin Magerhans an ihre Seite und reichte ihr die Hand.

»Wir haben uns bisher noch nicht persönlich begrüßt«, flüsterte er in ihr Ohr, damit keiner der Pressevertreter das Gespräch aufschnappte. Bisher kannte sie den Mann nur von Fotos aus dem Intranet. »Sie sind wirklich eine beeindruckende Persönlichkeit und brillante Kriminalbeamtin. Es freut mich sehr, dass Sie direktionsübergreifend mit Erik zusammengearbeitet haben.«

»Apropos Herr Donner«, schaltete sich der Innenminister, der kurz nach Magerhans den Raum betreten hatte, in die

Unterhaltung ein, ohne auch nur Anstalten zu machen, sie zu begrüßen. »Soweit ich weiß, hat er Sie hierher begleitet.«

Frost spähte auf den freien Stuhl links von ihr. Mittlerweile ahnte sie, dass Erik sie zwar zur Pressekonferenz gebracht hatte, jedoch selbst nicht daran teilnehmen wollte. »Er ist vorhin an den Toiletten abgebogen.«

»Tja, man kann über Herrn Donner denken, was man will«, gab auch noch Vogel seinen Senf dazu. »Er ist eindeutig schlauer als wir.«

»Calvin«, redete der Innenminister Ludwig den Polizeipräsidenten nach einem Moment der Verwunderung an. »Hol mir auf der Stelle deinen Mitarbeiter herzu.«

»Geben Sie sich keine Mühe«, bremste Frost die beiden hektisch wirkenden Vorgesetzten. »Sie werden ihn nicht finden.«

»Frau Frost hat leider recht«, bestätigte Magerhans. »Herr Donner ist zwar ein außerordentlicher Ermittler, aber leider auch der größte Sturkopf, dem ich je begegnet bin.«

Inzwischen ertönten ungeduldige Zwischenrufe aus der Meute der versammelten Medienvertreter. Auch der Oberstaatsanwalt erkundigte sich lautstark bei der Pressesprecherin, wann die Veranstaltung denn endlich beginnen würde. Schon jetzt war die Luft im Raum zum Schneiden dick. Es roch nach Schweiß und einem Durcheinander aus Parfüms und Deodorants. Hinzu kam der eine oder andere schlechte Atem.

»Und was schlagen Sie jetzt vor?«, wollte Ludwig mit Blick auf den leeren Stuhl wissen. Die Frage ging offenbar an alle.

»Frau Winter!«, krächzte Vogel dicht neben Frosts Ohr. Gleichzeitig winkte er zur Tür, hinter deren Rahmen sich seine Assistentin vergeblich versteckte. »Kommen Sie schon her.«

»Aber ich …«, stotterte Winter, nachdem ihr Chef ihr den freien Platz zugewiesen hatte.

»Sie wollten doch immer Dank und Anerkennung für Ihre Arbeit«, ließ Vogel keine Widerrede zu. »Jetzt zeige ich mich endlich erkenntlich und da passt es Ihnen auch nicht.«

»Hervorragend«, bekundete Ludwig und schob Winter vor sich. Frost sah, wie er die Angestellte dabei kaum merklich, aber dennoch unsittlich im Hüftbereich berührte. »Glauben Sie mir, Frau Winter, wir alle sind froh, wenn diese Veranstaltung vorbei ist. Und bevor Sie auch verschwinden wollen wie Herr Donner, später habe ich noch eine Unterhaltung mit Herrn Vogel, danach sind Sie mit zum Abendessen im Gasthaus neben der Schlosskirche eingeladen.«

Handverlesene Gäste. Vermutlich ein separater Raum. Offenbar gibt es Dinge zu besprechen, die geheim bleiben sollen.

Dazu hatte man Frost nicht eingeladen. Und sie bemerkte, wie Vogel dem Innenminister sichtlich widerstrebend zunickte. Daraufhin gab Ludwig dem Staatsanwalt und der Pressesprecherin das Startzeichen.

»Halten Sie einfach die Klappe«, flüsterte Frost der verschüchterten Angestellten zu, nachdem jeder Akteur seinen Platz gefunden hatte. »So mache ich es jedenfalls.«

»Ich … ich … fi… finde, es unfair, dass ich jetzt für Herrn Donner einspringen muss.«

»Und ich finde es unfair, dass eine Spende an den Papst nicht steuerlich absetzbar ist.«

Anders als üblich ergriffen weder der Staatsanwalt noch der Innenminister das Wort. Beide überließen die offizielle Erklärung Polizeipräsident Magerhans, der sein Mikrofon einstellte und danach besonnen vom Blatt ablas. Seine Auskünfte mochten für den Moment bei den Journalisten auf Interesse stoßen, Frost dagegen hielt den Text für reinste Schönmalerei. Ohne dass Magerhans es vermutlich wusste, gab er Dinge preis, die zum jetzigen Ermittlungszeitpunkt ins Reich der Fabeln gehörten.

Wer auch immer die Zeilen verfasst hat, weiß nichts über den Luzifer-Killer.

Es beunruhigte Frost, was Magerhans gegenüber der Öffentlichkeit verkündete. Bald würde irgendeine Landtagspartei einen lückenlosen Bericht fordern. Spätestens dann würden Fehler auffallen. Allein die Lüge vom fingierten Luzifer-Video würde man auf Dauer nicht aufrechterhalten können. Still für sich zählte sie jede einzelne Sekunde, die Magerhans für seine Stellungnahme benötigte. Zu zählen fühlte sich in der derzeitigen Situation unglaublich gut an.

Nach knapp vier Minuten legte der Polizeipräsident das Skript beiseite und übergab an die Pressesprecherin. Sofort kam Tumult auf, Arme schossen in die Höhe. Jeder wollte eine Frage stellen. Nachdem die Pressefrau einigermaßen Ruhe in den Reihen der Versammelten hergestellt hatte, erteilte sie der Runde das Wort. Allerdings gingen die kritischen Fragen nicht an den Direktionschef, sondern an Kriminalhauptkommissar Vogel.

»Sind die beiden festgenommenen Frauen zweifelsfrei für die Mordserie verantwortlich?«, begann die Vertreterin vom *Mitteldeutschen Rundfunk.*

Bedächtig nickte Vogel und zeigte dann auf Winters Oberarm. »Eine der beiden Frauen hat auf meine geschätzte Mitarbeiterin geschossen.«

»Ja, das stimmt ...«, stammelte Winter und hob den verwundeten Arm an, aber Vogel unterbrach sie, bevor sie weiterreden konnte.

»Ich hoffe, Sie erwarten zu diesem Punkt keine weiteren Ausführungen.«

»Also wird es keine weiteren Toten geben?«

»Jeden Tag gibt es irgendwo Tote auf der Welt«, wurde er sogar noch sarkastischer, was ihm einen missbilligenden Blick von Ludwig einbrachte.

Auch Frost schaute ihn kurz an und legte der nervösen Winter unter der Tischplatte die Hand auf den zitternden Oberschenkel.

»Aus Rücksicht auf Ihre Pressekollegen vermeiden Sie bitte unnötige Fragen«, reagierte die Pressesprecherin schließlich auf weitere Zwischenrufe.

»Wird die Öffentlichkeit das vollständige Luzifer-Video zu sehen bekommen?«, kam es von einem Redakteur der *BILD*-Zeitung und Frost griff sich unwillkürlich an ihr Armband mit der Aufschrift Deus ex Machina.

Es fängt schon an. Mit dem Diebstahl vom Server der Frost AG wurde ein Gott aus der Maschine entfesselt. Und nun will jeder dessen Maske fallen sehen.

Sie war auf Vogels Antwort gespannt, die prompt folgte.

»Zu welchem Zweck wollen Sie den Rest des gefälschten Videos denn sehen?«

»Zur Würdigung der Gesamtumstände!«, schrie jemand.

»Die Presse hat ein Recht auf die ganze Wahrheit!«, ergänzte lautstark ein anderer.

»Wahrheit … Verstehen Sie nicht, dass es sich um gestellte Szenen handelt? Grausame Fantasien und billigste Schauspielerleistung. Gerade gut genug für Skandaljournalismus und Publikum auf dem geistigen Niveau von Barbaren. Mir scheint, dass Sie sich gern an jeglicher perversen Form von Gewaltdarstellung ergötzen. Ist es das, was Sie wollen? Kinder, die man vor laufender Kamera misshandelt?«

Kurzzeitig verstummten alle im Raum, bis eine Vertreterin vom *Sachsen-Fernsehen* das Mikro zaghaft in die Höhe streckte.

»Gibt es denn wenigstens ein Motiv für die Morde?«

»Sämtliche Taten wurden von psychisch kranken Personen begangen. Erwarten Sie also keinen tiefgreifenden Sinn. Ein Motiv findet sich bestenfalls in der kruden Gedankenwelt des Luzifer-Killers.«

»Wie viele potenzielle Opfer standen noch auf der Todesliste?«

»Das werten wir derzeit noch aus …«

Während sich alle Aufmerksamkeit auf Vogel und Winter konzentrierte, schaute Frost so unauffällig wie möglich auf ihr Smartphone, das in ihrer Hosentasche vibrierte. Sie hoffte auf eine Nachricht von Erik. Allerdings staunte sie, als sie ihren Stiefbruder Hendrik als Absender erkannte. Er hatte einen einzigen Satz geschickt.

Komm in mein Büro, ich muss dir dringend etwas zeigen.

»Laut unbestätigten Gerüchten hatten Sie die ganze Zeit Kontakt zum Luzifer-Killer«, hörte sie jemanden aus der ersten Reihe reden. »Warum gab es keine Handyortungen oder Stimmenauswertungen, die zur schnellen Ergreifung geführt hätten, Frau Frost? Haben Sie dafür eine plausible Erklärung?«

Abgelenkt von der Nachricht, schaute sie den Journalisten der *Morgenpost* an. »Was?«

»Wieso konnten Sie die beiden Mörderinnen nicht eher festnehmen?«

»Das …« Zu sehr abgelenkt, brachte Frost keinen vollständigen Satz heraus. Ihr Stiefbruder hätte ihr nicht geschrieben, wenn es nicht wirklich wichtig wäre. Weil sie sich für den Moment nicht anders zu helfen wusste, sprang sie auf. »Entschuldigen Sie mich für einen Augenblick.«

Danach eilte sie aus dem Saal.

Kapitel 74

Es würde Ärger geben. Das wusste Donner längst, als er den Fahrstuhl betrat und hinab ins Kommissariat 77 fuhr. Aber für ein Disziplinarverfahren wegen unentschuldigten Fehlens bei einer Pressekonferenz würde es höchstwahrscheinlich nicht reichen. Falls man ihn dennoch zu einer Stellungnahme aufforderte, würde Donner eiskalt behaupten, er hätte die Aufforderung des Innenministers falsch verstanden. Außerdem hatte er sich mit der Festnahme von Richterin Armando einen kleinen Bonus erarbeitet. So gesehen waren die Konsequenzen für ihn überschaubar.

Überschaubar zeigte sich auch der Bereich, den er betrat, nachdem sich die Fahrstuhltüren wieder öffneten. Ein trostloser Kellergang, eine rückständige Beleuchtung und eine finstere Gestalt. Albrecht Semmler stand in unmoderner brauner Cordhose samt Hosenträgern da, warf sich einen Mantel über und gestikulierte wild in Richtung Büro.

»Ich weiß, dass der Herr Oberinquisitor nicht zu Hause ist«, bestätigte Donner dem Angestellten, dass er ihn sehr wohl verstand. Kurz überlegte er, ob er ihm erklären sollte, dass er mit Vogel über den bisher unveröffentlichten letzten Teil des Luzifer-Videos reden musste, verzichtete jedoch schließlich darauf. »Danke, dass Sie mir trotzdem Zuflucht gewähren. Hier unten findet man mich wenigstens nicht.«

Semmler seufzte lautlos. Er tippte auf seine Armbanduhr und deutete danach auf sich. Anscheinend wollte er Feierabend machen. Darauf ließ auch die gepackte Ledertasche neben seinen Füßen schließen.

»Sie können ruhig gehen, ich warte einfach im Büro auf Ihren Chef und unterhalte mich so lange mit dem Meerschweinchen.«

Doch davon schien Semmler nicht begeistert. Vehement versperrte er den Durchgang, sobald Donner einen Schritt nach vorn machte. Freilich konnte der klapprige Mann ihn nicht aufhalten, wenn Donner gewollt hätte. Doch Donner konnte den betagten Angestellten irgendwie leiden, auch wenn sie nie ein Wort gewechselt hatten.

Statt den Gehilfen rigoros beiseitezuschieben, betrachtete er die feuchten Gewölbewände und fragte sich, wie hier unten überhaupt jemand arbeiten konnte. Wie jedes Mal stieg ihm der üble Abwassergeruch in die Nase.

»Ach, kommen Sie, Albrecht, ich bringe schon nichts durcheinander.« Eine Fliege zischte dicht an Donners Kopf vorbei. So geschwind, dass er nicht einmal die Art erkennen konnte. »Dahin gehend bin ich so pflegeleicht wie eine Eintagsfliege. Ich bleibe selten lange und außerdem ernähre ich mich für die Dauer meines Daseins von einem Fettkörper am Hinterleib.«

Überraschend zeigte der phlegmatische Semmler eine echte menschliche Regung. Seine linke Augenbraue zuckte. Ansonsten blieb er starr wie ein Grenzpfeiler stehen.

In dieser Abteilung bewegt sich der Spaßfaktor aber auf einem ganz, ganz flachen Level.

»Okay, vergessen Sie das mit dem Fettkörper am Hinterleib, lassen Sie mich einfach hier warten. Ich muss dringend …«

Als eine weitere Fliege auf ihn zuraste, stockte Donner. Er vergaß sogar für den Moment, weshalb er hergekommen war. »Neuerdings habt ihr hier unten wohl nicht nur ein Problem mit den Rohrleitungsdichtungen, sondern auch ein ernstes Insektenproblem. Um diese Jahreszeit ist die nächste Generation an Fliegenlarven eigentlich noch nicht mal geschlüpft.«

Während Semmler irritiert den Kopf hin und her drehte, nahm Donner einen seltsam süßlichen Geruch wahr, der nicht zum sonst vorherrschenden Abwassergestank passte. Ein untrügliches Zeichen, dass etwas in den Räumlichkeiten nicht stimmte. Sein Gespür drängte ihn vorwärts. Entschlossen schob er sich an dem Angestellten vorbei, schaute zuerst ins Büro.

Manchmal funktioniert meine Nase besser als bei einem Leichenspürhund.

»Wann haben Sie eigentlich zuletzt den Meerschweinchenkäfig gesäubert?«, fragte er schnuppernd, ohne eine Antwort zu erwarten.

Ein Blick in den Käfig reichte. An den Sägespänen lag der Geruch nicht. Wie ein Gefangener klammerte sich das Fellbündel mit seinen Pfötchen an die Gitterstäbe, stierte Donner aus seinen Knopfaugen an, fiepte bedauernswert und schien sagen zu wollen: *Hol mich hier raus!*

Hol mich lieber rein.

»Tut mir leid, da drin ist es definitiv sicherer für dich.«

Kein offen stehendes Essen, kein verderblicher Abfall im Mülleimer. Auch von Semmler, der mittlerweile ebenfalls in den Raum getreten und wirklich schon alt war, kam der Geruch nicht. Seine Miene drückte dafür eine Frage aus: *Was wollen Sie eigentlich hier?*

»Entweder suche ich ein gammliges Schnitzel oder Herrn Vogels stinkende Hausschuhe.«

Damit ließ er den Angestellten abermals stehen. Statt Richtung Ausgang zu gehen, lief er den Gang tiefer in das Untergeschoss hinein. Dorthin, woher die Fliegen kamen.

Das sind wirklich verdammt viele Fliegen.

Trotz der Düsternis erkannte er etliche dieser Tierchen an den Wänden und in Spalten. Die rote Kontrollleuchte am Digitalschloss des Archivs schien sie besonders anzuziehen. Gleich eine Handvoll krabbelte über das von fettigen Fingerabdrücken übersäte Eingabefeld.

»Kennen Sie den Zugangscode?«

Wie erwartet, schüttelte Semmler bloß den Kopf. Halb vom Türrahmen verdeckt stand er da wie ein dunkler Begleiter und beobachtete jeden von Donners Schritten.

Er sieht aus wie der leibhaftige Tod.

Und nach Tod roch es im gesamten Gang. Zu gern hätte Donner einen Blick in das Archiv geworfen, aber von dort stammte der Verwesungsgestank nicht. Sondern …

Donner schwang herum und stierte auf eine bündige Blechtür in der Wand, gut anderthalb Meter hoch und sechzig Zentimeter breit. Dahinter brummte es elektrisch. Dem Geräusch nach handelte es sich um einen uralten Stromverteilerkasten. Mangels einer Klinke griff Donner in den Spalt zwischen der Wand, bekam das Türblatt aber nicht richtig zu fassen. Dafür nahm der widerliche Geruch zu. Wohl von der Erschütterung am Blech aufgescheucht, krabbelte eine Schmeißfliege aus dem Türspalt hervor.

Es sind garantiert nicht die Abwasserrohre.

»Haben Sie zufällig einen passenden Schlüssel?«, fragte er und deutete auf das Vierkantschloss.

Semmler zuckte mit den Schultern, warf einen Blick ins Büro und verschwand. Im Stich gelassen, überlegte Donner, wo er auf die Schnelle eine Brechstange herbekam, aber da kehrte

Semmler in den Gang zurück. Kommentarlos reichte er ihm eine Kombizange.

»Sehr schön, Albrecht, Sie haben echt Biss.«

Kaum hatte Donner die Zange angesetzt, sprang ihm die Blechtür schon geräuschvoll entgegen. Mehrere Dutzend Fliegen stoben auf und davon. Zugleich kippte ein Arm ins Freie. Ein Arm, an dessen Hand ein Finger fehlte ...

KAPITEL 75

»Warum musste ich so dringend herkommen?«, wollte Frost von ihrem Stiefbruder wissen, nachdem sie sein Büro betreten hatte.

Hendrik sprang von seinem Stuhl auf und regelte die Lautstärke am Flachbildfernseher an der Wand herunter. Auf dem Bildschirm liefen die Nachrichten. Derzeit kannten die Sender nur ein Thema: *Die Festnahme des Luzifer-Killers.*

»Klara, bestimmt hast du zurzeit jede Menge Ärger am Hals.«

»Allerdings. Also komm zum Punkt.«

»Wie geht es dir?«

Sie legte den Kopf schräg, statt zu antworten.

In achtundzwanzig Jahren hast du dich nie nach meinem Gesundheitszustand erkundigt. Nicht mal, als ich mich als Kind von dir zum Eislaufen auf dem Elstermühlgraben habe überreden lassen. Während du am Ufer standest, bin ich eingebrochen und habe mir eine faustdicke Lungenentzündung geholt.

»Entdeckst du jetzt plötzlich irgendwelche Brudergefühle?«

Fahrig fuhr er sich durch die Haare und hob sogleich abwehrend die Hände. »Du hast recht, damit fangen wir gar nicht erst an. Ich …« Wie beiläufig deutete er zum Fernseher.

»Scheiße, Klara, ich war wirklich in Sorge, weil die da behauptet haben, du hättest auf deinen Vater eingestochen.«

»Und hast du den Nachrichten Glauben geschenkt?«

Beide sahen sich ernst an. Zu ihrer Erleichterung schüttelte er irgendwann den Kopf.

»Nein, ich halte dich für ziemlich übergeschnappt, aber so etwas würdest du nie tun. Nein, so eiskalt bist du nicht. Ich meine, irgendwie schon, du bist das Gesprächsthema Nummer eins, man redet sogar von Mord, etliche Geschäftskunden haben bei mir angerufen, um zu erfahren, was da in meine Stiefschwester gefahren sei, und trotzdem stehst du jetzt so lässig vor mir. Das hat mich jahrelang an dir erschreckt ... und natürlich auch beeindruckt.«

»Beeindruckend   ist   die   Rekordweite   im Marshmallow-Nasenweitblasen.«

»Marshmallow...?«

»Sie liegt aktuell bei fünf Metern sechsundvierzig.«

»Kannst du denn ...« Er stockte und sein Mund blieb dabei offen stehen.

Man könnte locker einen Marshmallow-Würfel darin versenken.

»Was? Ernst bleiben? Nein, ich heiße schließlich Klara.« Anders als sonst tätschelte sie seine Schulter, denn seltsamerweise tat es gut, zu wissen, dass ihr Stiefbruder sie nicht für eine komplette Psychopathin hielt. »Warum wolltest du mich sprechen?«

»Deine Kollegen haben einen meiner Mitarbeiter abgeholt.«

»Thomas Zariewski«, nannte sie den Namen, während Hendrik zurück zu seinem Schreibtisch eilte und wieder Platz nahm.

»Angeblich hat er etwas mit der ausgetauschten Datei zu tun.«

MA1127920SF819Z

»Das finden meine Leute heraus, indem sie ihn gerade vernehmen. Ich schätze, du solltest dich demnächst etwas intensiver mit den Tätigkeiten des Mannes in deinem Unternehmen beschäftigen.«

»Keine Sorge, das haben wir bereits in aller Eile getan.« Er ließ einen Stapel Papier auf die Tischplatte krachen. »Ich hasse es, wenn wir unsere Angestellten überprüfen müssen, aber wir wollen natürlich sichergehen, dass wir keinen Infiltrator in unseren Reihen sitzen haben.«

Infiltrator. Die Bezeichnung gefällt der Exorzistin.

Sie trat ebenfalls zum Tisch und blätterte durch den Stapel, der eine ordentliche Aufstellung an Produktivität beinhaltete. Dem Papier nach war der Mann wirklich ein fleißiger Mitarbeiter. »Gibt es Neuigkeiten, die uns weiterhelfen?«

»Laut vereinzelter Protokolle der zurückliegenden Monate hatte Zariewski tatsächlich mehrfach Zugriff auf die Datei. So gesehen habt ihr den richtigen Mann.«

Darüber und vor allem über Hendriks Offenheit staunte sie. Immerhin hing vom Wahrheitsgehalt der Informationen auch der gute Ruf der Frost AG ab. »Du willst mir die Unterlagen als Beweismittel überlassen?«

»Nicht so schnell«, bremste er mit erhobenem Zeigefinger und legte eine verschlossene Aktenmappe daneben. »Sämtliche Zugriffe erfolgten mit Zariewskis Systemkennung, allerdings zu Zeiten, in denen er nachweislich nicht im Haus war. So zumindest sagt das die Arbeitszeiterfassung aus.«

Es sind Daten. Daten füllen Maschinen. Maschinen kann man manipulieren. Deus ex Machina.

»Das überzeugt mich nicht. Soweit ich weiß, arbeiten etliche Mitarbeiter im Homeoffice beziehungsweise von unterwegs aus.«

»Richtig, aber selbst dann wäre Zariewski nicht so dumm, seine Spuren zu hinterlassen. Thomas Zariewskis

Zugriffsberechtigung auf das System rangiert auf der Sicherheitsstufe 4. Danach kommt nur noch eine Stufe und in der gesamten Firma gibt es einschließlich meiner Wenigkeit nur zwei Personen, die diese haben. Um es anders auszudrücken: Ich vertraue dem Mann. Also habe ich mich gefragt, was einen extrem gut bezahlten, loyalen Mitarbeiter dazu treibt, eine Datei zu stehlen, die ihm nur Ärger einbringt.«

Kommt drauf an, wie viel der Ärger wert ist.

Frost blickte auf die Akte, die noch immer zugeklappt auf dem Tisch lag. Ihr Blick entging ihrem Stiefbruder nicht.

»Okay, worauf willst du eigentlich hinaus?«

Endlich klappte er den Aktendeckel um und drehte die Unterlagen. »Das hier ist das Personalblatt einer Mitarbeiterin, die sich bei uns vor acht Monaten beworben hat.«

Frost las den Namen und machte große Augen. »Tanja Schlosser.«

»Leider ist es bei der Bewerbung geblieben, wie man mir heute mitteilte.«

Sorgfältig betrachtete Frost die Unterlagen. »Gibt es kein Bewerbungsfoto?«

»Machst du Witze?«, kam es von Hendrik in seinem üblichen überheblichen Tonfall. Gleichzeitig tippte er auf seinem Laptop herum und drehte ihr schließlich den Bildschirm zu. »Bei uns läuft schon seit ein paar Jahren alles über Videobewerbung.«

Sogleich startete ein solches Video von weniger als einer Minute Gesamtlänge. Darin war eindeutig Schlosser zu erkennen.

»Hi, ich bin Tanja Schlosser, allerdings nenne ich mich überall Atzel. Auch im Internet und so. Gern würde ich die Frost AG von meinem Können überzeugen ...«

»Schlosser ist zweifellos wichtig für uns«, bestätigte Frost, noch
während Schlosser redete. »Trotzdem verstehe ich eins nicht.
Wenn sie nie hier gearbeitet hat, wieso kommst du ausgerechnet
auf sie?«

»Weil Thomas Zariewski irgendwann den Namen Atzel fallen ließ.«

Atzel. Die Elster. Das ergibt keinen Sinn.

»Möglich, die beiden hatten schließlich eine Affäre.«

»Außerdem hatte er tatsächlich jemanden zur Einarbeitung
in der Firma.«

Es kam selten vor, aber sekundenlang stierte Frost nur verwirrt in der Gegend herum, bis sie begriff. »Und gibt es Bilder
von demjenigen?«

»Wir haben in der Firma keine Überwachungskameras,
falls du das meinst, aber wir haben Glück.« Hendrik schnippte
mit den Fingern, stoppte die Wiedergabe und startete auf dem
Laptop ein neues Video. »Zufällig gab es vor sieben Monaten
innerhalb einer Projektgruppe eine Videokonferenz. An dieser
hat Zariewski teilgenommen und ... Sieh es dir am besten selbst
an.«

Als Sekunden später das Video startete, betrachtete Frost
eine Person, die sie nie zuvor gesehen hatte. Dafür kam ihr
jedoch die Stimme bekannt vor.

Die Elster auf dem Galgen.

»Erik hat recht!«, stieß sie aus und hämmerte beide Fäuste
auf die Tischplatte. »Es sind zwei Elstern.«

KAPITEL 76

Die Pressekonferenz hatte länger als erwartet gedauert, und selbst danach gelang es Vogel nicht, aus dem Saal zu flüchten. Zuerst stellte sich ihm sein dümmlicher KPI-Leiter in den Weg und umarmte ihn filmreif – dabei faselte er vor laufenden Kameras irgendwas von beispielhaftem kriminalistischem Spürsinn –, danach fand der Oberstaatsanwalt ein paar mahnende Worte, was die Richtung der Ermittlungen anging, und schließlich fielen der Innenminister und der Polizeipräsident über ihn her. Egal, wie pampig Vogel auf die immer gleichen Fragen und die unsäglichen Forderungen antwortete, man gönnte ihm einfach keine Verschnaufpause.

»Und Sie haben die Sache wirklich im Griff, Herr Vogel?«

»Wir müssen uns doch nicht noch auf irgendwelche bösen Überraschungen einstellen, Herr Vogel?«

»Sie denken hoffentlich an hieb- und stichfeste Geständnisse, Herr Vogel?«

»Haben Sie schon einen Verdacht, wem der abgeschnittene Finger gehört, Herr Vogel?«

In seinem Leben hatte Vogel wahrlich oft und viel gelogen, aber an diesem Abend bekam selbst er ein schlechtes Gewissen. Beinahe fühlte er sich wie ein Politiker.

»Man tut, was man kann«, wiederholte er inzwischen wie ein ausgeleiertes Tonband.

Immer wieder suchte er dabei den Blickkontakt zu seiner Assistentin Winter, die schon seit über einer Stunde an den Rand gedrängt dastand und ständig hilflos mit den Schultern zuckte, weil sie ihn nicht aus seiner misslichen Lage retten konnte. Bei jedem neuen Idioten, der sich ihm in den Weg stellte, beneidete er Kriminalhauptkommissarin Frost, die es irgendwie geschafft hatte, noch während der Pressekonferenz ihren Platz zu verlassen. Kein Wunder, dachte er, die Journalisten hatten sich ja auch auf das Genie am Tisch konzentriert.

In einem Moment, als sich ein ganzer Tross unzufriedener Kameraleute und Reporter vorbeidrängelte, schnappte Vogel sich Winter und zog sie mit sich aus dem Raum.

»Was machen wir jetzt?«, stotterte sie, während er sie eilig zur Treppe und in die zweite Etage drängte, wo sie ungestört waren.

»Ich werde jetzt meine altersschwache Blase entleeren und beten, dass meine Unterhoseneinlage auch noch den Rest des Abends übersteht. Glauben Sie bloß nicht, dass es mir gefällt, nach Urin zu stinken.«

»Ja, aber danach?«

»Danach wartet jede Menge Arbeit im Kommissariat auf uns.«

»Aber der Innenminister besteht darauf, dass wir …«

»Innenminister Ludwig ist ein Schwein!«, spie er aus. »Wann kapieren Sie endlich, dass er Sie nur aus einem Grund eingeladen hat?« Um zu verdeutlichen, was er meinte, musterte er sie von oben bis unten wie ein Lüstling. »Egal, ob mit oder ohne Haare, Hauptsache, Sie sind jung. Sie sind noch keine dreißig, an Ihnen findet er definitiv Gefallen.«

»Aber … aber Sie sind doch beim Abendessen mit anwesend.«

»Aber, aber! Ich höre von Ihnen plötzlich nur noch ›aber‹.«
Er tippte ihr gegen die Stirn. »Ist Ihnen denn nicht aufgefallen,
dass er mich zwar zu einer Unterredung, aber ganz sicher nicht
zum Abendessen eingeladen hat?«

»Heißt das, Conrad Ludwig will mich …?«

»Herrje …!«

Bevor er sie zurechtweisen konnte, legten sich von hinten
kräftige Hände auf seine Schultern.

»Habe ich da meinen Namen gehört?«

Ruckartig entwand Vogel sich dem Griff und schaute den
vor Selbstüberschätzung grinsenden Innenminister fest an.
»Wir redeten gerade über Toiletten.«

Ludwigs Blick folgte dem von Vogel, der zu den WCs ging.

»Sehr gute Idee, nach den anstrengenden zwei Stunden
habe ich ebenfalls ein dringendes Bedürfnis.«

»Warten Sie hier auf uns, Frau Winter?«, fragte Ludwig.

»Ich müsste …«

Weil sie vor lauter Einschüchterung keine Worte fand, half
Vogel aus. »Sie wissen Bescheid, Frau Winter.«

Damit drehte Vogel sich um und ging schnurstracks zu
den Toiletten, wohin Ludwig ihm folgte wie ein Hund, der
die Witterung eines anderen aufgenommen hat. Kurz vor den
Pissoirs bog Vogel ab und verbarrikadierte sich in einer der
Kabinen. »Es wird länger dauern.«

»Gut, dann können wir uns wenigstens in Ruhe
unterhalten.«

»Sehr lange! Und es wird stinken.«

Ludwig lachte auf. »Wir sind doch Männer, nicht wahr?
Männer vom gleichen Schlag.«

Am liebsten hätte Vogel sich über der Toilettenschüssel
übergeben. Stattdessen nahm er auf der Brille Platz und ließ
Ludwigs Rede über sich ergehen.

»Ich habe immer gewusst, dass ich mich auf Sie verlassen kann. Bei Ihnen, Herr Vogel, war mir von Anfang an klar, Sie würden niemals zulassen, dass das Luzifer-Video an die Öffentlichkeit gelangt. Nun ja, wir haben einen Teilerfolg errungen. Jedenfalls hatte ich stets Vertrauen in Sie, dass Sie den Täter zur Strecke bringen werden. Und jetzt sitzen sogar zwei hinter Gittern. Bravo, gleich morgen werde ich mich um eine üppige Anerkennung Ihrer Verdienste kümmern. Frau Frost und Herr Donner sollen ebenfalls nicht leer ausgehen, aber über *Sie* ... über Sie wird man innerhalb der Polizei noch nach Jahren sprechen. Vorausgesetzt, Sie bringen die Ermittlungen zügig zum Abschluss und die Verurteilungen fallen in unserem Interesse aus. Aber dahin gehend sehe ich keine Probleme. Schon jetzt sieht die Öffentlichkeit in den beiden kranken Frauen ihr Feindbild ... Schätze, das Gericht wird mächtig unter Druck stehen.«

Vogel hielt die Augen geschlossen und versuchte, Ludwigs Stimme auszublenden. Leider gelang es ihm nicht vollständig.

»Übrigens war ich von den bisherigen Dokumentationen meines Staatssekretärs über Ihre Arbeit nicht besonders erfreut, aber die Protokolle werden wohl keine weitere Rolle spielen. Sobald sich Emanuel Spitzner bei mir meldet, fordere ich von ihm einen positiven Abschlussbericht an. Ich denke, das ist in Ihrem Interesse ...«

Spitzner! Allein bei Erwähnung des Namens keimte in Vogel Wut auf. Gleichzeitig setzten Schmerzen im Unterkiefer und ein nicht näher definierbares Ziehen in den Nieren ein. Tapfer unterdrückte er jeden Laut, was Ludwig seinerseits zum Weiterreden animierte.

Irgendwann knöpfte der Innenminister den Hosenstall zu, spuckte aus, spülte und reinigte sich schließlich am Waschbecken seine Hände.

»Wir sehen uns draußen«, waren seine letzten Worte, dann knallte die Toilettentür.

Stille.

Endlich.

Sicherheitshalber blieb Vogel danach eine lange Zeit auf der Schüssel sitzen, was er dafür nutzte, über die vergangenen Tage nachzudenken. Nein, anders, als Ludwig es ausgedrückt hatte, war der ganze Fall mehr als unglücklich gelaufen. Und Vogel musste sich eingestehen, dass er ebenfalls Fehler gemacht hatte. Andernfalls wäre ihm die Originalakte über Johannes Merten und somit über die Gräueltaten des L niemals abhandengekommen.

»Was soll's«, sagte er zu sich selbst und beendete seinen Toilettengang.

Umständlich zog er sich die Hosen hoch, und bei jeder Bewegung merkte er, wie viele Jahre ihn dieser Job tatsächlich gekostet hatte. Er fühlte sich wie ein kranker, alter Mann. Doch trotz sämtlicher Gebrechen und mancher Rückschläge würde er niemals aufgeben.

Plötzlich rollte etwas Rotes unter der Kabinentrennwand hindurch und prallte direkt zwischen seinen Beinen an das Toilettenbecken. Kurz bevor das Ding entkam, stellte Vogel seinen Fuß darauf. Nachdenklich hob er den Gummiball auf, den er nur allzu gut kannte.

Als er daraufhin die Kabinentür öffnete, brauchte sein Gehirn einen Moment, bis es ihn in vollkommene Alarmbereitschaft versetzte. Aber da war es längst zu spät.

»Zu blöd, da ackert man und am Ende bekommt man nur einen Scheißflummi«, war das Letzte, das seine Stimmbänder hervorbrachten.

Innerhalb der engen Kabine beschrieb die Messerklinge einen Halbkreis. Mit Verzögerung nahm Vogel den Schnitt an seiner Kehle wahr. Vergeblich griff er sich an den Hals, um die Blutung zu stoppen. Während er gurgelnd über dem Toilettenbecken zusammenbrach, nahm er wahr, wie der Luzifer-Killer sich über ihn beugte und etwas flüsterte.

»Alter Mann, er spielt acht, spielt das Nick-Nack, bis es kracht.«

Dann senkte sich die Messerspitze auf Vogels Stirn.

KAPITEL 77

Regina Armando saß auf dem Bett und wartete geduldig. Nichts von dem, was draußen aktuell passierte, drang zu ihr in die Zelle. Man hatte sie und Tanja Schlosser getrennt untergebracht. Armando hatte man nach Chemnitz überführt und Schlosser war in Leipzig geblieben. Da Armando aufgrund ihrer beruflichen Erfahrungen ahnen konnte, wie der weitere Strafverfolgungsprozess aussah, merkte sie, dass etwas nicht stimmte. Die für die Gewahrsamsräume zuständigen Wachleute wurden von Minute zu Minute unruhiger. Immer wieder kamen irgendwelche Beamte und im Vorraum wurde aufgeregt gesprochen. Trotz ihrer dreiundsechzig hatte Armando noch ein vorzügliches Gehör. Somit schnappte sie einzelne Worte und Satzfragmente auf.

* * *

Larissa Rieß wusste nicht so recht, ob sie glücklich darüber sein sollte, dass sie noch lebte. Doch zur Stunde genoss sie den lauwarmen Tee, der ihre Speiseröhre hinunterrieselte und sich wohltuend in ihrem Magen ausbreitete. Es war die erste richtige Nahrung, wenn man es so nennen wollte, die sie nach ihrem Aufwachen aus dem Koma zu sich nehmen durfte. Ein Arm war ihr geblieben. Den anderen hatten die Ärzte amputieren müssen. Beim linken Bein waren sich die Fachleute noch nicht sicher. Zu viele Knochensplitter. Zu viel verletztes Gewebe und zu viele durchtrennte Nerven.

»Ich bin ein Engel, der zwischen Himmel und Hölle schwebt«, murmelte sie.

Es war der Anfang eines Gebetes. Zumindest hielt sie das für ein Gebet. Sie hatte nie richtig gelernt zu beten. Obwohl sie wöchentlich die Kirche reinigte, hatte niemand mit ihr Beten geübt. Deshalb redete sie einfach vor sich hin. Doch der Gott, zu dem sie redete, stellte sich taub. Bei Regina Armando war das anders gewesen, sie war lange Rieß' Zuhörerin gewesen.

Ich werde eine Lösung finden, hatte die Richterin einmal gesagt. *Aber du musst mir helfen.*

Rieß hatte sich geweigert, als sie von den Racheplänen erfahren hatte. Auch nachdem Armando sie zurück auf Station 9 gebracht und sie mit ihrer Tochter vereinigt hatte. Selbst da war Rieß standhaft geblieben. Sie war nicht zur Mörderin geworden.

»Ich bin ein Engel und mein eigenes Kind hat mich gedemütigt.«

Sie weinte, als sie sich an die Schmerzen und die Folter in Station 9 erinnerte. Der Tee ergoss sich über ihre Bettdecke. Unter Schluchzern betete sie, dass das Töten endlich sein Ende fand und der Teufel keine Elstern mehr hervorbrachte.

* * *

Tanja Schlosser kannte keine Reue. Weder wollte sie um Gnade bitten noch betete sie um Vergebung. Alle Verbrechen, die der Luzifer-Killer begangen hatte, dienten der Gerechtigkeit.

Sie war eine Elster.

Elstern kennen keine Reue.

* * *

Zuletzt schaute Donner in die Mundhöhle des Toten und entdeckte darin einen roten Flummi. Länger als eine halbe Minute ertrug er den elendigen Anblick der Leiche nicht, dann stürzte er an seinen ebenso entsetzten Kollegen vorbei. Er musste dringend raus aus dem Toilettenraum, bevor er den Verstand verlor.

Obwohl Donner und Vogel sich nie wirklich ausstehen konnten, hatten sie sich dennoch respektiert. Beide waren sie Einzelgänger und Ausgestoßene in einem Beruf gewesen, den man entweder mit voller Hingabe ausführte, auch wenn man im Gegenzug niemals die volle Wertschätzung erhielt, sondern stattdessen mit Leib und Seele draufzahlte, oder bei dem man die täglichen Arbeitszeiten gemütlich absaß und dank einer überdurchschnittlich hohen sozialen Absicherung das Pensionsalter bei bester körperlicher und geistiger Verfassung erreichte.

Vogel hatte seinen Beruf geliebt, mehr noch als Donner vermutlich, aber auch ihn hatte er schließlich fertiggemacht.

Und irgendwann liege auch ich so da. Mit einem Kehlenschnitt auf einem Scheißhaus.

Mit blutleerem Kopf, trockenem Rachen und irrwitzigen Gedanken taumelte Donner auf den Korridor. Dort beugte er sich über das Treppengeländer und rang nach Luft. Hier in der zweiten Etage hatte man den leblosen Kriminalhauptkommissar gefunden, nachdem Donner ihn vermisst und Alarm geschlagen hatte.

Unten im Keller liegt noch eine Leiche. Eine Leiche mit fehlendem Zeigefinger.

»Was sollen wir jetzt machen, Erik?«, hörte er hinter sich seinen überforderten Kommissariatsleiter Henry Stark sprechen.

Bevor Donner zu einer Antwort fähig war, klingelte sein Telefon. Es war Klara.

»Vogel …«, flüsterte Donner in sein Handy, weil es ihm die Sprache verschlug.

»Er ist tot, richtig?«, kam es gefasst von ihr.

»Woher weißt …?« Wieder war er zu keinem vollständigen Satz fähig, aber er kannte die Antwort bereits.

Wir haben uns an der Nase herumführen lassen.

Klara blieb keine Zeit für lange Erklärungen, sie musste ihm das Notwendigste mitteilen. »Erik, hör mir jetzt ganz genau zu.«

* * *

»Hätten wir nicht doch lieber auf Herrn Vogel warten sollen?«, fragte Lia Winter, während sie durch die verdunkelte Heckscheibe der Limousine beobachtete, wie rasch sie sich von der Polizeidirektion entfernten.

»Warum so nervös?«, fragte Innenminister Ludwig, weil sie stotterte. »Machen Sie sich keine Sorgen um Herrn Vogel. Meine Personenschützer warten auf ihn. Also entspannen Sie sich.«

Er rückte noch ein Stück näher, band seinen Schlips ab und knöpfte sich das durchgeschwitzte Hemd so weit auf, dass sie seine schneeweißen Brusthaare sehen konnte. Als er ihr schließlich seine greise Hand aufs Knie legte und sogar am Oberschenkel hinaufglitt, zuckte sie zusammen. Sie lächelte tapfer.

»Ich frage mich nur, weil ich eine einfache Angestellte bin, warum ich ausgerechnet bei Ihrer Unterhaltung anwesend sein soll.«

»Unterhaltung«, wiederholte Ludwig, knurrte und lachte dabei.

Über den Rückspiegel erkannte Winter kurzzeitig die erheiterte Miene des Fahrers, der ansonsten so tat, als würde er nicht mitbekommen, was im hinteren Teil des Wagens passierte.

So weit es ging, rutschte sie zur Tür, aber Ludwig verfolgte sie wie ein Raubtier seine verschüchterte Beute. Es widerte sie an, wie er mit seiner Zunge über seine ekelerregenden alten Lippen fuhr. Und dann sein knackendes Gebiss.

»Wussten Sie, dass es über die Schlosskirche eine uralte Sage gibt?«, lenkte sie ab, als sie an dem historischen Gebäude vorbeifuhren. »Der Teufel soll über Nacht eine Kanzel gebaut, jedoch den Eingang zugemauert haben. Als sein Zeichen soll er einen Pferdefuß hinterlassen haben.«

Ludwig schaute nicht einmal nach dem Gotteshaus, sondern stierte sie lüstern an und flüsterte: »Manchmal werde ich auch zu einem Teufel.«

Irritiert bemerkte Winter, dass sie an der Schlossgaststätte vorbeifuhren. »Halten wir hier denn nicht an?«

Jetzt lachten beide, Ludwig und sein Fahrer.

KAPITEL 78

Selbst der Diensthabende im LKA konnte Frost keine andere Auskunft geben: Laut dessen Unterlagen hatte der Innenminister einen Privattermin im *Kellerhaus* am Schlossberg. Doch inzwischen wusste Frost, dass in dem Gasthaus keine Reservierung vorlag. Das hatte sie vom Gastronomen persönlich erfahren, als sie dort aufgekreuzt war.

Wo steckst du, Conrad Ludwig?

Statt zu resignieren, ermutigte Frost den Kollegen im LKA, unverzüglich eine Standortfeststellung des eingebauten GPRS-Senders im Dienstwagen zu veranlassen. Mit ihrem Handy am Ohr stieg sie unterdessen in ihren AMG und fuhr vom *Kellerhaus* zum nahen *Pentahotel*, denn es hieß, Ludwig würde in Chemnitz übernachten.

»Ich verstehe nicht, was das mit dem Luzifer-Video zu tun haben soll«, fragte der Diensthabende, weil er Bedenken hatte, den Minister ohne konkrete Gefahrenlage orten zu lassen.

»Alles hat damit zu tun«, hielt sie sich bedeckt. »Tun Sie es einfach oder es sterben weitere Menschen.«

Damit kappte sie die Verbindung.

Nach der Enthüllung in der Firma ihres Stiefbruders und dem Tod von Sokrates Vogel folgte sie einem vagen Verdacht. Der alte Hauptkommissar hatte ihr im Vertrauen von Ludwig und seinen sexuellen Neigungen erzählt. Entsprechend musste das Hotel sein Ziel sein. Ganz sicher befand sie sich damit auf der Spur des Luzifer-Killers. Des wahren Mörders.

Trotz der Verbotsschilder parkte sie direkt vor dem Hoteleingang. Am Empfang legte sie sofort ihren Dienstausweis vor.

»Ich möchte Herrn Conrad Ludwig sprechen«, sagte Frost zu der jungen Angestellten, die sich eben noch freundlich lächelnd nach ihrem Anliegen erkundigt hatte und der nun das Gesicht einschlief.

»Ähm …«

Sie kennt den Namen. Das ist ein Anfang.

»Ja?«, hakte Frost nach.

Die Angestellte schaute zu einer Kollegin, traute sich aber nicht, sie anzusprechen, da sie wohl eine verräterische Äußerung in Frosts Gegenwart unterlassen wollte. Stattdessen setzte sie wieder eine freundliche Miene auf und sagte: »Herr Ludwig ist doch der sächsische Innenminister.«

»Was Sie nicht sagen.«

»Ich weiß nicht …«

»Was wissen Sie nicht, dass Herr Ludwig in Ihrem Hotel übernachtet? Dann holen Sie mir jemanden her, der sich auskennt.«

»Ich würde kurz mit der Hotelleitung Rücksprache halten.«

In Frost stieg Verärgerung auf, aber sie blieb nach außen hin gelassen und deutete auf das Telefon hinter dem Tresen. »Gut, rufen Sie an und ich höre dabei zu.«

Statt zum Hörer zu greifen, zögerte die Angestellte erneut. »Es tut mir leid, Frau Frost«, flüsterte sie jetzt, weil ein Pärchen mit seinen Koffern ebenfalls an den Empfang trat. »Ich arbeite erst seit wenigen Wochen hier und möchte mich deshalb bei meinen Vorgesetzten rückversichern.«

Daraufhin beugte Frost sich über den Tresenrand und winkte die Angestellte mit dem Zeigefinger näher zu sich. »Wenn Sie mir nicht augenblicklich die Zimmernummer verraten, unter der Conrad Ludwig eingecheckt hat, dann können Sie Ihren Vorgesetzten gleich mitteilen, dass ich in null Komma nichts ein Sondereinsatzkommando anrücken lasse.«

Die Angestellte griff sich fahrig an die Stirn. Um ihrer Drohung noch mehr Nachdruck zu verleihen, legte Frost ihr Smartphone neben ihren Dienstausweis.

»Ich kann Ihnen versichern, dass kein Zimmer auf Herr Ludwig reserviert ist«, flüsterte die Angestellte wieder.

Richtig, mein Fehler, das wäre wohl auch zu auffällig.

Vermutlich hatte der Fahrer mit seinem Namen herhalten müssen.

»Aber es steht ein Zimmer für ihn bereit.«

»Eine Suite.«

»Lassen Sie mich zu ihm.«

»Ich kann Ihnen versichern, dass er bisher nicht eingetroffen ist.«

Es klang nicht wie eine Lüge. Frost dachte deshalb nach, was sie tun sollte. Ihr Gespür hatte sie nicht getäuscht. Allein der erhoffte Erfolg blieb bisher aus. »Hat kurz vor mir eine junge Frau mit kahl geschorenem Kopf und in dunkler Kleidung, ähnlich meinem Lederoutfit, die Eingangshalle betreten?«

»Nein, ganz bestimmt nicht, das wäre mir aufgefallen. Wegen der erwarteten Ankunft des Innenministers sind wir derzeit noch aufmerksamer als sonst. Sogar der zusätzliche Portier steht bereit, der sich nur um Herrn Ludwigs Wünsche kümmern soll.«

Das ergibt alles Sinn. Dennoch passt irgendetwas nicht ins Bild.

Eine Weile sah Frost sich nur in der Empfangshalle um. Sie zählte die Türen, betrachtete den Aufzugsbereich und beobachtete die Menschen, die sich hier bewegten. Alles schien unauffällig.

»Okay, ich möchte seine Suite sehen«, bestimmte sie schließlich.

»Das geht nun wirklich nicht.«

»Fein.« Frost griff zum Telefon. »Wie Sie wollen.«

»Schon gut, ich beauftrage jemanden, der Sie hinbringt.« Sie winkte den Portier heran, auf den sie zuvor gedeutet hatte. »Aber bitte schauen Sie sich diskret um, versprechen Sie mir das?«

Wenn du wüsstest, für wen ihr das Zimmer reserviert habt, würde dir der Angstschweiß ausbrechen.

»Ich werde die Angelegenheit so diskret regeln wie möglich.« Kurz darauf folgte sie dem Kofferträger in den Fahrstuhl.

»Geben Sie mir die Zugangskarte«, bestimmte Frost, nachdem sich hinter ihr die Schiebetüren geschlossen hatten.

»Das würde ich gern selbst übernehmen.«

»Wie Sie meinen.« Demonstrativ schob Frost ihre Jacke zurück und prüfte den Sitz ihrer Dienstpistole im Hüftholster. Gleichzeitig zählte sie die Sekunden …

Eins.

Zwei.

Drei.

»Zimmer 319«, kam es hastig vom Angestellten samt der zuvor geforderten Karte. »Wenn Sie nichts dagegen haben, würde ich am Aufzug warten.«

»Das ist fair, schließlich bin ich die Polizistin.« Der Fahrstuhlgong ertönte, die Türen gingen auf. Kurz überschaute sie die Etage, in der sich besagte Suite befand. »Und falls es ernst wird, betätigen Sie den Feueralarm.«

Damit schritt sie über die feudalrote Auslegware, vorbei an goldverzierter Tapete. Auch wenn sie sich gegenüber dem

Personal besonnen verhalten hatte, trat sie mit einem mulmigen Gefühl vor das Zimmer. Sie hielt ein Ohr dicht an das Türblatt.

Nichts. Kein einziger Laut.

Schließlich klopfte Frost.

Niemand meldete sich.

Tick. Tack. Wie ich solche Situationen hasse.

Sie blickte zurück zum Fahrstuhl, wo der Portier aufgescheucht hin und her lief. Als sie ihre Waffe zog, schreckte er richtiggehend zusammen und brachte sich hinter einer Säule in Sicherheit.

Frost ließ die Zugangskarte in den Schlitz rutschen. Sofort leuchte das grüne Kontrolllämpchen auf. Mit der freien Hand drückte sie die Klinke nach unten, dann stürmte sie in das Zimmer.

Die Suite war leer.

KAPITEL 79

Nach Klaras Anruf stürzte Donner unverzüglich aus der Polizeidirektion. Auf dem Weg zu seinem Volvo traf er die beiden Personenschützer des Innenministers. Auf dem Polizeihof standen sie gelangweilt bei einer Zigarette herum.

»Warum begleitet ihr euren Chef nicht, verdammt?«

Die beiden schauten ihn an, als wäre er ein armer Irrer.

»Feierabend«, sagte einer.

»Für uns gibt's nichts mehr zu tun«, schob der andere nach, woraufhin Donner ihn am Ärmel packte.

»Nichts mehr zu tun? Da oben liegt ein Kollege in seinem eigenen Blut.«

»Soll das ein schlechter Scherz sein?«, kam es vom Personenschützer, der sich sogleich von ihm losriss.

Manchmal mache ich mich tatsächlich über den Tod lustig, aber niemals, wenn dabei ein Kollege die Hauptrolle spielt.

»Er ist so tot wie Staatssekretär Spitzner.«

Nur, dass dessen Leiche zusätzlich ein Fingerglied fehlt.

»Emanuel Spitzner?«, vergewisserte sich der erste Personenschützer. Im selben Moment klingelte sein Diensthandy.

Donner blieb keine Zeit für Erklärungen. Vermutlich würden die beiden gleich alles Nötige vom LKA erfahren. Vom toten

396

Hauptkommissar in der Toilette und dem toten Staatssekretär in einem Elektroverteilerkasten in der Wand.

Im Gehen wies er sie an, schleunigst den Wagen des Innenministers zu finden, denn von dem fehlte derzeit jede Spur. Noch bevor Donner das Hoftor erreicht hatte, fuhren die beiden Personenschützer mit einem nachtschwarzen PS-Boliden los.

Ich hätte bei denen mitfahren sollen. Aber die Letzten werden ja bekanntlich die Ersten sein. Fragt sich allerdings, die Ersten wofür?

Eine Minute später startete auch er den Motor seines Volvo. Während er zum Schlossberg raste, versuchte er wiederholt, Lia Winter auf ihrem Handy zu erreichen. Ihr Gerät war jedoch ausgeschaltet.

Immerhin wusste er, dass Klara beim *Kellerhaus* auf ihn wartete. Doch je näher er der Gaststätte kam, umso unsicherer wurde er, ob er sich da nicht irrte. Schon damals im Studium hatte Klara nie das gemacht, was man von ihr erwartete.

In Sachen Unberechenbarkeit schlägt sie mich um Nasenlänge. Und dabei habe ich schon Nasenvorteil.

Kurzerhand wählte er ihre Nummer. Es klingelte zwar, aber sie nahm den Anruf nicht an. Da wusste er unweigerlich, dass er sich geirrt hatte. Sie war längst nicht mehr am *Kellerhaus*.

Bevor er die Wahlwiederholungstaste drücken konnte, ertönte auf seinem Mobiltelefon ein Anruf. Zuerst glaubte er, Klara würde zurückrufen, aber es war Henry Stark.

»Erik, was verdammt noch mal ist hier eigentlich los?«, fragte sein Kommissariatsleiter. »Du bist einfach davongerannt, und jetzt ruft das LKA im Lagezentrum an, weil der Wagen des Innenministers verschwunden war und man ihn orten musste.«

»Moment, sagtest du, er war verschwunden?«

»Ja, zum Teufel! Conrad Ludwigs Personenschützer haben das Fahrzeug gefunden. Es sitzt niemand mehr drin. Es steht verschlossen auf dem Schlossberg, unweit des Hotels.«

»Wo genau?«

»Am Ende einer Anliegerstraße an der Salzstraße.«

Salzstraße, oh, mein Gott!

Hier hatte seine Freundin Annegret gewohnt, hier hatte er Annegret verloren. Tapfer kämpfte er mit den Tränen und bog exakt in derselben Sekunde auf diese schicksalhafte Straße ein.

»Ich bin gleich da«, sagte er zu Stark.

»Wir schicken alles, was wir haben.«

Gut. Macht das.

Aus dem Augenwinkel nahm er die Schlosskirche wahr. Gleich mehrere Teufelslegenden rankten sich um das Gebäude. Zum Glück war er nicht abergläubisch. Entsprechend brachte er die Erzählungen nicht vollständig zusammen.

Hier arbeitet Larissa Rieß für einen Niedriglohn als Reinigungskraft. Später im Himmel wird dafür Gottes Lohn für sie umso üppiger ausfallen. Das versteht die Fernsehpredigerin wohl unter Sauerteigprinzip …

Als ihm das durch den Kopf ging, trat er reflexartig auf die Bremse und riss das Lenkrad herum. Mit quietschenden Reifen parkte er halb auf dem Gehweg. Eine Rentnerin, die ein Frettchen an einer Leine spazieren führte, griff sich vor Schreck an ihr Herz.

»Zum Teufel mit Ihnen, Sie Hottentotte!«, giftete sie und das Frettchen machte artig dazu Männchen.

»Keine Chance, Mütterchen!«, rief er ihr zu und eilte durch den Mauerbogen auf das Kirchengelände. »Ich war schon zweimal in der Hölle und dort hat es mir nicht gefallen.«

Für einen Moment glaubte er, im Inneren der Schlosskirche einen Lichtschein wahrzunehmen, aber beim genaueren Hinschauen wirkte das Gebäude nur alt und finster.

Allerdings gab es auf der Südseite einen Anbau, der früher den Benediktinermönchen als Wirtschaftsgebäude gedient hatte und in dem sich jetzt Verwaltungsräume und das Museum befanden. Vielleicht brannte dort die Beleuchtung, was auf nächtliche Besucher hindeutete. Doch zu seiner Enttäuschung war auch dort alles dunkel. Sicherheitshalber versuchte er jede Tür zu öffnen, stellte aber schnell fest, dass alle verschlossen waren. Wahrscheinlich hatte er sich getäuscht.

»Hey, was machen Sie denn da?«, erschallte eine Männerstimme aus der Dunkelheit, als er gerade das Seitentor zum Kirchenschiff prüfte.

Donner fuhr herum und erblickte einen älteren Mann in gutbürgerlicher Kleidung und mit einer Umhängetasche, der hinter einem Baum hervortrat, als hätte er Donner von dort schon eine Weile beobachtet.

»Das geht Sie eigentlich nichts an«, sagte Donner und rüttelte noch einmal am Tor. »Aber wenn Sie schon mal fragen, ich bin Polizist.«

»Polizist sind Sie?« Der Mann schien keine Angst vor einem Einbrecher zu haben. Unbewaffnet, aber anscheinend unerschrocken trat er auf Donner zu. »Sie sehen nicht aus wie ein Polizeibeamter.«

»Ja, schon klar; wenn ich nicht ständig meine Kripomarke in der Hosentasche spüren würde, käme ich auch ins Grübeln. Na los, ziehen Sie Leine! Hier ist es zu gefährlich.«

»Von wegen, ich arbeite hier. Also verraten Sie mir besser, was los ist.«

Donners Blick glitt nun zwischen dem Mann und dem Türschloss hin und her. »Heißt das, Sie haben einen Schlüssel für diese Tür?«

Bevor der Mann eine Lüge vorbringen konnte, hielt Donner ihm seinen Dienstausweis hin und zeigte vorsichtshalber seine Pistole unter dem Mantel.

»Ist das ein echter?«, vergewisserte sich der Mann, als er nah genug stand, um auf dem Ausweis den Namen und das Passbild erkennen zu können.

»So echt wie Gott. Schließen Sie endlich auf, ich muss mich drinnen umsehen.«

»Hören Sie, Herr Donner, für eine Führung ist es reichlich spät. Ich schlage vor …«

»Machen Sie endlich auf, denn in spätestens fünfzehn Minuten wimmelt es hier nur so von Polizisten. Falls Sie bis dahin unkooperativ sind, werden Sie ein paar gute Antworten auf unbequeme Fragen parat haben müssen. Das hier ist kein Spaß. Oder denken Sie etwa, einer wie ich betritt freiwillig ein Gotteshaus?«

Diesmal schien der Mann es eilig zu haben, denn sofort klimperten Schlüssel und er stocherte im Schloss herum. »Was ist denn eigentlich los?«

»Fragen Sie lieber nicht«, antwortete Donner. »Schließen Sie hinter mir ab und bringen Sie sich in Sicherheit.«

»Warum soll ich Sie denn einschließen?«, hielt der Mann Donner auf.

»Damit niemand rauskommt.« Damit öffnete er die Tür und setzte einen Fuß in das Kirchenschiff. »Ach, und falls Sie Schüsse hören, dann dürfen Sie wieder aufsperren.«

Quietschend schloss sich hinter ihm die Tür. Erst jetzt zog er seine Dienstpistole. Es war ein unangenehmes Gefühl, das Eisen in der Hand zu halten, denn er hasste Schusswaffen. Doch diesmal war es sicherer, denn anscheinend war doch jemand anwesend. Statt einer komplett dunklen Halle empfing ihn eine Handvoll brennender Kerzen am Altar. Und dann war da noch dieses Keuchen, das dumpf im Saal hallte.

Natürlich war es unvernünftig, die Sache im Alleingang klären zu wollen, aber erstens war er sich nicht sicher, ob die

Verstärkung wirklich in Kürze eintreffen würde, und außerdem hatte er längst mit dem Leben abgeschlossen.

Scheiß drauf, auf mich wartet zu Hause eh niemand mehr.

Eilig, jedoch nicht übereilt lief er entlang der Wand an den Bankreihen vorbei. Die Kerzen spendeten nicht genügend Licht, um den gesamten Kirchensaal auszuleuchten, aber es reichte, um die Blutstropfen an den Stufen des Altars zu erkennen.

Donner blieb hinter einer Säule stehen. Von dort beobachtete er die Umgebung, suchte nach einem Schatten, der sich bewegte. Lauschte. Doch er vernahm nur das Keuchen, das eindeutig von vorn kam.

Wenn er jetzt in den Mittelgang trat, konnte jemand mit Leichtigkeit aus der Deckung auf ihn feuern. Aber der Luzifer-Killer war kein geübter Schütze. Der Luzifer-Killer war hinterhältig, konnte in verschiedene Rollen schlüpfen und war geschickt im Umgang mit Computerprogrammen. Keinesfalls jedoch war er im Umgang mit Schusswaffen geübt. Darauf zumindest vertraute Donner.

Ganz langsam trat er hinter der Säule vor. Dabei achtete er weiterhin darauf, dass er das Mauerwerk im Rücken spürte. Zum Glück schien von oben durch die Westfenster der Mond ins Gebäude, wodurch Donner den Großteil der Empore überblicken konnte. Als er sich sicher war, dass sich dort oben niemand bewegte, spähte er hinter den Altar. Dort kauerte Conrad Ludwig und auf seiner Stirn befand sich ein blutiges L.

»Helfen Sie mir, Donner«, krächzte der Innenminister. »Sie ist wahnsinnig!«

Das ist sie …

Bevor Donner den Satz zu Ende denken konnte, bemerkte er die Schlinge um Ludwigs Hals. Synchron zu seiner Erkenntnis kippte von der Kanzel eine zentnerschwere menschengroße Engelsstatue. An ihr war das andere Ende des Kabels befestigt. Geistesgegenwärtig hechtete Donner nach vorn und packte zu.

Das sich straffende Kabel brannte durch die Reibung auf seinen Handflächen, schnitt tief in sie hinein, doch er konnte es rechtzeitig stoppen, bevor der Schwung der Statue Ludwig das Genick brach. Stattdessen riss es Donner beinahe beide Arme aus den Gelenken. Letztlich reichte seine Kraft, um den Engel zu halten. Knapp zwei Meter schwebte er über dem Boden und drehte sich von da an um die eigene Achse.

»Befreien Sie sich von dem Ding!«, befahl Donner Ludwig, doch der jammerte nur und schüttelte schwach den Kopf.

Mühsam reckte ihm Ludwig seine blutigen Hände entgegen. Der Luzifer-Killer hatte ihm alle zehn Finger zertrümmert, daher konnte er sie nicht mehr benutzen. Und aus dem Augenwinkel sah Donner noch etwas anderes: eine schwarz gekleidete Gestalt, die von der Kanzel herabstieg.

Und bei jeder Stufe sagte sie einen Reim auf.

»Alter Mann, er spielt neun, spielt das Nick-Nack in der Scheun …«

KAPITEL 80

Damals (19. Oktober 2019)

»Kann ich es bitte noch einmal hören? Bitte, nur einmal!«

Lia hasste es, wenn Tanja von ihr verlangte zu stottern. Mittlerweile beherrschte sie die Sprachstörung derart überzeugend, dass es ihr leichtfiel, in Situationen, in denen sie Fremde täuschen musste, den Redefluss zu unterbrechen. Dann passierte es regelrecht automatisch. Anders sah es aus, wenn sie auf Kommando stottern sollte. Dann hinderte sie eine innere Blockade daran.

»Ich … ich ka… kann nicht«, bemühte sie sich trotzdem, doch an Tanjas Gesicht erkannte sie, dass es nicht überzeugend rüberkam.

»Komisch, sonst funktioniert es perfekt.«

»Ja, komisch«, beendete Lia das Thema.

»Was ist komisch?«, fragte Regina Armando, ohne von ihrer Gartenarbeit aufzusehen.

»Lia will nicht stottern«, sagte Tanja.

»Hör auf, sie zu ärgern«, erwiderte die ehemalige Richterin streng. »Manchmal frage ich mich, wer von euch beiden die Ältere und Reifere ist.«

Tanja sah Lia an. Es war der Blick, der ihr manchmal Angst bereitete. Dabei konnte Lia nicht einmal genau sagen, was Angst eigentlich ist. Seit Tanja sie aus der Hölle geholt hatte, gab es keine Angst mehr. Sämtliche Furcht und jeglicher Schmerz waren mit der Verhaftung ihres Großvaters Rolf Nomen gegangen. Damals, nachdem er sich mehrfach an ihrem kindlichen Körper vergriffen hatte und Tanja in ihrer orangefarbenen Rettungsdienstjacke in der Küche aufgetaucht war, ihr bei den Mathehausaufgaben zugesehen und danach tröstlich ihre Wangen gestrichen hatte. Großvater Rolf jedoch hatte Lia nie wieder angefasst. Geblieben war von ihm nur das verhasste Nick-Nack-Einmaleins …

Nick-nack, paddywack, Knochen für den Hund.

»Was machen Sie da?«, wollte Lia wissen, denn Armando riss aus den Beeten nicht nur die verwelkten Blütenstängel, sondern auch die knallig bunten Blumen.

»Ich schaffe Ordnung in meinem Garten«, kam es als Antwort. Sie klang traurig, aber gleichzeitig entschlossen. »Es ist mein letzter Herbst.«

»Aber der Frühling kehrt irgendwann zurück, dann können Sie Ihren Garten wieder neu erblühen lassen.«

»Ach, Lia, wann verstehst du es endlich? Ich werde das Haus aufgeben. Seit mein Mann mich verlassen hat, weil er mich für eine Verrückte hält, sind es eh zu viele Räume für mich, und der Garten ist ebenfalls zu groß für eine alleinstehende Frau, um ihn anständig zu pflegen. Mit dem Grundstück habe ich abgeschlossen. Jetzt will ich das alles nur noch zu Grabe tragen.«

»Also wird es auch keine Nelken mehr geben«, sagte Winter. »Das sind doch Ihre Lieblingsblumen.«

»Nelken … Noch so ein unsägliches Symbol für Gerechtigkeit! Wer weiß, wenn meine Eltern nicht so verdammt parteihörig gewesen wären, hätten sie damals die dreizehnjährige Larissa nie diesen barbarischen Ärzten überlassen. Dann wären vielleicht Astern zu meinen Lieblingen geworden und ich könnte mich vom Frühling bis zum Spätherbst an diesen bunten Sternenblüten erfreuen. Aber die Vergangenheit ist nur ein Strudel, der einen immer weiter nach unten zieht.«

»Sie müssen das nicht tun.«

Armando stellte die Harke beiseite und zog sich die Gartenhandschuhe aus. Dann streichelte sie Lias haarlosen Hinterkopf. »Ach, du liebes Kind, du bist so ein guter Mensch. Ich wünschte, ich könnte dir deine Aufgabe ersparen.«

»Machen Sie sich um mich keine Sorgen. Ich bin bereit und entschlossen, die Männer für ihre Taten büßen zu lassen.«

»Siehst du, genau wie ich. Soll der Teufel sie alle holen! Ich würde euch nie im Stich lassen. Sonst wäre alles umsonst gewesen. Wie du ja weißt, habe ich deinen perversen Großvater für etliche Jahre ins Gefängnis geschickt und sogar das geforderte Strafmaß der Staatsanwaltschaft erhöht. Und ich habe meine Beziehungen spielen lassen, um dich bei der Polizei als Tarifbeschäftigte unterzubekommen. Als Richterin habe ich einen Eid geschworen: nur der Wahrheit und Gerechtigkeit verpflichtet ... Zum Glück hat man es in der DDR nicht gern gehört, wenn auf Gott geschworen wurde.« Sie zischte und schaute zu Tanja. »Nein, es gibt keinen Gott. Sonst hätte deine Mutter nicht über alle menschliche Vorstellungskraft leiden müssen.«

»Meine Mutter will uns nicht helfen«, unterbrach Tanja sie voller Hass. »Eigentlich steht es ihr allein zu, die Schweine abzuschlachten. Aber sie weigert sich beharrlich.«

»Deine Mutter hat mehr Schmerzen erdulden müssen, als uns allen dreien noch bevorstehen.« Die einst stolze Richterin seufzte und schlich wie eine gebrochene Frau zur Gartenbank unter dem Kirschbaum, an dem die Blätter fielen. Auf einmal wirkte sie alt und todunglücklich, woraufhin Lia sich fragte, ob sie das überhaupt durchstehen würde. Doch prompt zeigte

Armando sich kämpferisch in ihren Äußerungen. »Ich habe dich gerettet, Tanja. Ich habe dich mit deiner Mutter wiedervereint. Ich habe die uralte Akte über Johannes Merten und seine diabolische Vereinigung besorgt. Ohne mich würden wir heute nicht vereint in meinem Garten stehen. Also werde ich euch bis zum Ende begleiten.«

»Aber leider hast du die Akte diesem Scharlatan überlassen«, warf Tanja ihr vor.

»Sokrates hat getan, was er konnte, das war nicht genug, wie ich einsehen musste.« Armando blickte Lia stolz an. »Diesen Fehler korrigieren wir ja jetzt. Du wirst bald in seine Abteilung wechseln, nicht wahr, Lia?«

»Ja, das schaffe ich«, sagte diese voller Überzeugung, denn inzwischen hatte sie sich über Kriminalhauptkommissar Vogel in der Polizeidirektion erkundigt. Entsprechend wusste sie, auf was für einen Menschen sie treffen würde und wie sie ihn für sich ausnutzen konnte. »Ich schaffe alles. Auch das hier …«

Damit hielt sie einen bis dahin in ihrer Jackentasche verborgenen USB-Stick in die Höhe.

Sofort leuchteten die Augen von Armando und Tanja. Eigentlich lag da kein echtes Leuchten in ihren Blicken, sondern ein ehrfurchtsvolles Entsetzen. Die Überraschung war gelungen. Ohne dass jemand es aussprach, wussten beide, um welch erschreckendes Videomaterial es sich bei dem Stick handelte. Er enthielt das Video, nach dem Professor Heino Lenk, Kriminalhauptkommissar Vogel und unzählige andere jahrelang gesucht hatten.

»Du hast es tatsächlich geschafft!« Armando fand zuerst ihre Stimme wieder, traute sich jedoch nicht, nach dem Stick zu greifen, als fürchtete sie einen damit verbundenen Fluch. »Du hast die Büchse der Pandora gefunden.«

»Wie ich gesagt habe, ich schaffe alles. Sie hatten vollkommen recht, Markus Wallner und Edward Frost waren immer im Besitz des Luzifer-Videos. Es lag jahrelang auf einem Server der Frost AG. Wenn man weiß, was man sucht, ist es spielend leicht, die Datei zu stehlen. Exzellente Computerfachkenntnisse vorausgesetzt.« Sie zwinkerte den anderen verschwörerisch zu, denn Lia hatte sich bereits mit elf Jahren enorme Programmierfähigkeiten angeeignet. Auch das war Teil des von langer Hand geplanten Racheakts.

»Unser Täuschungsmanöver ist perfekt aufgegangen, sie haben uns die Bewerbung und die falschen Referenzen abgekauft. Was eine schwarze Perücke, das passende Make-up und altmodische Kleidung alles ausmachen … Der Typ, der mich einarbeiten sollte, hat mich sogar mit Atzel angeredet.«

»Scheiße, Lia«, kam es von Tanja, die sich ohne Skrupel den Datenträger schnappte und ihn anschließend in ihrer offenen Hand betrachtete. »Du machst mir langsam echt Angst. Wie machst du das nur immer?«

»Markus Wallner«, murmelte Armando. »Dann müssen wir nur noch einen Weg finden, wie wir ihn für seine Tat büßen lassen.«

»Ganz einfach«, sagte Lia, denn sie hatte sich längst einen Plan zurechtgelegt. »Seine eigene Tochter wird ihn umbringen.«

»Klara Frost? Wie?«

Lia nickte. »Alles eine Frage von Überzeugungsarbeit.«

Damit hielt sie den beiden ein ausgeschnittenes Foto aus einer alten Studentenzeitung entgegen, das Frost zusammen mit Erik Donner zeigte.

KAPITEL 81

»Sind Sie die Verstärkung?«, fragte der Angestellte Frost, als er ihr über das Nebengebäude Einlass in die Schlosskirche gewährte.

Nachdem sie Eriks Schrei aus dem Inneren deutlich vernommen hatte, versuchte sie gedanklich, sich ein Szenario zu erarbeiten, welches sie in der Kirche erwartete. Daher hörte sie dem Mann nur halbherzig zu. »Was sagten Sie eben?«

»Verstärkung. Ihr Kollege Donner meinte, hier würde es bald von Polizeibeamten wimmeln. Das war vor knapp fünf Minuten.«

»Ja, ich bin die Verstärkung.«

Oder Eriks Lebensversicherung, wie man es sehen will.

Zweifellos schwebte er in großer Gefahr. Nicht nur er befand sich im Gebäude, sondern auch der Luzifer-Killer. Frost hatte die Frau in der Videoaufzeichnung von der Bildtelefonkonferenz, die Hendrik ihr gezeigt hatte, nicht sofort identifiziert. Wie auch? Dank der langhaarigen Perücke und der perfekt aufgetragenen Schminke hatte sie bei flüchtiger Betrachtung einer jüngeren Version von Tanja Schlosser geähnelt. Doch als der Projektleiter die Frau während der Telefonkonferenz aufgefordert hatte, etwas über ihre Arbeit zu sagen, war Frost die Stimme bekannt vorgekommen. Zuerst hatte sie geglaubt, sich zu irren, denn die Frau stotterte während der Unterhaltung kein einziges Mal. Im Gegenteil, sie sprach flüssig und klar. Schließlich hatte der Fokus auf die Augen Gewissheit gebracht: Lia Winter hatte sich in die Frost AG eingeschlichen. Zwei Wochen lang war sie dort regelmäßig zur Arbeit gegangen. Zwei Wochen, in denen sie in der Arbeitszeiterfassung der Polizeidirektion unter Urlaub geführt worden war. Zwei Wochen, die ausgereicht hatten, um das Vertrauen des Computerexperten Thomas Zariewski zu erschleichen, seine Zugangsdaten zu missbrauchen, sich in das Sicherheitssystem der Frost AG zu hacken und das Luzifer-Video zu stehlen.

Und nun hat sie sich diesen Ort der Zuflucht und der Erlösung ausgesucht. Zuflucht und Erlösung, die Larissa Rieß hier wohl nie gefunden hat. Jedoch hatte Rieß eine Sache besessen: den Zugangsschlüssel zur Kirche. Sonntäglich war sie oft zum Gottesdienst gegangen und in der Woche hatte sie die Räume und die Kirchenbänke eifrig gereinigt. Und nun hatte Winter sich des Schlüssels bemächtigt, um die abscheuliche Geschichte des L ausgerechnet an diesem heiligen Ort zu beenden.

Mit vorgehaltener Dienstwaffe lief Frost durch die Räume und Gänge. Der Kirchenangestellte hatte ihr den Weg zur Apsis geschildert. Natürlich hätte Frost denselben Eingang wie Erik benutzen können, aber dort wäre sie beim Eintreten womöglich leicht zur Zielscheibe geworden. Der Umweg über das Museum schien ihr die klügere Wahl zu sein. Und auf die Unterstützungseinheiten konnte sie nicht länger warten. Sobald die ersten Streifenbeamten eintrafen, war die Lage für sie kaum noch zu kontrollieren. Das würde die Täterin zusätzlich unter Druck setzen. Und eines wusste Frost mit Gewissheit: Lia Winter wollte weder Geiseln nehmen noch irgendwelche Forderungen stellen, sie wollte einzig und allein töten. So, wie sie es in den vergangenen Tagen mehrfach getan hatte. Wie im

Detail Richterin Armando und Tanja Schlosser die mittlerweile Fünfundzwanzigjährige hatten manipulieren und für ihre Rache ausnutzen können, wusste Frost noch nicht. Aber eines war ihr inzwischen klar: Lia Winter war zum Töten erzogen worden.

In diesem Augenblick hallte Winters Stimme aus dem Kirchensaal in den Flur, durch den Frost schlich.

»… Knochen für den Hund, Opas Bauch ist kugelrund …«

Inzwischen kannte Frost Winters traurige Vergangenheit. Den Missbrauch durch ihren Großvater Rolf Nomen und die darauf folgenden Vorwürfe ihrer Mutter, sie hätte die Familie durch ihre Lügen ins Unglück gestürzt. Ähnlich wie Frost war Winter irgendwann von zu Hause abgehauen, nachdem sie die Repressalien durch die eigenen Eltern nicht länger ausgehalten hatte. Aber all dieses Wissen spielte jetzt keine Rolle mehr, weil die Informationen schlichtweg zu spät bekannt geworden waren.

»Lassen Sie das Messer fallen, Lia Winter!«, hörte Frost Erik rufen, was sie in höchste Alarmbereitschaft versetzte. »Sie haben erreicht, was Sie wollen. Es ist genug!«

Frost beschleunigte ihre Schritte, weiterhin bedacht darauf, auf dem rostroten Steinfußboden kein Geräusch zu verursachen. Soweit sie die Richtung der Stimmen lokalisieren konnte, befanden sich die beiden in Altarnähe.

»Tut mir leid, Herr Donner«, redete wieder Winter. »Sie sind gar kein so übler Bulle, jedenfalls kann ich Sie deutlich besser leiden als die meisten Ihrer Kollegen. Bedauerlicherweise stehen Sie zwischen mir und diesem Abschaum. Sie versuchen doch tatsächlich, einem Vergewaltiger das Leben zu retten, indem Sie seinen Todesengel an der Leine halten.«

Am Ende des Ganges erreichte Frost die schwere alte Holztür, die zum Kirchenraum führte. Wenn sie die Klinke betätigte und das Türblatt aufzog, würde das niemals geräuschlos passieren. Dann wäre das Überraschungsmoment unweigerlich dahin.

Tick. Tack. Verlier nicht die Nerven, sondern denk nach, Klara.

Während sich Erik und Winter unterhielten, zog sie ihr Smartphone aus der Jackentasche. Erik hatte sie kürzlich angerufen, aber sie hatte ihr Gerät lautlos gestellt. Jetzt rief sie ihn zurück.

»Staatssekretär Spitzner musste sterben, weil er zufällig im Archiv eingesperrt war, als ich die versteckte Luzifer-Akte holen wollte«, führte Winter unterdessen aus. »Ich werde die Akte veröffentlichen, direkt nachdem die Öffentlichkeit das vollständige …«

Plötzlich klingelte Eriks Handy. Winter schien aus dem Konzept gebracht, exakt so, wie Frost es erhofft hatte. In Windeseile öffnete Frost die Tür. Das Holz knarrte, aber durch den Klingelton und ihre Verwirrung überhörte die Killerin das Geräusch.

»Ruft da etwa Klara Frost an, Ihre heimliche Liebe?«, fragte Winter leicht spöttisch.

»Sie ist nicht meine heimliche Liebe«, entgegnete Erik.

Das enttäuscht mich jetzt aber schwer.

Geduckt schlich Frost außen an den Bankreihen entlang. Beim Betreten des Kirchenschiffs hatte sie die Situation in einem Sekundenbruchteil erfasst. Den am Boden kauernden Innenminister, die Psychopathin mit dem Messer und Erik, der einen steinernen Engel in der Schwebe hielt.

»Also empfinden Sie nichts für sie«, sagte Winter. »Gut, dann ist es ja nicht so schlimm, wenn Sie sich nicht mehr von ihr verabschieden können.«

Der Klingelton erstarb. Auf allen vieren kriechend hatte Frost die vorderste Bankreihe fast erreicht. Dort würde sie freie Schussbahn finden.

»Warum musste Sokrates Vogel sterben?«, wollte Erik wissen.

»Weil er die Akte mit den Namen von Larissa Rieß' Peinigern all die Jahre geheim gehalten hat.«

»Er hat Beweise gesammelt, das wissen Sie genau«, widersprach er. »Wegen dieser Akte konnte Sokrates jahrelang schlecht schlafen. Er hat sich für seinen Beruf aufgeopfert.«

»Wie ambitioniert der stinkende alte Menschenschinder war, darf die Öffentlichkeit später gern entscheiden. Wie gesagt, ich werde die Originalakte ebenfalls online stellen, gleich nachdem ich den letzten Teil des Luzifer-Videos gestartet habe.«

Aus ihrer Deckung heraus sah Frost, wie Winter über die Stufen des Altars auf Erik zuging. Mit der linken Hand tippte sie blind auf ihrem Smartphone herum. Für sie war der Zeitpunkt gekommen, das Luzifer-Video zu vervollständigen.

»Donner, tun Sie was!«, japste der Innenminister. »Halten Sie sie auf!«

»Ich halte Ihren Kopf, verflucht.«

Warum bringst du dich nicht selbst in Sicherheit, du Idiot?

Im Widerschein der flackernden Kerzen entdeckte Frost Eriks Pistole auf dem Steinfußboden. Bis zur Waffe war es für ihn nur ein Sprung. Natürlich wusste sie, dass das Gewicht der Steinstatue den Innenminister augenblicklich strangulieren würde, sobald er das Kabel losließ.

»Alter Mann«, fing Winter mit dem bekannten Abzählreim an, den sie während der Telefonate mit Frost mehrfach mit verzerrter Stimme aufgesagt hatte. »Er spielt zehn, spielt das Nick-Nack im Fernsehn …«

KAPITEL 82

In der Ferne ertönte ein Martinshorn. Nicht nur Donner hörte das Sondersignal. Sicherlich ahnte auch Winter, dass längst alle verfügbaren Polizeistreifen anrückten. Doch statt sich nach einem Ausweg umzublicken, stierte sie ihn entschlossen und eiskalt an. Ludwig hatte recht gehabt, es war der Blick einer Wahnsinnigen. Von der einst reizenden, schüchternen Angestellten war nichts mehr geblieben. Sie war sogar so verrückt gewesen, sich freiwillig von Tanja Schlosser eine Schussverletzung am Arm zufügen zu lassen.

Während die Sirene sich näherte, schwand für sie die Zeit zur Flucht. Bald würde sich in den Fensterscheiben das Blaulicht spiegeln. Aber Donner wusste längst, dass sie gar nicht fortlaufen wollte. Keine der drei beteiligten Frauen hatte auch nur im Ansatz den Versuch unternommen zu entkommen.

»Nick-nack ...«

Sie tat zwei Schritte auf ihn zu. Wenn er nicht abgestochen werden wollte, musste er das Kabel loslassen. Sein Leben gegen das von Ludwig. Darauf lief es hinaus. Eine einfache Rechnung.

»Paddywack ...«

Er dachte an das soeben verstummte Handyklingeln. Vermutlich hatte Klara tatsächlich angerufen. Klara, wer sonst? Wie gern hätte er jetzt ihre Stimme in seinem Ohr gehört. So blieben nur mehr weniger als zwei Meter, dann befand sich die Mehrfachmörderin in Reichweite, um zuzustechen. Beim Umblicken sah er seine Pistole. Noch konnte er danach greifen. Er musste nur die Hände vom Kabel nehmen.

»Knochen für den Hund …«

»Es ist genug, Lia«, blieb er standhaft und hielt mit seiner Sturheit den Innenminister am Leben. »Ich bin weder wie Ludwig noch wie Ihr Großvater.«

»Ihr seid alle schuldig«, zischte sie.

Ja, da ist was dran.

Dann war es so weit …

Im Kerzenschein wirkte ihr Gesicht wie von einem Teufel besessen. Das Sirengeheul der eintreffenden Funkstreifenwagen auf dem Außengelände spielte die perfekte Höllensinfonie. Und über der Szenerie schwebte ein Engel.

»Messer weg!«, hallte plötzlich Klaras Stimme im jahrhundertealten Mauerwerk.

Bevor Donner diesen leibhaftigen Engel mit den eisblauen Augen richtig erkennen konnte, ging das Höllengemetzel los: Winter machte den finalen Schritt. Sie stieß mit dem Messer zu. Aus dem Hintergrund feuerte Klara aus ihrer Pistole. Die Klingenspitze raste auf Donners Lendengegend zu. Ein Projektil traf Winter im Rücken, ihr Oberkörper wurde vom Einschuss herumgerissen. Blut spritzte. Klara feuerte erneut. Scharfer Stahl schnitt durch Donners Mantel, durch sein Hemd und durch die Haut. Blut durchtränkte Stoff. Donner drehte sich um die eigene Achse, zog einhändig mit Leibeskräften am Kabel, mit der freien Hand packte er blitzschnell den lockeren unteren Teil. Winter prallte gegen ihn. Klara rief seinen Namen. Er vollendete die Drehung, bildete mit dem Kabel zwischen seinen Händen eine Schlinge. Das Kabel legte sich um Winters Hals. Die Engelsstatue rauschte nach unten. Die Schlinge zog sich straff. Winters Füße verloren den Halt. Das Messer klirrte auf den Steinbelag, hinterließ ein paar Blutstropfen auf dem Boden.

Das alles dauerte weniger als drei Sekunden. Dann baumelte der Luzifer-Killer einen halben Meter in der Luft. Nur kurz zappelte sie noch. Es war vorbei.

Notwehr. Es war eindeutig Notwehr.

»Donner«, keuchte der Innenminister. Nachdem Donner die Statue losgelassen hatte, hatte sich die Schlinge um Ludwig zugezogen und ihn ein Stück nach vorn gerissen. Dank der Erhängten ergab sich jedoch ein höheres Gegengewicht, wodurch sich das Kabel an seinem Hals nicht vollends straffte, ihm jedoch immer noch lebensbedrohlich in die Haut schnitt und ihm die Luft raubte.

Donner konnte ihm nicht helfen. Mit der linken Hand griff er unter seinen Mantel in die Lendengegend. Als er sie zurückzog, klebte Blut an den Fingern.

Scheiße, hört das mit den Narben denn nie auf?

Nur eine oberflächliche Schnittwunde. Trotzdem raubte ihm die Verletzung sämtliche verbliebenen Kraftreserven. Direkt neben Ludwig sackte er zu Boden. Verschwommen nahm er wahr, dass Klara sich um ihn kümmerte.

»Jetzt haben wir uns endlich wiedergesehen, da willst du doch nicht schon wieder gehen«, hörte er sie dicht an seinem Ohr reden.

»Wohin sollte ich schon gehen, ohne dass es Ärger gibt?«

Sie betrachtete seine Wunde, dann strich sie ihm flüchtig über die Wange. »Komisch, ich hatte dich geselliger in Erinnerung.«

So gesellig wie der Tod.

»Scheiße«, sagte er nur und deutete auf Ludwig. »Hilf ihm endlich.«

Während sie den Innenminister von der Schlinge befreite, wurde es im Kirchengebäude laut.

»Das ist alles ein riesengroßer Skandal«, kam auch Ludwig wieder zu Stimme, obwohl er mehrfach beim Sprechen hustete. »Karlo, mein treuer Fahrer! Dieses kranke Miststück hat eiskalt auf ihn eingestochen. Und mich wollte sie erhängen, aber das hat sie nun davon.«

Donner und Klara wechselten bloß stumme Blicke.

»Das ist doch alles nicht normal«, zürnte Ludwig, als er seine zertrümmerten Finger betrachtete. »Aber dafür wird jemand zur Rechenschaft gezogen. Gleich morgen werde ich …«

»Sie machen gar nichts mehr«, unterbrach Frost resolut. »Spüren Sie nicht die Hitze des Buchstabens auf Ihrer Stirn? Sie sind gezeichnet für den Rest Ihres Lebens. Sie sind erledigt, wann akzeptieren Sie das endlich?«

»Was? Sie …! Das haben Sie nicht zu entscheiden!«

Daraufhin schüttelte sie nur den Kopf und hielt ihm ihr Smartphone hin, auf dem ein Video lief. »Es ist erst vor knapp zwei Minuten online gegangen, aber es gibt schon über fünftausend Zuschauer.«

»Was … was ist das?«

»Warten Sie ein paar Sekunden, dann werden auf dem Display Ihr jüngeres Gesicht und Ihr Name darunter auftauchen.«

Mit seinen blutigen Fingern schlug er ihr das Handy aus der Hand, weil er die uralte Vergewaltigungsszene nicht mit ansehen wollte.

»Verstehen Sie nun?«, fragte Donner, obwohl er keine vernünftige Antwort erwartete.

Dahin gehend enttäuschte Ludwig ihn nicht. »Das ist alles eure Schuld! Das habt ihr alles geplant! Aber wartet nur, das lasse ich mir nicht bieten. Ich …«

Krach!

Klaras flache Hand klatschte ihm ins Gesicht. »Der Einzige hier, der hätte sterben müssen, sind Sie.«

Sichtlich angewidert entfernte sie sich von ihm und half Donner auf die Beine.

»Donner! Donner, verdammt!«, wetterte Ludwig. »Haben Sie das gesehen? Ich will, dass Sie auf der Stelle ...«

Aber das überhörte Donner. Einmal im Leben kommt für jeden Polizisten die Situation, in der er einfach wegschauen muss. Heute war nun dieser Moment für Donner gekommen. Von Klara gestützt, hob er seine Dienstwaffe auf und gemeinsam gingen die beiden davon.

»Was ist?«, fragte Klara und blickte ihn seltsam an. »Warum schmunzelst du?«

»Ach, weißt du, da habe ich einmal in meinem Leben meine Knarre einstecken und verliere sie ausgerechnet dann, wenn es brenzlig wird.«

»Zum Glück hast du nicht dein Leben verloren.«

»Nee, dahin gehend bin ich wie eine Katze: Hab immer ein paar Leben mehr in der Tasche.«

In diesem Moment flogen gleich mehrere Türen auf, Kommandos wurden gebrüllt, Taschenlampen blendeten ihn, Uniformierte mit ballistischen Schutzwesten und gezogenen Waffen stürmten den Kirchenraum. Als die Kollegen Donner erkannten, ließen sie ihn und Klara vorbeitreten.

»Verflucht, Erik!« Der sonst so behäbige Henry Stark sprang ihnen wie ein aufgescheuchtes Reh entgegen. »Wieso finden wir den Fahrer des Innenministers tot im Kofferraum? Kannst du mir das alles erklären? Was ...?« Als er zuerst den gezeichneten Ludwig und gleich darauf die erhängte Frau am Altar bemerkte, verschlug es ihm für einen Augenblick die Sprache. »O Gott, ist das Lia Winter?«

»Das ist nicht Lia Winter«, antwortete Frost. »Sondern der echte Luzifer-Killer.«

EPILOG

»Darf ich mich zu Ihnen setzen?«, fragte Frost, als sie an den Tisch vor dem Café trat.

Überrascht schaute Erik von seiner Zeitung auf, kniff die Augen zusammen, da ihn die Sonne in ihrem Rücken blendete. »Was machst …?«

»Ich habe dich gesucht und gefunden.« Da er ihr keine Antwort auf ihre zuvor gestellte Frage geben würde, nahm sie ohne seine Erlaubnis auf dem freien Stuhl Platz.

»Hier suchst du mich?«, stammelte er. »Mitten auf dem Marktplatz?«

»Es ist der bisher wärmste Tag in diesem Jahr, die Sonne scheint, du bist Single, hast frei und die Freizeitmöglichkeiten in dieser Stadt sind, gelinde gesagt, überschaubar. Also was solltest du sonst vorhaben, als einen Kaffee und einen Eisbecher zu genießen?«

»Ich könnte beim Angeln sein.«

Frost legte ihre Sonnenbrille ab und lachte auf. »Klar doch, bei deiner Geduld fängst du nicht mal einen alten Stiefel.«

Knurrend legte er die Zeitung beiseite und zog die Tasse und den Eisbecher zu sich, als befürchtete er, sie könnte etwas abhaben wollen. »Glaub bloß nicht, dass ich dich einlade.«

»Schon klar.« Sie winkte eine Bedienung heran und bestellte sich einen Latte macchiato mit Schuss. Anschließend fingerte sie Feuerzeug und Zigaretten aus ihrer Lederjacke. »Es stört dich doch nicht, wenn ich rauche.«

»Ich bin es gewohnt zu leiden.«

Wortlos schaute sie auf die Stelle seines Mantels, unter der sich die Wunden befanden, die Winter ihm mit dem Messer beigebracht hatte. Frost erinnerte sich gut an die Nacht, als alles endete. Sie hatte Donner ins Krankenhaus begleitet, wo man seine Schnittverletzung genäht hatte.

»Ist fast verheilt«, las er ihre Gedanken.

Sie wollte nicht gleich das traurige Thema anschneiden, also lenkte sie ab. »Steht was Wichtiges in der Zeitung?«

»Ich verfolge nur die Schlagzeilen über Innenminister Conrad Ludwig.«

»Ex-Innenminister, wolltest du sagen.«

»Sein Rücktritt kam schnell. Angeblich wegen eines Herzinfarkts. Seitdem ist er untergetaucht.«

»Das würdest du auch tun, wenn jeder weiß, was für ein Monster du bist.«

Er lehnte sich zurück und legte den Kopf schief.

»Entschuldige«, bemerkte sie ihren Fehler. »Das habe ich so nicht gemeint.«

»Was denn? Dass ich ein Monster bin? Schon okay, das ist kein Geheimnis. Im Laufe der Jahre habe ich mich an den Namen gewöhnt. Es macht mir nichts aus, wenn man mich so nennt.«

»Du bist kein Monster, Erik.«

»Ach, woher willst du denn das wissen? Nur weil wir zufällig bei einer Mordserie zusammengearbeitet haben?«

Es war kein Zufall, sondern alles eine Frage der Zeit.

Frosts Definition von Schicksal war kompliziert, genau wie sie, deshalb wollte sie ihn nicht mit dem Thema belasten.

»Euer Marktplatz gefällt mir«, sagte sie stattdessen. »Hier gibt es Krähen.«

»Ja, eine Plage.«

»Ich liebe Krähen, aber diese Stadt ist eine Katastrophe.«

Die Bedienung stellte Frost ihre Bestellung hin. Erik trank seinen Kaffee aus und gab die leere Tasse zurück.

»Apropos Krähen, hab gehört, der Fall deines Vaters wird neu aufgerollt.«

»Viktor Burda liegt noch im Krankenhaus, aber er hat bereits signalisiert, dass er die Vertretung übernehmen wird, bevor er in Rente geht.«

»Freust du dich darüber?«, fragte Erik nach einer Pause.

Frost nahm ein paar Züge von der Zigarette, ehe sie antwortete. »Du willst wissen, ob ich glaube, dass er unschuldig ist? Ich denke, das ist keine Glaubensfrage. Nicht in unserem Beruf.«

»Aber hast du mit deinem Vater gesprochen?«

»Vor drei Wochen haben wir kurz miteinander telefoniert.«

Anscheinend spürte Erik, dass sie ungern darüber reden wollte, deshalb sprach er sie auf eine andere Sache an.

»Du trägst immer noch das Metallarmband, das ich dir damals geschenkt habe. Warum eigentlich?«

Deus ex Machina. Eigentlich will er bloß wissen, ob es mir etwas bedeutet.

»Du meinst damals, bevor es diese Unstimmigkeiten zwischen uns gab?« Sie schmunzelte und fuhr mit dem Fingernagel die eingravierten Buchstaben ab. »Es passt einfach perfekt zu mir.«

Donner nickte. Bestimmt erinnerte er sich noch sehr genau an die Situation, wie er auf das Geschenk gekommen war.

»Alles nur wegen eines Scherzes von Professor Lenk. Er sagte einmal zu dir …«

»»… Frau Frost, an Ihrem Verständnis für kriminaltechnische Zusammenhänge müssen Sie zwar noch feilen««, zitierte sie die Worte ihres einstigen Dozenten, bevor Erik es aussprach, »»aber ich traue Ihnen zu, dass Sie im Fall des bevorstehenden Scheiterns jederzeit einen Gott aus einer Maschine beschwören könnten. Deus ex Machina, wie man so schön sagt.««

»Du hast den Nachsatz vergessen: ›Vielleicht hilft Ihnen das schon bei der nächsten Klausur.‹«

»In der darauffolgenden Klausur hatte ich sagenhafte fünf Punkte.«

»Es hat gereicht, um die erfolgreichste Kriminalbeamtin in Sachsen zu werden.«

Eigentlich war sie nicht hergekommen, um über sich zu reden. Inzwischen zündete sie sich bereits die zweite Zigarette an und sie hatten nicht ein Wort über den Luzifer-Fall gesprochen. »Findest du, es ist ein Erfolg, wenn man es mit geistesgestörten Killern zu tun hat?«

Erik zuckte die Schultern. »Irgendeine Aufgabe braucht jeder. Ich kann damit leben.«

Und ich habe auch noch nie einen unglücklicheren Menschen als dich gesehen.

»Ja, das klingt überzeugend.«

Daraufhin zückte er sein Portemonnaie, um vorzeitig zu bezahlen. »Warum bist du hergekommen?«

Diesmal zuckte sie mit den Schultern. »Vielleicht wollte ich dich einfach sehen.«

»Gut, das hast du nun, und weiter?«

»Wir haben endlich die Akte über Johannes Merten gefunden.«

»Ist mir bekannt.«

»Lia Winter hatte sie aus Vogels Archiv gestohlen. Nur deshalb hatte sie sich in seine Abteilung versetzen lassen. Sie wollte die Akte, um an sämtliche Namen und Ermittlungsergebnisse zu gelangen. Und weil sie Klarheit über Mertens Verbleib brauchte.«

»Auch das weiß ich längst. Immerhin arbeite ich bei der Mordkommission.«

»Siebzehn Kinder, Erik!« Anders als sonst kämpfte sie mit den Gefühlen. »Siebzehn Kinder in sechs Jahren, die das L auf dem Gewissen hat. Siebzehn Kinder, von denen wir wissen. Sokrates Vogel hat von jedem einzelnen Opfer den Namen in mühseliger Kleinarbeit herausgefunden. Die meisten galten als Problemfälle und Ausreißer, von einigen gab es noch nicht einmal Vermisstenanzeigen. Alle sind sie tot, bis auf das eine Kind, das überlebt hat.«

»Larissa Rieß«, sprach Erik es aus. »Ihren Namen kannte er nicht. Sie hatte echt verdammt großes Glück, dass sie damals entkommen ist. Andernfalls hätte Merten sie auch in dem Waldstück umgebracht, ihre Leiche im Teich versenkt oder im Erdreich verscharrt. Das alles weiß ich, und es widert mich an.«

Sie sah ihn an und vermutete, dass ihn die Unterhaltung schmerzlich an seine eigene Tochter erinnerte, die jemand vor Jahren umgebracht hatte. »Möchtest du ein andermal über das reden, was Merten und seine Männer getan haben?«

Er schnaubte und warf zornig einen Zwanziger auf den Tisch. »In der Akte befanden sich gut ein Dutzend Fotos von Mertens Leiche. Dieser Feigling hat sich vor zehn Jahren selbst erschossen. Vogel ist wirklich fleißig gewesen, sogar die anonyme Grabstelle an der tschechischen Grenze hat er in seinen Unterlagen vermerkt. Wie dem auch sei, Merten ist jedenfalls Vergangenheit. Außerdem ist die Aufarbeitung des aktuellen Luzifer-Falls so gut wie abgeschlossen. Mehr interessiert mich nicht.«

»Okay, dann reden wir an einem anderen Tag über erfreulichere Dinge.«

»Dazu müsstest du aber in diese katastrophale Stadt zurückkehren, denn ich besuche dich garantiert nicht in Leipzig.«

Frost schaute sich um, beobachtete eine Krähe, die sich unter einem Stuhl einen Essensrest stibitzte. »Du hast recht, keiner von uns beiden möchte den anderen wiedersehen. Das Kapitel ist abgeschlossen. Schon seit dem Studium.«

Damit stand sie auf, beugte sich zu Erik und gab ihm einen flüchtigen Kuss auf die vernarbte Wange. Zeitverzögert griff er sich an die Stelle und schaute ihr nach.

»Hey, du hast vergessen, deinen Kaffee zu bezahlen!«

»Du weißt doch sicherlich noch, wie wir es damals beim Studium gehalten haben: Der Letzte zahlt immer.«

Nachwort und Danksagung

Liebe Leserin, lieber Leser,

vielen Dank, dass Sie mein Buch gekauft und gelesen haben. Ich hoffe, Sie hatten genauso spannende und unterhaltsame Stunden wie ich während der Schreibphase, denn dieser Thriller war mir trotz des heiklen Themas schon lange eine Herzensangelegenheit. Die Grundidee des uralten Videos, das ein schreckliches Verbrechen zeigt, habe ich nämlich schon mehrere Jahre mit mir herumgetragen und ständig weiterentwickelt. Genau genommen habe ich wichtige Fragmente der Geschichte bereits zu einer Zeit im Kopf gehabt, als ich Klara Frost selbst noch gar nicht kannte.

2018 hatte ich alle Zutaten für diesen Thriller zusammen und außerdem ausreichend Mut, um mich endlich an den Stoff beziehungsweise die Tastatur zu wagen. Persönlich bin ich sehr stolz auf das Ergebnis, zumal ich meine beiden Lieblingscharaktere Klara Frost und Erik Donner in einem Kriminalfall vereinen konnte. Dabei habe ich die Bitten zahlreicher Leser erhört und nunmehr einen tiefen Einblick in Frosts Vergangenheit gegeben.

Nach diesem Ende fragen Sie sich vielleicht, wie es mit Frost und Donner weitergeht. Zum jetzigen Zeitpunkt kenne ich die

Antwort selbst nicht, ich hoffe aber, dass ich die unabhängigen Reihen beider Ermittler fortführen kann. Das vorliegende Buch wurde allerdings als eigenständiger Roman konzipiert, was deshalb nicht zwangsläufig bedeuten muss, dass die beiden unnachahmlichen Kommissare nicht irgendwann wieder gemeinsam ermitteln. Falls Sie sich das wünschen, lassen Sie es mich wissen. Am besten mit einer positiven Rezension.

Sollten Sie zu den Lesern zählen, die das erste Mal Bekanntschaft mit Frost und Donner gemacht und dabei Gefallen an den beiden Kommissaren gefunden haben, lege ich Ihnen die Klara-Frost-Reihe (aktuell drei Bände) und die Erik-Donner-Reihe (aktuell sieben Bände) ans Herz. Zeitlich spielen alle diese Bücher vor *Der Luzifer-Killer*. Aber gleich noch eine Warnung: Jeder dieser Thriller könnte bei Ihnen Herzrasen oder Schlimmeres verursachen.

Mein Dank geht an dieser Stelle abermals an die Menschen, die mich bei meinem Herzensprojekt unterstützt haben: Alexandra Scherer, Jennifer Bruno, Kerstin Gilbert, Henning Klein, meine Arbeitskollegen sowie Lektorin und Korrektor des Verlags Lutz Garnies und das Team von Amazon Publishing.

Gern können Sie mir per E-Mail (autor@eliashaller.com) Lob, Kritik oder einfach einen Gruß zukommen lassen. Neuigkeiten zu meinen Büchern erfahren interessierte Leser auf meiner Homepage (www.eliashaller.com) und meiner Facebook-Seite (www.facebook.de/HallerKrimis).

Elias Haller, Dezember 2019

Zeitfracht Medien GmbH
Ferdinand-Jühlke-Straße 7
99095 Erfurt, Deutschland
produktsicherheit@kolibri360.de

Druck:
CPI Druckdienstleistungen GmbH
im Auftrag der
Zeitfracht Medien GmbH
Ein Unternehmen der Zeitfracht - Gruppe
Ferdinand-Jühlke-Str. 7
99095 Erfurt